Das Mädchen wird in Ostberlin geboren. Julia ist acht, als ihre Mutter sie und die Schwestern in den Westen, erst ins Notaufnahmelager Marienfelde und dann nach Schleswig-Holstein mitnimmt. In dem chaotischen Bauernhaus kann die Dreizehnjährige nicht länger bleiben und zieht aus, nach Westberlin. Neben der Sozialhilfe verdient die Schülerin Geld mit Putzen, sie lernt ihren Vater kennen und verliert ihn unmittelbar, macht ihr Abitur und begegnet Stephan, ihrer großen Liebe. Wenn sie sich erinnert, ist es Gegenwart.

Julia Franck, 1970 in Berlin geboren, studierte Altamerikanistik, Philosophie und Neuere Deutsche Literatur. 1995 gewann sie den Open Mike-Wettbewerb. Seit 1997 erschienen zahlreiche Bücher, darunter »Liebediener« und »Bauchlandung«. 2000 gewann sie in Klagenfurt den 3sat-Preis, 2005 war sie in der Villa Massimo in Rom. Für »Die Mittagsfrau« erhielt sie 2007 den Deutschen Buchpreis. Der Roman wurde von Barbara Albert (Regie) verfilmt und kommt 2023 ins Kino. Zuletzt erschienen »Rücken an Rücken« (2011) und »Welten auseinander« (2021). 2022 erhielt Julia Franck den Schiller-Gedächtnispreis. Ihre Bücher wurden in vierzig Sprachen übersetzt.

Weitere Informationen finden Sie auf www.fischerverlage.de

JULIA FRANCK

WELTEN AUSEINANDER

FISCHER Taschenbuch

MIX
Papier | Fördert gute Waldnutzung
FSC® C083411

4. Auflage, 2026

Erschienen bei FISCHER Taschenbuch
Frankfurt am Main, April 2023

Satz: Dörlemann Satz, Lemförde
Druck und Bindung: CPI books GmbH, Leck
ISBN 978-3-596-03399-7

Kontaktadresse nach EU-Produktsicherheitsverordnung:
produktsicherheit@fischerverlage.de

Auch in meinem wirklichen Leben habe ich eine Mutter, vier Schwestern und Freunde, die ich liebe. Auch in diesem wirklichen Leben habe ich nächste Menschen viel zu früh an den Tod verloren und lebe dennoch bis ans Ende mit ihnen. Ich kannte sie, kenne sie und werde sie in Zukunft etwas anders kennen. Weder sie noch ich selbst bleiben dieselben. Unsere Erfahrungen ändern uns und auch unser Verständnis.

Oft liegen unsere Geschichten und unsere Sicht auf die Wirklichkeit Welten auseinander. Wir erinnern uns an Ereignisse und unsere nächsten Menschen vollkommen unterschiedlich – so unterschiedlich, wie wir für uns selbst und voneinander träumen. Denken wir an unsere Großmutter, so kannten wir jeder eine andere, selbst wenn wir Söhne desselben Vaters wären und dessen Mutter dieselbe reale Person gewesen wäre. Daher wird sich keine reale Person in einer der Figuren dieses Buches wiedererkennen. Unmöglich. Wir betrachten jeder die Welt aus unserer Perspektive, wir kennen unsere Nächsten auf die uns ganz eigene Art, wir wissen Dinge übereinander, die der andere häufig selbst von sich nicht weiß. Wer weiß schon, wie der andere einen sieht, hört und liest. Wir erkennen Zusammenhänge und verstehen einander, wie der andere es nicht vermag, wir irren dabei und ändern uns. Wir erzählen, wahren zugleich Geheimnisse und hören einander. Niemand gleicht sich mit einem anderen und gleicht seine Wirklichkeit mit der des anderen ab. So neugierig und gern wir einander begegnen, es ist gerade das Andere und die Sicht des Anderen, die uns fasziniert, die wir lieben oder auch verachten mögen. Genau darin zeigt sich unsere Individualität. Die Fremde bin ich selbst. Wir sind im Werden.

IN DEN LETZTEN TAGEN war es noch kühl gewesen, der Duft des Flieders liegt über dem Asphalt der Vorbergstraße, Apostel-Paulus-Kirche, Schwäbische Straße, freihändig auf dem Rad, und die weißen Kastanien werfen ihre ersten Blütenblätter ab, ich weiß es bis heute. Unzählige Details dieses Tages haben sich in meine Erinnerung gebrannt. Das Datum sollte ich später in meinen Ring gravieren lassen.

Den Ring hatte ich einige Jahre zuvor beim Putzen auf dem Boden gefunden. Er gehörte niemandem. Die Leute, bei denen ich arbeitete, hatten mir gesagt, ich solle ihn behalten. Es war ein einfacher hellgoldener Ring, zu schmal für einen Ehering. Als Stephan mir im ersten Jahr unserer Liebe eines Abends den breiten gelbgoldenen Ehering seiner verstorbenen Großmutter über den Finger schob, damit ich ihn auf unabsehbare Zeit trüge, nahm ich meinen Findling vom Finger und gab ihm diesen im Gegenzug. So trugen wir jeder den Ring des anderen mit seiner jeweiligen Geschichte, wobei diejenige meines Rings noch unbekannt war.

Das gezielte Vergessen ist uns nicht möglich. Unseren Körpern so wenig wie unseren Seelen. Was wir nicht verstehen, fesselt uns. Auf dem Rücken liegen wir im Sand, das Rauschen des Meeres im Ohr und auf der Haut, in unseren Knochen, an unseren Membranen, betrachten wir die Sterne über uns, um uns das schwarze All, aus dessen Weite uns ihr altes Licht erreicht. Wenn in dieser Nacht seine Wellen auf unsere Netzhaut treffen, wir das Funkeln und Flimmern und Flackern sehen, uns beglücken lassen, wissen wir bloß, dass manch einer der Sterne längst erloschen ist. Mit Stephan liege ich so. Auf dem Sand an der ligurischen Küste und auf dem Felsen über dem Meer am Haus seiner verstorbenen Großeltern, wir liegen so nebeneinander auf den schwarz-weißen Feuersteinen an der Ostsee und im Gras der Mecklenburgischen Seenplatte. Zusammen staunen wir über die Schönheit der Welt. Wir strecken uns, träumen einander zu, entfalten phantastische Geschichten, stellen uns die einfachen Fragen unserer Herkunft und erzählen davon, tauschen uns aus, widersprechen, lachen, berühren uns, bald interessieren uns mehr die philosophischen Fragen nach Leben und Tod, das Erweitern von Wahrnehmung und Bewusstsein, woher und wohin, nächtelang, wir genießen die Erregung aus Neugier und Empfinden der Unermesslichkeit. Denke ich daran, ist es Gegenwart.

Er war schmal, das kastanienbraune Haar schimmerte in Wellen, ein knabenhafter Junge mit einer tiefen und warmen Stimme. Seine Haut war gezeichnet, auf dem Bauch trug er mehrere Narben, zwei von fast zwanzig Zentimetern Länge und kleinere. Es hatte vor unserer gemeinsamen Zeit eine Notoperation geben müssen. Er kannte Schmerz und Narkose.

Zu seinem neunzehnten Geburtstag schenkte ich Stephan Faulkners *Wilde Palmen* mit der Widmung: Aus

Freude über einen kurzen Augenblick. Er sagte mir Monate später, er glaube, er werde nicht sehr alt.

Stephan hatte mich am Vormittag des sonnigen Maitages angerufen, er wollte mich später treffen, unbedingt. Er schraubte an seinem neuen Fahrrad – als Linkshänder wollte er die Bremsen von Vorder- und Hinterrad vertauschen. Ich weiß noch, wo ich während dieses Gesprächs in meiner Wohnung in der Schöneberger Hauptstraße stand. Sobald das Telefon klingelte, musste ich das Fenster schließen, weil der von unten dröhnende Verkehr zu laut war. Wie mein Blick auf die Bücher fiel, ein altes hölzernes Postregal mit hohen Fächern, in dem ich die halbe Bibliothek meines Vaters mit Baudelaire und Stendhal, Sartre und Camus untergebracht hatte, daneben standen die Ordner mit Sozialhilfeanträgen, Halbwaisenrentenanträgen, Kleideranträgen, der Sterbeurkunde meines Vaters, meinem Antrag auf Wiederaufnahme in das Schulsystem nach den fast zwei Jahren meiner Abwesenheit 87/88, Praktikumsbescheinigungen, Steuerkarten und Honorarblätter aus dem Restaurant, in dem ich zwei, drei Jahre gekellnert hatte, mein Abizeugnis, die ersten Artikel für den *Tagesspiegel*. Das Regal gehörte zum Inventar der Wohnung und wie Waschmaschine, Schleuder und Kühlschrank dem Hauptmieter, der vier Jahre zuvor mein Liebhaber und damals doppelt so alt gewesen war wie ich. Auf der Mondkarte über der Matratze stand ein Streifen Sonnenlicht. Es war ein Wendeplakat, an jenem 12. Mai 1992 hing die Rückseite des Mondes aus. Die Matratze hatte ich mitgebracht, ebenso den alten Stutzflügel, den ich bald nach meinem Einzug an den Wirt Kostas Papanastasiou für sein Lokal Terzo Mondo verkaufte, um ihn gegen meinen allerersten Computer zum Schreiben und Studieren zu tauschen. Auf alten Schreibmaschinen hatte ich blind und mit zehn Fingern schreiben gelernt, die Buchstaben liegen unter den Fingerkuppen wie die Töne unter der Klaviatur. Der Monitor stand auf der Glasplatte mit zwei Böcken, der Rechner darunter. An dem Glastisch machte ich alles, ich arbeitete, aß, küsste und prüfte Negative. Das große Schachbrett lehnte an der Wand. Neben dem Regal, rechts vom Erker, zog sich vom Boden bis zur Decke der Länge nach ein Riss über die Wand. Einmal putzte ich die Fenster und wusch außen am Glas dichten schwarzen Ruß ab. Es war ein Haus, dessen Wände zitterten, wenn Lastwagen und Busse die ansteigende Hauptstraße unter dem Fenster hinauffuhren. Die Scheiben klirrten, der Parkettboden des trapezförmigen Raumes vibrierte. Lag man dort auf der Matratze, spürte man die schweren Fahrzeuge im Körper. Ich staunte, dass Stephan allein die Bremsen vertauschen wollte. Das sei nicht schwer, versicherte er mir. Ich erinnerte mich, er hatte mit dreizehn oder vierzehn Jahren die langen Nachmittage der frühen Jugend auf den Plätzen und in der Unterführung vom ICC mit anderen Jungs und ihren BMX-Rädern verbracht. Ich hörte die Dringlichkeit in seinem Wunsch, dass wir uns treffen.

Zu der Zeit stand ich am Anfang eines Jurastudiums und malte mir aus, eines Tages Anwältin für Greenpeace oder Amnesty International zu werden. Mit der kleinen alten Minox, die mir ein Freund geschenkt hatte, fotografierte ich, ausschließlich schwarz-weiß, Menschen. Mein liebstes Motiv war Stephan. Mein Blick auf ihm. Er im Ausschnitt meiner Linse. Er kommt eine Treppe herauf und entdeckt mich mit dem Fotoapparat über sich. Seine knochigen schönen Hände, die sich berühren, die Fingerspitzen beider Hände aneinander. Seine Lippen, die den Rauch einer Zigarette ausstoßen. Er mir gegenüber am Tisch. Dunkle Augen, die nah beieinander liegen, lange Wimpern. Sein Blick in meine Kamera. Wir sehen uns an. Er liegt auf einer Holzbank. Seine Narben. Er sitzt in Jeans auf einer Steinmauer, den Rücken zu mir. Sein Haar im Nacken.

Fotografieren war teuer, die Filme, das Papier, die Chemikalien. Die Negative ließ ich meist im Laden entwickeln, die Abzüge machte ich von Hand in einer provisorisch aufgebauten Dunkelkammer im fensterlosen winzigen Bad. Auch den alten Vergrößerer hatte mir der Hauptmieter in seiner Wohnung zurückgelassen. Er stand oben auf dem Postregal und ragte wie ein Gerippe unter die vier Meter dreißig hohe Decke. Ich sagte Stephan, dass ich am Abend noch in die Uni wolle. Mein Studium sollte an diesem Tag warten können, zur Vorlesung würde ich es bestimmt noch schaffen. Ich wusste von Stephans Schwanken, seinen Zweifeln und Unwägbarkeiten der letzten Monate, wenn auch nicht alles. Zwei Tage zuvor noch hatten wir bei unserer Begegnung in seiner frisch bezogenen, ersten eigenen Wohnung Stunden gesprochen. Die Sonne blendete ihn. Es ging ihm nicht gut, er wollte seine Eltern nicht enttäuschen, mich nicht, seine Freunde nicht, er brauchte Zeit und Raum für seine

Entwicklung. Wie wir laut dachten, miteinander und entgegen. Seine klugen Sätze. Er wollte sich selbst nicht täuschen. Wir verbrachten Tag und Nacht zusammen. Sein Rücken, sein Haar, seine Haut. Mit Tränen in den Augen deutete er mir an, dass es Dinge gebe, über die er weder mit mir noch mit seinen Eltern, seiner Schwester oder irgendeinem Freund sprechen könne. Seine Wahrheit. Es tat mir weh, ihn einsam in seiner Not zu sehen. Wir umarmten uns, wir sprachen mit Liebe. Ich sehe seine braunen Augen und die schwarzen, nassen Wimpern. Unsere Gesichter liegen aneinander, und das Flattern der Lider berührt den anderen, Schmetterlinge. Sein seidenweiches braunes Haar, meine Hand in seinem Haar. Sein vertrauter Geruch. Wahrheit ist relativ, und die Unendlichkeit bildet sich in jedem einzelnen Punkt ab, Schönheit der Zellen, Mikroorganismen, Kosmos. Es gibt Dinge, die kann und möchte man nicht mit seinem liebsten Menschen teilen, aus Liebe. Das wusste ich.

Über mein Herzrasen der letzten Monate sprach ich mit niemandem. Es kam als Attacke. Es überfiel mich unvorhersehbar, nachts, wenn ich einschlafen wollte, und auch einmal im Lokal am Ende eines langen Arbeitsabends. Etwas nach Mitternacht, ich kellnerte, die letzten Gäste zahlten, der Chef saß mit seinem dicken Portemonnaie am Tisch, zählte Scheine und Münzen, machte die Abrechnung, und ich sah die unzähligen leeren Gläser auf meinem Tresen stehen, mit ihrem getrockneten Bierschaum und fettigen Fingerabdrücken am Bauch, einige mit Lippenstift am Rand. Denke flüchtig an die Klausur, die wenige Stunden später, gleich morgens in der ersten

Stunde geschrieben wird. Sammle die Aschenbecher ein, leere sie über dem Müll, Essensreste, Servietten, zurück zu den Gläsern, sie füllen meinen Tresen, ich werde sie von Hand spülen und polieren, jedes einzelne. Es beginnt mit einem Engegefühl, das Herz rast, der Puls jagt, es treibt mir den Schweiß auf die Stirn. Ich möchte ruhig atmen, frage mich, ob das Rasen und die Angst einen Grund haben, einen Anlass. Aber nein, die Angst wächst, von Attacke zu Attacke, zu einer Angst vor der Angst und einer Angst in der Angst heran. Ein kleiner angeborener Fehler, die Richtung, in der die Herzklappe unter Stress nach vorn springt. Der Internist empfahl Sport und Autogenes Training. Den Begriff Panikattacke hörte ich erst Jahre später zum ersten Mal, als die Zustände nicht mehr auftauchten. Es hatte mit dem Abitur angefangen, mit dessen Ergebnis ich nicht gerechnet und auf das ich nicht hingearbeitet hatte. Niemand in meiner Umgebung hatte ein Einser-Abitur. Schon bei der unfeierlichen Verkündung in der Schule schämte ich mich vor meinen Freunden und insbesondere vor einem Mädchen aus gutem Hause, das seit Monaten alles für sein Abi gegeben und gelernt hatte, weil es Tiermedizin studieren wollte. Ich dagegen hatte selten gelernt. Es musste ein Irrtum sein, vielleicht hatte sich jemand beim Zusammenzählen der Punkte verrechnet. Freuen konnte ich mich nicht, denn wie auch die angehende Tiermedizinerin hatte ich das unbestimmte Gefühl von Unrechtmäßigkeit. Ein Versehen. Es stand mir nicht zu. Ich erinnere mich an unsere U-Bahnfahrt im Anschluss. Das Mädchen wich nicht von meiner Seite. Wir kannten uns aus dem Biologie-Leistungskurs. An guten Tagen hatte uns der Lehrer Dr. Forell mit seinen Reiseberichten aus aller Welt belohnt. Er war Doktor der Biologie, kurz vor der Pension als Oberstudienrat, er konnte auf ein reiches Leben zurückschauen. In den fünfziger Jahren war er gemeinsam mit einem Studienfreund auf dem Rad von Kanada bis nach Feuerland gefahren. Das Rad mussten sie über steile Geröllpisten schieben und am Usumacinta auf schmale hölzerne Boote hieven. Das trübe Wasser, die Krokodile und Schildkröten. Im Amazonasgebiet krempelten sie die Hosenbeine hoch, trugen das Rad durch flache Gewässer, bis sie von Piranhas gebissen wurden. Wir liebten seine erzählten Belohnungen. Auch Afrika hatte er mit seiner Familie mehrmals bereist und erzählte uns von den Abenteuern und von den Tieren in den Nationalparks. Einmal allerdings, wir behandelten ausführlich das Thema Genetik, er hatte uns gerade ein Schema an die Tafel gezeichnet, wie Adenine und Thymine, Guanine und Cytosine zusammenpassten, und den Aufbau der DNA erklärt, sagte er uns, dass die Genetik für die unterschiedlichen Merkmale der menschlichen Rassen zuständig sei, der negriden, europiden und mongoliden. Er zeigte uns Bilder der Neandertaler und des Homo sapiens. Das Gehirn der Männer sei im Schnitt schwerer als das der Frauen. So komme es zu den sehr unterschiedlichen physischen Voraussetzungen und erkläre sich auch, dass die negride Rasse allein aufgrund ihres kleineren Gehirns nicht zu denselben kognitiven Leistungen wie die mongolide und europide in der Lage sei. Ich berührte Stephans Knie neben mir, er erwiderte mit leichtem Druck. Auch wenn mir die Röte ins

Gesicht schoss, sich der Hals etwas verengte, meldete ich mich und widersprach dem Lehrer. Meinen Widerspruch beantwortete der seiner Sache sichere weißhaarige Doktor mit einem fröhlichen Lächeln. Ja, er wisse, manche Erkenntnisse der Wissenschaft seien nicht populär, insbesondere seit dem Nationalsozialismus nicht, natürlich. Doch es sei eine schlichte Tatsache, dass die Gehirne der Afrikaner kleiner und leichter seien. Um es zu unterstreichen, schrieb er die durchschnittliche Grammzahl eines männlichen europiden und eines männlichen negriden Gehirns an die Tafel. Der Homo sapiens habe sich, je nach Rasse, im Laufe der Evolution unterschiedlich entwickelt, man schaue sich nur die sonstigen Unterschiede an. Dafür könne der Afrikaner schneller laufen, und man sehe es ja beim Sport, dass er in allen Disziplinen, in denen es auf Geschwindigkeit und Körperkraft ankomme, den Europiden und erst recht den Mongoliden überlegen sei. Ich war empört, meldete mich wieder, er nickte mir freundlich zu, und mit heiserer Stimme sagte ich, dass die Hirnmasse allein bestimmt keine Korrelation zu den kognitiven Leistungen aufweisen könne, ein großer Augapfel sehe ja auch nicht besser als ein kleiner, ein Mann sei bestimmt kein größerer Denker als eine Frau. Dr. Forell lachte mir entgegen, meine Empörung amüsierte ihn. Nun holte er etwas weiter aus, nicht ohne mir zuzuzwinkern. Selbstverständlich sei es kein Zufall, dass die großen Wissenschaftler und Philosophen Männer seien. Und was den Unterschied zwischen der negriden und europiden Rassen anbelange, so würden Jahrtausende Menschheitsgeschichte zeigen, dass es schlicht keine einzige Hochkultur der negriden Rasse gebe, wenn man bedenke, dass die Menschen und Kulturen der nordafrikanischen Länder eher zum Mittelmeerraum und zur europiden Rasse zählen. Die alten wie modernen Hochkulturen aller anderen Kontinente galten ihm als Beweis seiner These. Ich schüttelte den Kopf, ließ meinen Arm sinken, da er mich nicht sprechen lassen wollte. Zuversichtlich in meine Richtung nickend sagte er, ich könne gerne glauben, was ich wolle, er wisse, dass diese Untersuchungen einigen Menschen nicht gefielen, aus wissenschaftlicher Sicht bestünden hier keine Zweifel. Sein Lächeln untermauerte seine Gewissheit. Die Genetik werde im Verlauf ihrer weiteren Forschung seine These bestätigen. Inzwischen hatte ich vermutlich vor Aufregung und Fassungslosigkeit rote Flecken im Gesicht. Ohne über mögliche Konsequenzen nachzudenken, nahm ich meinen Hefter, mein Buch und meine Tasche, sah Stephan auffordernd an, der noch etwas zögerte, meinem Protest ebenso Ausdruck zu verleihen, und verließ den Biologiesaal. Stephan kam mit. Aber kein anderer Mitschüler folgte. Es war mir unverständlich, dass die anderen sitzen blieben und nach solchen Aussagen an diesem Tag dem Unterricht des Lehrers weiter folgen wollten. Spürten sie keine Notwendigkeit zum zivilen Ungehorsam? Auch die angehende Tiermedizinerin blieb an ihrem Tisch sitzen. Waren die anderen im Klassenraum mutlos? Oder teilten sie meine Empörung nicht?

Erst als zwanzig Jahre später meine Großmutter Inge gestorben war, fand sich in ihrem Sekretär ein kurzer Lebensbericht ihrer Schwester Gisela. Darin schildert sie, wie es ihr zum Abitur 1934 versagt wurde, die Wahlfachprüfung Deutsch über Schiller zu machen, dessen sie als jüdischer Mischling nicht würdig sei. Als sie Hesses Werk zum Prüfungsthema wählte, wurde ihr dies ebenfalls verwehrt, da dieser als entartet galt. Ihre dritte Wahl fiel auf Hebbel, sie las alles. Die Aufgabe in der Prüfung lautete überraschend, sie möge ein nationalsozialistisches Werk von ihm benennen, und auf ihr Schweigen hin wurden ihr provokante Fragen zu Herodes und Mariamne gestellt. Wie jeder Abiturient ihres Gymnasiums wurde Gisela in Rassenkunde geprüft. Im Beisein der staatlichen Fachkommission erhielt sie die Aufgabe, die Mendel'schen Regeln mit Anwendung auf ihre Eltern und sich selbst zu erläutern. Ihr Vater, während der Weimarer Republik bereits Mitglied der SPD, Professor der Chemie und Forschungsdirektor, war zwar Deutscher mit reinrassigen Vorfahren, ihre Mutter aber Jüdin mit ausschließlich jüdischen Vorfahren. Gisela schwieg. Ihr wurde gesagt, dass durch die sexuelle Gemeinschaft ihrer Eltern auch ihr Vater bereits jüdisches Blut in sich trage. Sie erhielt die Abiturnote drei. Die Nürnberger Gesetze verhinderten, dass sie Lehrerin werden konnte. Allenfalls Fürsorgerin stand noch offen. Doch auch diesen Beruf durfte sie nach dem Examen nicht mehr ausüben, sie musste in den Arbeitsdienst und verrichtete Zwangsarbeit als Betreuerin in einem Kinderheim, als Dienstmädchen und in anderen Stellen. Das Studium zur Dolmetscherin wurde ihr verboten. Sie erkrankte an Asthma und Tuberkulose und durfte ihren Verlobten trotz vieler Sonderanträge, der wiederholten Vermessung ihres Kopfes und Erforschung ihrer rassischen Merkmale nicht heiraten. Also gebar sie den ersten Sohn ledig, während sie noch im Kinderheim wohnte und arbeitete. Mit vier Monaten bekam der Säugling hohes Fieber, konnte kaum noch trinken. Der für das Heim zuständige Kinderarzt wollte am Wochenende nicht kommen. Montagfrüh starb das Kind. Ohne das Bündel im Arm der Mutter eines Blickes zu würdigen, befand der Arzt bei seinem Dienstbesuch später am Tag: ein wertloses Leben. Auch den zweiten Sohn gebar Gisela unehelich, ehe ihr Verlobter und sie nach Kriegsende heiraten konnten.

Als wir mit unseren Abiturzeugnissen in der U-Bahn zum letzten Mal von der Schule stadteinwärts fuhren, fragte mich die angehende Tierärztin als Erstes nach meiner Biologienote. Hier konnte ich sie beruhigen, unsere Noten unterschieden sich nicht. Sie wollte es nicht glauben, sie löcherte und befragte mich nach einzelnen Fächern und genauen Punkten, weil wir außer dem Leistungskurs kaum Kurse gemeinsam gehabt hatten. Mein Mund war trocken, mir war heiß, ich stammelte. Sie hatte einfach nicht kommen sehen, dass ausgerechnet ich ein besseres Abitur machen sollte. Ich spürte ihre Überraschung, ihre Enttäuschung und ihren Neid. Sie erzählte den anderen, wie viel sie in den vergangenen Monaten gelernt habe, und wollte von jedem wissen, ob er auch so viel gelernt hätte. Ich hob die Schultern, ich wollte in Grund und Boden versinken. Sollte ich sie anlügen und behaupten, ich hätte viel gelernt? Ihre Eltern und ihr Freund seien stolz. Das beruhigte mich etwas. Sie konnte sich freuen. Ich dagegen konnte mich nicht freuen. Ich dachte nicht einmal daran, jemanden anzurufen. Wer in meiner Familie interessierte sich dafür, ob ich zur Schule ging? Meiner Mutter waren Leistungen der Leistungswelt samt allen Leistungsträgern zutiefst suspekt. Als meine große Schwester Jahre zuvor im Frühsommer 1983 ihr Abitur bestanden hatte, wurde mit Freunden gefeiert. Zur gleichen Zeit wusste man schon länger nicht mehr, wohin mit mir, und Freunde in Berlin nahmen sich meiner an. Meine Mutter kam kaum zum Anrufen oder zum Briefeschreiben. Alle paar Monate hörte ich etwas von ihr. Manchmal versuchte sie es und steckte einen vor Monaten angefangenen, abgebrochenen und mit unterschiedlichen Stiften in Etappen weitergeschriebenen Brief von zwei, drei Seiten, voller orthographischer Fehler, dazu eine schöne Vogelfeder, die sie gefunden hatte, etwas Glitzer oder Ostseesand in einen Umschlag, auf dem sie fast immer meine Adresse falsch schrieb und manchmal auch die Frankierung vergaß. Wir hatten seit Monaten nicht telefoniert. Das letzte Mal im Winter. Ich erinnere mich, draußen war es schon dunkel, ich saß an meinem Tisch im Zimmer der Hauptstraße, wollte das Gespräch beenden und sagte ihr, ich wolle jetzt lesen. Zum Stichwort Lesen fielen ihr offenbar meine bevorstehenden Prüfungen ein, und es schien ihr ein Anlass zu sein, sich an die eigene schwierige Zeit ihres Abiturs zu erinnern. Wie blöd sie sich gefühlt habe und wie schlecht sie in der Schule gewesen sei, in der ihr geliebter Bruder, ohne den sie das Abitur niemals geschafft hätte, ihr noch kurz vor seinem Tod geholfen habe. Wie schwer ihr das Lernen ein Leben lang gefallen sei und dass ihr zur Entspannung in solchen Phasen immer besonders gut Selbstbefriedigung helfe.

Ich vergrößerte den Abstand zwischen meinem Ohr und dem Hörer. Wem gehörte diese Stimme, die mir, die ich schon über sieben Jahre ohne sie lebte, von ihren Entspannungstechniken erzählte? Die vollkommen überraschende Vertraulichkeit der Frau, die mich einst geboren hatte, erschien mir falsch. Wer war ich, dass sie mich nach Monaten, Hunderte von Kilometern entfernt anrief und meinen Gesprächsabschied mit dieser Information quittierte? Zum Glück übermittelte das Telefon niemandem mein Erröten. Mir fiel keine Erwiderung ein. Ich verabschiedete mich einsilbig. In diesem Sommer rief ich niemanden aus meiner Familie oder sonst irgendeinen Menschen an, um mitzuteilen, dass ich mein Abitur bestanden hatte. Mit meinem Abitur war ich allein.

Ich erinnere mich an die weichen Knie, als ich am Tag der mündlichen Abiturprüfung die Treppen hinauf in den Prüfungsraum musste. Schweißkalte Hände, die Beine gehorchten kaum, zu schwer kam mir mein Körper vor. Jeder Prüfling war zu seiner eigenen Zeit bestellt, zum Glück war ich allein am Fuß der Treppe. Ich musste das blaugestrichene Geländer mit beiden Händen umfassen, und eine Hand vor die andere setzend, mich mit den Armen ziehend, also in gewisser Hinsicht auf allen vieren, den Körper die drei Treppen hinauf hangeln. Ich hatte die ganze Nacht noch gelesen, einfach keine einzige Stunde geschlafen. Es ging um Kunstgeschichte, die Entwicklung der Zentralperspektive. Ich war begeistert von dem Thema, aber ich würde nur zwanzig Minuten

Zeit haben. Es gab Lehrer, die sich am liebsten selbst reden hörten und einem mit umständlich formulierten Fragen Zeit klauen würden. Kaum war ich drinnen und hatte die Fragestellung gelesen, begann ich zögernd, dann sprudelte es. Es gab Dinge, die ich sagen wollte und mich selbst fragte, zu Kunst und Philosophie, Renaissance und Gegenwart, zentrale und bewegliche Perspektive, Gottes Auge, das menschliche, Lascaux nicht vergessen, die ich ungeachtet der Fragestellung sagen musste, wollte. Ein Feuerwerk der Assoziationen. Den anschließenden Fragen fiel ich ins Wort, griff voraus, verknüpfte und sprang.

Mehr als die Scham über das Einser-Abitur erwirkte in den folgenden Monaten das bislang unbekannte Gefühl der vollkommenen Freiheit eine tiefe Anspannung in mir. Die Freiheit, alles studieren zu können und alles erleben zu dürfen, was ich wollte, erschien als Bedrohung. Zugleich empfand ich eine ungeheure Verantwortung. Ich wollte etwas studieren, das dem unverhofften Abitur und seinen Möglichkeiten entsprach. Die Schönheit von Mikroorganismen, Zellen, DNA, das Wunder Leben. Für Medizin hätte ich mich unmittelbar zum Medizinertest anmelden müssen, also entschied ich mich zunächst für Rechtswissenschaften. Gegen die Panikattacken halfen weder Baldrian noch Psychoanalyse, kein Autogenes Training und nicht, dass ich Stephan davon erzählte. Ich machte mir Vorwürfe, dass ich in den Jahren zuvor die eine und andere Droge genommen hatte. Möglicherweise waren die Panikattacken nichts als Echos? Das Echo meines Körpers, seiner Abenteuer. Es war mir fast gleichgültig, wenn Freunde sich durch mein Lächeln unwohl fühlten. Schon in der Jugend hatte ich oft ein Glas Leitungswasser in der Hand, während andere sich mit Schnaps, Cocktails, Bier und Wein betranken. Der Alkohol, der Freunde in Stimmung brachte, erzeugte in mir bleierne Müdigkeit. Ich konnte die Augen nicht länger offenhalten, nur noch liegen und mit geschlossenen Augen verschwinden. Trank ich Wasser, konnte ich lustiger und wacher bleiben. Die Aussicht auf Träume, nüchternen Schlaf und klares Erwachen empfand ich erhebend. Zum Erstaunen meiner Umgebung entwickelte ich mich zur Asketin, in Bezug auf Rauschmittel.

Stephans Krise aber, über die er allenfalls in Andeutungen mit mir sprechen konnte, war dem Anschein nach weder von einem Gefühl der plötzlichen Freiheit und der schweren Last einer inneren Verantwortung noch von fehlender Liebe, Gunst oder Erwartungen seiner Freunde und Familie ausgelöst. Seine eigene Position empfand er eher gegenteilig, saturiert, nicht prekär. Die Eltern hatten ihm vor wenigen Wochen seine erste eigene Wohnung gemietet, mit schönen Möbeln eingerichtet, den Umzug für ihn organisiert. Auf seinem Ausweis stand noch ihre Adresse. Er hatte in seinem ganzen Leben noch keinen einzigen Job suchen müssen. Während ich seit Jahren in Privathaushalten und einem Kindergarten putzen ging und kellnerte, kam bei ihm zu Hause jede Woche eine Putzfrau, die auch aufräumte. Anlässlich besonderer Gelegenheiten ging seine Familie in den besten Restaurants der Stadt essen. Seine Welt betrachtete er mehr aus der Perspektive eines Bret Easton Ellis. Er wollte Schriftsteller werden. Gewisse Schritte würde er allein tun müssen, gehen wollen. Wir sprachen über vieles an diesem Sonntag im Mai. Da er als Student über seine Eltern eine private Krankenversicherung hatte, wusste er, dass jede Rechnung eines jeden Arztes zuallererst seinen Eltern geschickt wurde. Dieser Umstand bedrückte ihn. Etwas sollte mir erst Tage danach deutlich werden: Er konnte und wollte sich und andere nicht verraten. An jene Nacht muss ich denken, als er im Winter einmal spätabends zu mir kam und sich neben mich auf die Matratze unter die Rückseite des Mondes legte. Wie ich meinen Arm und mein Bein um ihn schlang und spürte, meine Brust an seinem Rücken, Haut an Haut, dass er in Sekunden eingeschlafen war, und wie er im Schlaf ganz kalt wurde. Ich versuchte ihn zu wecken, doch er wirkte unerreichbar, als wäre er im Schlaf ohnmächtig geworden, ich rüttelte an ihm, nahm sein Gesicht in meine Hände, sprach ihn an, drehte ihn auf den Rücken, legte mich auf ihn. Hörst du mich? Er konnte die Augen nicht öffnen, nicht sprechen. Ich legte ihn auf die Seite, stabile Seitenlage, und versuchte, mit meinem Körper seinen Rücken zu bedecken. Meine Hand auf seinen Narben. Das Fieberthermometer zeigte 35,1. Ich wollte ihn wärmen, rieb seine Arme und Beine. Was in dieser Nacht mit ihm war, behielt er für sich. Am Morgen schien er keine Erinnerung daran zu haben.

Wenige Monate später am Maiensonntag wollte ich ihn nicht bedrängen, wollte keine Geständnisse seiner Geheimnisse einfordern, da er mir unter Tränen sagte, er könne darüber nicht mit mir sprechen. Ich wollte ihm Respekt und Vertrauen zeigen. So schlug ich vor, dass wir uns eine Zeitlang nicht sehen, in Liebe, vorerst trennen. Ich blieb noch über Nacht und fuhr am Montagmorgen von seiner Wohnung aus in die Uni.

Am nächsten Vormittag rief er an. Ich muss dich sehen, heute, bitte. Das hatte Stephan mir an jenem Dienstag am Telefon gesagt. Was willst du, ich. Dich, das war seine Antwort. Er klang angespannt, ob fröhlich, mutig, ängstlich, konnte ich seiner Stimme nicht entnehmen. Gut. Ja, ich werde da sein, antwortete ich. Wir einigten uns auf vier Uhr nachmittags im Café Hardenberg, gegenüber der TU. Er hatte ein knappes Jahr zuvor mit Germanistik angefangen. Wegen Norbert Miller studierte er an der TU, während ich Rechtswissenschaften an der FU studierte.

Tauschten wir Kleider? Studierte ich das, was unsere Nächsten von ihm erwarteten, und er das, was ich ihm allein lassen wollte? Wir hatten uns vier Jahre zuvor kennengelernt und zusammen das Abitur gemacht. Beide waren wir in Berlin geboren, er in West und ich in Ost. Unsere Welten und Familien konnten kaum unterschiedlicher sein. Er kam aus einer traditionellen Familie, Mutter, Vater, zwei Kinder. Die Eltern waren kluge und gebildete Menschen, beide Richter. Sie kamen ihrerseits aus ordentlichen und wohlhabenden Verhältnissen, aufgeklärtes Bildungsbürgertum, deutsche Protestanten. Ostern und Weihnachten gingen sie in die Kirche, der eine etwas lieber als der andere. Politisch waren seine Eltern nie einer Meinung, sie wählten entschlossen gegensätzlich. Sie hatten Humor und waren jeder auf seine Weise sehr warmherzig. Stephans familiäre Herkunft, obwohl sie für Deutsche und insbesondere Westdeutsche meiner Generation konventionell und geradezu typisch erscheinen konnte, demokratisches Selbstverständnis des westlichen Nachkriegsdeutschlands, war mir in vieler Hinsicht fremd.

Dagegen kam ich aus dem Chaos, Ost, Nord, West, als Nomadin, Flüchtige und fast Waise daher. In ihren Augen mochte ich eine Vagabundin sein, ein Hippiekind, ein herrenloses Geschöpf. Sie wussten, dass ihr Sohn mich liebte, und öffneten mir ihre Tür. Selbst zum Weihnachtsfest hießen sie mich willkommen. Ich erinnere mich, dass ich im besten Blumengeschäft des Viertels einen großen Strauß gelber Rosen kaufte. Mitten im Winter. Sonst wäre ich allein zu Hause geblieben, wie zum letzten Weihnachten. Ihre Wohnung lag fast am Lietzensee, in Charlottenburg. Oft waren Stephan und ich dort spazieren gegangen, wenn ich ihn besuchte.

Als wir das Abitur bestanden hatten, er, wie seine Mutter liebevoll zwinkernd sagte, mit dem geringstnötigen Aufwand, luden seine Eltern uns erleichtert zum Essen in ein gutes Restaurant ein. Dass Stephan sich in der mündlichen Prüfung null Punkte geleistet hatte, aus Wut und Stolz, da der Lehrer ihm eine unvorhersehbare Aufgabe gestellt hatte, fand sein Vater richtig. Schulterklopfen. Man dürfe sich nicht alles gefallen lassen. Um diese Zeit wohnte Stephan seit Monaten mehr oder weniger bei mir in der Schöneberger Hauptstraße, wir verbrachten nahezu jede Nacht beieinander. Seine Eltern waren froh, wenn sie ihn hin und wieder sahen. Sonntags besuchte er sie mit seltenen Ausnahmen zum Essen. Es war seit Jahren ihre Tradition, dass die Mutter, so viel und lange sie während der Woche auch arbeitete und oft bis spät abends an ihrem großen Schreibtisch mit den Prozessakten und Gesetzbüchern saß, am Sonntag für ihre Familie kochte.

GEBOREN IM OSTEN BERLINS hatte ich als Kind mit der Mutter und drei Schwestern von Oktober 1978 bis Sommer 1979 fast neun Monate im Flüchtlingslager Berlin-Marienfelde gelebt. Das Bundesland Schleswig-Holstein nahm uns als Sozialfall auf, und unsere Mutter fand in einem zersiedelten Dorf am Nord-Ostsee-Kanal ein altes Bauernhaus aus Backsteinen mit Reetdach, einer großen Tenne als fast lichtlosem zentralen Raum und einem unendlich erscheinenden, zaunlosen Garten, an den sich Koppeln bis hinunter zum Kanal anschlossen. Hier wollte Anna aussteigen und ankommen. Mit Unterstützung der Sozialhilfe wollte sie mit ihren Töchtern ein Leben in Freiheit finden.

Niemand im Westen kannte sie, es gab Schauspielerinnen wie Sand am Meer. Bei der Arbeitsvermittlung im Notaufnahmelager hatte man ihr offen gesagt, dass niemand hier im Westen auf sie wartete. Für eine fünfunddreißigjährige Schauspielerin, alleinstehend, mit vier Kindern von verschiedenen Männern, bestand, nachdem sie die letzten Jahre nicht mehr gespielt hatte, keinerlei Aussicht auf ein Engagement. Zu der Zeit um den ersten Ausreiseantrag hatte sie am Potsdamer Hans-Otto-Theater aufgehört und wollte Bühnenbild studieren. In den Jahren der wiederholten Vorladungen und Zurückweisungen ihres Ausreiseantrags waren ihr Arbeiten als Synchronsprecherin, Briefträgerin und Friedhofsgärtnerin zugewiesen worden. Ihr beruflicher Lebenslauf und die soziale Situation ergaben keine Qualifikationen für eine Vermittlung auf dem westdeutschen Arbeitsmarkt. Man hatte sie als Sozialfall eingestuft. Ihre Ausbildung an der Ernst-Busch-Schule, ihre vielen Jahre als Ensemblemitglied an verschiedenen Theatern und ihre Rollen in den DEFA-Filmen reichten zunächst und bis zum Mauerfall nicht einmal für eine Umschulung aus.

Wir hielten verschiedene Tiere. Schaf, Ziege, Schwein, Gans, Kaninchen, Hund und Katze. Zuerst nur weibliche, außer dem Hund meiner Zwillingsschwester. Keins sollte allein bleiben, alle sollten sich vermehren. Unter den knorrigen Obstbäumen legten wir ein Hügelbeet und ein Frühbeet an. Wir kochten Marmelade, pressten Saft aus Holunderbeeren, buken Brot aus dem von eigener Hand gemahlenen Korn, molken die Ziegen und machten den Käse selbst. Nur die Lämmchen und Ferkel, die bald geboren werden sollten, wollten wir Kinder so wenig wie die Brennnesselsuppe unserer Mutter essen. Im Sommer pflückten wir Sauerampfer, Schafgarbe und Löwenzahn von den Wiesen, wer brauchte schon wässrigen Kopfsalat aus dem Supermarkt. Niemand kochte bei uns nach Rezepten aus Büchern, wir kochten so, wie wir es uns selbst beibrachten. Die Apfelkuchen und Haferkekse, die Weihnachtsplätzchen und Blaubeertorten improvisierten wir. In der Frühe standen wir allein auf, machten uns Tee, und im Winter schippten wir Kinder noch vor Morgengrauen den Schnee und die Eisschollen vom Gehweg vor dem Haus. In die fünf Kilometer entfernte

Waldorfschule auf der anderen Seite des Kanals liefen wir zu Fuß durch die Kälte und streckten vor der Fähre unsere Daumen raus, in der Hoffnung, dass jemand Mitleid und Platz für uns Zwillinge im Auto hatte. Ich erinnere mich an die Schmerzen und das Brennen der Zehen, wenn sie unter der Schulbank während der ersten Stunde langsam auftauten. Feuchte Strümpfe in nassen Lederschuhen. Der Bus war zu teuer. Mit der Schneeschmelze im Frühling fuhren wir auf unseren zusammengebauten Rädern. Schläuche flicken, Bremsklötze wechseln und die Kabel zwischen Dynamo und Lampe erneuern, eine Kette wechseln, ein Tretlager reparieren und die damals noch losen Kugeln im Innenlager wechseln, fetten, es gab wenig, was wir nicht selbst konnten.

Da war ein Junge, Schelsky, der uns am Fährberg manchmal auflauerte. Im Stehen traten wir den Berg hinauf. Unsere Räder hatten keine Gangschaltung und waren schwer. Er stellte sein Rad quer über den Weg. Kaum bremsten wir vor ihm, kippten seitlich vom Rad, riss er an unseren Lenkern, dass die Räder zu Boden krachten, er beschimpfte uns und spuckte uns ins Gesicht. Mehrmals. Er spuckte, so viel er konnte, während er erst die eine und dann die andere festgehalten und uns zu den liegenden Rädern geschubst hatte. Nie zuvor hatte mir jemand ins Gesicht gespuckt. Es gab keinen Anlass, er mochte uns einfach nicht. Er war drei Jahre älter und einen Kopf größer. Wir hätten ihn gern vergessen. Etwas von dem Geruch bleibt haften, man riecht es noch Tage und Jahre später.

Aus ihrer Orientierungslosigkeit im Flüchtlingslager

Berlin-Marienfelde heraus hatte Anna eine Art Tombola veranstaltet: Sämtliche Waldorfschulen Deutschlands wurden angeschrieben und gefragt, ob sie die benötigten Freiplätze für ihre drei schulpflichtigen Töchter hätten. Das Los entschied: So kamen wir nach Schleswig-Holstein und in die Umgebung von Rendsburg. Anna kannte dort niemanden.

Eine Kindergärtnerin der regionalen Waldorfschule hatte sich schon im Frühling bereit erklärt, die Zwillinge bei sich aufzunehmen. So kamen wir etwas früher aus dem Lager raus und wohnten bei den Leuten. Die Fremden waren wir. Eindringlinge. Es waren Wochen, in denen wir alles falsch machten. Wir kannten ihre Tischgebete nicht, vergaßen immerzu das Händewaschen und Haarekämmen, kauten mit offenem Mund, rückten unsere Wechselwäsche zum Waschen nicht raus und sprachen in fremdem Dialekt. Wir kannten keine Höflichkeit, keinen Knicks und keinen Augenaufschlag. Wir logen, als uns ein Glas runtergefallen war, und kehrten heimlich, aber nicht ausreichend gründlich die Scherben zusammen, wir stahlen einen Keks vom Teller auf dem Tisch, wir flüsterten und verließen unaufgefordert das uns zugewiesene Zimmer. Bald schlichen wir auf Zehenspitzen durch das Haus. Walle, walle, lernten wir den ersten Waldorfwitz: Wolle? Fragt der Mann mit leichtem Lächeln und berührt mit den Fingerspitzen den Pulloverärmel seiner Angebeteten. Morgens nahm sie uns mit in die Waldorfschule, wo wir als Johanna und Susanne angemeldet waren. Nur wenige Wochen mussten wir bei dieser Frau bleiben.

Im Hochsommer bezogen wir das alte Bauernhaus in Schacht-Audorf. Wir gruben sommerlang Gierschwurzeln aus der schwarzen Erde, bestellten einen Kartoffelacker und säten Möhren. Oft stand unsere Mutter erst auf, wenn wir aus der Schule kamen. Sie ging vermutlich spät nachts schlafen. Jeder hatte seinen Rhythmus.

Wenn wir gekocht und den Abwasch erledigt hatten, im Garten geholfen, das Holz gehackt und geschichtet war, verschwanden wir Zwillinge zum Baden im Dörpsee und auf den weiten Koppeln hinter dem Haus zum Spielen. Ehe eines Tages das Weideland verkauft werden und die Siedlung Fährblick mit Einfamilienhäusern dort entstehen sollte, waren die Koppeln nur selten von Stacheldraht umspannt, Reihen von Buchen, *Knick* genannt, dienten als Windschutz und Begrenzung. Der Eigentümer hatte die Koppeln an Bauern verpachtet, die darauf Kühe und ausgediente Pferde weiden ließen. Die bestimmt zwanzig, wenn nicht fünfundzwanzig Pferde und Ponys waren alt oder krank. Wir besuchten sie, fütterten sie mit Hirtentäschel und Löwenzahn, brachten ihnen im Spätsommer einen ersten kleinen Apfel mit und beobachteten sie. Wir gaben ihnen Namen und überlegten, welche zu klein und schwach waren, um auf ihnen zu reiten. Solange wir denken konnten, waren wir *Indianer*. Nie spielten wir Cowboy und Indianer, Cowboys waren doof, die brauchte keiner. Wir waren Indianer. Eines unserer Pferde war kahl, das andere hatte einen konkaven Rücken. Seine Wirbelsäule hing durch, als hätte es sein Leben lang Zementsäcke tragen müssen und als könnte sein Bauch demnächst auf dem Boden schleifen. Ein anderes hatte bläulich trübe Augen, die tränten, es konnte ganz sicher nicht mehr sehen. Eins lag meistens auf der Wiese und knickte mit den Vorderläufen ein, wenn es sich hinstellen wollte. Wir wählten einen etwas dürren Schimmel und ein kräftiges schwarzes Pony aus, meine Schwester wollte das kleine, ich probierte, mich dem Schimmel anzunähern. Der Geruch des Fells kitzelte in der Nase. Über Tage und Stunden versuchten wir unser Glück: Aufsteigen ohne Sattel und Zaumzeug, sitzen bleiben und sich nicht abwerfen lassen, wenn sie plötzlich losstürmten. Mein ältestes Kinderbuch, das ich bis heute habe, war im Altberliner Verlag Lucie Groszer erschienen. Ich hatte es zum dritten Geburtstag geschenkt bekommen. Es handelt sich um ein Kinderbuch aus Amerika mit dem Titel *Der kleine Zweifuß*. Ich habe es einigen Kindern vorgelesen, auf die ich im Laufe meines Lebens als Babysitter, Kindermädchen oder Freundin aufpassen sollte. Der kleine Zweifuß, Sohn des Häuptlings, wünscht sich nichts mehr als ein Pferd. Es wird erzählt, was er alles kann und wie er seine Tage verbringt. Der zentrale Satz im Buch ist der Rat des Vaters: *Wenn du ein Pferd finden möchtest, musst du denken wie ein Pferd.* Er versucht das Unmögliche, er sucht und denkt und sucht. Eines Tages schläft er im Schatten eines großen Felsens erschöpft ein. Die Seite wird umgeblättert, und da sieht man es: *O nein, er fand kein Pferd, aber ein Pferd fand ihn.* Erst glaubt er, es müsse ein Traum sein, dann erkennt er, dass das Pferd verletzt ist und hinkt. Er zieht sein Hemd aus und umwickelt das Bein des Pferdes, er möchte ihm helfen und fordert das Pferd auf, mitzukommen. *Der kleine Zweifuß hatte ein Pferd, aber er ging zu Fuß.* Die Geschichte einer glücklichen Begegnung, aus der viele Weisheiten sprechen, beeindruckte mich. Denken wollen wie ein anderer. Sich in ihn hineinversetzen. Jemanden suchen und nicht finden. Helfen, sich um den anderen sorgen. Einem Gefährten begegnen, der mitkommt und sich helfen lässt, bis er gesund ist und wir zusammen reiten könnten. Wenn wir Indianer spielten, rannten wir im Galopp über die Felder, bauten Hindernisse auf und machten Pferdewettrennen auf zwei Beinen, denn wir waren immer beides zugleich, Reiter und Pferd. Mit den Zungen machten wir schnalzende Huflaute und ließen die Lippen flattern, wenn die Pferde schnaubten. Ich mochte den Geruch ihres Fells, den warmen Schimmer ihrer Augen.

Meine Zwillingsschwester war als Dreijährige in der Ostsee einmal kopfüber ins flache Wasser gekippt und beinahe ertrunken. Sie soll als Kind hin und wieder Anfälle gehabt haben, Blauwerden und kurze Ohnmacht. Ich erinnere mich daran nicht, aber unsere Mutter erzählte manchmal davon. Eine Spätfolge ihres Sauerstoffmangels während unserer zu frühen Geburt. Auch ihr Gleichgewichtssinn reifte wohl später. Nach dem Winter, in dem ich in der Schwimmhalle Wildau schwimmen gelernt hatte, übte ich vor dem Haus unserer Großmutter in Rahnsdorf Rad fahren. Ich war ja schon fünf. Man hatte mir den Sattel von Inges Klapprad so tief wie nur möglich gestellt. Plötzlich konnte ich es. Je schneller ich trat, desto leichter ließ sich das Gleichgewicht halten. Damals kam nur selten ein Auto auf der Straße vorbei.

Ich fuhr die Fürstenwalder Allee vor dem Haus auf und ab, ich jubelte. Bis Anna auf die Straße gerannt kam und mir zurief, ich solle weiter wegfahren. Fahr mal! Erst als ich zum wiederholten Mal umdrehte und am Haus vorbeifuhr, brüllte sie mich an und erkannte ich ihre Wut. Ich sollte endlich wegfahren, außer Sichtweite. Sie fuchtelte mit den Armen, um mich zu verscheuchen. Hau jetzt endlich ab! Damit mein Zwilling mich nicht sehen und mir zusehen muss. *Mensch, stell dir das doch mal vor!* war ein Satz, den ich als Kind ständig zu hören bekam. Gefolgt von der Formel: *Versetz dich mal in ihre Lage.* Solange ich denken kann, sollte ich mich in die Lage meines Zwillings versetzen, um zu begreifen, wie schrecklich all mein Können für ihn sein musste. Dass ich Neid erzeuge. Ich wollte niemanden neidisch, unglücklich und wütend machen. Zeig nicht, was du kannst. Ich lernte Scham. Für meine Sichtbarkeit.

Wurde ich bestraft? Überraschend standen zu Ostern in Rahnsdorf drei nagelneue Räder. Meine Zwillingsschwester bekam ein glänzend lackiertes, froschgrünes großes Kinderfahrrad mit Klingel geschenkt, an das Stützräder geschraubt waren. Meine ältere Schwester erhielt ein blaues mit größerem Rahmen wie eine Erwachsene, mit Klingel, Licht und hübschem Netz als Speichenschutz, meine Mutter das gleiche in Rot. Neben den neuen stand das alte Kinderrad meiner älteren Schwester, es sei jetzt meins. Es hatte weder Klingel noch Licht, aber es fuhr gut und ohne Stützräder. Immerhin konnte ich darauf schnell und langsam und sogar im Slalom fahren. Wohin ich wollte. Nur sollte ich es nicht zeigen.

Wenn wir ein- oder zweimal im Jahr auf dem Rummelplatz in der Wuhlheide waren, musste ich allein Geisterbahn und Achterbahn fahren. Meine Zwillingsschwester traute sich nicht. Zeitgleich kletterten wir in die Sitzkörbe des Kettenkarussells, das uns beiden schon nach der ersten Runde furchtbare Übelkeit erzeugen sollte. Wir kotzten noch während der Fahrt und mussten uns anschließend minutenlang erholen, still auf dem Boden sitzen, bis der Schwindel nachließ. Wer Kosmonaut werden wolle, müsse absolut schwindelfrei sei, wurde uns gesagt. Da wir wie Laika und Juri Gagarin, deren Bilder wir schon im Kindergarten kennengelernt hatten, auch eines Tages ins Weltall fliegen wollten, hatten wir noch viel vor uns.

Im aufblasbaren Planschbecken ging es, aber meine Zwillingsschwester hatte Angst vor offenem und tiefem Wasser. Dem frühen Vorfall an der Ostsee wurde Schuld daran gegeben. Ihr wurde speiübel, wenn es hieß, man wolle schwimmen gehen. Ein Schwimmlehrer in der Halle in Wildau hatte sie eines Tages einfach ins Wasser geworfen, weil er offenbar dachte, so könnte sie ihre Angst überwinden. Das Gegenteil war der Fall. In den kommenden Jahren machte sie um jede Schwimmhalle einen großen Bogen. Sie wurde in der Schule vom Schwimmen befreit. Im Dörpsee bei Schacht-Audorf lernte sie mit elf oder zwölf Jahren schwimmen. Den Kopf hoch aus dem Wasser gereckt, schwamm sie dort zum ersten Mal in kurzen Zügen einige Meter aus dem Nichtschwimmerbereich hinaus. Dann konnte sie es.

Ich hatte als knapp Fünfjährige schwimmen gelernt und liebte alle Arten des Wassers und Schwimmens, Brust und Rücken, Toter Mann und Wasserrollen, ich tauchte und sperrte die Augen unter Wasser auf, in Ostsee, Flüssen und Seen ebenso wie im Schwimmbad, wo ich ganze Nachmittage allein Strecken- und Tieftauchen übte.

Die Stille unter Wasser. Wie man den Brustkorb bewegen konnte, als atmete man. Das Bauchfell, die Muskeln, die Strömung spüren. Um die Zeit, als meine Zwillingsschwester schwimmen lernte, machte ich den Fahrtenschwimmer und übte für den Rettungsschwimmer des DLRG in Rendsburg. Den Kopf zwischen den gestreckten Armen und die Fingerspitzen voraus sprang ich von den Startblöcken. Vom Sprungturm ab einer Höhe von siebeneinhalb Metern nur in Kerze und trotz einiger Angst eines Tages auch vom Zehnmeterturm. Das trauten sich die wenigsten Jungs im Verein. Man musste nur aufpassen, um keinen Bauchklatscher zu machen. Der Schmerz an den Fußsohlen. Mutig kann sich nur fühlen, wer Angst spürt. Das Kitzeln im Bauch beim Sprung, wie als kleines Kind das Kitzeln, wenn die Schaukel abwärts schwang.

Zum Dörpsee musste ich mit, sie wollte um keinen Preis allein dorthin. Für höhere Sprungtürme war der Dörpsee zu flach. Nur ein kleiner Sprungturm mit einem Einer- und einem Dreimeterbrett stand dort im See. Vom Dreimeterbrett sprang ich mit Köpper ins blickdichte Wasser. Wir mussten nie Bescheid sagen, wohin wir verschwanden. Keiner wartete auf uns. Es gab keine Uhrzeit, zu der wir wieder zu Hause sein mussten. Es gab so wenig feste Essenszeiten wie Bettzeiten. Wir gingen schlafen, wann wir wollten. Es weckte uns ja niemand morgens, mein Wecker klingelte, wir standen allein auf, fegten im Morgengrauen die Straße, radelten zur Schule und gingen abends ins Bett, wenn wir müde waren.

Im siebten Schuljahr kamen wir fast jeden Morgen zu spät, der Unterricht begann um sieben Uhr zwanzig. Eines Tages wurde unser Lehrer wütend, als wir die Tür öffneten. Es lange ihm, er werde unsere Mutter anrufen. Wir sagten ihm nicht, dass sie vormittags oft noch schlief. Uhren waren etwas für andere Leute. Sie machte sich nichts aus Pünktlichkeit. Zu jedem Termin und zu jeder Verabredung kam sie zu spät, manchmal Stunden, wenn sie sich nicht im Tag irrte.

Ohne Tee, den wir ihr kochten, kam Anna auch am Wochenende nicht aus dem Bett. Setzte sie sich Sonntagmittag an den von uns gedeckten Frühstückstisch, konnte sie noch kein Messer halten. Eine Besonderheit, die ich weder von mir kenne noch von einem anderen Menschen je hören sollte: Sie konnte nach dem Aufstehen nichts Festes greifen, die Muskeln ihrer Hände und Arme versagten. Teetasse und Zigarette waren die ersten Dinge, die sie halten konnte. Sie hatte keine Kraft in den Händen, mit denen sie nachmittags Eimer voll Schweinefutter in die Schubkarre hob und Wasser für die Tiere trug. Nach dem späten Aufstehen fehlte ihr auch mittags noch die Kraft zum Brotschneiden. Also schnitten wir es.

Sie war sich für keine Arbeit zu schade, nur konnte sie keine zwei Dinge gleichzeitig tun oder auch nur wahrnehmen. Einer Unterhaltung konnte sie nicht folgen, wenn gleichzeitig Musik lief. Eine ausgeprägte Empfindlichkeit. Wenn sie die Nerven verlor, was sehr leicht geschehen konnte, wurde sie jähzornig. Wir beschwerten uns über dies und das. Wenn es im Winter in der Küche nach Rauch stank, und dass sie überall ihre Zigarettenstummel ausdrückte, auf den Deckeln von Einweckgläsern, in Eierbechern und auf Tellern. In manchen Zeiten blieb sie unbeeindruckt von der Außenwelt, in anderen litt sie selbst unter ihrem Chaos. Wir fanden es anstrengend, dass sie erst wenige Tage vor Weihnachten mit dem Aufräumen ihrer Zimmer anfing und sich am Heiligabend bis Mitternacht mit Baum und Kisten voller buntem Weihnachtsschmuck der letzten Jahre ins Zimmer einschloss, um alles nach ihren Vorstellungen zu schmücken – während wir gekocht hatten und unser Essen auf dem Herd längst kalt geworden war, wir stundenlang unsere kleine Schwester auf dem Schlitten durch das Dorf gezogen hatten, bis sie nicht mehr heulte, sondern schlief. Kaum gab es ein Weihnachten, an dem wir vor elf Uhr abends Zutritt in ihren Zauberraum fanden.

Ihr Jähzorn entstand nicht etwa, weil wir uns beschwerten, dass wir nicht wie andere Kinder richtige Turnschuhe bekamen. Wobei es nicht um eine bestimmte Marke ging, sondern um die feste Sohle, die man für Ballspiele, Leichtathletik und zum Rennen in der Turnhalle brauchte. Er entstand, wenn während ihrer Erklärung zu unserem Geldmangel ein Zweig des Weihnachtsbaums Feuer fing und also zwei Dinge zusammenkamen. Es war nicht vorhersehbar und konnte eine Kleinigkeit sein, die sie plötzlich ausrasten ließ. Jemand wunderte sich im falschen Moment über die manchmal tagelang eingeweichten Töpfe im Abwaschbecken? Kaum klingelte das Telefon, schrie ein Kind oder fiel ihr ein, dass die Ziege gemolken werden musste, verließ sie die Küche und vergaß Töpfe auf dem Herd, der Reis brannte an, das Wasser der Kartoffeln war verdampft und die Kartoffeln verkohlt, im Ofen war ein Auflauf schwarz geworden. Entdeckte sie selbst ein, zwei Stunden später den Rauch in der Küche oder wurde von einer Tochter zurückgerufen, ging sie an die Decke aus Wut über sich selbst. Eine Geschirrspülmaschine gab es nicht. Abwaschen mochte sie so wenig wie wir. Sie machte es nur, wenn jemand von uns oder ein Freund ihr stundenlang dabei vorlas. Uns waren die Teller und Gläser nicht sauber genug? Da konnte sie einen Tobsuchtsanfall bekommen und das Geschirr nach uns werfen. Zerworfenes Geschirr wurde nach Möglichkeit geklebt, Teller wie Tassen, Schüsseln und selbst Eierbecher. Wir waren zehn Jahre alt, unsere große Schwester sechzehn, als nach einem solchen Streit feststand, dass außer der Zweijährigen von nun an jede von uns Töchtern zwei Abwaschtage in der Woche hatte, Anna nur einen. Überhaupt gab es in unserem Haus und im Garten kaum elektrische Maschinen, weder einen Mixer, noch eine elektrische Getreidemühle, keine Säge, keinen Rasenmäher. Nach ein, zwei Stunden an der Getreidemühle, die am Küchentisch befestigt war, hatte man Blasen an den Händen, und das Handgelenk tat weh. Am Abwaschtag musste man von früh bis spät für den Fünfpersonenhaushalt sowie unsere Gäste abwaschen. Schaffte man es an einem Tag nicht, sollte man den Rest am nächsten Tag erledigen. Wollte man bei einer Freundin übernachten, so musste man seinen

Tag tauschen. Wenige Monate später war sie unsere ständige Mäkelei an ihrem Essen satt. Wir mochten ihren Löwenzahnsalat und die Brennnesselsuppe mit Körnern nicht. Der Reis war uns zu pampig und die Nudeln zu weich. Sie schäumte vor Wut. Bitteschön, dann sollten wir von jetzt an im Wechsel jeder eine Woche lang kochen. Seit wir Zwillinge elf und unsere große Schwester siebzehn war, blieb es so, bis wir wenige Jahre später eine nach der anderen auszogen. Eine Woche im Monat kochen, dazu zwei wöchentliche Abwaschtage. Auch wenn es eine Haushaltspflicht mehr für uns war, waren wir froh. Endlich durften wir entscheiden und kochen, was und wie es uns schmeckte. Spaghetti mussten nicht als dicke Stämme zusammenkleben, wir konnten sie im Salzwasser rühren und rechtzeitig aus dem Wasser holen. Reis ließ sich mit weniger Wasser bissfest statt zum Reisbrei garen. Die Zwiebeln mussten nicht verkohlen, weder sauer noch bitter schmecken, man konnte sie bei kleinster Hitze dünsten. Die Mehlschwitze für die Senfsauce war binnen Kürze frei von Klümpchen. Das übelste Essen war in meinen Augen Annas Linsensuppe mit wabbelig zerkochtem, knorpeligem Speck. Der Geruch, die Konsistenz, der Anblick. Es erzeugte Brechreiz. Vor solchen Tellern blieb ich einfach sitzen. Der Teller wurde mir am Abend und am nächsten Tag wieder vor die Nase gesetzt. Wenn alle aufstanden, musste ich sitzen bleiben und sollte dann eben hungern. Als die Letzte die Küche verlassen hatte, stand ich heimlich auf und brachte die Linsen zum Klo, wo ich noch beim Spülen würgte. Niemand durfte Essen wegwerfen. Zugleich hatte ich ein schlechtes Gewissen, und mir war leicht ums Herz.

Anna liebte Speck in jeder Form, am liebsten reinen weißen Speck, geräuchert, gebraten, gekocht. Sie konnte sich dicke Scheiben von der Schwarte abschneiden und in den Mund stecken. Sie glaubte sogar, sie müsse den Speck verstecken, damit keine Maus ihn ihr wegschnappe. So kam es, dass einem eine Speckschwarte auf den Kopf fallen konnte, wenn man aus dem obersten Fach des Küchenschranks eine umgedrehte Schüssel nahm.

Im Sommer musste Heu gemacht werden. Die Sense war im Vergleich zu uns groß und schwer, aber eines Tages lernten auch wir, das Gras zu schneiden. Heu wenden, Streuobst sammeln. Im Herbst kochten wir Apfelkompott und weckten Pflaumen für den Winter ein.

Niemand bemerkte, dass ich den Handarbeitsunterricht schwänzte. Wurde ich krank, hatte Angina mit Fieber, und konnte für ein paar Tage mein Bett nicht verlassen, so konnte es passieren, dass Anna davon erst Tage später erfuhr, wenn meine Schwester es beiläufig erwähnte. Darauf kam sie in mein kleines Zimmer in der nördlichen Ecke des Hauses. Sie fragte, was ich hätte und ob ich einen Tee brauchte. Ich nickte. Tee wäre gut. Auf den Tee wartete ich Stunden, bis ich ihn mir am Abend selbst kochte. Sie hatte ihn und mich längst wieder für unabsehbare Zeit vergessen. Es war nicht böse gemeint. Sie war einfach sehr mit ihrem Leben beschäftigt, mit sich selbst, ihren Tieren und Freunden. Außerdem war sie schusselig, so nannte sie ihre Vergesslichkeit.

Vielleicht klingt das idyllisch und nach Pippi Langstrumpf, aber ich hatte weder einen Affen noch ein Pferd. Und ich war auch nicht so stark wie Pippi Langstrumpf. Aus Scham über die verwaschene Kleidung aus der Rot-Kreuz-Kleiderkammer und den in Paketen von der Großmutter aus Ostberlin eintreffenden, eigens von ihr in Auftrag gegebenen Strickanzügen aus einer grünen, orangefarbenen und braunen Wolle über der Brust gestreift, die mit ihren Trägern und pumpigem Hosenschluss wie Strampelanzüge aussahen und über die selbst in der Waldorfschule die anderen Kinder staunen und lachen mussten, nähte ich mir mit elf mein erstes Kleid selbst. Es bestand aus Stoffresten und alter Kleidung, die ich auseinanderschnitt und nach eigenem Entwurf neu zusammensetzte. Anfangs nähte ich auf der alten Singer, auf der ich schon als Sechsjährige in Adlershof nähen gelernt hatte. Eines Tages brachte unsere Großmutter aus Ostberlin nicht nur unsere Walnussbäumchen samt Wurzelballen aus dem Rahnsdorfer Garten des Vaters unserer älteren Schwester mit nach Schleswig-Holstein. Im großen Kofferraum ihres Lada Kombi hatte Inge zwischen den Bäumchen, Aquarellfarben und Dachshaarpinseln auch eine erste elektrische Nähmaschine versteckt, mit der ich fortan Kleider nähte, Hosen kürzte, flickte. Vermutlich hätte Inge das volkseigene Produkt (VEP) der DDR nicht ausführen dürfen.

ALS VERFOLGTE DES NAZIREGIMES erfreute sich Inge besonderer Reiserechte und musste nicht bis zum Rentenalter warten. Einzig nach der Inhaftierung 1968 und bald darauf der Flucht ihrer jüngsten Tochter war ihre Reisefreiheit einmal Anfang der siebziger Jahre für eine gewisse Zeit aufgehoben worden. Geboren und aufgewachsen im westlichen Charlottenburg und während des Krieges als junge Frau erst im italienischen Exil, dann im Versteck im Hochschwarzwald, war Inge Anfang 1950 mit ihren beiden älteren Kindern und hochschwanger nach Ostberlin gezogen. Sie betrachtete sich als leidenschaftliche Kommunistin. Anders ihre Kinder. Mit dem Bau der Berliner Mauer sahen sie sich als Gefangene und konnten der staatlich kontrollierten Welt, in der sie die Schule besuchen, arbeiten und leben sollten, wenig abgewinnen. Inges achtzehnjähriger Sohn nahm sich gemeinsam mit seiner Geliebten wenige Monate nach dem Mauerbau das Leben. Inges jüngste Tochter Rosita verfasste und verteilte im Echo des Prager Frühlings im August 1968 gemeinsam mit Thomas Brasch, Sanda Weigl und anderen Flugblätter. Brasch und Rosita wurden über Nacht in Isolationshaft genommen und binnen weniger Wochen vom Ostberliner Stadtgericht zu zwei Jahren und drei Monaten Gefängnis verurteilt. Es war ein Urteil, den DDR-Bürgern in ihrem zentralen Informationsorgan *Neues Deutschland* im Oktober 1968 verkündet, gegen das Inge, die den Prozess mit Empörung und Sorge verfolgte, Eingaben an das Gericht und einen Bittbrief an den Genossen Erich Honecker schrieb. Ob ihre Briefe und Eingaben oder wirksamere Hebel von anderer Seite schließlich zu der nach außen beschwiegenen Revision und der Entlassung auf Bewährung führten? Nach drei Monaten Einzelhaft und mit der Bewährung im Gepäck hätte meine Tante Rosita in der DDR weder das Abitur machen noch studieren dürfen. Eine Schriftsetzerlehre wurde ihr zugewiesen. Was sollte sie tun. Sich umbringen, wie ihr geliebter großer Bruder wenige Jahre zuvor? Mit einem Fluchthelfer entwickelte sie einen Plan und floh im Sommer 71 gemeinsam mit dem gleichalten Hans Uszkoreit in einem fast leeren Öltanker in den Westen. Sie waren kein Paar, einfach Freunde, und machten beide in Westberlin als Erstes ihr Abitur nach. Rosita studierte Medizin, wurde Psychiaterin, Neurologin und Psychoanalytikerin, erkundete den Transfer der Traumata in ihrer Generation, Uz studierte Linguistik und arbeitete zunächst in der Computer-Linguistik am Institut für Künstliche Intelligenz in Stanford, USA, später forschte er als Professor in Saarbrücken und leitete fortan das Language Technology Lab am Deutschen Forschungsinstitut für Künstliche Intelligenz. Ihr jugendlich politisches Aufbegehren, Gefängnis und Flucht, machte sie vielleicht zu Bildungsflüchtlingen mit herausragenden Karrieren.

Nach der Flucht ihrer Tochter wurde Inge mit einem Reiseverbot und weiteren Schikanen bestraft, deren vollen Umfang sie kaum kennen konnte. Besonders der offensichtliche Verlust ihrer bisherigen Privilegien als *Verfolgte des Naziregimes* empörte sie und ließ sie Eingaben an die Regierung schreiben. Sie mache immer ihre Klappe auf, brüstete sich Inge. Die Spuren dessen konnte ich trotz mancher Lücken in ihrer OV-Akte lesen. In solchen Akten zum Operativen Vorgang sammelte die Staatssicherheit der DDR über Jahre Berichte und Überwachungsprotokolle zu ihnen verdächtig erscheinenden Personen. Akribisch notierten Spitzel, wann Inge welche Leute traf, was sie sagte, wie *zersetzend, negativ* und *feindlich* sie sich äußerte und verhielt. In der Akte finden sich neben Quittungen über Blumen und Pralinen, die einer der Spitzel ihr als Gastgeschenke mitbrachte, Ideen zur verdeckten beruflichen Behinderung, um sie politisch im Zaum zu halten.

Als bald darauf Inges ältestes und letztes verbliebenes Kind Anna, 1974 mit ihren damals drei Kindern einen Ausreiseantrag stellte und ihn solange wiederholte, bis er 1978 für sie und ihre inzwischen vier Töchter bewilligt wurde, hatte meine Großmutter in gewisser Weise alle ihre Kinder verloren. Zumindest politisch. Zweifel an ihrer eigenen politischen Leidenschaft und Überzeugung ließ sie auch nach dem Mauerfall nicht aufkommen.

Inges Stasi-Akten las ich erst nach ihrem Tod 2009. Was ich las, ergänzte meine Erinnerungen, bestätigte Ahnungen und brachte manch überraschendes Detail ans Licht. Je nach Einfall der Stasi-Informanten wurden für gewisse Versammlungen oppositioneller junger Leute in Inges Rahnsdorfer Haus Namen wie *Familienclub* erfunden, Inges OV-Akte erhielt den Titel *Putschist*, während sie sich selbst Jahre zuvor als Mitarbeiterin und Vermieterin eines Zimmers ihrer Wohnung an die Staatssicherheit den Decknamen *Ursel* gab. Wie sie wohl auf Ursel kam? Vielleicht dachte sie dabei an die äußerst politische Jugendfreundin Ursula Hirschmann? Manche Reisen, etwa nach Frankreich zu ihrer Jugendliebe, dem späteren Reformpädagogen Ernst Jablonski alias Ernest Jouhy ließ sie sich offenbar von der Stasi bezahlen – angeblich, weil sie dort konspirative Treffen mit französischen Kommunisten zum Wissensaustausch einberufen wollte. Auch gibt es Hinweise in ihrer Akte, dass sie neben der Stasi mit dem *Dienst der Freunde*, dem sowjetischen Geheimdienst, kooperierte. Viele Blätter der handschriftlich durchnummerierten Akten fehlen, sind entweder von Historikern und Journalisten in den Jahren vor meiner Recherche entnommen oder bereits 89/90 von der Stasi selbst entfernt worden. Ganze Teile ihrer Akte und möglicherweise später angelegter Aktenordner könnten geschreddert worden sein. Sie selbst hat bis zu ihrem Tod in den Jahren nach der Wende vor uns nächsten Verwandten geleugnet, dass sie jemals mit der Stasi zusammengearbeitet hat. Als erste Historiker in den neunziger Jahren über ihre Stasi-Mitarbeit in den späten Fünfzigern und frühen Sechzigern schrieben, war sie außer sich und nannte es im Brustton der Überzeugung Verleumdung. Vielleicht meinte sie, eine handschriftliche Verpflichtungserklärung zur Zusammenarbeit mit den Organen der Staatssicherheit als Vermieterin einer *KW* für *Konspirative Wohnung* wäre etwas völlig anderes als eine Verpflichtung zum *Geheimen Informator* und habe mit dem erst später allgemein verwendeten Begriff *Inoffizieller Mitarbeiter* nichts gemein. Offenbar fungierte *Ursel* auch als Botin zwischen Informanten und Staatssicherheit, stellte Kontakte her.

Nach ihrem Tod erkannte ich in ihrer Akte und Ursels Erklärung zur Mitarbeit zweifelsfrei ihre wilde Handschrift sowie ihre Unterschrift auf Quittungen für den Erhalt von Miete, Kohle und Reisekosten wieder, die sie mal mit ganzem Namen, mal mit ihrem *Ursel* signierte. Und diese Handschrift passte zu dem schillernden, vor Begeisterung und Leidenschaft sprühenden Charisma und zu den Heldenlegenden, die sie zeitlebens vor anderen Künstlerfreunden und Genossen über sich selbst erzählte: Schon als Jugendliche habe sie den mittellosen Kindern im Arbeiterviertel Wedding geholfen, sie mit Bleistiften und Nachhilfe versorgt, als Studentin die längst bekannte, deutlich ältere Künstlerin Käthe Kollwitz in der gemeinsamen Ateliergemeinschaft Klosterstraße im Umgang mit Stein beraten. Später in der DDR versammelte Inge Oppositionelle in ihrem Haus. Wenn in ihren Augen nicht genug für die Kunst getan wurde, was eigentlich immer der Fall war, echauffierte sie sich nicht nur vor Freunden und Kollegen, sie beschwerte sich laut im Künstlerverband, in der Akademie der Künste, bei der Partei und *Denen-da-oben.* Sie liebte die Kunst. Sie verehrte Michelangelo und Rodin, Frida Kahlo und Picasso, ihren Meister Fritz Cremer und Käthe Kollwitz und ansonsten nur noch Rosa Luxemburg. Aus unerfindlichen Gründen war mir meine Großmutter von frühester Kindheit an zutiefst ungeheuer. Zum Frühstück aß sie steinhartes Vollkornbrot mit Butter, einer in Scheiben geschnittenen rohen Knoblauchzehe und Salz. Dazu trank sie Tee und goss uns Kindern Sanddornsaft ein. Der Geschmack erschien mir faulig und sauer, sie fand ihn köstlich. Jeden Vormittag und Nachmittag stand sie mit Pickel und Amboss an ihren überlebensgroßen Steinen und hämmerte auf sie ein. Sie war keine 1,55 Meter groß. Sie schien immer genau zu wissen, was sie wollte. Um an die Schultern und Köpfe ihrer Figuren zu gelangen, stand sie auf einem Hocker. Mit Kohle zeichnete sie am Stein an, wo größere Brocken aus dem Block geschlagen werden mussten. Dafür beschäftigte sie hin und wieder einen Gehilfen. Sie mochte Männer, junge Männer. Das unerschütterliche Selbstbewusstsein und der Stolz, mit dem sie ihre Arbeit betrieb, die sie Kunst nannte, und ihre Skulpturen in den öffentlichen Raum stellte, Aktmodelle, Steinmetze und Gießer beschäftigte, zu ihren Ausstellungen Musiker und Dichter mit ihren Darbietungen engagierte, an Geburtstagen eine ungezählte Schar Freunde, Bekannte und Genossen in ihrem Haus empfing und sich mit frisch gedichteten politischen Liedern und Kabaretts feiern ließ, hatte etwas Fröhliches, zugleich Strotzendes und Trotziges, etwas Naives und Furchterregendes. Ich erinnere mich an Männer in durchsichtigen Negligés und Frauen mit angeklebten Schnurrbärten, schwarzem Anzug und Chapeau Claque. Dass die stets anwesenden, beobachtenden und heimlich berichtenden Stasispitzel kein Kostüm brauchten, um unerkannt zu bleiben, konnte mir nicht einfallen. In ihren Heldengeschichten hatte Inge stets für die richtige Sache gekämpft, Zivilcourage bewiesen, sich für die Armen und die Arbeiter eingesetzt. Eine

Heldin. Warum war sie vor Kriegsausbruch nicht nach Frankreich gegangen, hatte sich nicht wie ihre Jugendliebe Ernst der Résistance angeschlossen? Die Bürgschaft, die ihr Vater bei einflussreichen Kollegen in den USA für ein amerikanisches Exil seiner beiden älteren Kinder besorgt hatte, schlug sie aus. Als angehende Bildhauerin sah sie für sich in Amerika keine Zukunft. Italien war Michelangelo, war Marmor und Licht, alles, was sie brauchte. So schlimm wie Hitler konnte Mussolini nicht sein. Inge mochte es nicht, wenn man Jahrzehnte später ihre damalige Entscheidung in Frage stellte. Sie empfand sich weder als naiv noch als blind. Im Gegenteil, sie habe genau gewusst, was sie wollte: Kunst. Sie war Bildhauerin, nichts sonst. Und wäre sie damals nicht nach Italien gezogen, wäre sie Helmut nie begegnet. Es hätte beider Kinder Anna und Gottlieb und auch uns Enkel nicht gegeben.

Was soll ich denn da? In Amerika gibt's ja keinen Michelangelo! Im Zuge der nationalsozialistischen *Säuberungen* war Inge gerade des Studiums verwiesen worden, sie wollte nicht einfach ihr Leben retten – sie wollte in kein Exil. Mitten während der unwirtlichen Kriegsvorbereitungen wollte sie endlich in ihr Gelobtes Land.

Wie konnte es dazu kommen, dass ich nicht in der Nähe des kleinen Städtchens Enna auf Sizilien oder in Berkeley nahe dem kalifornischen Pazifik sondern in Ostberlin auf die Welt gekommen bin? Wo schon unsere Urgroßmutter Lotte keine Kommunistin und im Südwesten Berlins, in Schöneberg und Wilmersdorf als behütete älteste Tochter einer in alle Vorfahren jüdischen und keineswegs säkularen Familie aufgewachsen war.

Die fesche Lotte war erst siebzehn, als sie 1908 den drei Jahre älteren Heinrich Franck über ihren Bruder Ernst kennenlernte. Beide Freunde besuchten das Französische Gymnasium. Man traf sich im Tennisclub. Lotte muss eine umworbene Spielerin gewesen sein. Franck segelte auf dem Wannsee und lud sie auf seine Jolle ein. Geheime Treffen. Heinrich schrieb Briefe um Briefe, die regelmäßig von Lottes Mutter abgefangen und vernichtet wurden. Unter keinen Umständen wollte Familie Steinitz eine Verbindung zu einem Goi tolerieren. Sie untersagte weiteren Kontakt und verbat sich alles Freien und Drängen.

Da konnte der Vater des ungestümen Verehrers ein noch so bekannter Kunstmaler, Secessionist und Direktor der Königlichen Kunsthochschule sein. In der Schar von Lottes Verehrern war Franck nur der aufsässigste, und so schickte Familie Steinitz ihre Lotte zur Sicherheit monatelang ins entfernte Agnetendorf, in der Hoffnung, dass das brünstige Rudel dorthin nicht folgen konnte. Lotte legte ein Kistchen mit den eintreffenden Briefen an, in denen Schwüre, Haarlocken und gepresste Blumen steckten. Auch fand der ein oder andere junge Mann nach dreitägiger Radfahrt seinen Weg unter ihr Fenster. Es waren Jahre heimlicher Treffen und einer Flut romantischer Briefe, die immer neue familiäre Hürden und Bewährungsprüfungen der Eheleute Steinitz erwirkten. Erst nachdem der junge Chemiestudent sein Diplom, erste Anstellungen und nach etlichen weiteren Zeugnissen endlich in Höchstgeschwindigkeit vierundzwanzigjährig seine Doktorwürde vorweisen konnte, gab die seit kurzem verwitwete Martha Steinitz 1912 ihre schöne Lotte dem Goi zur Frau. Widerwillig. Lottes Schwestern sollten jüdisch heiraten. Die jüngste, Lilli, würde es einst mit ihrem Mann, dem Pianisten Erwin Bodky, und der kleinen Tochter Angelica über die Niederlande nach Amerika ins Exil schaffen. Steffi, die eigentlich Stephanie hieß, hatte erst einen Herzberg geheiratet und den gemeinsamen Sohn nach Palästina in Sicherheit gebracht, ehe sie nach Berlin zurückkehrte, einen zweiten Mann namens Berju heiratete und treu in der Jüdischen Gemeinde arbeitete. Lottes großer Bruder Ernst war noch Trauzeuge von Heinrich und Lotte geworden. Nachdem er in Berlin studiert hatte, konnte er sich rechtzeitig Mitte der dreißiger Jahre nach England ins Exil retten, wo er seine Familie gründen sollte.

Auch wenn Lotte und Heinrich nur wenige Jahre auseinander waren, altert er zusehends seinen Titeln und Ämtern entgegen, während sie ein junges Mädchen zu bleiben scheint, eine Prinzessin. Er betet sie an. Es gibt ein Foto von ihnen und Freunden mit Kindern am Ostseestrand aus dem Jahr 1920 oder 1921. Auf diesem Foto sitzt Lotte fröhlich im Badeanzug auf den Schultern ihres Mannes, ebenfalls im Badeanzug. Breitbeinig stützt er beide Fäuste in die Hüften, die Thronende legt elegant ihre Hände auf seinen Kopf. Seine hohe und breite Stirn. Mit ihren langen Beinen sieht Lotte aus, als wäre sie seine Tochter und allenfalls die ältere Schwester der vielen Kinder, die vor ihnen im Sand sitzen. Peter und Inge tragen geringelte Badeanzüge, Gisela ist wie andere Kleinkinder nackt. Noch ist das Nesthäkchen Michael nicht geboren.

Angezogen mit dicken Kleidern und Blusen sitzen hinter den Kindern und vor den stehenden Herrschaften die angestellten älteren Hausmädchen.

Obwohl er Sozialdemokrat und von Beginn an entschiedener Gegner der Nationalsozialisten ist, kann Franck sich auch nach Hitlers Machtergreifung nicht zum Exil entschließen. Fühlt er sich unentbehrlich? Hat er Angst vor fremden Sprachen, traut er sich als Wissenschaftler keinen Neuanfang in Amerika zu, hängen Heinrich und Lotte an ihrer Geburtsstadt Berlin, wollen ihre alternden Eltern nicht zurücklassen? Beider lebenslanger Briefwechsel könnte mir eines Tages Aufschluss gewähren. Schon im Ersten Weltkrieg hatte Heinrich keinen Kriegsdienst absolviert, da er als Wissenschaftler unabkömmlich schien. Wiederholt erhält Heinrich von den Nationalsozialisten Aufforderungen zur Scheidung und weigert sich. Nach und nach wird er aller bisherigen Positionen und Ämter enthoben, verliert die Leitung seines Forschungslaboratoriums der Bayerischen Stickstoffwerke, wird der Professur verwiesen und in die Glasforschung abgeschoben. In den letzten Kriegsjahren versteckt er seine Lotte vor Razzien der Gestapo und nachbarlichen Denunzianten erst in der ehelichen Villenetage im Westend, dann im Gartenhaus seines Vaters am Wannsee und schließlich im nahegelegenen Gebüsch, wie er es einmal nannte. Trotzdem erwog er es wohl nicht, und wenn, entschied er sich dagegen, selbst mit Lotte ins Exil zu gehen. Als der Krieg ausbricht, sind Lotte und ihre ein Jahr jüngere Schwester Steffi die einzigen noch in Berlin verbliebenen Verwandten, die sich um ihre gebrechliche Mutter Martha kümmern können. Ernst und Lilli sind längst im Exil. Steffi arbeitet als Angestellte der Berliner Jüdischen Gemeinde, die einen sagen, sie sei Kindergärtnerin gewesen, die anderen, sie habe zuletzt als Altenpflegerin gearbeitet. Alle drei müssen den Stern tragen, Lotte glaubt sich durch ihren Mann geschützt. Ihre alte Mutter Martha darf auf keiner Parkbank mehr sitzen, wird ihrer Wohnung verwiesen und ihres Vermögens beraubt, muss immer wieder umziehen. Ihre letzte Adresse im Berliner Adressbuch finde ich in der Regensburger Straße nahe dem Viktoria-Luise-Platz. Laut einem Familienbuch stirbt Martha am 2. August 1941. Sie entgeht damit knapp ihrer Deportation. Auf ihrer Sterbekarte von der Kultusgemeinde finde ich als letzte Anschrift Niebuhrstr. 1 in Charlottenburg, als Todesdatum den 6. August 1941. Entgegen aller Umstände und Widerstände gelingt es Lotte und Steffi, ihr eine Beerdigung im Grab ihres mehr als drei Jahrzehnte zuvor verstorbenen Mannes auf dem Jüdischen Friedhof in Weißensee zu ermöglichen. Am 13. Januar 1942 wird Steffi mit ihrem Mann und um die tausend weiteren Menschen vom Gleis 17, Berlin-Grunewald, deportiert und noch auf dem Weg nach Riga ermordet. Lotte konnte es nicht verhindern. Mindestens einmal wird Lotte von der Gestapo auf der Straße aufgegriffen und einmal auch aus ihrem Haus abgeholt, beide Male gelingt es Heinrich wohl, sie dort wieder abzuholen. Victor Klemperer gegenüber sagte Heinrich später, sie hätten die letzten drei Wochen des Krieges im Keller verbracht, er habe einen Streifschuss am Kopf erlitten und seiner Frau sei der Oberkörper durchschossen worden. Klemperer notiert es in seinem Tagebuch. Heinrich hielt an seiner Lotte fest. Von diesen physischen Verletzungen wurde in der Familie nie gesprochen. Möglicherweise hatten sie es ihren in aller Welt verstreuten Kindern nicht mitgeteilt, um sie nicht zu beunruhigen. Auch musste man in Briefen dieser Zeit achtsam sein, welche Informationen wie wohin gelangen durften, um Absender, Empfänger und die Nächsten nicht zu verraten.

Den beiden älteren Kindern hatten Heinrich und Lotte 1938 jene Bürgschaften für ein Exil besorgt. Ihren jüngeren und eher schmächtigen Kindern konnten sie keinen Ausweg mehr bieten. Alle Versuche der Eltern, ihr Bübchen und Gila vor dem Schlimmsten zu bewahren und in Sicherheit zu bringen, scheiterten. Die asthmakranke Gisela wurde als Kinderbetreuerin in ein Waisenhaus delegiert. Das Bübchen, wie Lotte ihren Jüngsten nannte, das erst 1941 als einer der letzten sogenannten Halbjuden am Französischen Gymnasium in Berlin sein Abitur ablegen konnte, durfte weder ein Studium noch eine Ausbildung beginnen. Unmittelbar nach dem Abitur wurde Michael ins Arbeitslager zum Straßenbau gebracht und musste bis Kriegsende für die Organisation Todt Zwangsarbeit leisten.

Heinrich verehrte, begehrte und bewunderte seine Lotte, er schützte sie, aber in seinen Briefen erpresste er sie wohl auch. Er könne sie hochgehen lassen. Ihr lebenslanger Briefwechsel ist der vielleicht größte Schatz unserer Familie, der über Jahrzehnte von meiner Tante Rosita wie der Gral gehütet werden sollte.

Nach ihrem ersten Sohn hatten Heinrich und Lotte 1915 ein Mädchen bekommen, das zu aller Überraschung nicht die entfernteste Ähnlichkeit mit einer Prinzessin hatte. Es galt als Wirbelwind, als Rabauke, und schon als Kind war es störrisch und eigenwillig. So wunderte sich niemand, dass der Wirbelwind nach dem Abitur in Berlin erst an einer Kunstakademie studierte und dann 1935 eine Steinmetz-Ausbildung in Würzburg begann. Inge war vermutlich die einzige Frau ihrer Generation. Anschließend wollte sie Bildhauerei studieren und wurde in Berlin Meisterschülerin der Ateliergemeinschaft Klosterstraße bei Ludwig Kasper, bis die nationalsozialistischen Gesetze sie 1938 zwangen, ihr Studium aufzugeben. Ihr älterer Bruder Peter, bis 1936 noch als Jura-Student an der Friedrich-Wilhelm-Universität Berlins immatrikuliert, der späteren Humboldt-Universität, absolvierte 1938 sein Jura-Examen in Basel und ging über Paris ins amerikanische Exil nach Berkeley, Kalifornien. 1941 wurde er amerikanischer Staatsbürger, machte einen PhD in Economics und erhielt eine erste Professur. Im Dreiländereck der Schweiz, in Frankreich, Italien und Amerika kreuzten sich mehrfach die Wege der exilierten Schulfreunde aus Berlin. Besonders Ernest Jouhy, Otto-Albert Hirschmann und dessen schöne und umworbene Schwester Ursula wollten Peter und Inge lange nicht aus den Augen verlieren.

Peter und Ursula waren gleich alt wie auch ihre jeweils fast zwei Jahre jüngeren Geschwister Inge und Otto. Die Hirschmann-Kinder waren wie die Franck-Kinder erst in der deutsch-jüdischen Jugendbewegung, dem Wanderbund *Kameraden*, und bald in dessen Abspaltung, einer sozialistischen Jugendgruppe mit dem Namen *Rotes Fähnlein* organisiert. In der Baracke an der Wallstraße trafen sie auf Ernst, der die Arbeitsgruppe zur Lektüre und Diskussion von Marx und Engels leitete, und in den sich Inge Hals über Kopf verliebt hatte. Sie kamen mit dem Sozialistischen Schülerbund zusammen und gaben eine Zeitung unter dem Namen *Der Schulkampf* heraus. Nach 1933 wurden diese Jugendgruppen zerschlagen und verboten. Über Jahre verehrte und umwarb Peter Ursula und Otto Inge. Noch auf der Trauerfeier seiner Mutter Lotte, 1984 in Pankow, wird der älteste Sohn Peter, der Deutsch inzwischen nur noch mit starkem amerikanischen Akzent sprechen konnte, im Beisein der großen Familie und auch seiner zweiten Frau und seiner beiden Töchter, Lottes Großherzigkeit und Freude am Zusammenführen der Menschen loben und sich erinnern, wie sie einst Ursula und ihn am Wannsee in ein Boot gesetzt und vom Ufer abgestoßen habe. Die Geschwister Hirschmann hatten mit Peter bis zur Emigration an der Friedrich-Wilhelm-Universität studiert. Doch Ursula wird ihren Verehrer aus Kinderzeiten nicht erhören. In Paris trifft sie den beeindruckenden Eugenio Colorni wieder, dem sie über die Schweiz nach Italien folgen, ihn heiraten und mit dem sie drei Töchter bekommen sollte. Nach Colornis Tod heiratet sie dessen langjährigen Weggefährten Altiero Spinelli und bekommt mit ihm drei weitere Töchter.

Albert, der in seiner Jugend nur Otto genannt wurde, als den ich ihn in Begleitung seiner Frau 1993 bei Inge in Rahnsdorf kennenlernen sollte, nannte sich fortan in Amerika Albert O. Hirschman und wurde einer der wichtigsten Wirtschaftstheoretiker seiner Epoche.

Da Inge 1938 kein Schiff nach Amerika besteigen wollte, schrieb ihr Vater den Freunden in Italien, seine Tochter werde kommen und ein Zimmer suchen.

In Florenz traf Inge 1939 den jungen deutschen Maler Helmut Ruhmer, der sich einer Auszeichnung mit Aufenthalt in der Villa Romana erfreute. Während Deutschland den Krieg begann, brach in Florenz auf dem klösterlichen Hügel der Villa Romana unter Oliven und Zypressen die Liebe aus.

Sehr bald musste Inge dem Pastorensohn eröffnen, dass zwischen ihnen nur eine wilde Liebe möglich sei. Die Rassengesetze untersagten seit 1938 gemischte Eheschließungen.

In Italien und während der Jahre nach Kriegsende, ja, in allen ihren Legenden fuhr Inge auf ihrer Muckepicke. Das war der Kosename für ihr Motorrad. Mit Stein und Hund, mit Helmut und schwanger. Es handelte sich nicht immer um dasselbe Gefährt, die Fahrzeuge wechselten, der Name blieb.

WER ARM WAR und Schlimmes erlebt hatte, konnte Inges Mitleid erregen, sich ihrer Zuwendung sicher sein. Sich selbst betrachtete sie nicht als Opfer, sie war eine stolze Kämpferin. Den Arbeiter schlechthin verehrte und mystifizierte sie. Wo in aller Welt und wie sonst konnte eine deutschsprachige, jüdische Künstlerin ihrer Generation die Welt erobern, wenn nicht im Arbeiter- und Bauernstaat? Ihr Umzug 1950 in die neu gegründete Deutsche Demokratische Republik, die von einer sozialistischen Partei angeführt den Antifaschismus für sich reklamierte und sich Marx' Philosophie bediente, musste ihr vollkommen natürlich erscheinen. Sie wollte Kunst für Arbeiter machen. Wirkliche Freundschaften ergaben sich nur mit wenigen.

Vielleicht war ihr Furor Ausdruck einer Scham oder eines tief verankerten Standesdünkels in Verbindung mit ihrem Eigensinn und Stolz. Das deutsch-jüdische assimilierte und säkulare Bildungsbürgertum der Weimarer Republik pflegte eine humanistische Weltsicht. Brot und Kunst für jeden war die Parole des gemäßigten Kommunismus und brachte ihren Protagonisten schon während der Weimarer Republik das Etikett Kulturbolschewisten ein. Inges Freunde waren Künstler, Literaten und Wissenschaftler. Ihre engste Freundin Ilse Münz, mit der sie in den zwanziger Jahren in die Schule im Charlottenburger Westend gegangen und seit ihrem zehnten Lebensjahr befreundet war, Jüdin und Kommunistin wie sie selbst, wurde Journalistin. Es gab zwei Keramikerinnen und zwei jüngere Bildhauerinnen, zwei Ärztinnen, und eine Bibliothekarin. Unter ihren Freunden fand sich kein echter Arbeiter, gewöhnlicher Handwerker oder einfacher Angestellter. Ihre Begeisterung erregte, wer Bedeutsames, wer Kunst schuf. Vielleicht dürfte man sie Salonkommunistin nennen. Manche ihrer Freundinnen kannte ich gut, ein Leben lang, bis Inge vierundneunzigjährig starb. Sie hatte am längsten von ihren Geschwistern gelebt. Sie war ein geselliger Mensch und liebte es, wenn Freunde sie besuchen kamen. Manche ihrer Freunde teilte sie mit ihrer ebenso langlebigen Mutter Lotte, an die ich lebendige Erinnerungen habe, andere Freunde teilte sie mit ihren Töchtern und eine selbst mit mir, ihrer Enkelin.

Meine Urgroßmutter Lotte, von uns allen *Großmutti* genannt, starb erst 1984. Zu ihrer Beerdigung in Pankow kamen Menschen aus aller Welt, Kinder und Kindeskinder, der amerikanische älteste Sohn Peter mit seiner blonden englischsprechenden Familie, das Bübchen, Michael, war in Wiesbaden Justitiar und kam mit seiner eleganten Frau, einer Bibliothekarin, die Literatur so liebte wie er, Gisela mit ihrer Familie aus Leipzig und Inge aus Rahnsdorf mit Rosita aus Charlottenburg und zwei von uns Urenkelinnen aus dem Westen Berlins. Der Sohn von Freunden spielte ein Solo auf einer Barocktrompete.

Ich erinnere mich, dass schon in den Tagen vor der Beerdigung eine große Unruhe unter den Geschwistern aufkam. Sie überlegten, ob sie den Garten umgraben oder Matratzen aufstechen sollten. Mir war, als warfen sie misstrauische Blicke gegeneinander. Hatte Lotte Konten in Westberlin, in der Schweiz, Konten, von denen niemand oder nur einer etwas wusste? Sie vermissten das viele Geld, von dem alle vier sicher waren, ihre Mutter müsste es irgendwo versteckt haben. Doch sie suchten vergeblich. Lottes Sparkassenkonto wirkte bescheiden und leer. Hausangestellte wurden verdächtigt, Bekannte, Freunde des Hauses. Ohne Erfolg. Lotte war eine feine Dame gewesen, die stets maßgeschneiderte Kleidung trug, feine Seidenblusen, Schals und Hütchen. Sie schmückte sich mit goldenen Broschen, die von Rubinen besetzt waren. In einer Villa voller Schätze und Gemälde, Skulpturen, Teppiche, Antiquitäten, Kunstgegenständen aus allen Kulturen lebte sie.

Nach dem Krieg hatte ihr Heinrich erst zum Gründungskommitee der Technischen Universität in Charlottenburg gehört. Er war einer der wenigen Wissenschaftler und Professoren, die keine nationalsozialistischen Verbindungen hatten. Zugleich verlangte auch die alte Berliner Universität Unter den Linden eine Neugründung, und so sollte Heinrich Franck für die Konstitution der Humboldt-Universität mitverantwortlich werden. Der Umzug aus dem Westend Charlottenburgs in den sowjetisch besetzten Sektor Berlins wurde Professor Franck und seiner Frau mit einer kleinen Villa in Pankow erleichtert. Selbst von Ostberlin aus hatte Lotte vor und nach dem Mauerbau stets ihre Reisen zu Freunden und Verwandten im Westen Deutschlands und in die Schweiz, zu ihrem Sohn nach Amerika, der Mischpoke in England,

Israel und Frankreich unternommen. Ob ihre vier Kinder wenigstens ihren Schmuck fanden und gerecht teilen konnten? Da war keine Spur von inländischen oder ausländischen Konten.

In Lottes Haus gab es Dinge, für die sich niemand interessierte und die man dem Entrümpler überlassen hätte, wären sie nicht auf die Idee gekommen, das vierzehnjährige Mädchen zu fragen. Die Familie wusste, dass ich nicht mehr bei meiner Mutter wohnte. Sie fragten mich, was ich von all dem Plunder wollte. Ich zeigte auf eine kleine blaue Teekanne aus Steingut, mit winzigen weißen Pünktchen, die ich bis heute habe, eine chinesische Seidenstickerei, deren pastellene Farben so ausgeblichen sind, dass man die Kraniche und Blüten kaum erkennen kann. Dazu nahm ich einen champagnerfarbenen Seidenschal, von dem ich mich um die Zeit der Geburt meiner Kinder trennen musste, weil das hauchdünne Gewebe zerfiel. Der Samowar aus Messing, der nicht mehr funktionierte und der erblindende Spiegel sollten nicht auf der Müllhalde landen. Es waren keine wertvollen Dinge, die meine Tante Rosita mir Monate später auf ihrem vollbeladenen Auto nach Westberlin mitbrachte.

Etwa fünf Jahre später gieße ich Stephan Tee aus dieser kleinen blauen Kanne ein. Ich erzähle ihm alles, von der blauen Kanne, den vielen Büchern meines Vaters neben mir im Postregal, dieser zerstreuten Familie, aus der ich komme. Er mir von seiner. Wir sitzen in meinem trapezförmigen Zimmer auf dem Boden, wo das Parkett im Erker ein flaches Podest hat, und er fragt, ob ich schon mal Opium geraucht hätte. Ach, ich schüttele den Kopf, das gibt's in Berlin nicht mehr, glaube ich. Haschisch, Gras, Pilze, Speed, LSD, Kokain, alles alte Drogen, die es noch gibt, aber Opium, nein. Stephan zündet sich eine Zigarette an und hustet, er raucht seit kurzem. Er übt Rauchringe und kann es fast schon so gut wie Steinehüpfen und Billardspielen. Wir könnten mal das neue ausprobieren, Ecstasy, schlägt er vor. Manchmal schnalzt er leise mit der Zunge, ohne dass er es merkt. Er brennt vor Neugier. Man weiß zwar nicht genau, was da drin ist, aber wir würden ja sehen. Hast du Lust?

Ich zucke mit den Schultern, meine Lippen sind unentschlossen. Komisch, sage ich ihm, mit dir zusammen habe ich oft das Gefühl, wir sind im Rausch. Wach, wild, weit. Hier. Die Sonne steht Kopf. Draußen dämmert es und wird Tag, wir haben die Zeit vergessen, im Erzählen, wir erzählen uns ganze Leben, anderer, seins, meins, lesen uns die Odyssee vor, und sind vor Stunden, als wir zum Teekochen aufgestanden waren, nicht zurück ins Bett gegangen. Nicht mal angezogen hatten wir uns, auch an Essen haben wir nicht gedacht. Wir vergessen in dieser Nacht zu schlafen, und es gibt Tage, an denen wir nach der Schule in meine trapezförmige Wohnung kommen, uns schon in der Eingangstür gegenseitig ausziehen, kein Atem zu schnell und kein Boden zu hart ist, uns später nackt ins Bett legen und ohne Zudecken noch bei Sonnenschein einschlafen, wach werden, im Bett Tee trinken, uns Antigone vorlesen, uns lieben und im Halbschlaf unsere Träume erzählen.

DER KRIEG WAR VORBEI und Inges Helmut tot. Noch lebte sie im Hochschwarzwald und schlug sich allein mit den beiden kleinen Kindern durch. Bergalingen. Sie konnte Keramiken herstellen und bot den Bauern der Umgebung große Schalen und Krüge an.

Nach Monaten der Gefangenschaft und schweren Misshandlung im Konzentrationslager Dachau war der Kommunist und Spanienkämpfer Hunzinger bei der Befreiung unter einem Berg Leichen gefunden worden. Seine erste Frau und ihr Kind erkannten ihn nicht wieder. Gefangenschaft, Folter und Gas hatten Spuren an ihm hinterlassen. Sie war nicht unglücklich, als er einer anderen Frau begegnete.

Meine Großmutter und Hunzinger lernten sich Ende der vierziger Jahre bei den ersten Treffen der Kommunistischen Partei nach Kriegsende in Konstanz kennen und begannen ein Verhältnis. Inges vaterlose Kinder Anna und Gottlieb waren gerade erst in der winzigen Dorfschule unten im Tal eingeschult worden, als Inge schwanger wurde und mit ihrem dritten Kind im Bauch nach über zwölf Jahren unfreiwilligen Exils zurück nach Berlin zog. Die gemeinsame Tochter mit dem Spanienkämpfer erhielt ihm zu Ehren den Namen Rosita und kam kurz vor der Eheschließung auf die Welt, denn Hunzinger musste noch auf die formale Scheidung von seiner ersten Frau warten.

Inge und Hunzinger hatten eine katastrophale Ehe. Schon Mitte der fünfziger Jahre ließen sich beide scheiden und sahen einander nie wieder. Als Hauptmieterin bei der Kommunalen Wohnungsverwaltung vermietete Inge das nun überzählige Zimmer in ihrem Rahnsdorfer Haus unter, zunächst an die Stasi und seit den sechziger Jahren an Studenten und Maler.

Fahre ich mit Stephan um 1990 die ersten Male rüber, nach Rahnsdorf, brauchen wir eines Tages kein Visum mehr und müssen nicht einmal mehr unseren Ausweis zeigen, wenn wir mit der U-Bahn unterirdisch in die DDR gelangen, durch das Labyrinth aus Stellwänden, Türen und verschachtelten Gängen der alten Grenzanlage mit ihren Spiegeln und Kameras im Bahnhof Friedrichstraße bis hinauf ins Tageslicht. Alles sieht aus wie eine Kulisse. Stephan folgt mir in meine alte Welt. Er will wissen, wie es da aussieht, und möchte meine Großmutter kennenlernen, wo er schon meine Eltern nicht kennt. Es riecht nach dem Benzin der Zweitakter und Braunkohle. Die Tür zu ihrem Haus ist offen wie immer. Sie ist nicht im Salon, nicht auf der Veranda, nicht im Garten. Wir finden sie im Atelier. Sie steht da mit ihrer blauen Arbeiterjacke und Schutzbrille. Das Radio dröhnt, es laufen Nachrichten. Stephan würde ihr die Hand geben, wenn sie nicht Hammer und Meißel in den erhobenen Fäusten hielte. Sie arbeitet an dem roten Stein, einem riesigen Block zum Gedenken der Frauen in der Rosenstraße. Pazifistischer Widerstand. Sie ärgert sich über den Porphyr, weil er nicht nur viel härter als ihr Elbsandstein ist, sondern sich auch nicht so leicht wie teurer Marmor bearbeiten lässt. Immerzu springt er in unvorhersehbaren Brocken, und die Nase ihrer Figur ist jetzt zu kurz. Mit gespitztem Mund guckt sie mich an. Ach, du hast ja keine Neese, das stupsige Etwas. Vergnügt guckt sie von mir zu Stephan und betrachtet jetzt seine Nase prüfend, legt den Kopf schief, schaut von der Seite. Äh! Sie lacht. Nasen hat der Mensch. Geht doch schon mal hoch und setzt Kartoffeln auf, Bürste hängt neben dem Ausguss. Petersilie gibt's im Garten. Ich hab heut früh herrlichen Fenchel, Oliven und Orangen bekommen. Ist alles in der Speisekammer, ich komm gleich.

Wir können bei Inge übernachten. Wie schon als Kinder früher und alle anderen Gäste soll ich Stephan und mir das Bett in dem Zimmer mit dem hellgrünen Ofen machen. Die Kacheln sind ungewöhnlich kunstvoll gearbeitet, es sind Reliefs mit bunten Landschaften, hellgrün, aber auch weiß, rosa, gelb und hellblau in der Glasur. Seit Jahrzehnten bleibt dieser Ofen kalt, da hier nur geschlafen und nicht gewohnt wird. Die Stehlampe wirft fahles Licht, ich lösche sie. Unsere Augen gewöhnen sich an das Dunkel. Durch die hohen Fenster fällt von der Fürstenwalderallee das schwache Licht der alten Gaslaternen. Stephan legt sich zu mir unter die kratzigen Decken. Hier haben sich Gottlieb und Lieselotte zusammen das Leben genommen, sie waren etwa so alt wie wir heute, er achtzehn, sie ein paar Jahre älter.

Auch Stephans Onkel hat sich das Leben genommen, allein, er hat seine Mutter, zwei Brüder mit ihren Familien, seine leiblichen zwei noch kleinen Töchter und ihre Mütter zurückgelassen und war schon mitten im Leben, deutlich älter als Gottlieb und Lieselotte. Wir schweigen zusammen. Die Wärme zwischen uns, seine Augenhöhlen, im Dunkel ahne ich sein Gesicht, erkenne ihn, spüre seinen Blick, das zeitgleiche Geräusch des Ausatmens, mit den Fingern streiche ich seine Augenbrauen entlang, über seine Lippen.

1968, kurz vor unserer Geburt heiratete Inge ein letztes Mal. Sie war damals dreiundfünzig Jahre alt, es war kein Kind mehr unterwegs. Ihre Liebe galt dem zehn Jahre jüngeren Bildhauer Robert Riehl, mit dem sie beschloss, trotz Hochzeit in freier Liebe jeder in seinem Haus und Atelier zu bleiben. Robert wohnte in Skaby bei Berlin, Inge am Müggelsee. An Robert habe ich noch deutliche Erinnerungen. Mit seinem vollen Bart, der kräftigen Statur und der tiefen, rollenden und trunkenen Stimme hatte er etwas von einem russischen Märchenbär. Er trank von früh bis spät. Seine Plastiken waren von einer seltsam zarten Nüchternheit. Der *Gefallene Krieger*, der jahrelang im Garten meiner Großmutter stand, war in meinen Augen stets eine grazile, sitzende und sich schützende Frau gewesen, mit ihren langen Gliedern. Das Geschlecht zwischen seinen Beinen hatten meine Kinderaugen offenbar nicht beachtet, den Titel der Plastik erfuhr ich erst Jahre später. Sanftheit und Anmut strahlt auch seine *Bewahrende* aus. Seine Skulpturen stehen nur scheinbar im Widerspruch zu dem Bär von Mann, als den ich Robert in Erinnerung habe. Viel später las und hörte ich erst von Hemingway, der mich auf Fotos an Robert erinnern sollte. Wir waren sechs Jahre alt, als Anna uns mit in das Krankenhaus nahm, in dem Robert starb. Eine bulgarische Freundin und Wahrsagerin hatte seinen Tod am Leberkrebs vorhergesehen. Er war gerade erst zweiundfünfzig, Inge einundsechzig Jahre alt. Im Krankenhaus roch es erbärmlich, einzigartig, süßlich. Ich hatte keine Angst vor dem sterbenden Robert mit seiner gelben Haut und den gelben Augäpfeln. Nur der Gestank war kaum erträglich. Für mich war dies von Kindheit an der Geruch von Krebs. Faules Fleisch. Als mein Vater starb, roch ich es wieder, auch im Krankenhaus, in dem ich später arbeitete. Gibt es Menschen, die Krebs riechen können?

Als meine große Schwester auf die Welt kam, die Stephan noch nicht kennt, war Inge erst neunundvierzig und fünfundfünfzig, als wir Zwillinge geboren wurden. Sie wollte von ihren ersten Enkeln nur *Inge* genannt werden, niemals Oma, und *Großmutti* war an ihre eigene Mutter vergeben. Wie soll Stephan sie ansprechen? Inge, wie sonst. Wir liegen in dem dunklen Toten-, Schlaf- und Stasizimmer und können nicht einschlafen. Beklommenheit. Die Kissen sind klumpig und riechen nach Moder. Bestimmte Dinge kann ich Stephan nicht erzählen, noch nicht, weil es ihm das Haus noch dunkler und Inge noch unheimlicher erscheinen ließe. Also erzähle ich ihm illustre Dinge.

Bei Inge und Robert soll es wilde Maskenbälle gegeben haben. Orgiastisch. Ein Wüstling muss Robert gewesen sein, mit allem, was man sich darunter vorstellen kann. Auch in den alten Lebenserinnerungen von Inges Onkel Carllutz Franck, einem Architekten, der in den frühen dreißiger Jahren nach England emigrieren musste, lese ich schwärmerische Beschreibungen der Kostüme und

Maskenbälle, die er und sein Bruder Heinrich, mein Urgroßvater, in ihrer Jugend am Wannsee veranstalteten. Zwischen Segelclub und Tennisverein gehörten die Kostüm- und Maskenbälle offenbar zur wichtigsten Freizeitbeschäftigung der Familie und ihrer Freunde. Ein Vergnügen, das ebenso wie Kunst und Puppenspiele eine gewisse Tradition hat: Kostüme nähen, Masken bauen, Spielen. Was haben wir uns als Kinder verkleidet, mit allem Möglichen. Fasching kannte bei uns keine Jahreszeit.

Inge, die trotz Bildhauerei, Kommunismus und Maskenbällen inzwischen mehrfache Großmutter geworden war, dachte in ihrem Leben nicht daran, Strümpfe zu stricken und Kuchen zu backen oder ihre Enkel längere Zeit bei sich aufzunehmen. Als die vielversprechende Schauspielerin, die meine Mutter in den Augen ihrer Mutter geworden war, mit siebenundzwanzig Jahren zu der sechsjährigen Tochter auch noch Zwillinge bekam, schlug Inge die Hände über dem Kopf zusammen. Sie hatte ihren Beruf, ihre Steine, Bildhauersymposien im Elbsandsteingebirge, leitete Töpferzirkel, unternahm Reisen nach Frankreich und zu ihrem Bruder in den Libanon, hatte ihre unzähligen Freunde, die Partei und ihr eigenes aufreibendes Liebesleben – da war für noch mehr Kinder kein Platz. Kopfschütteln, Anna wurden Vorwürfe gemacht. Niemand wollte diese Kinder haben. Als man die Zwillinge drei Wochen nach der Geburt aus dem Brutkasten des Krankenhauses abholen und mit nach Hause nehmen sollte, stand Annas Wohnung in der Auguststraße wegen eines Rohrbruchs unter Wasser. März. Sie hatte kein Kinderbettchen, keinen Wagen, keine Wohnung. Der Mann, mit dem sie neun Monate zuvor im Hotel an der Ostsee Liebesnächte verbracht hatte, versuchte um diese Zeit verzweifelt, einen Platz an ihrer Seite zu erobern. Doch sie wies ihn ab.

Erst später werde ich Stephan vom Tod meines Vaters erzählen, der noch nicht weit zurückliegt, von seinem Sterben und den beiden Tagebüchern, die er uns hinterlassen hat.

Als Anna nach unserer Geburt nicht wusste wohin mit sich, ihrer älteren Tochter und den Zwillingen, die aus dem Krankenhaus geholt werden mussten, durfte sie vorübergehend in einem Zimmer ihrer Großmutter unterkommen. Inges Mutter Lotte, *Großmutti*, war wenige Jahre zuvor verwitwet und lebte nun allein in dem großen Haus in Pankow. Dort wurden wir Neugeborene in große Wäschekörbe aus geflochtener Weide gelegt. Ungebetene Gäste. Im Haus der Dame störte das Säuglingsgeschrei die vornehme Ruhe, die Teekränze ihres Bridgeclubs und ihre Salons. *Ein Gast ist wie Fisch, nach drei Tagen stinkt er.*

Stephan hatte seine Urgroßeltern nicht mehr kennengelernt. Er wusste wenig von ihnen, und über seine Großeltern wollte er mir keine Nazi-Geschichten erzählen. Im Gegensatz zu Inges italienischem Exil während des Krieges hatten seine Großeltern sich in den sechziger Jahren ein Haus in Ligurien gebaut und ihren Ruhestand zwischen Imperia und Cervo am Meer genossen. Dort hatten Stephan und seine Schwester alle Ferien ihrer Kindheit verbracht. Wie sich die deutsch-jüdische und ost-westdeutsche Geschichte in mir und durch meine Familie, diese Großmütter und diese Orte hier in Ostberlin zeigte, erschien ihm aufregend und voller Widersprüche. Er hatte angenommen, alle Menschen in der DDR seien Kommunisten, die sich selbst eingesperrt hatten – es sei denn, sie waren in den fünfziger Jahren geflohen. Ehe Stephan mich kennenlernte, war er keinem einzigen Flüchtling und keinem Juden in seinem Leben begegnet.

Selbst vom Pankow der Nachkriegszeit aus begrüßten und unterhielten meine Urgroßeltern Heinrich und Lotte ihr Netz aus Freunden und Verwandten in verschiedenste Sprachen und Länder. Dazu gehörten Wissenschaftler, Literaten, Künstler wie Arnold Zweig und Helene Weigel, die wie sie selbst eine bewusste Entscheidung für das Leben im anderen Deutschland getroffen hatten. Heinrich stirbt an beider 49. Hochzeitstag am 21. Dezember 1961. Auch nach seinem Tod empfing Lotte weiterhin ihre Mischpoke und beider Freunde aller Generationen, Erich Fried kam zu Besuch, Klaus Gysi, Robert Havemann brachte Emma und Wolf Biermann mit. Nur eins von Lottes Kindern lebte nach dem Krieg wieder in Berlin, Inge. Mit Gysi und Havemann verstand sich auch Inge gut. Sie waren fast ein Jahrgang, ihre Biographien überschnitten sich mehrfach, und sie trafen und besuchten sich zu unterschiedlichen Gelegenheiten. Echte Vertraute waren sie vermutlich nicht. Wer war das schon und wer könnte es wissen. Nicht zuletzt haben Klaus Gysi und Inge etwa zur selben Zeit als Geheime Informanten der Staatssicherheit gearbeitet, wobei die Unzuverlässigkeit und möglicherweise absichtliche Dekonspiration von Inge bereits etwas früher in den sechziger Jahren einsetzte. Ausgelöst vielleicht durch den Freitod ihres Sohnes. Es wäre interessant zu erforschen, ob das Ministerium der Staatssicherheit die alten Recken der Gründungsjahre der DDR absichtlich Mitte der fünfziger Jahre anwarb und sie nach dem Mauerbau in den sechziger Jahren nach und nach wieder loswerden wollte, um sie gegen jüngere auszutauschen, die deren OV-Akten fütterten.

In seinem Abschiedsbrief bittet Gottlieb seinen besten Freund Ralf, der später Vater meiner älteren Schwester werden sollte, einen Schock seiner Schwester Anna zu verhindern. Daneben erwähnt er den dritten Freund im Bunde. Die drei mögen immer zusammenhalten.

Ob Inge, die auch nach dem Mauerfall nie einen Blick in ihre Akten werfen wollte, jemals erfahren musste, dass jener enge Freund sie und andere nach dem Tod ihres Kindes unter dem Decknamen *Gottlieb* bespitzeln sollte? Welch Namensgebung. Sich als junger IM nach dem besten Freund zu nennen, der sich kurze Zeit zuvor das Leben genommen hatte, zeugt von sonderbarer Chuzpe. Der Staat wollte Kontrolle erhalten, ausweiten und stabilisieren. Es ist nicht undenkbar, dass verschiedene wegen Unzuverlässigkeit aus dem Verkehr gezogene Informanten wie Inge später wieder aktiviert wurden und sich bereitwillig für zweite, dritte Episoden einsetzen ließen, um alte und in der Zwischenzeit verloren gegangene Privilegien zurückzuerlangen. Von der ersten Stunde an genossen *Verfolgte des Naziregimes* bestimmte Privilegien. Sie waren von ihren Reisefreiheiten, Aufträgen und Aufmerksamkeiten abhängig.

In seinem Tagebuch notiert unser Vater, er wolle mit

Annas *Sippe* nichts zu tun haben und könne deshalb deren Häuser nicht betreten. Da lagen wir Zwillinge nach Abholung aus dem Brutkasten in den Wäschekörben in Lottes Villa in Pankow. Ihr Haus habe ich noch in sehr deutlicher Erinnerung. Kamen wir als Kinder zu Besuch, begrüßte uns am fröhlichsten ihr stets sauber frisierter schwarzer Pudel, der an uns hochsprang, während sie ihrer Enkelin und uns Urenkeln vornehm die Hand gab. Lotte trug gern Handschuhe, selbst im Haus. Ihre Haushandschuhe waren aus feinem Seidengarn gehäkelt, Sommerhandschuhe, durch deren Löcher man ihre feine und etwas fleckige Haut sah. Draußen trug sie selbstverständlich Lederhandschuhe, Pelz und Hüte. Unangefochten und schlicht konkurrenzlos war sie nicht nur die eleganteste Frau unserer Familie. Sie war die sorgfältigste Erscheinung weit und breit. Sie trug Perücken aus echtem Haar. Zumindest sah ihr Haar so aus. Ob es ihrem jüdischen Glauben oder eher einer Mode ihrer Generation entsprach, kann ich nicht sagen. Sie hatte einen Gehstock aus feinem Holz. Ich erinnere mich an ihren goldenen Schmuck mit Rubinen und Elfenbein. Man hatte Ehrfurcht vor ihr. Die Schuhe sollten wir auf dem Rost abtreten, unsere Jacken wurden vom Hausmädchen abgenommen. Wir durften nichts anfassen, weder die golden schimmernden Samoware noch die bemalten chinesischen Holztellerchen. Wir durften auch nicht allein in den Garten zur Rosenpergola und zum Teich, in dem wir die Goldfische und Frösche sehen wollten. Allein der Wintergarten mit seinen Kamelien und Alpenveilchen und dem Teewagen aus Messing und Porzellan, auf dem Tellerchen aus geschliffenem Rubinglas standen, mit englischem Teegebäck und Florentinern, in einer flachen Schale mit Goldrand Ingwerstäbchen und Fruchtgelee, war tabu für uns Kinder. Zum Spielen wurden wir in den Keller geschickt, wo eine nackte Glühbirne brannte und das Haus nach Erde und Vorzeit roch. Dort lag vor einer großen hölzernen Truhe ein kleiner Teppich. In der Truhe befand sich neben einem Teddybär und tönernen Bauklötzen eine etwas räudige Käthe-Kruse-Puppe mit ihrem niedlichen Gesicht, winzigem spitzem Mund und fein gezeichneten Äuglein. Ihre blonden Haare standen wie toupiert zu Berge, sie waren kaum kämmbar und rochen nach Mensch. Sehr selten durften wir in der Villa übernachten. Ich erinnere mich an das weiße Zimmer mit dem Alkoven im ersten Stock. Wir liebten es, mit seinem Vorhang zu spielen, nur wollten wir hinter diesem Vorhang nicht schlafen. Der Teppich in dem Zimmer war weiß wie die Siebengeißleinuhr. Klang der Zeit, das mechanische Pendel mit seinen Gewichten. Alle Stunde schlug der schwere messingfarbene Gong der Standuhr aus England, ihr weißer Körper war an den Leisten mit Gold verziert, wie auch das große Ziffernblatt hoch über unseren Köpfen.

Als die wohnungslose Anna nach unserer Geburt mit ihrer Bagage bei Lotte unterkommen durfte, brachte sie nicht nur die vornehme Ruhe und Ordnung im Haus ihrer Großmutti durcheinander. Es dauerte keine zwei Wochen, und Anna wurde des Stehlens bezichtigt. Unverzüglich sollte sie ihre Windeln, Flaschen und Kinder packen und wurde aufgefordert, das Haus zu verlassen. Elster. Schauspielerin, mit unehelichen Neugeborenen.

WIE SÄMTLICHE IHRER KINDER haben auch manche Enkelinnen und immer wieder ich als Jugendliche meiner Großmutter in ihrem Atelier Modell stehen sollen, Akt, wenn sie an ihren großen Sandsteinen weiterarbeiten wollte und keines der bezahlten Modelle gekommen war. Nicht nur in den Schulferien, auch an manchen Wochenenden fuhr ich mit einem Visum von Westberlin aus nach Rahnsdorf. Inges politischer Furor war mir schon als Kind unheimlich gewesen. Meine Sprache ist Deutsch, ohne eigenes Verschulden wurde ich im 20. Jahrhundert auf dem nordöstlichen Sand Europas geboren, und doch empfinde ich keine patriotische Beziehung zu diesem Land und dem Staat, den Grenzen, in die ich geboren wurde, so wenig wie zur weitverstreuten Familie in ihren widersprüchlichsten Überzeugungen und Kulturen. Wer wird schon mit einer Identität geboren. Eher wachsen wir in die Gesellschaft und Verantwortung hinein. Wer könnte seine Identität selbst bestimmen. Vielleicht bin ich Aussiedlerin geblieben. Rührte Inges Stolz und ihr politischer Grimm aus ihrer Herkunft, Professorentochter, Enkelin eines seinerzeit berühmten Malers. Hatte ihr familiärer Hoffnungshorizont wie auch die erfahrene Diskriminierung als Frau, Künstlerin, Jüdin in Deutschland sie geweckt? War ihr Furor Widerstandslust, Schamvermeidung. Wer außer ihr selbst und der Stasi wusste, dass sie in den späten fünfziger Jahren Mitarbeiterin gewesen war, ehe sie sich nach dem Tod ihres Sohnes Anfang der Sechziger in den Augen der Stasi als unzuverlässig erwies, *dekonspirierte,* und zunehmend als Gefahr erschien. Während der folgenden Jahre organisierte sie in ihrem Rahnsdorfer Haus Zusammenkünfte von Havemann, Biermann, jungen Studenten und ihren aus Amerika und Westdeutschland eintreffenden Brüdern, Freunden, und auch den 1968 aus Westberlin anreisenden Kunzelmann, Teufel, Langhans, Dutschke und vielen anderen.

In Inges Atelier war mir kalt. Ich erinnere mich an die großen Brüste und das buschige Schamhaar ihrer erwachsenen Modelle. Das andere Geschlecht, wie es aus den Haarbüscheln hing, die Wirbelsäule, die man im Rücken der anderen sehen konnte, die unterschiedlichsten Poformen, die Muskulatur der männlichen Rücken und Arme. Im Atelier hörte sie meist Radio, sie liebte Streichmusik, besonders Vivaldi. Auch sein Flötenkonzert ist mir aus ihrem Haus seit frühester Kindheit im Ohr. Wie sie durch ihre Schutzbrille den Stein, den funkensprühenden Meißel am Schleifstein und manchmal ihr Modell betrachtete. Sie schlug zu. Stundenlang. Tage. Wochen. Ein Leben. Machte den Stein zu ihrem. Die steinernen Brocken bedeckten den Boden im Atelier. Abends wurde gefegt, morgens begann die Arbeit. Ein Ausbund an Stärke und Vitalität war sie. Als Kind empfand ich sie als Inkarnation von Lebenstrotz. Zweifellos Eigenschaften einer Überlebenden, die schlicht nie aufgeben und nie Opfer sein würde. Das einzige Wesen, an dem wir Kinder ihre zärtliche Seite beobachten konnten, war ihr großer Hund, der zwar nicht in ihrem Bett schlief, aber bei Tisch von ihrem Teller gefüttert und gestreichelt und mit Worten liebkost wurde. Ihre Stimme wurde zum Sopran, wenn sie ihrem Hund entgegensang. Früher hatte sie Rüden, Bunin und Paul, dann kamen die Hündinnen Paula und Laila. Mit ihren Hunden lief sie in Rahnsdorf jeden Tag eine Stunde im Wald und an den Müggelsee. An der Ostsee, wo sie seit den fünfziger Jahren in Ahrenshoop am Hohen Ufer ein Häuschen hatte, spazierte sie Sommer und Winter am Strand entlang, hinüber zum Bodden, über den Darß und zurück zur Steilküste. Sie wusch sich und duschte sich kalt. Bis in die achtziger Jahre hatte sie im Bad einen Badeofen, der im Winter geheizt wurde, falls jemand dringend heißes Wasser brauchte. Sie schwamm auch noch im November in der Ostsee. Nackt, das schien ihr seit ihrer Jugend in der Reformbewegung der Zwanziger nur natürlich. Kaltes Wasser härtet ab. Stell dich nicht so an, Pimpernelle, wenn unsere Zähne klapperten und die Lippen blau wurden. Bewegen! Ihre Befehle und Anordnungen, wer was wie in ihrem Haushalt erledigen sollte, klangen wie die Weisungen eines Bauern an seine Knechte. Sie hatte eine ungeheure Kraft. Einige ihrer Steine waren fast doppelt so hoch wie sie selbst. Dann stieg sie auf eine Leiter. Da sie so klein und ihr Busen gewaltig war, wirkten ihre muskulösen Arme und ihre kräftigen Hände geradezu kurz. Ihr Gefallen an langen schönen Händen bei Männern. Das ewige unbewegte Stehen, gebeugt oder mit angewinkeltem Arm in ihrem kaum heizbaren Atelier, das Wissen, dass mein Körper mit den Rundungen der erwachsenen Modelle nichts gemein hatte und meine Brust seit Jahren nichts als ein Knospen verriet, die Scham, wenn einer ihrer Künstlerfreunde, Gehilfen oder Genossen zum überraschenden Besuch ins Atelier kam. Hereinschneien. Wohin mit der eigenen Nacktheit?

Wir haben als Kinder ihre flammenden Reden über den Kommunismus gehört, sobald ihre Freunde und Bekannten zu Besuch kamen und Publikum waren. Für ihre Künstlerfreunde stapfte sie aus dem Atelier die Treppe hinauf in die Küche, trat sich auf dem feuchten Lappen den Steinstaub von den Sohlen und hängte ihre Arbeitsjacke an den Haken der Ateliertür. Mit wenigen Handgriffen kochte sie etwas und machte Salat. Seit ihren Jahren in Sizilien hatte sie deren Küche zu ihrer gemacht, es gab gebackene Auberginen mit Kapern und Oliven, Fisch mit Salbei und wilden Kräutern, Fenchelsalat mit Orangen, sobald es welche zu kaufen gab, und natürlich Chicorée. Uns ließ sie Flaschen und Speisen, Gläser und Geschirr auf den großen Tisch ihrer Veranda tragen. Spielten wir auf der Veranda, in der Nähe des Tischs und ihrer Freunde, hieß es: Jetzt verschwindet mal. Wir sollten uns nützlich machen, den Abwasch in der Küche erledigen, das Holz im Hof schichten, das Altglas und Altpapier von der Hintertreppe wegbringen, die Kohlen im Keller stapeln. Wir Kinder waren in ihrem Alltag lästig. Nichtsnutze. Oft hörte ich sie vergnügt ein Liedchen trällern. Wie liebte sie große Gesellschaften und Besuche von Freunden. Mussten wir bei ihr übernachten, so wurden wir in eines der unbeheizten Zimmer vorn im Haus geschickt, wo Steppdecken und borstige Überwürfe aus Kamelhaar und Wolle lagen. Dort froren wir, lagen eng aneinandergepresst, um uns zu wärmen. Für uns gab es kein Abendritual, kein Schlaflied und nicht einmal ein Gute Nacht. Für Märchen und Vorlesestunden hatte Inge keine Zeit. Sie war nicht Mutter von Beruf, wie sie immer sagte. An Großmutter nicht zu denken. Keine von uns sollte sie Oma nennen. Die Geschichten zum Einschlafen erfanden wir selbst, und ich sollte meiner Schwester eine Zeitlang jeden Abend dieselbe erzählen, die ich so langweilig und eintönig wie möglich erzählte. *Eichhörnchen verlaufen.* Oft flogen wir in einer Raumkapsel durch das Weltall, und dabei stellte ich mir die Kapsel so rund und durchsichtig wie eine Seifenblase vor. Draußen war es unermesslich kalt, in unserer Blase erträglich warm und schwerelos. Um uns beide nur All und Sterne. Es gab keinen Kontakt zur Erde, sie tauchte nicht einmal in der Ferne als blauer heimatlicher Planet auf. Wir schmiegten uns aneinander, meist schliefen wir in einem Bett. Stell dir vor, einer ist tot, war ein Gedankenspiel, das wir über Jahre erprobten. Zur gegenseitigen Vergewisserung. Ich konnte mich oft nicht entscheiden. Meine Zwillingsschwester dachte nicht an Anna. Für sie sei es in der Vorstellung immer und ausschließlich ich gewesen, die nicht sterben durfte. Sie habe keine Mutter gebraucht und keine vermisst, sagt sie bis heute. Sie habe mich gehabt. Manchmal malten wir uns gemeinsam das Schlaraffenland aus. Den frühesten nächtlichen Traum, an den ich mich bis heute erinnere, träumte ich in jenem für uns Kinder unwirtlichen Haus meiner Großmutter: Ich träumte, dass ich eigentlich woanders herkam, und diese Frauen, die sich Inge, Anna und große Schwester nannten, in Wahrheit eine Räuberbande waren. Während des Stromerns in Wäldern war ich bei einem Haufen Räuberinnen gelandet, sie waren nicht meine Familie und ich nicht ihr Kind. Gibt es ein osteuropäisches Märchen, das ich gehört und zum Traum gemacht haben könnte?

Um Inges ständigen Arbeitsaufträgen zu entkommen, flohen wir über den weitläufigen Garten und vorbei an den Gewächshäusern der benachbarten Gärtnerei, die in manchen Jahren ausschließlich rote Nelken zog, hinaus auf die Wiesen, an das Fließ, das damals noch ein fließender Bach mit Kaulquappen und kleinen Fischen war. Den Schwärmen rannten wir mit aufgekrempelten Hosenbeinen hinterher und versuchten, die Fische mit Händen zu fangen, da keiner von ihnen unsere selbstgebastelten Angeln aus Ast und Schnur beachtete. Schwebende Paarungsräder der Libellen. Wie sie sich im Flug ineinander verhakten. Der sandige Grund im Fließ war angenehm weich unter den Fußsohlen. In den achtziger Jahren verschlammte das Fließ. Sein Wasser wurde trüb, man konnte kein Fischlein und keinen Frosch mehr darin sehen, der Grund wurde glitschig, Holzstücke und Muschelscherben konnten die Füße verletzen. Entengrütze verdrängte die Wasserläufer. Am Fließ entlang stromerten wir zum Moor und in den Wald. Wir spielten Indianerpferd. Hatten wir Hunger, aßen wir die kleinen festen Herzchen der Hirtentäschel und die kratzenden, leicht bitteren Blätter der Scharfgarbe. Wegerich legten wir nur auf Wunden, und Kamille und Johanniskraut pflückten und trockneten wir, um sie als Tee zu trinken. Meist aber vergaßen wir sie auf dem warmen Stein in der Sonne. Unter Erlen, Eichen und Buchen suchten wir Früchte, im Zweifel deren Hüllen aus dem letzten Jahr, die wir in unseren Spielen essen konnten und die früher zu finden waren als die Nüsse unter den wilden Haselsträuchern. Besonders die prickelnde Säure des jungen Sauerampfers liebten wir, noch ehe seine rötlichen Blüten in die Höhe schossen. Es gab keine Sommer ohne aufgeschlagene Knie und Schorf. Ich erinnere mich an das Spannen der Haut unter den schützenden Plättchen geronnenen Bluts, das nach ein, zwei Wochen fast schwarz wirkte, wie sich die Plättchen an den Rändern der Wunde trocken hoben und lösten, die rosa Haut, die unter dem Schorf zum Vorschein kam. Wir spielten im Wald und im Moor am Müggelsee, wir lebten in unserer eigenen Welt.

Der Vater unserer großen Schwester hatte uns Botanisiertrommeln geschenkt, die zwar etwas sperrig waren, sich aber als gutes Behältnis für empfindliche Blüten erwiesen, den Phlox, der im Sommer auf den Wiesen stand, die leuchtenden Nachtkerzen. Auch Mohnkapseln und die zarte, fast durchsichtige Haut einer Schlange, die ich am Ast eines Busches flattern sah, wurden in der Botanisiertrommel geborgen. Fanden wir tote Libellen und Maikäfer, konnten sie wie die Bienen und Schmetterlinge samt Flügeln und Fühlern erhalten bleiben, der Hirschkäfer mit seinem Geweih. Nur unsere Pfeile passten nicht in die Botanisiertrommel, wir flochten uns Köcher aus Binsen.

Damals hatte noch nicht jeder Haushalt eine Waschmaschine, und es gab vielleicht eine größere Ignoranz gegenüber dreckiger Kleidung von Kindern. Zumindest die Frauen unserer Familie hegten eine gewisse Verachtung gegen die häuslichen Tätigkeiten, die seinerzeit noch traditionell den Frauen zugeordnet waren. Meine Großmutter sah ich im Atelier an der Schleifmaschine stehen, am Amboss ihre Werkzeuge und später damit ihre Steine bearbeiten. Mit Messer und Händen sah ich sie an Ton, Gips und Wachs, ich sah sie Holz hacken und Öfen heizen. Wenn sie Hammelkeule oder Hasenbraten schmorte, war sie es, die am Ende die Keule in der Faust hielt und bis zu den Knorpeln auf den blanken Knochen abnagte und lutschte. Sie schickte uns zu Kleemanns und in den Gemüseladen zum Einkaufen. Seid nicht solche Trödeltrienen, ermahnte sie uns, wenn es ihr zu langsam ging. Für den Salat schickte sie uns in den Garten, um aus der Wiese Rauke, Löwenzahn und Sauerampfer zu pflücken. Wir Kinder schrubbten die Möhren, schälten und schnitten die Zwiebeln. War ein Messer stumpf, schärfte sie es in der Küche an der Unterkante des Brottopfs aus Steingut. Sie kochte. Abwaschen und abtrocknen, den Tisch auf- und abdecken mussten wir Kinder. Macht mal 'n bisschen hinne, herrschte sie uns an, wenn es ihr nicht schnell genug ging. Schnabulieren!, flötete sie und ging schon mal voraus. Tischmanieren gab es keine, vermutlich war das eine Sache für Krethi und Plethi. Krethi und Plethi war der Rest der Welt, der heute Spießer heißt. Das Wort Spießer kannte sie so wenig wie das Wort schau für mega, ihr fabelhaft. Sie fand uns albern, wenn wir schau sagten und urst. Ähnlich gereizt reagierte sie sehr viel später auf das Wort lecker, das wir aus dem Westen mitbrachten. Lecker, lecker, was soll das denn sein! Brummte sie ungehalten. Lecker war für sie der Inbegriff aller verachtungswürdigen Westlichkeit. Oft saß unsere Großmutter als Erste am Tisch, und wenn wir mit dem fehlenden Salz, einer Gabel oder Tasse an den Tisch geeilt kamen, hatte sie sich selbst schon den Teller gefüllt und längst angefangen zu essen. Auch wenn ihre Besucher, Mitarbeiter aus dem Atelier oder ihre Untermieter und Freunde mit uns aßen, füllte sie sich als Erste den Teller. Jeder nimmt sich. Rief sie während der ersten Bissen, falls die Besucher zu höflich warteten. Damit konnte sie Großzügigkeit und Ungezwungenheit ausdrücken. Sie aß gern und hastig. Vielleicht müsste man es fressen nennen. Gedanken über ihre Figur musste sie sich zeitlebens nicht machen. Ihre körperliche Arbeit und lebenslange Bewegung verlangten viel. In den Häusern meiner Familie gab es keine Waagen und keine Diäten, keine modischen Körperideale.

Man konnte Inge bei Tisch ungehobelt und roh finden, aber auch wild und emanzipiert. Sie sprach, lachte und schmatzte beim Essen fröhlich, so dass ihr öfter etwas aus dem Mund fiel. *Ein Gedicht*, sagte sie mit geschlossenen Augen, wenn etwas köstlich schmeckte. Ihr Hund, der unter dem Tisch lag oder neben ihr saß und hechelte, war froh über jeden Happen. Um ihre Kleidung zu schützen, stopfte sie sich gelegentlich ein Küchentuch in den Ausschnitt, das als Lätzchen diente. Sie aß mit herausragenden Ellenbogen. Einen Suppenlöffel hielt sie von oben, blieb eine winzige Pfütze Suppe im Teller, nahm sie ihn zwischen beide Hände und schlürfte ihn aus. Fischköpfe aß sie nach Möglichkeit im Ganzen, selbst den Schwanz lutschte sie ab. Selbstverständlich war Fischhaut für sie eine Delikatesse. Ein Glück für uns, denn sie aß auch unsere. Feststeckende Fischgräten holte sie sich mit den Fingern aus Mund und Rachen. Da war es leichter, Sprotten zu essen. Die geräucherten goldenen Fischlein verschlang sie in Gänze. Deren Köpfe, Gräten und Schwanzflösslein waren zart und kitzelten vielleicht angenehm im Hals. Sie fasste nicht nur die Kartoffeln, sondern auch das Fleisch mit den Händen an, wenn sie es schnitt, auf ihren Teller holte oder einem Kind etwas auf den Rand schob. Oft hörte ich sie sagen, sie sei Vegetarierin. Schon immer gewesen. In ihrem Verständnis war es vermutlich das richtige Wort für jemanden, der Gemüse in allen Varianten so liebte wie sie. Wurst gab es bei ihr nicht, Fisch oder Fleisch höchstens einmal in der Woche. Und doch liebte sie es, Fleisch mit beiden Händen zu halten, um mit den Zähnen Fetzen abzureißen. Wir mussten essen, zumindest ein bisschen, auch wenn wir das wenigste mochten. Wir sollten keine Mäkelliesen sein. War der Salat aufgegessen, schlürfte sie die Soße aus Olivenöl und Zitrone, Knoblauch und Salz aus der großen Schüssel. Sie schnalzte mit der Zunge, rülpste kurz und leckte den Teller ab.

Auch Anna aß mit den Händen. Schnitt sie am Tisch für unsere kleine Schwester eine Avocado auf, rieb sie sich anschließend mit der Innenseite der Avocadoschale das Gesicht und die Unterarme ein. Ob mit ihr jemand am Tisch saß oder nicht, fiel ihr vermutlich nicht einmal auf. Es wäre zu schade, die kostbare Schale ungenutzt wegzuwerfen. Inge hatte etwas gegen den Konsum unserer Zeit, Anna etwas gegen das Wegwerfen.

Erst als wir später gelegentlich wieder in fremden Familien untergebracht waren, beobachteten wir, wie man mit Messer und Gabel aß. Ihr seid aber ungezogen, diesen Satz haben wir in der Kindheit in Krippe, Wochenheim, Schule und von Fremden unzählige Male gehört. Der Satz wurde uns so oft gesagt wie Schämt euch! und Seid nicht so frech! Es war kein Frechsein, das uns zärtlich attestiert wurde. Es war Empörung, oft Abscheu und Wut. Dabei wollten wir weder frech noch unerzogen sein, im Gegenteil, wir wollten um keinen Preis auffallen. Wir wollten uns benehmen wie alle anderen, wir wollten sein wie alle anderen, wir wollten zumindest gelitten, wenn nicht angenommen werden. Ich erinnere mich gut daran, wie wir mit etwa neun oder zehn Jahren ausdauernd das feine Essen übten und uns gegenseitig korrigierten, meine Zwillingsschwester und ich. Wir erinnerten uns gegenseitig daran, in welcher Hand die Gabel liegen sollte, machten uns aufmerksam, wenn die andere mit offenem Mund kaute und schmatzte. Inge schnitt das Brot, indem sie den Laib in die linke Armbeuge an ihren Busen presste und in der rechten Hand das große Messer auf sich zu sägte. Nie in meinem Leben habe ich einen anderen Menschen auf diese Weise Brot schneiden sehen. In ihrer eigenen Kindheit gab es neben dem Gärtner selbstverständlich eine Haushälterin und eine Köchin, die solche Dinge erledigten. Ihre drei Geschwister und sie aßen meist getrennt von den Eltern. Bis heute frage ich mich, wer ihnen Tischmanieren beigebracht hat. Vielleicht waren ihre Geschwister anders, nur Inge verweigerte trotzig bürgerliche Gepflogenheiten. Schon als Kind, so kann ich in den Lebenserinnerungen meines Ururgroßvaters Philipp Franck lesen, galt Inge als ungewöhnlich lebhafter und raubeiniger Charakter.

BEDENKT MAN DIE VERLUSTE, die Repressionen und Diskriminierungen der Nazizeit und Nachkriegszeit, die Inge erleben musste, so kann ich mich über ihre Widerstandskraft, ihren ungebrochenen Stolz und ihre Fröhlichkeit und Begeisterung für Kunst, Musik und Theater nur wundern. An dieser Frau war nichts Schüchternes und Zaghaftes, nichts Verhärmtes und Kümmerliches. Bei ihren Eltern am Tisch wurde Französisch gesprochen, schließlich war ihr Vater Direktor eines chemischen Forschungsinstituts und Professor, ihre Mutter Lotte kam aus bestem jüdischen Haus und war mit ihrer Ehe zunächst Frau Doktor und schließlich Frau Professor Franck geworden, in deren Anstellung sich Hausmädchen, Gärtner und Kindermädchen befanden. Mit einem solchen kleinen Hofstaat hat meine Großmutter als Erwachsene nie wieder gelebt, sie musste allein wirtschaften, ohne Mann und ohne feste Hausangestellte. In der DDR war das Bürgerliche in jeder Hinsicht verpönt, Haushaltshilfen leistete sich Inge nur verstohlen und stundenweise. Im Alltag wurden wir Faulpelze zum Abwaschen in die Küche, zum Kohlenholen in den Keller und zum Wäscheaufhängen in den Garten geschickt. Nie sprach meine Großmutter von ihrer Putzfrau oder Haushälterin, manchmal sprach sie zärtlich von ihrer *Perle*. Wenn die Frau eintraf, wurde sie stets mit ihrem Familiennamen angesprochen.

Fast täglich erschienen Besucher, Freunde, Modelle, Kollegen. Kam ein hoher Gast, ein bewunderter Mann oder ein feines Paar, so fiel ihr unser Aussehen auf. Kämm dich mal, befahl sie dann. Eine Zahnbürste besaß ich in meiner Kindheit nicht. Niemand bürstete unser Haar. Niemand schnitt unsere Fingernägel. Wenn sie zu lang wurden, knabberte ich sie ab. Allein unsere Großmutter bemerkte manchmal die schwarzen Ränder: Wascht euch mal die Hände. Mit der Bürste, rief sie hinterher.

Zärtlichkeiten uns Kindern gegenüber waren ihr so fremd wie Beschimpfungen. Erschienen wir Enkel ihr zu zimperlich, nannte sie uns *Posemuckel*. Der größere, ja erwachsene Idiot war eine *Knalltüte*. Du bist mir ja eine Knalltüte. Als ich Studentin war, versuchte ich, sie zur Begrüßung und zum Abschied in den Arm zu nehmen. Jedes Mal fuhr ein Ruck durch sie, als verwandelte meine Berührung sie in ein Stück Holz. Ihr fröhlichster Gruß war ein Jodeln von weitem: Na so was, wo kommst du denn her! Ich dachte schon, dich gibt's gar nicht mehr! Abschiede mochte sie nicht. Wenn sie ging, machte sie ohne ein Wort und ohne jeden Blick auf dem Absatz kehrt und verschwand aus der Tür. Zu meinem Glück lud sie mich mittellose Jugendliche und Studentin oft ins Theater nach Ostberlin ein. Ich fuhr mit einem Tagesvisum zu ihr nach Rahnsdorf, verbrachte dort den Tag in ihrem Atelier und fuhr abends mit ihr gemeinsam an den Schiffbauerdamm ins Berliner Ensemble, zur Volksbühne oder ins Gorki. Wir sahen nicht nur die *Dreigroschenoper* mehrmals, auch *Der Meister und Margarita* und besuchten später, nach der Wende, ihren Freund Heiner Müller während seiner *Quartett*-Proben. Sie wollte eine Büste von ihm anfertigen, worüber er mir nicht so erfreut schien. Wir saßen meist in einer der letzten Reihen des sonst leeren Zuschauersaals. Still, mit einem kleinen Whiskey und seiner Zigarre erschien er im Saal. Häufig verließ er seine Proben schon nach wenigen Minuten oder einer halben Stunde, während der er meistens schwieg. Wuttke spielte und sprach alles. Hoppe jedoch machte eine kunstvolle, hörbare Zäsur in ihrem Text. Da fehlte ein Wort. Müller wollte die Szene wieder sehen. Hatte Hoppe ihren Text vergessen? Hatte sie nicht. Von der erleuchteten Bühne herab und erhobenen Hauptes teilte die Grande Dame dem schmächtigen Mann im Dunkel zu ihren Füßen mit, sie werde dieses Wort nicht in den Mund nehmen. Jetzt nicht, und auch morgen nicht und zur Vorstellung nicht. Niemals. Nach Müllers Augen führte in seiner modernen Version der *Gefährlichen Liebschaften* kein Weg an *Ficken* vorbei. So standen die beiden voreinander, Schweigen, bis Müller sich einfach umdrehte und durch den dunklen Zuschauerraum Richtung Ausgang ging. Mit Inge und mir sprach er nur kurz, sagte, er werde jetzt gehen, und verschwand. Seine Schauspieler konnten allein proben, meinte er. Er hatte ja geschrieben, mehr zu sagen gab es nicht.

Unschlüssig blieb Inge noch wenige Sekunden sitzen, dann stand sie abrupt auf, griff ihren über dem Sitz liegenden Mantel und verließ ohne Wort und Blick den Saal. Ich blieb noch eine Weile, bis auch die Schauspieler Pause machten, fand Inge aber weder draußen im Foyer noch in der Kantine.

So war es meistens. Trennten Inge und ich uns nach einem Konzert oder Theaterabend, so holte sie ihre Garderobe und verschwand in der Menschenmenge. Folgte ich ihr bis auf die Straße, rannte sie auch dort ohne Abschied davon und ließ mich und andere stehen. Dies geschah nicht aus einer Absicht, ganz gewiss nicht aus Verachtung oder Rebellion gegen Anstand und Sitten, sondern schlicht ohne Rücksicht.

Sosehr sie die Gesellschaft ihrer Freunde und stundenlange Unterhaltungen, gesellige Runden und politische Zusammenkünfte liebte, wurde jemand alt und gebrechlich, verlor sie das Interesse. Nach Möglichkeit besuchte sie keine noch so alte Freundin am Krankenbett und ließ auch Beerdigungen ihrer langjährigen Freundinnen mit zunehmendem Alter ausfallen. Nur wenn sie von anderen durch Aufforderung und Einladung gedrängt wurde, keine Ausflucht mehr möglich war, geriet sie in eine Situation, in der sie Unbehagen und auch Trauer empfand. Sie ging an das Sterbebett ihres letzten Ehemanns, Robert Riehl, und nahm auch uns kleine Kinder einmal mit ins Krankenhaus. Ihren langjährigen Freund Robert Havemann besuchte sie gelegentlich in Grünheide, wo dieser sich seit 1976 schwerkrank im Hausarrest befand und ebenso wie seine Familie und Freunde, die bei ihm wohnten oder sein Haus betreten durften, bis ans Lebensende 1982 rund um die Uhr von der Stasi bewacht wurde.

Alle paar Jahre nahmen Anna oder Inge eine Schere und schnitten einem von uns die Haare. Meine Zwillingsschwester war vielleicht sechs, als sie allein ihren Pony schnitt: Die Haare wurden sauber ein bis zwei Zentimeter über der Haarwurzel abgesäbelt. Im Sommer ehe ich in Adlershof in die Schule kam, schnitt mir jemand meine Haare rundherum über der Schulter ab, dass ich weinte. Unsere Freundin Adrienne hatte gepflegtes Haar bis zum Po, sie konnte Zöpfe und Pferdeschwänze mit den schönsten Haargummis und Spangen tragen. Ich wünschte mir große klatschmohnrote Schleifen. Die fanden all die Frauen meiner Familie albern und unnütz, trotz abschätzigem Lächeln wurde mir der Spaß gegönnt. Seither beuge ich mich ein- oder zweimal im Jahr nach vorn, halte die langen Haare zum Büschel und schneide selbst die Spitzen. Dafür braucht man keinen Spiegel geschweige denn Geld für einen Friseur oder die Hilfe eines anderen. Die gelbe Strähne mit vierzehn bleichte mir eine Freundin, die grünen Haare mit achtzehn färbte ich selbst, allerdings ohne Blondierung zuvor. So sahen meine dunklen Haare moosig aus, das lange wilde Haar eines Waldmenschen. Es war keine Mode, nur Experimentierfreude – die ich mit meiner Freundin teilte. Sie blondierte ihr asiatisch glattes Haar, ehe sie es pink färbte. Bald darauf, das Grün hatte sich schon ausgewaschen, suchte ich kurz vor meinem neunzehnten Geburtstag zum ersten Mal im Leben einen Friseur auf und fühlte mich verwegen. Für das Äußere Geld auszugeben erschien mir frivol. Es gehörte sich nicht für sich selbst, abseits des wirklich Notwendigen. Sechs Stunden Putzen für einen einzelnen Friseurbesuch. Ich wählte einen Friseur in derselben Straße, in der ich damals in der Wohngemeinschaft wohnte: Potsdamer Straße, mitten im traditionellen Rotlichtviertel. Stripbars, Kinos, Stundenhotels, und auf dem Pflaster spazierten die Prostituierten auf und ab. Am meisten beeindruckte mich die zuvorkommende Behandlung. Der Friseur lobte mein volles, dickes, langes Haar. Die Berührung beim Haarewaschen, die Hände eines anderen auf der Kopfhaut, im Nacken, hinter den Ohren, am Haaransatz, der fremde aufregende Duft des Shampoos, der Schaum, die Hände des Friseurs an meinem Kopf, das mal kühle, dann heiße und wieder laue Wasser, es war eine physische Sensation.

Wir einigten uns darauf, dass solch langes Haar allenfalls an den Spitzen geschnitten werden durfte. Ob ich denn mit meiner Naturwelle zufrieden sei oder mal eine Dauerwelle ausprobieren wolle? Ich wusste, dass der Friseur mit seinen mir so wohltuenden Händen und Worten Geld verdiente, also stimmte ich der Dauerwelle zu. Er versicherte mir, dass sie keineswegs ewig halten werde, im Gegenteil, bei so gesunden und langen, vollen und dicken Haaren wie meinen, so sagte er zuversichtlich, sähe er mich bestimmt bald wieder, wenn es mir gefalle. Ich saß Stunden bei dem Friseur. Damit hatte ich nicht gerechnet. Es wurde langweilig wie im Wartezimmer der Frauenärztin, wohin ich aber meist ein Buch mitgenommen hatte. Eine solch berstende Langeweile kannte ich nur aus fern zurückliegenden Jahren der schlimmsten Pubertät, so schien mir. Ein Warteraum voller Spiegel. Der Friseur brachte mir einen Stapel Zeitschriften. Zeitschriften, die ich noch nie beachtet, geschweige denn durchblättert oder gelesen hatte. Für Wartezimmer, so wurde mir plötzlich klar, die Frauenzimmer und ihre Wartezimmer, wurden vermutlich Frauenzeitschriften erfunden. Sie sprachen unterschiedliche Klassen an und forderten die Identifikation ihrer Leserinnen mit der jeweiligen Klasse und dem zugehörigen Frauenbild. In ihnen stand, wie man sein äußeres Erscheinen optimieren könnte, mit welchen Frisuren, Make-ups und Parfüms, Kleidern und Strickmustern, Schmuck und Diäten. Während ich eine Zeitschrift nach der anderen durchblätterte, wurde ich immer ungehaltener. So sollte wer aussehen wollen? Diese Produkte sollte man sich kaufen und nach solchen Rezepten abzuwiegende Nahrungsmittel zubereiten. Um zu gefallen. Nicht nur Männern, auch sich selbst sollte man gefallen, das Aussehen verändern und sich schön finden, im Vergleich mit anderen Frauen. Ich war verwirrt. Der Appell an eine weibliche Eitelkeit und Konkurrenz verhallte stumpf in mir. Niemand in meiner Familie hatte sich je Creme ins Gesicht geschmiert. Bräunliche und weiße Pasten zur Maskerade kannte ich aus dem Theater. Die Welt der Zeitschriften schloss mich aus. Womöglich die Welt der Frauenbilder und die hier ermittelte, sogenannte Schönheit ganz allgemein. Gutes Aussehen. Draußen auf der Straße, vor dem großen Schaufenster spazierten die Mädchen mit ihren Pfennigabsätzen und Pferdeschwänzen auf und ab. Die Frage, was Männer bei ihnen suchten und fanden, beschäftigte mich schon länger. Meinem damaligen Alter entsprechend vermutete ich noch, dass es allein Sex wäre. Losgelöst von jeglicher Hoffnung oder Enttäuschung einer romantischen Beziehung. Mein erster Friseurbesuch erschloss mir nicht wenig: Die Erfahrung, sich eine unbekannte physische Sensation und Zuwendung eines Fremden zu erkaufen ebenso wie das Bewusstsein gewisser Mängel.

Wer konnte und wollte schon in den eigenen Augen schön sein? Dieser Anspruch erschien mir vollkommen verrückt. Was hatte ich erwartet? Die Aufregung, ja Erwartung eines neuen, wild abenteuerlichen Aussehens war über die letzten Stunden verflogen. Es erschrak und enttäuschte mich keineswegs, als ich drei Stunden später und nach dem Stapel Zeitschriften und einer wachsenden inneren Empörung über die dort gebotenen Bilder, denen ich niemals entsprechen würde, vom Friseur aufgefordert wurde, in den Spiegel zu sehen. Am liebsten wollte ich die Augen zudrücken. Da war es wieder, mein kreisrundes Gesicht. Rundherum standen mir die Haare zu Berge. Sturmlocken. Freudig hielt er mir noch einen zweiten Spiegel so hin, dass ich meine Haare auch von hinten sehen könne. Um den Friseur mit seinem Arbeitsaufwand nicht zu kränken, bemühte ich mich um ein Lächeln. Ob es mir gefalle? Ich nickte, ja, und gab ihm zu den sechzig Mark, die es kosten sollte, zehn Mark Trinkgeld. Beim Putzen hatte ich nie Trinkgeld bekommen. Als Kellnerin schon. Auch Prostituierte bekamen von großzügigen Freiern ein Extra. Was konnte der Friseur dafür, dass ich so viele und dicke Haare hatte?

Es sollte zehn Jahre dauern, ehe ich wieder den Mut finden und einen Friseur besuchen wollte. Ein genetisches Erbe unseres Vaters sind nicht nur die glatten Kindergesichter und blauen Augen, sondern auch das frühe Ergrauen. Meine ersten weißen Haare fand ich mit Anfang zwanzig, und als ich mit neunundzwanzig schwanger war, verspürte ich wenige Wochen vor der Geburt das Bedürfnis, kein einziges graues Haar zu haben, wenn wir uns das erste Mal sehen würden, das Kind und ich.

Stephan erzählte mir einmal, wie er den Kauf seiner Budapester Schuhe im vornehmen Geschäft am Kurfürstendamm genoss. Er beschrieb mir den Vorgang eines solchen Besuchs, wie sich die gediegen und sexy gekleideten Verkäuferinnen, mit Rock und Nylonstrümpfen in Pumps, vor den Kunden auf den Boden knieten und ihm die Schuhe anzogen. Sie brachten Schachteln mit neuen Schuhen, ein Paar nach dem anderen, zogen Schuhe an und aus, ließen dem Kunden Zeit und widmeten ihrem jeweiligen Mann ausschließliche Aufmerksamkeit. Eine Verkäuferin dort war wohl besonders schön, und es war ein Glück, dass ausgerechnet sie ihn bediente, wann immer er dort in den vergangenen zwei Jahren Schuhe kaufte. Ihr wohl dichtes, dunkles Haar war mal zu einer kunstvollen Frisur hochgesteckt, mal ordentlich gebürstet mit einer Spange im Nacken gehalten. Wenn er ihren Hals sehen konnte, erschien sie ihm besonders schön. Sie hatte ein ebenmäßiges Gesicht mit rehbraunen Augen. Ich stellte sie mir ähnlich wie das Aschenbrödel in dem tschechischen Märchenfilm vor, den Stephan nicht kannte. Die Schönheit konnte mit Pfeil und Bogen besser zielen als ihr Prinz. In Stephans Erzählung wurde deutlich, dass es sich um eine wahre Kunst handelte, in einem solchen Geschäft Schuhe zu verkaufen. Vor meinem inneren Auge sah ich ihr dunkles Haar, das Knie, über dem das Nylon spannte, die Ferse, die im Absatzschuh saß, und die Anmut der halb hockenden, halb knienden Frau.

Wie Scheherazade erzählten wir uns Vignetten aus unseren Leben. Eros des Erzählens. Die Stimme des anderen. Nach den *Märchen aus tausendundeiner Nacht* lasen wir uns Choderlos de Laclos' *Gefährliche Liebschaften* vor und konnten es kaum erwarten, den Film zu sehen. Wie Macht und Eros dort zusammentreffen können, was den Reiz natürlicher oder zumindest überzeugend gespielter Unschuld und Erfahrung ausmacht, entdeckten wir gemeinsam, spielten dies miteinander und das.

Schuheanziehen kennen die meisten Kinder als beiläufige Zuwendung ihrer Mutter. Das Kind wächst und lernt laufen, mit Schuhen gewinnt es Stabilität, an der Hand einer Mutter, eines Vaters. Im Schuheanziehen steckt das Geschenk zärtlicher Sorge und Freiheit. Schuhe sind das Kleidungsstück der Ablösung. Großwerden, erste Schuhe und bald freihändig Laufen – Glanz im Auge der Mutter.

Sehen und dabei sein, wenn ein Kind laufen lernt, dieses Erleben kannte ich von meiner jüngeren Schwester. Ich erinnere mich an den Tag und ihr strahlendes Lachen, als sie zwischen meiner Mutter und mir die ersten Schritte allein machte. Vorher hatte ich sie schon den halben Tag an der Hand durch die Gegend geführt. Ich wollte ihr beibringen, wie man läuft und das Gleichgewicht hält, sie umklammert meine Hand, und ich versuche, sie dazu zu bringen, meine Hand loszulassen. Ich sehe sie vor mir, wie sie sich an den Knien unserer Mutter festhält, die mit jemandem im Gespräch ist. Wie ich mich zwei Meter entfernt vor sie auf den Boden hocke, meine Arme ausbreite und sie beim Namen rufe. Wie sie sich mit einer Hand am Knie der Mutter festhält und lachend den anderen Arm nach mir ausstreckt. Auf der Stelle tretend setzt sie abwechselnd einen und den anderen Fuß in meine Richtung. Ich locke mit offenen Armen. Bis sie das Knie unserer Mutter losläßt und mit ihren Ärmchen rudert, der ganze kleine Körper aus Freude und Aufregung gespannt, wie sie einen Fuß vor den anderen setzt und auf mich zukommt und ich sie auffange. Unsere Freude.

Wir hatten nicht in Gegenwart unserer Mutter laufen gelernt. Zur fraglichen Zeit waren wir Zwillinge in einer Pflegefamilie.

WOHIN ES UNS im Westen verschlug, im hohen Norden, am südlichen Ufer des Nord-Ostsee-Kanals, über den bei Rendsburg eine Hochbrücke für die Eisenbahn mit einer darunter hängenden Schwebefähre, eine gewöhnliche Autofähre und einige Kilometer weiter eine Autobahnbrücke führte, waren wir der einzige Sozialfall der ländlichen Gemeinde. Die Region um die Kröger-Werft war während des Wachstums und Wirtschaftswunders der fünfziger, sechziger und siebziger Jahre zu ehrbar mittelständigem Wohlstand gekommen. Glatt geteerte Straßen, saubere Bürgersteige. Die Einfamilienhäuser mit Gartenzaun und Garage reihten sich nebeneinander. Im Sommer 1979, als die Waldorfschule Rendsburg bereits drei ihrer begehrten Freiplätze für uns Sozialfälle zugesagt hatte, fand Anna das leerstehende und etwas verfallene Bauernhaus zwischen den beiden ursprünglichen Dörfern Schacht und Audorf. Steinzeitliche Funde zeigen eine alte Besiedlung des flachen Lands, Hünengräber und eiszeitliche Riesen ragen aus den Wiesen der etwas weiteren Umgebung. Einer der wenigen noch überlebenden Audorfer Bauern erzählte später meiner Mutter, dieses Haus sei einst das Und gewesen, zwischen Schacht und Audorf. Es sei so oll, dass es lange Zeit leer stand und niemand es bewohnen wollte.

Wir wohnten in Und.

Sägereien und Kiesabbau prägten neben der Werft, den Schiffssirenen und dem starken Wind den Klang dieser Landschaft. Durch die Wiesen und Koppeln hinter unserem Haus schoben sich die mit Containern beladenen Frachter und Finnjets auf ihrem Weg zwischen Ostsee und Nordsee. Schacht und Audorf waren durch eine Straße verbunden, die Dorfstraße. Auf die große Freifläche südlich des einzigen alten Bauernhauses wurde aus violetten Ziegelsteinen eine Kirche und gleich daneben ein kleiner Neubau für die Sparkassenfiliale der Gemeinde mit einem riesigen Parkplatz gesetzt, der immer leer war. Auf der anderen Seite unserer alten Kate stand ein moderner Würfel aus hellroten Fertigziegeln, in dem der kleine Supermarkt untergebracht war, der unser Arbeitgeber werden sollte. Seit wir zwölf Jahre alt waren, durften wir zweimal in der Woche hundert seiner blau auf weiß oder blau auf rosa kopierten Werbezettel verteilen, auf denen er Schweinenacken und Kiwis zu Pfennigpreisen anpries. Für hundert Zettel bekamen wir vier Mark. Er kontrollierte uns in Stichproben, so dass wir uns nur selten trauten, einem Haus zwei Werbezettel durch den Briefschlitz zu werfen. Es war unsere erste und ungeheuer wichtige Verdienstmöglichkeit, denn wir mussten jede Musikzeitschrift, jede Süßigkeit, jede Instrumentensaite und jede Batterie von unserem eigenen Geld kaufen. Auf der gegenüberliegenden Straßenseite befand sich der Dorfbäcker. Unsere Bauernkate lag mit ihren etwa dreihundert Jahren fast einen Meter unterhalb des Straßenniveaus, ein Kopfsteinpflasterweg führte hinab. Das Dach war noch mit Schilfrohr gedeckt, aber die Fenster waren in den vergangenen Jahren im günstigen Fertigformat erneuert worden. Anstelle des großen Scheunentors zur Tenne fand sich eine hässliche Fläche orangefarbener und farbloser Glasbausteine mitten in der Ziegelmauer.

Der Vermieter wohnte in einer entfernten Stadt und hielt das Sozialamt für einen zuverlässigen Mietzahler. Nach längerem Leerstand war es ihm recht, dass eine alleinstehende Frau mit vier vaterlosen Töchtern in das feuchte und nur mit einem einzigen Kohleofen sowie einigen notdürftig eingebauten Elektroheizkörpern schwer zu beheizende Haus einzog. Den Garten, in dem außer den knorrigen Obstbäumen kaum noch etwas erkennbar war, und die Ställe durften wir nutzen, wie wir wollten.

In der Tenne befand sich ein Kamin, in dem wir kein Feuer machen sollten. Der Schornstein war kaputt, und es schien dem Vermieter unnötig, ihn auszubessern. Es gab keinen Heizkörper und außer den Glasbausteinen kein Fenster. Trotz der fünf Türen wurden in das unwirtliche Durchgangszimmer unser verstimmtes Klavier und weiteres Gerümpel gestellt. Kräuter, Apfelringe und Wäsche hingen an gespannten Schnüren überall im Haus zum Trocknen. Durch den Fliesenboden trocknete in der Tenne kaum etwas, die Feuchtigkeit müffelte und staute sich dort zwischen gefliestem Boden, Glasbausteinen und kaltem Kamin. Es schimmelte.

Wachsam wurde unser Einzug von den Dorfbewohnern verfolgt. Selbst als sich der Sommer neigte und es immer früher dunkel wurde, und von der Straße aus jeder Passant, der zum Bäcker oder Supermarkt wollte, an unserem Haus vorbeigehen und durch die erleuchteten Fenster ins Innere schauen musste, brachte die Neue mit ihren vielen Kindern keine Gardinen an. Eines Tages klingelte es an der Tür. Nachbarn, die wir noch nie gesehen hatten, standen dort mit Stoffballen auf ihren Armen: Sie lächelten, denn bestimmt waren wir froh über ihre ausrangierten Gardinen. Kaum hatten die Spender ihre Textilien in unserer Tenne abgelegt und waren wieder verschwunden, lachte und ärgerte Anna sich. Sie hasste Fliegengardinen, wie sie die Stores nannte. Durch ihre Fenster wollte sie Bäume und den Himmel sehen. Wer von außen durch ihre Fenster blickte, war ihr egal. Vermutlich dachte sie nicht einmal darüber nach, dass es andere Bewohner der Gemeinde verlegen machte, im Vorbeigehen das Chaos in unserem Haus und die wenig bekleideten, auch nackten Menschen darin sehen zu müssen. Das Polyesterzeug war gut zu gebrauchen. Die Gatter für die Kaninchen und die jungen Tiere, die bald von Schwein, Ziege und Schaf geboren werden sollten, ließen sich wunderbar mit diesen reiß- und witterungsbeständigen Stoffen im unteren halben Meter abdichten. Spätestens als die Nachbarn ihre Gardinen in unseren Tierzäunen befestigt sahen, war klar, dass uns nicht zu helfen war und wir niemals zu ihnen gehören würden. Man konnte niemanden zu Gardinen zwingen.

Auf das Dorf wirkte unser Gelände mitten in der Ortschaft weniger wie eine Arche oder eine Villa Kunterbunt, es war ein Tollhaus, ein Schauhaus, ein Irrenhaus. In den folgenden Jahren wurden schriftliche Mahnungen zugestellt, weil wir bei der Reinigung des Bürgersteigs zu nachlässig waren. Jeden Freitag musste der Bürgersteig um das Haus gefegt werden, und das sauber. Zudem mussten wir in den langen norddeutschen Wintern monatelang morgens Eis und Schnee schippen, Asche verstreuen und Sand. Eine Pflicht, die uns Kindern zukam.

Das Haus war nicht unterkellert, es gab einen hohen Dachboden unter dem Reet. Neben den Luken zum Lüften hatte einzig die mit Holzwänden abgetrennte Häckselkammer, in der noch aus Vorzeiten eine rostige Häckselmaschine und eine Plättwalze standen, ein kleines Fenster zum Hof. Der Dachboden erstreckte sich über die Fläche des gesamten Bauernhauses sowie über Eck oberhalb des Stallanbaus in einem L. Die Spreu juckte in der Nase, hier lag noch ein flacher Haufen Stroh. In einer alten Truhe in der Drechselkammer fanden wir die Kleidung der Bauern oder der Knechte, riesige weiße Leinenhemden mit schmalen blauen Streifen, altmodische weite, knielange Unterwäsche mit handgefertigter Spitze und einem großen Loch im Schritt, steif geplättete Bettwäsche aus dickem weißem Leinen mit Initialen. Zwei der Laken hatten ein großes Loch in der Mitte, an dessen Rändern der Saum sorgsam bestickt war. Anna vermutete, es könnten Hochzeitslaken gewesen sein, die zwischen Mann und Frau gelegt wurden, damit sie keinen unnötigen Hautkontakt miteinander haben mussten. Wenn sie miteinander schliefen, konnte der Mann seinen *Pimmel* durch das Loch im Laken stecken und so in die *Muschi* der Frau stecken. Wir fanden auch große Wasserkannen aus Zink, Bottiche und ein Waschbrett und zwei alte Heugabeln. Der Vermieter sagte uns, wir sollten mit den

Plünnen machen, was wir wollten. Er sei in den vergangenen Jahren nicht dazu gekommen, den Dachboden aufzuräumen. Monate später würden wir an anderer Stelle des Dachbodens bunte Magazine finden, Pornohefte aus den sechziger Jahren, die wir neunjährigen Zwillinge erstaunt betrachteten. Die Frauen hatten blondierte und geföhnte Haare, sie waren wild geschminkt, die Männer trugen Schnurrbärte, und jeder Penis im Heft war erigiert. Die Stellungen erschienen geradezu akrobatisch, und auf vielen der Bilder spielte das Auto eine wichtige Rolle. Die Männer waren in einem ersten Bild der Fotostorys oft als Handwerker dargestellt, sie trugen einen Blaumann und Werkzeuge, sie wollten etwas reparieren. Die Frauen wurden entweder wie junge Tramperinnen im Minirock oder wie Hausfrauen inszeniert, die in Rock und Schürze gekleidet die Tür öffneten. So geschminkt war in unserer Familie keine einzige Frau. Niemand hatte einen Föhn. Unsere Mutter besaß nicht eine Bluse und auch keinen einzigen BH, keinen solchen Rock, kein einziges Paar Schuhe mit Absätzen. Noch nie habe ich bei Anna manikürte oder gar lackierte Nägel gesehen, gezupfte Augenbrauen kannten wir von der Mutter einer Schulfreundin, nicht einmal die Wimpern tuschte Anna sich. Alle paar Wochen, wenn sie einmal zum Sozialamt oder zum Arzt musste und daran dachte, putzte sie ihre Zähne, wusch und bürstete sich ihre langen Haare. Seit sie nicht mehr am Theater spielte und wir aus Berlin weg waren, schien sie sämtliche Attribute der weiblichen Verkleidung zu verachten. Sie machte sich wenig aus Körperpflege, weder wusch sie sich täglich noch wöchentlich. Im Sommer, wenn es regnete, konnte es passieren, dass sie sich alles auszog und nackt in den Garten rannte. Bald erklärte sie, sie wolle sich aus bestimmten Gründen nur noch mit Regenwasser Haut und Haare waschen, das in der Regentonne im Hof aufgefangen wurde. Sie stand dann im Hof und schöpfte mal mit einer Schüssel, dann mit einer Kelle Wasser aus der Regentonne, goss es sich über Gesicht, Haar und Rücken. War es besonders warm, zog sie für den Rest des Tages nichts mehr an. Sollten Passanten, die vom Gehweg aus unseren Garten und das Haus einsehen konnten, den Kopf schütteln. Anna bemerkte es nicht. Kam Besuch, blieb sie im Sommer manchmal nackt. Wir hatten oft Besuch.

Gleich nach unserem Wechsel von der Krippe zum Kindergarten klärten wir die anderen beflissen darüber auf, was zwischen *Muschi* und *Pimmel* geschehen musste, damit im Bauch einer Frau ein Kind wachsen konnte. Anna hatte es uns verraten, noch ehe wir Geheimnisse wahren konnten. Zum Missfallen der Erzieherinnen.

Gelangten aber Jahre später Illustrierte wie *Stern* oder *Spiegel* ins Haus, riss Anna Reportagen, in denen es um sexuelle Dinge ging, heraus. Wir sollten so etwas nicht sehen und lesen. Die Pornos auf dem Dachboden wollten wir lieber entsorgen, ehe sie sie entdecken musste. Unsere *Bravos* kauften wir heimlich.

Wir Zwillinge hatten seit unserer Geburt eine eigene Welt, eine schützende Blase. Nur die Worte unserer Mutter brachen hin und wieder über uns ein. Sie konnte wunderbar Märchen erzählen und Geschichten erfinden. Am meisten aber fesselte und gruselte uns ihre Kindheit und

Jugend, deren Drama und Abgrund jedes Hauff'sche und Grimm'sche Märchen weit übertraf. Diese Geschichten wollten wir wieder und wieder hören, die wirklichen, die echten. Bitte, erzähl uns von früher.

DIE HAUPTFIGUREN IHRER KINDHEIT waren ihr Bruder und sie. Der wichtigste Mensch im Leben unserer Mutter war ihr Bruder. Anna war 1943 geboren, Gottlieb 1944, im Versteck im Hochschwarzwald, das Helmuts Vater dem mittel- und obdachlosen Paar über Schweizer Freunde vermittelt hatte. Später erzählte mir Inge, sie sei bereits hochschwanger gewesen, als sie Ende 1942 mit einem der letzten Boote voll untergetauchter Partisanen, Kommunisten und Juden von Sizilien ans Festland geflohen seien. Ihr Bauch habe über der Reling gehangen. So bildhaft beschrieb sie ihre Vertreibung aus dem Paradies. Ohne Papiere. Auf Rädern seien sie dann den Stiefel bis hinauf nach Florenz gefahren. Sie telegrafierten nach Hause, aber ihr Vater wollte seine hochschwangere Tochter keinesfalls in Berlin sehen. Er rügte sie und schickte sie weg, sie gefährde das Leben ihrer Mutter. So erbarmte sich Helmuts Vater, der Pastor. Obwohl er von Anfang an gegen die Verbindung seines Sohnes mit der Jüdin war. Mehrfach schon hatte er seinen Sohn aufgefordert, sich von dieser Frau zu trennen. In Anbetracht ihrer Umstände vermittelte er sie an Freunde in der Schweiz. Dort hatte Pfarrer Ruhmer einst studiert und einen weiten Bekanntenkreis. Die Schweizer besaßen eine Hütte auf der deutschen Seite, oberhalb von Lörrach. Sie kannten die grünen Grenzen, auch im tiefsten Winter. Das im sizilianischen Paradies entstandene und im Februar bei Bad Säckingen unehelich geborene Kind sollte Antonella heißen. So hatte ein Mädchen auf Sizilien geheißen. Doch beim Standesamt, auf dem die Geburt des unehelichen Kindes angezeigt werden musste, wurde dieser Name nicht akzeptiert. Der ledigen Mutter wurde eine Namensliste von Hitlers geduldeten Namen mit dem Anfangsbuchstaben A vorgelegt. Also Anna. Nicht Ella oder Elli, wie Inge später gern alle Enkel nannte: Na du bist mir ja eine Elli.

Als ein Jahr später noch ein Kind unterwegs ist, zürnt Helmuts Vater, Pastor Ruhmer. Er fordert, dass Helmut endlich von der Jüdin lässt. Aber Helmut bleibt. Zum Ausgleich, dass er ihnen das Versteck vermittelt hat, möchte Helmuts Vater beide Kinder taufen. Dafür reist er von Halle nach Bad Säckingen. Auch zur Sicherheit. Schon Helmut trägt Gottlieb als vierten Vornamen. Der kleine Junge soll Gottlieb heißen.

Wenige Monate später, im März 1945, gehorchte beider Vater einem seit Monaten wartenden Einberufungsbefehl und wohl auch dem Drängen seiner Eltern. Inge ist außer sich vor Empörung. Sie stillt noch. Mit ihrem riesigen Busen hätte sie noch viele Kinder stillen können. Er liebt und verehrt und malt ihre weiblichen Formen, ihren Dickkopf, sie. Er verabschiedet sich im Streit von seiner jüdischen Geliebten mit ihren beiden Kindern, meiner damals knapp zweijährigen Mutter und ihrem nicht einmal einjährigen Bruder. Er habe keine Waffe gehabt. Als Maler sei er dafür zuständig gewesen, die Soldaten und das Geschehen zu zeichnen. Man nannte es Frontmaler.

Im März 1945 soll er in Konstanz den Zug genommen haben. Bei der Ankunft an der Ostfront seien er und die anderen nicht mal vom Lastwagen abgestiegen, sondern unmittelbar erschossen worden. Wir kannten unseren Großvater von den Fotografien in Inges Haus.

Die Nachricht von der Befreiung musste etwa zeitgleich mit der Nachricht seines Todes in Bergalingen eingetroffen sein. Inge stillte noch ihr blondgelocktes Kind, die kleine schwarzhaarige Anna wollte ihren Rockzipfel nicht loslassen.

Als Studentin fing ich an, Inge Fragen zu stellen. Sie war erstaunt über meine Fragen. Nie habe jemand sie *das* gefragt. Warum ich das alles wissen wolle. Was du immer alles wissen willst! Sie konnte bellen und flöten zugleich. Ihre Augen blitzten, geschmeichelt und misstrauisch, warum sich eine ihrer Enkelinnen so für sie interessiert. Was du immer für Fragen stellst! Eine ganze Weile gab sie ihre alten Legenden zum Besten, Geschichten, die wir alle schon oft gehört hatten. Wir standen in ihrem Atelier oder gingen mit ihrem Hund im Wald spazieren, wir gingen zusammen schwimmen und saßen auf ihrer Veranda, sie mit einem Messer an der Wachsfigur Rosa Luxemburg. Ich suchte jene stillen Augenblicke zu zweit und fragte wieder. Warum ist Helmut im März an die Front gegangen, wollte ich wissen. Ja, warum? Das Modelliermesser liegt in ihrer Hand im Schoß. Mit eingesunkenen Schultern sitzt meine sonst so robuste Großmutter auf ihrem Sofa der Veranda und blickt vor sich auf Rosa Luxemburg und durch sie hindurch. Wir schweigen beide. Warum. Das habe ich mich auch immer gefragt, ihre vollen Lippen glänzen. Mit den Fingerspitzen ihrer flachen Hand streicht sie ihr feines weißes Haar hinter das Ohr. Eine Geste, die ich von niemandem sonst aus der Familie kenne. Die Kette aus getrockneten Pfirsichkernen bebt mit jedem Atemzug auf ihrem naturweißen Wollbusen, das Sprechen fällt ihr schwer. Vielleicht haben seine Eltern gedrängelt? Er ist da noch mal aus dem Zug raus, in Halle, um sich zu verabschieden. Sie starrt an Rosa vorbei, und ihr Blick fällt auf mich. Sie schüttelt den Kopf. Warum ist er da nicht abgehauen, fragt sie leise, streicht prüfend den Daumen über die Klinge des Messers.

Bis sie neunundachtzigjährig mit ihrem Kombi, in dem sie Jahrzehnte ihre Steine und Skulpturen, Modelle aus Wachs und Gips zur Gießerei, Tonfiguren zu ihrer Freundin Bollhagen nach Marwitz zum Brennen und ihre Arbeiten und Werkzeuge mit Hund an die Ostsee transportierte, an der Endhaltestelle Rahnsdorf frontal in einen parkenden Bus fuhr, wobei glücklicherweise nur Sachschaden entstand, traute sich niemand aus der Familie, der leidenschaftlich eigensinnigen Autofahrerin ihren Führerschein abzunehmen. Schließlich hatte sie Adleraugen und konnte bis zuletzt ohne Brille lesen, morgens das *Neue Deutschland*, zum Mittagsschlaf Gedichte in *Sinn und Form* und abends mal ein Stück von Heiner Müller, oft Shakespeare und die griechischen Tragödien. Trotz zunehmender Demenz ihrer letzten fünf, sechs Jahre hielt sich ihre Begeisterung wie ein inneres Feuer – sie verlernte ja nicht das Lesen, sie las Euripides und Sophokles eher wieder und wieder, so als läse sie sie zum ersten Mal. Im

Sommer 2009 entdeckte ich in den Tagen nach ihrem Tod überall in ihrem Haus kleine Zettelchen, Buchrücken und Briefumschläge, auf denen sie in Varianten das Gretchen aus Goethes Faust zitierte und sich diese offenbar überall notierte, als wären es ihre eigenen tiefen Empfindungen, Erinnerungen, die aus ihr auftauchten und aufgeschrieben werden mussten: *Ich wein / Ich wein / Ich weine / Das Herz zerbricht in mir*, dazu das Datum *19./20. Juli 2008*. Auf der Rückseite eines alten Plakats *Ich träum / ich träum / ich träume / das Herz zerbricht in mir*. Unter den unzähligen Notizen, die wir überall in ihrem Haus fanden, gab es auch seltsame Sätze wie diesen *Du möchte ich nicht sein / wenn ich mit mir allein wär* und auf einem alten Briefumschlag *Ich bin so voller Sehnsucht / das Herz schlägt / Mit dazu*. Auf einem aus Papier geschnittenen Herz las ich ihre krakelige Schrift *2008 / Reichskristallnacht / 70. Geburtstag / Das Herz zerbricht in mir / Ich wein / Ich wein / Ich weine*. Und auch diese Notiz fiel in meine Hände und fand Eingang in die Trauerrede, die ich zu ihrem Begräbnis auf dem Alten Friedhof Wannsee hielt, *Hellblauer Himmel, duftgrünes Laub / Sich an sich selbst freuende Sonne / Und manchmal leicht dahin segelnde / Inge*. Nach der Beerdigung musste ihr Hausrat aufgelöst werden, und meine ältere Schwester übernahm diese schwere Arbeit an der Seite unserer Mutter. In Inges Sekretär fanden sie einen umfangreichen Briefwechsel mit verschiedenen Amtsstellen und Ministerien, aus dem hervorgeht, dass Inge nach dem Krieg versucht hatte, posthum Helmuts und ihre Verbindung als Ehe anerkennen zu lassen. Allein die Rassengesetze der Nazis hätten verhindert, dass Helmut und sie verheiratet waren. Sie hatten ja zwei Kinder, sie hatten Jahre zusammengelebt, in wilder Ehe, notgedrungen, erst auf Sizilien, dann im Hochschwarzwald.

Dass ihre beiden Kinder im Versteck und unehelich auf die Welt kommen mussten, sie ihren eigenen Mädchennamen Franck erhielten und ihr als Frau und Mutter weder Ehrbarkeit der Ehe noch Witwenrente zugestanden wurden, muss Inge als Schmach empfunden haben. Der Kontakt zu seinen den Krieg noch lange überlebenden Eltern in Halle sollte nie warm werden. Sie erhielt keinerlei Unterstützung nach seinem Tod.

Im Haus unserer Großmutter in Rahnsdorf hingen neben den Gemälden ihres verehrten Großvaters Philipp Franck, einem Impressionisten der Berliner Secession, viele Ölbilder von Helmut, die er in den Jahren gemalt hatte, als sie beide in Italien lebten. Noch während seines Aufenthalts in der florentiner Villa Romana erhielt Helmut den Rompreis. Doch zur Villa Massimo, in jenen Tagen nationaldeutsche Repräsentanz, hatte die jüdische Geliebte keinen Zutritt. Einige Wochen konnte sie nahe der Piazza Bologna unterschlüpfen, dann wurde das römische Versteck zu unsicher. 1941 folgte Helmut Inge nach Sizilien, wo sie Ende 1939 auf den Ländereien des befreundeten Malers Elio Romano Zuflucht gefunden hatte. Helmut malte dort, und Inge meißelte Skulpturen. Überall im späteren Berliner Haus meiner Großmutter hingen seine sizilianischen Felsen und Landschaften, das nachgedunkelte Kobaltblau seines Himmels und das Olivgrün der Bäume waren für mich als Kind Zuhause.

Die Aquarelle von Edmund Kesting, Porträts und Landschaften in Öl und Aquarell von Philipp Franck, eine Radierung und eine Kohlezeichnung von Käthe Kollwitz, die diese ihr geschenkt hatte. Am Sekretär meiner Großmutter klemmten die schönsten Fotos ihres toten Sohnes und seines toten Vaters, ihres geliebten Helmut. Daneben ein Foto ihrer Jugendliebe Ernst und eins ihres Vaters. Jahre später sollte ich im Archiv der Villa Massimo auf ein Foto meines Großvaters stoßen. Aufgenommen vor der Atelierreihe der Villa. Ein junger Maler im langen Kittel in einer Reihe neben den anderen Rompreisträgern. Unsere Mutter sieht ihm ähnlich, und auch meine jüngste Schwester, die fünfte Tochter meiner Mutter.

Wurden wir in unserer Kindheit aus Kinderheim, Krippe und Pflegefamilie, von Kinderfrauen und Freunden, abgeholt, so brachte diejenige uns je nach Lage in die jeweilige eigene oder Annas Wohnung, selten zu Anna ins Theater nach Potsdam, mehrmals im Jahr ins Blaue Haus nach Ahrenshoop oder in Inges Haus und Atelier am Berliner Stadtrand, und wenn wir Glück hatten, zur Familie von Annas erstem Mann. Der Vater unserer älteren Schwester lebte mit seiner Mutter ebenfalls in Rahnsdorf und nahm uns manchmal auf.

War unsere Mutter nicht mit anderem beschäftigt, und wurden wir nicht vergessen und hatten uns in unseren Spielen und Phantasiewelten versteckt, befanden wir uns meist in einem Zug, im Sputnik, in der S-Bahn oder Straßenbahn auf dem Weg von hier nach dort. Unterwegs, früher, in Ostberlin, das waren die Momente, in denen wir noch ihre Zuwendung erlangen und genießen konnten.

Erzähl uns eine Geschichte, bitte, Annamama, bitte! Und wie sie erzählte. Sie hatte die Schauspielerei nicht einfach gelernt, sie war geborene Mythomanin. Eine Erzählerin, deren Stimme ganz und gar die des alten Kräuterweibleins, des Okapis im Schlaraffenland, des Faulpelzes auf dem Ofen war, so dass jede Figur leibhaftig neben uns saß und mit uns sprach. Sie liebte auch das Vorlesen und Nacherzählen, auch dabei verwandelte sie sich schon im ersten Satz. Den Zauberer, den Bären und die Gänse lernten wir aus nächster Nähe kennen, wie sie gackerte und sich plusterte, knurrte und raunte, dass wir alle den Waggon um uns her, die Mitreisenden und die am Fenster vorbeifliegenden Landschaften vollkommen vergaßen. Mitten im Stroh flatterten auch wir mit unseren kurzen Kükenflügeln und gackerten wie das große Huhn zwischen uns. Als Rosenrot und Schneeweißchen steckten wir unsere Nasen in den zotteligen warmen Pelz und wärmten uns an dem gutmütigen großen Bären, streichelten sein Fell, klopften den Rücken unseres Gevatters. War sie zum Glasmännchen geworden, flirrten ihre Augen und Lippen, die Verwandlung der Brüder in Schwäne gelang ihr im Handumdrehen, und dabei war sie zugleich die einzige Schwester, die ihre Brüder in Andersens Märchen rettete. Am allerliebsten war uns das freie Erfinden. Zu Beginn durften wir uns jede drei Dinge wünschen, die in der Geschichte vorkommen sollten. Seifenblasen, Räuber und ein Gespenst. Wir liebten Gruselgeschichten. Meine Zwillingsschwester fürchtete sich leicht, für sie durfte es nicht zu gruselig werden. Bitte, erzähl uns wieder, wie es war, als du klein warst. Wir kannten die unheimlichen Geschichten in- und auswendig. Die vom Zuckerberg zu ihrem Geburtstag. An dem sie fast erstickte und auf Ewigkeit den Geschmack für Süßes verlor. Wie das Rahnsdorfer Haus in den ersten Jahren noch nach Tabak roch, weil eine Zigarrenfabrik vor ihnen darin gewesen war. Inge hatte Anna und Gottlieb oft allein gelassen. Als die beiden sich bemüht hatten, das ganze Haus für sie zu putzen, und Inge von ihren Reisen zurückkamen und nur merkte, was die Kinder nicht erledigt hatten. Wie sie eines Tages beide abgehauen sind. Wir hingen an Annas Lippen, konnten von ihren abenteuerlichen und grausigen Geschichten nicht genug bekommen. Jedes ihrer Worte war lebendig, wir spürten ihre Welt, als würde sie transplantiert. Klug war ihr Bruder in der Schule, und er überholte sie um ein Jahr, obwohl er ein Jahr jünger gewesen war. Ihre Augen leuchten, wenn sie erzählt, dass er Gedichte schrieb. Er konnte sie nicht beschützen. So wenig wie sich selbst. Seltsam, wie sie darauf kommt, dass er erst in der Todesnacht zum ersten Mal mit seiner Geliebten schlief. Musste er einen Ekel vor allem Sexuellen gehabt haben, weil er Zeuge missbräuchlicher Verhältnisse war? Und wenn er eine völlig eigene, seiner Schwester, seiner Mutter, seinem besten Freund unbekannte Begegnung mit seiner Freundin kannte, die körperlich und intim und trotzdem weder Trost noch Ausgleich für das ihnen unerträglich erscheinende Leben war?

Wie etwas aus dem Mund ihres toten Bruders quoll, sie nennt es Flaum, dass sie dachte, es sei Schimmel. Dem Toten zu Schaum gewachsener Atem. Gedichte hatte er geschrieben und Journalist werden wollen. Inge hatte ihm das mit aller Macht ausreden müssen, denn Journalist durften in der DDR nur ganz bestimmte Leute werden, vom Regime auserwählte. In der Schule hatte er seine ältere Schwester überholt und das Abitur mit siebzehn gemacht. Dann wollte der Sohn der Bildhauerin wohl Gesteinskunde studieren. Wie üblich musste er als Studienvoraussetzung ein Jahr arbeiten und seine *Mitwirkung an der Gestaltung der sozialistischen Gesellschaft und die Bereitschaft zur aktiven Verteidigung des Sozialismus* unter Beweis stellen. Dafür wurde er in den Steinbruch nach Gommern delegiert. Schon nach wenigen Wochen kam er verändert und krank mit einer Gürtelrose zurück. Ihm war etwas passiert. Wie sie sich im Winter hinten im Garten unter der Erde eine Höhle aus Eis bauten, ein unterirdisches Iglu. Wir wollten sie immer wieder hören, ihre Erinnerungen, die in uns Gestalt annahmen und zu unseren wurden. Wir kannten jedes Zimmer des Hauses und jede Ecke des Gartens aus unseren eigenen längeren Aufenthalten bei Inge. Es war, als wäre hier Annas und Gottliebs Kindheit darin ein Teil unserer eigenen Kindheit. Wenn sie anfing zu erzählen, war ihr Bruder lebendig. Wenn sie schwieg, ebenso. Er war immer da. In ihr. Neben ihr. Über ihr. Um sie herum. Gegenwart. In uns.

Sein Tod gehörte wie seine Herzenswärme, seine Klugheit und Schönheit in den Kosmos meiner Mutterwelt. Er war ihr Ein und ihr Alles. Ihre Trauer war in uns. Als jüngeres Kind glaubte meine Zwillingsschwester längere Zeit fest daran, sie sei die Wiedergeburt dieses Jungen. Alles, was unsere Mutter über andere Männer ihrer Kindheit erzählte, mit Ausnahme der Jungen, ihres Bruders und seines besten Freundes Ralf, der später ihr erster Ehemann und Vater unserer großen Schwester werden sollte, war nicht so schön, es gruselte bloß etwas. Vor allem ekelte es sie.

Nachdem Inges Ehe mit Hunzinger unter großem Krach auseinandergegangen und der Stiefvater aus dem Haus geworfen war, stellte Inge ihren Kindern einen neuen Mitbewohner vor. *Fritz der Hamburger*, hieß der Untermieter. Er kam in unregelmäßigen Abständen und ohne vorherige Ankündigung. Aus unerfindlichen Gründen war er bisweilen ganze Wochen nicht da, zwischendurch kam ein Bekannter oder eine Bekannte von ihm, übernachtete in Rahnsdorf, dann wieder kam Fritz für längere Zeit, wohnte und übernachtete, selten kamen sie zu zweit. Man teilte sich Wohnungstür, Flur und Badezimmer. Anfang 1958 wurde Anna gerade fünfzehn, Gottlieb bald vierzehn, Rosita war sieben. Erst im Verlauf der kommenden Jahre mussten die Kinder erfahren, dass vieles an dem Mann seltsam und rätselhaft war. Die häusliche Situation wurde immer schwieriger, zumal Inge für Aufträge als Bildhauerin und andere Reisen oft abwesend war und ihre Kinder wiederholt tagelang allein lassen musste, ganz gleich, ob der unheimliche Untermieter seinerseits anwesend oder abwesend war.

Was die Kinder zunächst nicht ahnen konnten, war, wie es überhaupt zu dem Faktotum gekommen war. Anfang 1958 hatte Inge sich zur Zusammenarbeit mit der Staatssicherheit entschlossen. Fortan erhielt sie bis Mitte der sechziger Jahre von der Stasi unter anderem hohe Mieten in bar. Dafür überließ sie, Hauptmieterin des Hauses, jenes Zimmer unmittelbar neben dem Schlafzimmer ihrer Kinder der Stasi als *konspirative Wohnung*. Auch der Antrag auf ein in der DDR sonst kaum frei erwerbliches Auto findet sich in Ursels Akte. Wann genau Anna nicht nur ahnte, sondern wusste, dass Fritz der Hamburger, ein Informant der Staatssicherheit war, wohl aus dem Westen, wie sie glaubte, vielleicht ein Doppelspion, ob es vor dem Selbstmord ihres Bruders oder erst danach war, ändert nichts an der Entwicklung der Ereignisse und der Tatsache, dass Inge in ihrer geheimen Eigenschaft als Mitarbeiterin und Vermieterin ihren schmerzlichen Teil der Mitverantwortung an dieser Konstellation trug. Niemand kannte den wahren Namen des Mannes. Für sein Verhalten konnte dieser geisterhafte Mensch niemandem angezeigt werden, keiner Polizei, keiner höheren Instanz, niemandem. Er nutzte einen nahezu rechtsfreien Raum. Anders als der Holländermichel war Fritz der Hamburger, in meiner kindlichen Vorstellung ein spindeldürres Monster, die Inkarnation des Horrors, in gewöhnlicher menschlicher Gestalt. Es hatte ihn wirklich gegeben.

Anna erzählte uns auch, wie sie einmal eine Fehlgeburt erlitt, die Schmerzen, das Blutige, das aus ihr kam, ein kleiner Junge, im Bad. Unsere Mutter hatte die Hölle überlebt, ehe sie wenige Jahre später uns Kinder bekam. Alle Orte umgaben uns in Rahnsdorf, wir lebten in ihnen, mit ihren Ereignissen.

Ihr Abscheu und Ekel vor allem Sexuellen machte es für uns Kinder umso unverständlicher, warum sie sich so oft entblößte. In meinen Kinderaugen war unsere Mutter die schönste Frau der Welt: Allen Männern verdrehte sie den Kopf. Einige ihrer ehemaligen Liebhaber blieben ein Leben lang treue Freunde. Erst als wir im Westen dort oben im Norden auf dem Flachland lebten und Anna längst keine Zeit mehr zum Erzählen von Geschichten hatte oder sie vielleicht neuen Freunden erzählte, die an ihren Lippen hingen wie einst wir, ich mich in mein Tagebuch zurückzog und schließlich selbst in die Pubertät kam, ahnte ich verborgene Wirklichkeiten und ihren Zusammenhang.

Das Mädchen Anna kannten wir aus ihren frühen Erzählungen gut, sie und ihr Bruder erschienen uns wie Gleichaltrige, Freunde, Geschwister. Im Gegensatz dazu blieb uns die Frau fremd. Sie hatte uns gegenüber wenig Mütterliches. Vielleicht lag es daran, dass wir zu zweit geboren worden und vom ersten Augenblick an zu viel waren. Unser Vater gehörte nicht zu den Männern, mit denen sie ein Leben lang befreundet sein wollte. Sie scheuchte ihn binnen weniger Monate davon. Mit unserer älteren Schwester verreiste sie gelegentlich allein, die beiden gingen zusammen ins Theater und ins Kino. Wir Zwillinge wurden weggegeben und waren später für die Betreuung unserer jüngeren Schwestern verantwortlich. Das Bedürfnis, mit einer von uns eine Beziehung zu entwickeln, hatte sie anscheinend nicht. Vielleicht fehlte einfach die Gelegenheit, die Ruhe. Sie fühlte sich nicht zuständig und schnell überfordert. Wie sie uns eine Fremde geblieben ist, sind auch wir ihr Fremde geblieben. Absichtslos, es war kein böser Wille.

Mitte der siebziger Jahre entdeckte Anna die Anthroposophen für sich und ihre Kinder. Ihre Großmutter Lotte war im Zuge der Reformbewegung bereits fünfzig Jahre zuvor bei Vorträgen von Rudolf Steiner gewesen und hatte manches von ihm gelesen. Traditionen waren vielleicht genau das, wovon Anna sich ausgeschlossen fühlte. Alternativen zur staatlichen Allmacht und Ordnung in der DDR wurden überall dort erkennbar, wo christliche Rituale ihre Unabhängigkeit behaupteten. Ich glaube, niemand in unserer Familie war Christ.

Wie oft Lotte noch eine Synagoge besuchte, welche Freunde von früher hätte sie dort nach dem Krieg noch treffen können? Sie war im Südwesten Berlins aufgewachsen, in Wilmersdorf und Schöneberg. Eltern, Geschwister, fernere Verwandte und enge Freunde waren tot oder emigriert. Mit ihren Kindern und Enkeln teilte sie Freundschaften, nicht aber ihren Glauben. In der protestantischen Kirche und Tradition, wie sie diese bei befreundeten Familien kennenlernte, war Anna eine Fremde. Aufgrund ihrer eigenen Geschichte spricht sie lieber von Wurzeln, die ihr fehlten. Nach dem frühen Tod ihres Bruders bekam sie zwar sehr bald das erste Kind, Schmerz und Haltlosigkeit blieben jedoch. Anna war keine große Leserin, sie näherte sich der Welt Rudolf Steiners nicht theoretisch, ihr Kompass war Intuition. Das Puppenspiel gefiel ihr, auch sie konnte Puppenbauen und Puppenspielen. Das Singen, das Versprechen einer Gemeinschaft. Die Anthroposophen hatten in Ostberlin keine Gesellschaft, es durfte keine Waldorfschulen geben. Sie versammelten sich in der Schwedter Straße in mehreren Etagen eines Mietshauses zur Freien Christengemeinschaft, deren Pfarrer ein Herr Heinrich war. Anna besuchte mit uns Kindern die Puppenspiele, das Lichterfest zum Advent und brachte uns zu Malstunden, wo wir mit Aquarellfarben biblische Motive malten. Auch gab es Kinderfreizeiten, mit denen sie uns für manche Wochen verschicken konnte. Ganz und gar frei war die Christengemeinschaft natürlich nicht. Ihre Rituale hatten für Anna etwas Anziehendes und faszinierten uns Kinder. Möglicherweise hegte sie den Wunsch, dass wir, die wir doch ihre Wurzeln sein und werden sollten, unsere Wurzeln in dieser Gemeinde schlügen. Die Kinder, die wir beim Malen und Lichterfest kennengelernt hatten, würden wir auch in der Christenlehre wiedertreffen. In der Christenlehre konnten wir Geschichten von Gott und aus der Bibel hören. Wer weiß, in einer solchen Christengemeinschaft würde man vielleicht endlich Aufnahme finden, Teil einer Gemeinschaft werden, die Anna so fehlte. Wir malten gern, mochten einige der anderen Kinder und liebten Geschichten, so fuhren wir Zwillinge 1976/77 mit S- und U-Bahn jeden Donnerstag von Adlershof nach Prenzlauerberg in die Schwedter Straße zur Christenlehre. Wir gingen schon zur Schule und konnten ganz allein durch die Stadt fahren. Dort hörten wir erstmals die Geschichte vom heiligen Martin, der seinen Mantel teilte. Diese Geschichte wurde szenisch als kleines Theaterstück vorgespielt. Von all den Erzengeln verstand ich wenig. Die Darstellung des Erzengels Gabriel erschien mir unheimlich, und was es mit diesen schweren Flügeln auf sich hatte, mit denen doch kein Mensch fliegen konnte, leuchtete mir nicht ein. Trotz des Lichts Gottes, des Himmels als vermeintlicher Koordinate und der hier in Aquarellbildern gemalten Wolken und Sonnenstrahlen, die auf die Erde fielen, als symbolisierten sie die Leiter vom Diesseits ins Himmlische, war es mir nicht möglich, mir Gott vorzustellen. Ich verstand das Konzept nicht. Vater Gott und Gottes Sohn, das klang nach einer Familienkonstellation, die mir aus eigener Anschauung fremd war. Da war noch Maria, die Mutter von Jesus. Hier wurde die Geschichte nachvollziehbar, weil Maria eine gewöhnliche Frau war, die ein Kind bekommen und es Jesus genannt hat. Dass Josef, der sich um die beiden kümmern wollte, nicht der richtige Vater von Jesus war, erschien mir aus unserer Familienkonstellation vollkommen selbstverständlich. Noch waren alle *Juden*. Wie der Pfarrer das Wort aussprach, klang es nach etwas Furchtbarem, nach der Finsternis auf Erden. Wie aber sollte Maria von Gott schwanger geworden sein, wenn er zwar einen langen Bart und Macht hatte, aber kein echter Mann mit Penis war?

Für diesen christlichen Gott und das Zeugungswunder, das *Unbefleckte Empfängnis* genannt wurde, gab es keine logische Erklärung. Ich wollte glauben lernen, wie ich schwimmen und Rad fahren gelernt hatte, wie ich schreiben und rechnen lernte. Aber ich scheiterte, sosehr ich mich bemühte. Ständig ertappte ich mich dabei, mir Gott vorstellen zu wollen. Uns wurde gesagt, dass Gott denjenigen erscheine, die fromm beteten. Man könne immer beten. Wenn man es nicht vergaß. Eine günstige Zeit, an ein Gebet zu denken, war abends vor dem Einschlafen und bei Tisch vor den Mahlzeiten. Gott sollte gedankt werden. Doch so oft es mir einfiel und wann immer ich es abends im Bett versuchte, ihm zusprach, er möge mir ein Zeichen senden, ihn um Dinge bat, die er für mich oder meine Nächsten tun könnte, die Zeichen blieben aus.

Um diese Zeit wurde Annas neue Schwangerschaft sichtbar. Wann wir erfuhren, wer der Vater unseres kommenden Geschwisterchens war, weiß ich nicht mehr. Es handelte sich um einen Freund, der über Nacht seinen engsten Freunden hinterhergeflohen und in den Westen verschwunden war, noch ehe Anna ihre Schwangerschaft bemerkt und mit ihm darüber gesprochen hatte. Erneuerte sie damals wieder einen letzten abgelehnten Ausreiseantrag, oder hatte sie ihn längst erneuert, ehe sie schwanger wurde?

Während ich den Wünschen anderer um mich her entsprechen wollte und die Zweifel und Schwierigkeiten in der Beziehung zu Gott für mich behielt, sollten wir ganz in die Gemeinde aufgenommen werden. Die Zeit drängte, denn unsere große Schwester war inzwischen in einer Konfirmandengruppe aufgenommen, sie wollte mit ihren Altersgenossen im Frühling 1978 konfirmiert werden, da durfte eine Taufe nicht fehlen. Wenn auch noch keine Konfirmation, so durften wir Kleinen, wir Zwillinge, immerhin den Ritterschlag der Taufe erhalten. Pfarrer Heinrich sollte uns alle drei taufen. Taufpaten mussten gefunden werden. Wo keine Tradition ist, gibt es nicht ohne weiteres Paten. Wer die Paten unserer älteren Schwester wurden, weiß ich nicht. Eine Freundin der Familie fand sich als Patin für meine Zwillingsschwester, für mich wurden eine gewisse Frau Höhn und ein gewisser Herr Born aus der Christengemeinschaft angesprochen. Beide kannten wir nicht gut, aber sie erklärten sich für die anstehende Zeremonie bereit dazu. Meine Zwillingsschwester wusste schon lange, dass die Taufe für sie der willkommene Anlass war, endlich ihren bisherigen Vornamen, den sie nicht mochte, durch ihren Wunschnamen ergänzen zu lassen. Unsere Mutter hatte zwei Vornamen und nutzte in ihrem öffentlichen Beruf als Schauspielerin stets alle beide, Anna Katharina. Unsere Schwestern haben von Geburt an zwei Namen erhalten. Für mich klang die Reihe der Namen nach etwas Besserem, hochtrabend, geradezu adlig. Wer zwei Vornamen hatte, der war wer. Sie waren schon als wer geboren. Sah man in der Mutter eine Königin, wurde man als erste Tochter zur Prinzessin. Das Bild stimmt nicht. Denn für jeden sichtbar regierten sie zu zweit. Da die Königin kein Interesse an den Regierungsgeschäften zu haben schien, regierte unsere große Schwester oft allein. Hinzu kam ihre ausgesprochene Schönheit, ihre Klugheit und ihre innige, schon seit einer Ewigkeit vor unserer Geburt gewachsene Beziehung, die sie mit ihrer Mutter hatte. Jedem wurde erzählt, dass ihr erstes Wort Computer war, nicht Mama oder Papa, kein Da oder Arm, nein: Computer. So intelligent war sie. Die zärtliche Ironie im Lächeln ihres Vaters verstand ich erst, als ich längst erwachsen war. Seine heiteren Augen, wenn er davon erzählte, wie er neben seiner Arbeit am Forschungsinstitut der Akademie der Wissenschaften in der DDR der sechziger Jahre Programme für Rechenmaschinen entwickelte, mit denen Informationen und

Buchstaben in Zahlen umgewandelt als immer größere Datenmengen elektronisch verarbeitet werden konnten. Er machte sich einen Spaß daraus, seiner 1964 geborenen Tochter so lange das damals eher seltene Wort Computer vorzusprechen, bis es das Baby eines Tages nachsagte. Das Wort hatte damals für die meisten Menschen keinerlei anschauliche Bedeutung, es wirkte wie ein dadaistisches Phantasiewort, Komm-Puh-Ta, für eine Zaubermaschine. Science Fiction. In der Alltagswelt gab es keine Digitalrechner, keine Notebooks, kein Internet, kein WLAN, keine Handys. Die Mondlandung wurde von manchen für einen Film der amerikanischen Propaganda gehalten.

Später, als die große Schwester schon Anfang zwanzig war, sollte sie mir einmal sagen, dass sie unserer Mutter am ähnlichsten sei, sich deshalb auch am besten mit ihr verstehe. Sie entschloss sich, denselben Beruf wie Anna zu erlernen. Schauspielerin. In meinem Tagebuch beneidete ich sie nicht um die von ihr behauptete Ähnlichkeit.

Vor unserer Geburt hatte es für das Kind im Bauch nur den Namen Hermann gegeben, und Julia, falls es ein Mädchen sein sollte. Als Zwillinge kamen, war für das zweite Kind auf die Schnelle ein dazu passender, ebenfalls römischer Name bestimmt worden. Den Nachteil des einen und einzigen Namens, der allenfalls weltliche Assimilation, aber keinerlei religiöse Tradition verriet, wollten wir endlich ausgleichen. Seit Jahren liebte meine Zwillingsschwester den Namen Johanna. Jetzt wurde sie Johanna. Wer brauchte schon einen Namen, der einem als Säugling von anderen gegeben worden war, wenn sich zur anstehenden Taufe die günstige Gelegenheit bot, selbst den eigenen Namen zu bestimmen. Johanna passte, das fanden alle. Ein wunderschöner Name. Ich fühlte mich in Verzug. Mit meinem Namen war ich nie unglücklich gewesen, doch die Gunst der Stunde sollte nicht ungenutzt vorüberziehen. Veronika fand ich ziemlich gut. Niemand um mich her mochte den Namen Veronika. Helene gefiel mir auch. Helene war nicht möglich, weil schon die von uns allen geliebte und im Vorjahr gestorbene Großmutter unserer älteren Schwester so hieß. Es war ihre Oma und deren Name. Ihr Papa, ihr Onkel, ihre Oma. Sie wurde nicht müde, uns darauf hinzuweisen. Wenn man sich bei Tisch neben ihren liebsten Verwandten oder beim Spaziergang an die Hand ihres Vaters gesellte, kam sie und stieß das Kuckuckskind weg. Sosehr uns ihre Verwandten zu allen Festtagen und bei Besuchen mit Herzlichkeit willkommen hießen, vermittelten sie uns in keiner Situation, dass wir nicht dazugehörten. Dank unserer großen Schwester blieb es allzeit deutlich, unvergesslich.

Kurz vor dem Taufereignis wurde ich unglücklich, weil ich nicht als einzige Schwester nur einen Namen haben wollte. Wer auf Susanne kam, weiß ich nicht. Der Name war von keiner strahlenden Schönheit, das passte zu mir. Er versprach das Gewöhnliche, Bescheidenheit und Anpassung. Schon am Tag der Taufe hatte ich den beklemmenden Eindruck, weder zu dem Ereignis noch zu der Familie und am wenigsten in diese Gemeinde zu gehören. Susanne wurde getauft, Julia stand wie ein Zaungast daneben. Ich mochte weder den Pfarrer mit seinem

Weihrauchgeruch, noch Frau Höhn und Herrn Born. Sie waren Fremde.

Die Taufe erschien mir als fauler Zauber. Die Freude für die Schwestern war riesig. Unsere große Schwester konnte mit ihrer zeitgleichen Konfirmation in der Freien Christengemeinschaft der Schwedter Straße und anschließend in Rahnsdorf mit ihren Freunden ein Fest feiern.

Die neuen Namen sollten wenige Monate später an Bedeutung gewinnen. Denn als bald nach Taufe und Konfirmation eine andere von Annas Ideen Wirklichkeit werden sollte und ihr Ausreiseantrag bewilligt wurde, hatte die Stunde der Neuerfindung geschlagen. Johanna wollte von jetzt an offiziell und in der künftigen Schule wie schon in der Familie überall Johanna heißen. Auch wenn unsere erfundenen Namen in keinem Pass und keinem offiziellen Ausweisdokument je Aufnahme finden sollten, so wollte spätestens die Waldorfschule im Westen unsere anthroposophischen Taufnamen akzeptieren. Während der Zeit im Lager und in der dort zugehörigen Grundschule mussten wir noch mit den alten Namen in Erscheinung treten, aber wir übten bereits im Inneren unseres Flüchtlingszimmers. Anna war die Erste, die für jeden Einfall zu haben war, unserer älteren Schwester war es recht, und unsere kleine Baby-Schwester sollte uns nur als Johanna und Susanne kennenlernen – auf die alten Namen hörten wir nicht mehr. Sobald eine Waldorfschule uns aufnehmen würde, sollte sie uns als Johanna und Susanne annehmen. Die Rendsburger Waldorfschule, die uns schon um Ostern 1979 eine Zusage schickte, zögerte keinen Augenblick. Wir Zwillinge wurden in der Klasse als Johanna und Susanne vorgestellt und blieben es fortan für Jahre. Meine vier Jahreszeugnisse der Rendsburger Waldorfschule sind auf den Namen Susanne Franck ausgestellt, der Name Julia taucht nicht auf. Kein Kind unseres neuen Lebens kannte unsere alten Namen. Johanna blieb über acht Jahre bei ihrem Namen, erst viel später erfuhren die dortigen Freunde, dass sie amtlich einen anderen trug. Mit dem Beginn des neuen Lebens im Westen und an der Waldorfschule erfanden wir uns. Wir wollten andere sein, diejenigen, die dazugehörten. Der Name erschien anfangs wie die Eintrittskarte in eine unserer Phantasiewelten. Es war eines unserer Rollenspiele, das wir Zwillinge ununterbrochen spielten. Dazu gehörte die neue Landschaft mit ihrem kalten Wind, der über flache grüne Wiesen fegte, der norddeutsche Dialekt, den wir nachahmten, *echt do*, weil er in unseren Ohren *kuhl* und so aufregend fremd wie Englisch klang. *De Duuv opn Dach. Wat kiekdn, ihr Lüttn? Moinmoin.* Doch es war keine Welt, die unseren Gesetzen gehorchte, die von uns erdacht und geformt werden konnte. Es war eine uns bis dahin gänzlich unbekannte Welt, die westliche Welt des Wirtschaftswunders mit ihren ländlichen Dörfern um die Kreisstadt, eine Welt, die sich dort mit ihren traditionellen Kleinfamilien zeigte, ihrem uns noch unbekannten Geschlechterverhältnis, in denen es meist einen Vater gab, der das Geld verdiente, der das Auto fuhr, seiner Familie und Frau seinen Namen gab, der liebte, schimpfte, schützte, Dinge erlaubte. Eine Mutter, die Mann und Kinder liebevoll und haushaltend umsorgte. Beständigkeit und Zuverlässigkeit. Arbeit und Urlaub.

Tradition und Autorität. Ohne Himmelsrichtung kein Kompass.

Zu der Wirklichkeit jener neuen Welt, in die wir Fremdlinge stießen, gehörte auch die Waldorfschule. Über Jahre waren wir meist fünfundvierzig und kurzzeitig sogar siebenundvierzig Kinder in einer Klasse mit einem einzelnen, ehrgeizigen und ziemlich überforderten Klassenlehrer, der weder gemocht noch ernst genommen wurde. Er verlor einen Großteil seiner Schüler vollkommen aus den Augen und konnte wenig dagegen machen, als wir in der sechsten und siebten Klasse anfingen, nach und nach mitten im Unterricht das Klassenzimmer zu verlassen. Wir spielten im dunklen Kellergeschoss der Schule, erkundeten die nähere Umgebung und kletterten mit drei Jungs aus unserer Klasse über einen verbotenen Zugang und eine Treppe aus Sprossen auf die nahe Hochbrücke, wo wir unterhalb der Gleise einen geheimen Leiterweg entdeckten. Im Halbdunkel liefen wir den Gang entlang, bis wir nicht nur Häuser und Straßen, sondern tief unter uns den Kanal sahen. Es gab aufregendere Abenteuer als Eurythmie.

Mein Körper mit all seinen Eigenheiten und Veränderungen war mir nicht fremd, die Lebensumstände hingegen zunehmend. Ich fühlte mich falsch. Susanne kam mir falsch vor. Fast alles erschien mir in den folgenden Jahren falsch, die Schule, die Anthroposophie, unser Leben als Familie, der Name.

Die Eltern unserer Schulfreunde waren Autohausbesitzer, Musikalienhändler, Angestellte der großen Rendsburger Werft oder der Schleswag. Es gab auch einen Arzt und einen Biologen. Alle Familien hatten Mutter und Vater, normale Berufe, feste Mahlzeiten, saubere Kleidung und fuhren mindestens einmal im Jahr in den Urlaub zum Skifahren oder ans Meer.

Wir kletterten auf jeden Baum, über jeden Zaun und in jede Baustelle. Die Kinder im Dorf beobachteten uns, sie flüsterten hinter vorgehaltener Hand, etwas lauter kommentierten sie unsere dreckigen Füße und fragten, ob wir keine Schuhe hätten, warum unsere Mutter nackt im Haus und Garten rumlaufe und der Garten keinen Zaun hätte, warum all der *Tüdelkram* bei uns rumfliege, wo unser Auto, wo unser Vater und ob unsere Mutter eine Nutte sei. Ob wir krank seien oder warum sie nicht arbeiten könne und wir nicht wie alle anderen Kinder in die Grundschule des Dorfes gingen. Wir fänden vielleicht, wir wären was Besseres, nur weil wir aus irgend so einer großen Stadt kämen. Dabei seien wir einfach Zigeuner, wir seien alle so dunkel, Ausländer, aus welchem Land, woher wir kommen, unsere Mutter sehe wie eine Hexe aus, ach die *Daddelschule*, so nannten sie die Waldorfschule, klar, vielleicht nicht ganz richtig, sie zeigten uns einen Vogel, *Daddel*, wir sollten kein *dumm Tüch schnacken*. Wir müssten wohl mal *opn Pott* gesetzt werden. Ob wir aus einem Zirkus kämen. *Die ole Büx!* Lachend zeigten sie mit dem Finger auf uns. Ob wir Läuse hätten mit unserem strubbeligen Haar, warum wir einen so komischen Dialekt hätten und *Striptease* im Baum machten.

Es war Sommer. Sobald es warm wurde, trugen wir in unserer Kindheit keine Schuhe, weder drinnen noch draußen, weder in der Stadt noch auf dem Land. Ohne

Schuhe kletterte es sich leichter. Wir hatten unsere vielleicht etwas zu kleinen, kurzen Lederhosen aus dem Osten und keine Oberteile an, als wir in die Kronen der alten Kastanien neben dem Bauernhaus geklettert waren.

Wir hatten keine Vorstellung von dem, was wir taten. Wir mussten das Wort erst bei anderen erfragen. Bei der Gelegenheit erkundigten wir uns auch, was eine Nutte ist.

Anna wühlte sich in die Erde. Sie schonte sich nicht, brauchte weder Handschuhe noch Arbeitskleidung. Da ihr das Haarewaschen und Bürsten selbst in großen Abständen noch lästig war, zudem fand sie den Sommer besonders heiß, rasierte sie ihr Haar eines Tages bis zur Kopfhaut ab. Wir waren damals elf oder zwölf Jahre alt, nicht zum ersten Mal war sie mir unheimlich.

Gewöhnliche Emaille-Eimer waren zu schwer und zu teuer, daher hatte Anna von einer nahegelegenen Baustelle die leeren Farbeimer geholt und benutzte sie als Futtereimer. Überall auf dem Hof, vorm und im Haus standen die Farbeimer herum, waren sie leer, fingen sie nur Regenwasser auf, neben den Beeten standen sie für Unkraut und Wurzeln, die das Schwein liebte, in der Küche für Kartoffelschalen und andere Essensreste, die das Schwein bekam, sowie immer auch mindestens einer der Plastikeimer für den sonstigen Kompost. In der Badewanne standen Eimer mit eingeweichter Wäsche und Futtereimer, in dem Reste einweichten. Im Hof lag ein riesiges altes Türblatt auf zwei Böcken als Tisch. Auch neben dem Tisch standen die ehemaligen Farbeimer, für die organischen Abfälle. Nichts durfte weggeworfen werden. Im Türrahmen und an der Küchenlampe sowie über dem großen runden Tisch im sogenannten Wohnzimmer hingen die karamellfarben glänzenden Klebespiralen für die Fliegen.

Es war sicherlich nicht Annas Absicht, aber ihre Erscheinung wurde uns zunehmend peinlich. Anfangs ärgerten wir uns noch und baten sie darum, bitte nicht im geflickten Bauernhemd, das sie als Kleid übergeworfen hatte, barfuß zur Monatsfeier in unsere Schule zu kommen. Da sie täglich weit mehr als eine Schachtel Zigaretten rauchte und bald ein Päckchen Tabak zu Zigaretten drehte, roch sie nicht nur nach Ziege und Schwein, Mensch und Knoblauch, sondern auch nach Asche.

Vom Osten ins Lager in den Westen, in den hohen Norden. In der Fremde waren wir selbst zu Fremden geworden.

Manchmal wurden wir aus der Schule nach Hause geschickt, weil Lehrer unsere Läuse oder Nissen entdeckt hatten. Stundenlang saßen und standen wir da, mit Kämmen über die Köpfe der Schwestern gebeugt und zogen uns mit den kaum vorhandenen Fingernägeln gegenseitig Nissen aus den Haaren.

IN DER WALDORFSCHULE lernten alle Kinder Instrumente spielen, und so hoffte ich, das Instrument der Engel lernen zu dürfen. Geige. Der netteste Junge unserer Klasse war die jüngste Geige neben älteren Schülern im Orchester. Er spielte seit vier Jahren, das würde ich Neunjährige nie aufholen können. Zu alt, wie der Lehrer meinte. Man brauche eine Bratsche und ich sollte zunächst auf einer als Viola gestimmten Chrotta in Sonderanfertigung spielen. Das Instrument war ein flacher Kasten mit vier Ecken. Schon der Name Chrotta klang grottig. Bratsche wie Watsche. Quietsche. Weder hatte sie die Schwünge und bauchige Symmetrie, noch die Harmonie, die ich an Geigen und Celli mochte. Als ein Jahr später meine Hände groß genug waren, konnte ich ein Leihinstrument der Schule erhalten. In meinem Tagebuch lese ich heute Einträge darüber, wie das Mädchen, das ich war, eisern auf eine neue Saite für dieses Instrument hin spart, da sie beim Stimmen gerissen war. Anfangs soll es auf Darmsaiten spielen, für den natürlichen Klang. Später darf es auf üblichen drahtummantelten Saiten spielen. Der Geruch vom Kolophonium beim Einstreichen des Bogens. Das Heilige in der Erinnerung, der Geruch des Heiligen. Weihrauch und Terpentin.

Nicht heulen, üben. Geduld und Demut. Anfangs war ich sicher, ich könnte es lernen. Wenn ich nur Ausdauer entwickelte. Das Lernen selbst war mir nahezu fremd, ich kannte es kaum.

Ich liebte Musik. Die Töne beim Singen trafen wir Schwestern und Anna alle nicht. Ob allein, zu zweit, zu dritt, wenn wir unterwegs waren, sangen wir zusammen, alle falsch durcheinander und mit großem Vergnügen. *Bella Ciao* hatte vermutlich Inge aus Italien mitgebracht und schon an Annas Wiege gesungen, es war ein Lied, dessen erste Strophen wir auf italienisch und deutsch auswendig konnten. Wussten wir nicht weiter und war unsere große Schwester nicht dabei, sangen wir in unserer Phantasiesprache weiter, die uns ganz italienisch klang. *Am Brunnen vor dem Tore* und *Komm lieber Mai und mache die Bäume wieder grün* waren Lieder, die bei uns das ganze Jahr gesungen wurden, mitten im Winter am Bett der kleinen Schwester, Schlaflieder, wenn ich mit dem Rad allein durch den sommerlichen Wald fuhr. *Es waren zwei Königskinder* und die *Moritat von Mackie Messer*, beides vielleicht Annas Lieblingslieder, kein Lied hatte seine Jahreszeit und Tageszeit bei uns, sie gehörten überall hin. Überall, wo ich gerade war. Das *Lied eines kleinen Abwaschmädchens* und *Weißt du wieviel Sternlein stehen.*

In den frühen Jahren meiner Kindheit, solange wir noch in Ostberlin wohnten, waren wir Weihnachten immer zu Gast. Wir fanden Aufnahme, woanders. Vom Adlergestell aus wateten wir mit dem Schlitten durch den aschefarbenen Schneematsch zur Haltestelle der Dörpfeldstraße. Von einer Straßenbahn in die andere, umsteigen in Friedrichshagen, immer weiter aus der Stadt hinaus. Es schneite in dicken Flocken. Unter den Sitzbänken gab es schwarze Heizröhren mit kreuzblumenförmigen Löchern. Bis zur Endhaltestelle Rahnsdorf brachte uns die Straßenbahn durch den Winterwald und vorbei am gefrorenen Müggelsee. Auch wenn Inge Weihnachten nicht mochte und keine Rituale dazu kannte, lieber in den Wald und ins Atelier stapfte, waren wir anderen versessen auf Weihnachten. Es gab ihn, den Ort der Güte und Barmherzigkeit. Die Eichung unserer Herzen. Die Familie unserer älteren Schwester öffnete uns die Tür, Jahr um Jahr: ihr Vater Ralf, ihre Oma. Helene. Die Seele des Hauses. Obwohl Anna längst unzählige andere Freunde und Liebhaber gehabt hatte, auch wir Zwillinge Zeugnisse ihres Lebenswandels waren und andere Frauen wohl solche fortgelaufenen früheren Schwiegertöchter nach der Scheidung ausschließen und ächten würden, hieß Helene uns alle willkommen. Unsere große Schwester ging stets voran, sie war die erste. Auf der Treppe und vor der Tür konnte es dazu kommen, dass wir uns schubsten, aus Ungeduld und Vorfreude. Die erste blieb die erste. Ihr Vater hatte die Öfen geheizt, ihre Oma umarmte jede zur Begrüßung. Zusammen mit Adel hatte sie seit dem frühen Morgen in der Küche gestanden, Grüne Klöße vorbereitet und Rotkohl geschnitten. Adel war ein Flüchtlingskind des Krieges. Waise. Sie hatte niemanden auf der Welt. Außer Helene, von der sie schon Jahrzehnte zuvor angenommen worden war, lange, ehe es uns gab. Adel war nicht viel jünger als Helene. Während Helene jung schon vor dem Krieg geheiratet hatte und in den sechziger Jahren Witwe geworden ist, war Adel viele Kilometer östlich noch fast ein Kind gewesen, als der Krieg ausbrach und sie Waise und Flüchtling wurde. Sie sollte Schlimmstes auf der Flucht erleben und nie in ihrem Leben heiraten. Adel schwieg mit ihren hellwachen kleinen Augen. Sie hörte mit ihren Augen und lächelte mit ihren Augen. Und wenn sie etwas sagen musste, schien ihre heisere Stimme nicht ganz zu ihr zu gehören. Ich erinnere mich an ihre blau-weiße Kittelschürze, ihr Haarnetz und das Kopftuch, das sie umband, sobald sie hinausging. Habe ich sie jemals ohne diese Kittelschürze gesehen? Sie war wie eine Uniform, ein Schutzkleid vielleicht. Adel half, wo sie konnte. Immerzu. Helene und Adel machten fast alles gemeinsam, über die Jahrzehnte waren sie wohl Freundinnen geworden, im Herbst brachte Adel Körbe voller Pilze aus dem Wald, jetzt in der Weihnachtszeit hatten Adel und Helene Walnüsse getrocknet und Nussstollen gebacken. Es wurden Kerzen angezündet und echte Weihnachtslieder gesungen, *Maria durch ein Dornwald ging* und *Es kommt ein Schiff geladen*. Die Finger auf den Löchern, das d halten, das ohrschmeichelnde b, die Schönheit der Töne, des Klangs, in Moll empfand ich Geborgenheit. Wir spielten auf unseren Blockflöten und fühlten uns in der Wärme und Liebe wohl, mit der sie uns Jahr um Jahr bis zu unserer Ausbürgerung zu den christlichen Festen, Weihnachten und Ostern, zu sich einluden und die Kerzen mit uns anzündeten. Es waren ihre Rituale, die wir Kinder liebten, ihre Herzlichkeit, die uns einschloss. Auch uns Zwillinge. Mussten wir spät abends unsere Jacken anziehen, den Schlitten nehmen und ihn hinüber in das Haus unserer Großmutter

Inge ziehen, freuten wir uns über den neuen Schnee und fürchteten uns vor der Kälte. Inge öffnete niemandem die Tür. Klopfen oder Klingeln hätte sie nicht gehört. Sie stand im Atelier. Über die Geschenke und Süßigkeiten, die wir mitbrachten, rümpfte Inge die Nase. Ein Christkind kannte Inge nicht, Weihnachten war in ihren Augen reiner Kitsch. Konsum wie Kapitalismus lehnte sie ab. Was sollte all die heilige Herzlichkeit. Für Weihnachten fühlte sich Inge nicht zuständig. Einen Strauß mit Fichtenzweigen stellte sie auf den Boden, einen zweiten auf die Truhe, in einem Jahr sogar einen Tannenbaum in die Ecke ihres großen Salons, warf Lametta über die Zweige, hängte ein paar silberne Kugeln daran, bitteschön, habt ihr euer Funkelzeug. Besuchte Inge ihre Mutter an den Weihnachtstagen in der Villa in Pankow, oder trafen beide einfach Freunde? Zündete Lotte für sich allein Kerzen auf ihrer Chanukkia an? Bei Inge gab es kein christliches Singen, kein feierliches Essen, keine Umarmungen. Sie hasste *Heiligtuerei*. Dabei konnte Inge als Einzige von uns im Sopran singen und dabei Töne treffen. Jahre später, ich war schon Anfang zwanzig, besuchte ich mit ihr einen jüdischen Liederabend. Während der Darbietung geriet sie in eine andere Welt. Das erste Lied summte sie schon nach den ersten Takten mit. Sie war entzückt. Wir saßen in der ersten Reihe, die Sängerin stand keine zwei Meter entfernt. Ich erinnere mich, wie Inge ihre Handtasche auf dem Schoß öffnete und einen kleinen Kamm zum Vorschein brachte. Gedankenverloren fuhr sie mit dem Kamm durch ihr feines weißes und gepflegtes Haar, das sie als Pagenschnitt trug. Sie ließ den Kamm wieder in ihre Tasche gleiten und klatschte noch vor dem letzten Akkord. Beim nächsten Lied sang sie leise mit. Noch nie hatte ich sie mit dieser glockenklaren Mädchenstimme singen gehört. Sie war schon über achtzig Jahre alt. Ihr Leben lang war sie verrückt nach Theater und Konzerten aller Art. Sonntagmorgen legte sie am liebsten ihre Platte mit Vivaldis Flötenkonzert auf. So wenig sie mit Kindern anfangen konnte, nahm sie eines Tages von der jungen Studentin Notiz, nahm sie als Menschen wahr. Seit dem Mauerfall musste ich keine Visa mehr beantragen, ich konnte mich einfach in die S-Bahn setzen und sie besuchen. Sie wollte meine Begleitung. Nicht immer musste ich zu ihr raus nach Rahnsdorf fahren, manchmal trafen wir uns mitten in der Stadt. Neben Theatern nahm sie mich zu Konzerten mit, ins Konzerthaus, an die Staatsoper und ins Centrum Judaicum. Allein hätte ich mir die vielen Theater- und Konzertbesuche meiner Studentenzeit nicht leisten können. Ihre Begeisterung und Neugier blieb bis ins hohe Alter lebendig. Am liebsten las sie Gedichte und Theaterstücke, auch politische Essays mochte sie. Erich Fried und Bert Brecht. Im Gefolge ihrer Jugendliebe Ernest Jouhy war sie mit Manès Sperber bekannt, dessen Bücher gleich neben denen von Ernst standen. Stefan Heym und Stephan Hermlin hatten es ihr angetan, sie wirkte verliebt. Zeitweilig hing in ihrem Schlafzimmer neben dem privaten Foto von Erich Fried und einem sizilianischen Felsengemälde von Helmut ein großes Poster von Stephan Hermlin über dem Fußende des Bettes. Als diese verehrten Freunde tot waren, öffnete sie sich auch den jüngeren, immer wieder war von einem

Schädlich die Rede, und es ist mir bis heute nicht klar, von welchem der Brüder, sie mochte Fritz Rudolf Fries und Volker Braun. Wie ein stiller Herrscher saß Karl Mickel bei jeder ihrer riesigen Geburtstagsgesellschaften in dem hohen, geschnitzten und gepolsterten Königsstuhl vor dem Bücherregal in einer Ecke ihres Salons, er rauchte sehr dicke Zigarren und schwieg. In seiner vollkommenen äußeren Reglosigkeit, weder Gesten noch Mimik, außer dem Paffen, kein Lachen, kein angeregtes Gespräch, wirkte er weniger gruselig als eitel. Welcher Verbindung und Natur beider Freundschaft war, weiß ich nicht.

Den Dichter an sich liebte sie. Sie las, zitierte frei, besuchte Lesungen, lud sich die Dichter für Lesungen nach Rahnsdorf in ihr Haus ein, und suchte über Jahrzehnte die persönliche Freundschaft. Nur Romane waren ihr nicht ganz geheuer. In ihrem Bücherregal gab es kein Buch einer Schriftstellerin. Wen auch? Christa Wolf kannte sie gut. Sie respektierte sie, schätzte auch manches. Das dichtende Genie aber war ein Mann. Bis ins hohe Alter fuhr Inge jede Woche mit der S-Bahn in die Stadt, besuchte Akademie und Verband, eine ihrer Freundinnen, das Atelier eines Kollegen und vor allem die Theater. Hin und wieder ging ich zu Ausstellungen mit.

Als Jugendliche sang ich oft, wenn ich allein unterwegs war. Nachts auf dem Fahrrad oder wenn ich eine leere Straße entlangging. Wie unsere Mutter waren auch wir für unsere ungewöhnlich tiefen Stimmen bekannt und wurden in den ersten Klassen bei Auftritten unseres Chors mit Pionierhalstüchern vor der Arbeiterbrigade eines lokalen Betriebs in Adlershof in die letzte Reihe gestellt und sollten während des Konzerts bitte nur den Mund synchron öffnen, ohne die Stimmbänder klingen zu lassen. Schon aufgrund der tiefen Stimmlage konnten wir keinen der hohen Töne erlangen. Störendes Brummen, als hätte sich ein Bär unter die glockenklaren Kinderstimmen geschlichen. Jeder Versuch geriet zum Krächzen, wir überspannten die Stimmbänder, sangen falsch. Instrumente boten Möglichkeiten, das kannte ich von der Blockflöte, Notenlesen und auf der Sopranflöte Lieder spielen lernten wir mit fünf von unserer großen Schwester, den Altschlüssel und die Griffe der Altflöte brachte ich mir mit acht Jahren selbst bei, auch die Tenorflöte war bald nicht mehr zu groß, um sie mit meinen immer länger werdenden Fingern zu greifen. In dieser Hinsicht war ich ein gewöhnliches Kind. Sprechen, Malen, Zeichnen, Geschichten ausdenken, Nähen, Schwimmen, Radfahren, Lesen, Schreiben, Rechnen, Flöten, auf Balken und Seilen balancieren, Kopfstand, Handstand, Schnitzen, Flitzebogenbauen und beim Schießen zielen, Pfeifen, auf zwei und vier Fingern, Hula-Hoop-Reifen tanzen lassen, Springseilspringen, Meisterin im Gummihopsen und Ausdenken immer neuer Choreographien, an Stangen und Seilen bis zur Decke der Turnhalle klettern, mit drei Bällen und Kochlöffeln jonglieren, von hohen Türmen ins Wasser springen, Dichten, auf den Flöten oder auf den schwarzen Tasten unseres verstimmten Klaviers und beim Singen Melodien und Lieder erfinden, in meinen Ohren befand ich die Melodien der atonalen Zwischentöne als asiatisch, ich mochte das asiatische Komponieren, Bäume und Bohnen auf meiner Fensterbank großziehen, Backen, Kochen, all das ergab sich von allein, aus Neugier und Freude, nicht, weil es verlangt wurde oder ich mich darum bemühen musste. Bis wir von heute auf morgen im Flüchtlingslager und im Westen landeten. Einzig die Töne beim Singen konnte ich nie treffen, so oft ich es versuchte.

Bratschen lässt sich nicht heimlich üben. Da niemand in unserer Umgebung weit und breit ein solches Instrument spielen konnte, sollte ich zum ersten Mal in meinem Leben einen Lehrer und Unterricht erhalten. Eine Lehrerin für mich allein. Die große Schwester durfte Gitarre lernen, die Zwillingsschwester Cello. Den Unterricht zahlte Inge aus Ost-Berlin. Sie musste dafür Devisen tauschen und das Geld auf heimlichen Wegen zu uns schaffen, denn das Sozialamt im Westen hätte es uns sonst angerechnet und wir hätten uns nicht einmal mehr den monatlichen Lebensmitteleinkauf bei Aldi leisten können.

Welche Genauigkeit und Geduld mir die gestandene Lehrerin an der Rendsburger Musikschule zeigte. Vier Jahre hielten wir zusammen durch. Mein Anspruch war hoch. Hörbildung hatte ich keine, dennoch glaubte ich zu wissen, wie ein Stück klingen müsste. Zuerst lernte ich, den Bogen richtig in der Hand und gerade über den Saiten zu halten, um die einzelnen Saiten klar zu streichen. Die schräge Kopfhaltung bei geraden Schultern, das Kinn auf die Stütze geklemmt, aber nicht krampfen, den Bogen elegant halten, als wäre er leicht, das war schon schwieriger. Das Greifen war anfangs mühsam, die Finger einzeln heben und senken. Die dicken Saiten unter meinen Fingerkuppen, die Tonarten, Vorzeichen und Zwischentöne, Läufe, Pausen. Mit dem Fuß den Takt schlagen, dabei nicht mit dem ganzen Körper wippen, auch nicht wanken. Ich verpasste den Takt, den Ton, die Pause. Das Metronom sollte helfen. Es zeigte mir an, dass ich immer entweder zu schnell oder zu langsam war. Falsch.

Ich quälte mich zu Tränen. Doch in der Musik geht es nicht nur um Zeit und den richtigen Augenblick, es kam auch auf den Ton selbst an. Wie oft landete mein Finger eine Nuance neben dem richtigen Platz, manchmal, wenn auch gewiss nicht immer, sah und hörte ich es. Die Bratsche wurde zu meiner ersten freiwilligen und dabei schwierigen Beziehung. Ich litt ausdauernd. Das stoßende, keckernde Geräusch, zwischen Lachen und Weinen, das aus mir quoll, wenn ich mit einem Stück zum achten, neunten Mal von vorn begann und mich wieder an derselben Stelle verspielte. Mein Ohr unmittelbar über dem Klangkörper, der falsche Ton, die unfassbare Wut über mich selbst. Geduld zur Fuge. Tonleitern, Etüden, Presto.

Wenn ich nicht täglich eine Dreiviertelstunde üben würde, so müsse der Unterricht gekündigt werden. Annas Drohung. Zuhören wollte Anna nicht, ihre Nerven ertrugen das Quietschen noch schlechter als meine. Sie floh in ihren Garten, zu den Tieren, oder verabschiedete sich übers Wochenende zu ihren neuen Freunden in die Landkommune nach Emkendorf.

Das Bratscheüben lehrte mich, dass auch Erwachsene irrten. *Man kann alles lernen, wenn man es nur wirklich will*, ist ein leeres Versprechen. Ein Irrtum. Zwischen Üben, Mühe, Anstrengung, Geduld einerseits und Erfolg besteht schlicht keinerlei Korrelation. Die Musik war ein erstes Beispiel. Noch konnte ich nicht wissen, welche Fähigkeiten und Eigenschaften sich ebenso dem Wunsch, dem Üben und der geduldigen Hoffnung entziehen.

Durchhalten, mit einer sich entwickelnden Vision präzise, aber auch hartnäckig bleiben, ist in der Kunst, Musik und Literatur nur so lange sinnvoll, da die eigenen Ansprüche und während der Bemühung erlittenen Qualen in einem Verhältnis zu der Freude des Schaffens und Entdeckens stehen. Dauernde Anstrengung erschöpft. Größere Qualen erzeugen keineswegs größere Kunst.

Auch ist es nicht wahr, dass jedes Scheitern sein Gutes und Schlechtes hat. Während einer sich aufmacht, etwas zu lernen, lernt er dabei etwas vollkommen anderes.

Ein Mensch kann sich kaum entschließen, das ihm geborene Kind zu lieben. So wie Liebe auch sonst keiner Erwartung, keinem Zwang oder Entschluss folgt.

Die Frauen der Familie zeichneten, malten, modulierten, eine besser als die andere. In der Kindheit saßen wir mit einem Klumpen Ton auf dem Boden von Inges Atelier, egal, wo wir gerade wohnten oder zu Besuch waren, breitete Anna und später wir selbst uns große Bögen Papier auf dem Fußboden aus, sie setzte sich neben uns oder fing allein an, und wir knieten uns dazu, mit Tusche und Pinsel, Stiften, Kreiden und Kohle malten und zeichneten wir. Wir bemalten unsere Körper, unsere Kleidung, ganze Wände in Zimmern, Ostereier, Möbel, Holz und Steine. Noch heute habe ich ein kleines Bänkchen, das Anna mir einst in Ostberlin bemalt hatte und das mir, umgedreht, in der Kindheit lange als Puppenbett und Bettchen für meine Tiere diente. Kam Inge später in Schacht-Audorf zu Besuch, zeigte sie hier und dort, wo jemand genauer hingucken und ohne Schraffur mit entschlossenem Strich einen Rücken, eine Hand, Hufe oder die Landschaft besser treffen konnte. Zeichnen konnte jedes Kind. Ich wollte etwas für mich, etwas nicht so Sichtbares, das kaum entstanden schon Konkurrenz und Urteil provozierte. Eines Tages ging ich zu Johanna und sagte ihr: Ich weiß was, ab heute machen wir es so: Du malst und ich schreibe. Sie durfte nicht lesen, was ich schrieb, mein Tagebuch so wenig wie meine Romananfänge. Meine Heimlichkeit ärgerte sie, sie wollte mich festhalten, ich sollte mich nicht entfernen.

DASS STEPHAN UND ICH uns begegneten, war wider alle Wahrscheinlichkeit. Er sah mich am ersten Schultag im Sommer 1988 vor dem Schwarzen Brett stehen. Wenige Minuten später, als sich alle neuen Schüler der elften Jahrgangsstufe in der Mensa versammelten, um in Klassen aufgeteilt zu werden, entdeckte ich ihn zum ersten Mal. Seine dunklen Augen fielen mir auf, seinen Blick konnte ich nicht deuten. Wir sahen uns an. Es geschah unwillkürlich. Auch wenn es von Beginn an eine fast schmerzliche Anziehung unserer Körper gab, der ich über Monate nicht nachgeben sollte, wir uns mit Blicken begehrten, miteinander spielten, löste unser Sprechen Liebe aus. Wir konnten nicht genug miteinander sprechen, ernst und komisch, einer dem anderen, unter Freunden und zu zweit. Als wir uns schon drei Jahre kannten und über die Zeit ein Paar geworden waren, verwirrten wir uns einmal und fanden uns in Babel. Es war wie eine Prüfung oder Krankheit, die einige Wochen andauerte, uns in Atem hielt und uns beide erschöpfte. Als sprächen wir unterschiedliche Sprachen, hätten die Worte des anderen zwar noch den bekannten Klang, aber in ihrer Zusammenstellung fremde Bedeutungen. Je näher wir uns waren und je genauer wir uns kennenlernten, desto deutlicher wurden die Unterschiede. Unsere Erfahrungen lagen Welten auseinander, wie konnte es da zu einer Sprache kommen, in der wir mit denselben Worten auch nur annähernd etwas Ähnliches hätten meinen und uns vorstellen, sagen und verstehen können. Uns das Fremde am anderen vertraut machen. Wir konnten. Wir mussten streiten und verstanden uns von Streit zu Streit besser. Es war die Zeit nach dem Abitur, die Zeit der großen Freiheit und Fragen nach der Zukunft. Er wollte Germanistik studieren, in Berlin bleiben, dort, wo seine Freunde und seine Familie lebten, ich wollte mit ihm in die Welt aufbrechen, in ein anderes Land ziehen, andere Sprachen lernen. Warum wohnte er noch bei seinen Eltern, wollte er nicht unabhängig werden, vermisste er es nicht, eigenes Geld zu verdienen? Stephan verstand nicht, was ich meinte. Erst heute ahne ich das Ausmaß unserer Verwirrung und Missverständnisse. Er war in Geborgenheit aufgewachsen, für ihn mussten Unabhängigkeit und Selbständigkeit weder ein existenzielles noch ein wünschenswertes Ziel sein. Seine Liebesfähigkeit und Verbundenheit mit den Menschen, dem Ort und der Sprache seiner Kindheit und Jugend waren hier gewachsen. Darin war er vollkommen er selbst. Damals schrieb er einen Brief an mich und offenbarte mir, dass er mich nicht verstehe und mich liebe. Das Gleichnis mit Babel war seins. Sprachriss. Meine Forderungen nach einem Aufbruch oder gar Ausbruch mochten ihm anmaßend erscheinen. Vermessen. Er musste sich durch sie nicht nur verkannt und in Frage gestellt, sondern bedroht sehen. So viel wir auch sprachen, wir verstanden wenig voneinander.

Wir wollten uns verstehen, wir waren verrückt danach.

Eine Grenze zwischen Literatur und Wirklichkeit hatte es in meiner Kindheit kaum gegeben. Oft waren die Geschichten, die wir hörten, unsere Wirklichkeit. Die Figuren bewegten sich in ihrer Welt unserer Imagination, lachten und sprachen, handelten und träumten in einer Weise, die jene hierbei entstehenden inneren Bilder und Eindrücke kaum von den Erinnerungen an wirkliche Orte und Menschen meiner Kindheit unterscheiden lassen. Die Plastizität der inneren Welt kennt kaum Grenzen. Bis heute träume ich nachts von Menschen und Ereignissen, die mir nirgends sonst je begegnet sind. *Zwerg Nase*, dessen Kräuter ich riechen konnte und genau wusste, welches er finden musste, und *Das kalte Herz*, das neben der *Schneekönigin* vielleicht den tiefsten Eindruck von allen Märchen in mir hinterließ, die Ehrfurcht vor dem Guten, der Liebe einer Lisbeth und der Verwirrung des Kohlenpeters und seiner Freude an Spielen und Geld, der Gier und dem Groben, das in einem Menschen wie Ezechiel verkörpert schien, bis zur absoluten Empfindungslosigkeit und dem Bösen des Holländer-Michels. Erst heute frage ich mich, wie zufällig der geldgierige, feiste und böse Geschäftsmann, der im Bund mit dem Teufel steht, im romantischen Märchen von Hauff einen hebräischen Namen trägt – so dass man ihn möglicherweise als Juden in seinem antisemitischen Klischee lesen muss. Während Peter Munk das Kreuz zur Waffe nimmt, um sich vor dem Holländer-Michel zu schützen. Das Steinherz aus der Bibel war mir damals gänzlich unbekannt. Ob Hauffs Märchen auch in anderen ostdeutschen und westdeutschen Kindheiten solche Zaubermacht hatte, weiß ich nicht.

Die theologischen Aspekte entgingen mir im Vergleich zu den moralischen. Es ist ein Märchen über die Macht der Liebe. Und letztlich kann man das Märchen als Kapitalismuskritik begreifen, die in seiner Form jedem Kind verständlich wird. *Kalif Storch*, *Der kleine Muck* und *Der falsche Prinz*, vorgelesen und über Jahre in Varianten frei nacherzählt Wildes *Glücklichen Prinzen*, die Liebe zwischen Schwalbe und Schilfrohr, das russische Märchen vom *Feuervogel*, den wir mit seinem glühenden Gefieder über Jahre fast noch öfter als Pferde zeichneten, *Schneeweißchen und Rosenrot* mit ihrem Bären, der Mensch und Tier in einem war. In diesen Welten wuchs ich auf, sie waren in mir lebendig. In der Weihnachtszeit erzählten wir und lasen uns gegenseitig fast jedes Jahr die *Schneekönigin* vor. Wir konnten das Märchen auswendig und erzählten es in Varianten weiter. Noch ein Märchen über die Macht der Liebe, über Verführung, Narzissmus und Blendung. Mit dem Splitter eines zerbrochenen Spiegels im Auge ist Kay für alles Schöne erblindet und kann seiner bisherigen Welt, in der er mit Gerda spielte und glücklich war, nichts mehr abgewinnen. Er ist von der weißen, glatten und überirdisch feenhaften Erscheinung der Schneekönigin beeindruckt, hält für schön und aufregend, was kalt und herzlos ist. Die Abenteuer, die Gerda in unseren freien Nacherzählungen und Spielen bestehen musste, um ihren Kay wiederzufinden und zurückzuerobern, wurden immer vielfältiger und dauerten von Jahr zu Jahr länger. Gerda und Kay, das waren auch wir. Vor allem Gerda, wir wollten beide Gerda sein, mit ihrem Mut, ihrer Phantasie und ihrer Klugheit, ihrer Geduld und unerschöpflichen Liebe, die Freundschaft, die sie mit Kay verband, empfanden auch wir. Vielleicht erinnere ich mich falsch. Vielleicht wollte meine Zwillingsschwester lieber Kay sein. Sie fühlte sich öfter als Junge, spielte gern Jungesein. Wir würden Kay suchen, finden, retten, ihn aus seiner Blendung befreien und zurück in unsere Welt holen. Abwechselnd gaben wir uns gegenseitig Rollen von Tieren und Menschen, die Gerda während ihrer langen Suche begegneten. An anderen Tagen waren wir Lancelot und Gawain, zwei Freunde, die ritten, sich um ihre Pferde kümmerten, Wein tranken, mit Iwein, Erec und Galahad Turniere bestritten. Wir kämpften mit selbst gebauten Schwertern. Dabei vergaßen wir oft, um wen und was. Keine von uns hatte Lust, die Dame mit dem unaussprechlichen Namen zu spielen, denn für Guinevere gab es wenig zu tun. Morgan le Faye war ich gern, sie war lustig und ritt und kämpfte bei uns wie ein Ritter. Wir spielten die Märchen und Legenden, und gelangten über sie in unsere eigenen Phantasiewelten.

Wenn wir bei dem geliebten Vater unserer großen Schwester waren, las Ralf uns *Doktor Dolittle* und die seltsamen *Geschichten aus der Murkelei* vor. Nur Hoffmann und Busch mochte ich nicht. Wo immer mir eines der schrecklich gelben Bücher mit seinen altbackenen langweiligen Rüpel- und Erziehungsgeschichten unter die Nase gehalten wurde, schob ich es weg. *Struwwelpeter*, *Max und Moritz*, wen interessierten solche Jungs und ihre Geschichten? Schon die Zeichnungen gefielen mir nicht.

In meiner Kindheit gab es einige ausgesetzte Kinder, wir

waren eine bunte Truppe. Ob Mose oder Mogli, Remus und Romulus, Kaspar Hauser, Pippi Langstrumpf, Tom Sawyer und Huck Finn, das Sterntaler, Hänsel und Gretel, mein leiblicher Vater, meine leibliche Mutter, sie alle gehörten nicht zu den Glücklichen und Behüteten ihrer Geschichte. Das Kind lernt sie kennen, als Teil seiner Welt.

Sobald es Winter wurde und Anna mehr Zeit im Haus als im Garten, im Stall und bei ihren Freunden verbringen musste, waren ihre Nerven gespannt. Wenn wir sie auf ihre Unordnung im Haus ansprachen, auf die Ansammlungen von Fundstücken und scheinbar unnützen Dinge, die über die Zeit bei uns strandeten, auf die vielen dreckigen Futterbehältnisse, Ansamungen in beschlagenen Gläsern mit Löchern im Deckel, Vogelknochen und trocknenden Pflanzen, die überall im Haus umherlagen, hingen, kullerten. Sie habe keine Zeit dazu, rief sie genervt im Vorbeigehen, wenn wir sie fragten, ob sie nicht mal aufräumen wolle. Ob wir es denn dürften und bei der Gelegenheit dies und das einfach mal wegwerfen könnten. Von einer Sekunde zur nächsten verlor sie die Fassung: *Ihr bringt mich zur Weißglut!* Wir hätten kein Recht an ihren Dingen, wir sollten sie und ihre Sachen in Ruhe lassen. Das Haus war klamm, und alle Kleidung und Teppiche strömten den modrigen Geruch der Dielenböden aus, dazu Schimmel und Aschenbecher. Wir fanden, es stinkt. Was hätten wir für eine einzige Flasche Limonade gegeben, das Wort Cola oder Fanta trauten wir uns nicht einmal auszusprechen. Außer den Wein für die Erwachsenen gab es bei uns keine Getränke in Flaschen. Seit wir laufen konnten, hatte man uns bei Durst an den Wasserhahn geschickt. Und so gingen wir noch als Jugendliche zu Hause, in der Schule oder bei Freunden ans Waschbecken, beugten uns vor und tranken das Wasser unmittelbar aus dem Hahn. Freunde fanden uns komisch, sie lachten. Wollten wir vor Leuten vornehm wirken, machten wir die Hand zur Schaufel und tranken aus der Hand.

Als wir einmal froren und darum baten, die Heizung anstellen zu dürfen, bekam Anna einen Tobsuchtsanfall. Gerade erst war ein Bescheid vom Amt wegen einer Kürzung gekommen. Dort hatten sie etwas falsch berechnet und in letzter Zeit dreißig Mark monatlich zu viel überwiesen, so dass sie uns in den kommenden Monaten abgezogen wurden. Wir müssten doch wissen, dass wir kein Geld hatten. Bettelten wir um ein Eis, wurde die knappe Sozialhilfe aufgerufen. Mit unseren Ansprüchen sollten wir endlich selbst Geld verdienen. Werbezettel trugen wir schon aus, andere Jobs gab uns bislang keiner, wir waren noch zu jung. Da sie immer mehr rauchte und eines Tages mehr als eine Schachtel Zigaretten und bald mehr als ein Päckchen Tabak am Tag brauchte, dazu abends Wein trank, erkundigten wir uns nach ihrer Einteilung der Sozialhilfe. Wir wollten auch wissen, warum sie eigentlich nicht arbeiten ging, wie andere Eltern. Darauf konnten ihre Teetasse samt Tee und auch der Eimer mit dem Schweinefutter, die Harke durch die Luft fliegen. Wir machten sie wahnsinnig.

Eine Mitschülerin, die uns für einen Nachmittag besuchen gekommen war und Angst vor Spinnen hatte, erzählte uns später in der Schule, dass sie nicht mehr zu uns nach Hause kommen dürfe. *Der ganze Tüdel.* Ihre Eltern hätten beim Abholen gesehen, wie wir leben. Die Unordnung. Ein Wust. Verwüstung. In so ein Haus wollten sie ihr Kind nicht mehr lassen. Angst vor Spinnen hatten wir keine. Für das unordentliche Haus voller Gerümpel, Spinnen und Fliegen schämten wir uns ebenso wie für den Aufzug unserer Mutter, ihre Nacktheit und ihre wie unsere schmutzige, löchrige Kleidung. Frech und aufmüpfig wie wir waren, machten wir Anna Vorwürfe. Unsere große Schwester wollte sich einmischen, sie verteidigen, aber Anna hatte schon ihre Beherrschung verloren. In ihren Anfällen brüllte sie und warf mit Gegenständen nach uns.

Beim Malen und Basteln, mit den Tieren und in ihren Rollen beim Theaterspielen war sie glücklich. Wir mit unseren Ansprüchen und Wünschen waren ihr einfach zu viel.

Warum hast du uns überhaupt bekommen, wenn wir dir so zu viel sind, wollte ich in einer heftigen Auseinandersetzung im Stall von ihr wissen. Ich weinte dazu. Wir hätten uns sie als Mutter ausgesucht. Kinder suchten sich ihre Eltern aus. Sie schien es wirklich zu glauben. Es war unsere Verantwortung, nicht ihre. Klopften die Kinder an? *Vom Himmel hoch, da komm ich her*? Wir konnten sie nicht ernst nehmen und entwickelten unseren Galgenhumor für solche Lebenslagen. Waren wir unter uns, glucksten und kicherten wir. Vor anderen hielten wir geheim, was uns amüsierte. Klopf, klopf!, flüsterten wir uns mit gesenkter Stirn zu. Wir mussten nicht einmal Blicke tauschen, keine Knie bedeutungsvoll gegeneinanderstoßen. Wir wussten, woran wir dachten, wenn eine Klopf, klopf flüsterte. Wir mussten uns nur auf die Lippen beißen, um in Gesellschaft anderer vor Lachen nicht zu prusten. Eine Augenbraue zuckte leicht, unsere Mienen blieben ernst, fast steinern.

Es gab in der ganzen Klasse nur zwei Mädchen, die kleiner und schmächtiger waren als wir, die eine konnte mit unserer Aufmüpfigkeit, dem Schalk und der Abenteuerlust mithalten. Ihre Hosen hatten manchmal Risse wie unsere, ihre Haare waren selten gekämmt. Sie wurde von allen gemocht und war zuerst Johannas beste Freundin, später meine. Das andere war das schüchternste und bescheidenste Geschöpf, dem ich je begegnet bin. Sie hatte einen besonderen olivgelblichen Hautton und sanfte bernsteinfarbene Augen. Ihre braunen Zöpfe waren jeden Tag ordentlich geflochten, sie trug naturfarbene Pullover, dazu Blusen und Kleider mit strahlend weißen Kragen, ihre Kleidung war sorgfältig gebügelt. Zu unserem Erstaunen erlaubte es ihre Mutter, dass sie mich besuchte. Wie eine Elfe schwebte das Mädchen, wenn wir zusammen spielten. Der *Kruschkram* schien sie nicht zu stören, aus ihrem Mund klang alles zärtlich. Ich mochte es, wie sie Susanne zu mir sagte. Sie wurde meine erste enge Freundin im Norden, und es weckte meinen Beschützerinstinkt, wenn andere sich über sie lustig machten. Selbst meine Zwillingsschwester verspottete und ärgerte mich, dass ich mit so einer befreundet sei. Dagegen war niemand so sanft wie meine Freundin.

Der Winter machte unser noch so großes und zugerümpeltes altes Haus eng. Von außen würde man es heute vielleicht eine Müllhalde nennen. Abwaschberge, Kochen, Schneeschippen, Heizen, für den Edeka-Markt Zettel austragen, die kleine Schwester hüten, wenn Anna zu Freunden, ins Theater oder sonst wohin verschwand, unsere Tage in der Kindheit ließen vor lauter Arbeit neben der Schule immer weniger Zeit zum Spielen in unseren Phantasiewelten, zum Lesen, Malen, Tagebuchschreiben, Bratsche üben, Schwimmen, Freunde treffen.

Hörte Anna uns mittags auf den Streichinstrumenten üben, wurde davon geweckt, konnte sie die Nerven verlieren. Allein unsere Gegenwart und unsere Blicke, mit denen wir sie und ihr Leben betrachteten, machten sie rasend. Vielleicht fürchtete und hasste sie uns. Wir hatten keine gemeinsamen Gespräche. Unsere Bedürfnisse und Erwartungen lenkten wir nicht in ihre Richtung.

Zum Cellolernen brauchte meine Schwester ein bestimmtes Notenheft, das sie sich gebraucht zum Geburtstag wünschen sollte, um dann selbst die Anstreichungen und Notizen des Vorbesitzers auszuradieren. Uns wurde vorgehalten, wie teuer diese Notenschule sei. Dass wir einfach kein Geld hätten. Es verstand sich von allein, dass Johanna selbst die Bleistiftanzeichnungen ausradieren musste. Mir schenkte Anna einen Gutschein für einen Handspiegel, dessen ovalen Rahmen sie selbst schnitzen wollte – zu dem fast blinden Spiegelblatt, das sie irgendwo gefunden hatte. Es war klar, dass dieser Gutschein wie vorherige Gutscheine über Jahre herumliegen und vermutlich niemals eingelöst werden sollte. Also hörten wir auf, Wünsche zu formulieren.

Unseren zwölften Geburtstag vergaß sie. Es war arglos. Drei Tage zuvor hatten wir ihr noch unter Anleitung unserer großen Schwester einen prächtigen Tisch mit getrockneten Blüten, neununddreißig Teelichtern und selbstgebastelten Geschenken geschmückt. Wir holten sie mit Tee und Bob Dylan aus dem Bett. Ihre Augen glitzerten, da sie all die Lichter zu ihrem Geburtstag sah. Drei Tage später weckten wir sie nicht. Wie meistens war sie auch an diesem Morgen nicht aufgestanden, und wir versorgten uns allein. Als wir aus der Schule kamen, fanden wir jeder eine Kerze und neben der Kerze je ein flüchtig gepinseltes Bild. Meines zeigte eine rosa Blume im Topf. Auf die Rückseite hatte sie mit dem Pinsel *Gutschein* geschrieben, für eine Topfblume. Wusste sie, dass ich über den Winter angefangen hatte, aus Kastanien und Eicheln Bäume zu ziehen? Sie standen in großen Töpfen auf meiner Fensterbank. Meine Eichen zeigten schon erste winzige rötlich-hellgrüne Blätter, die Kastanie kam in weißem Pelz zum Vorschein, mit zwei einander gegenüberstehenden Blättern, Hände, deren Finger noch eng beieinanderstanden und von dichtem Flaum umgeben waren. Über die folgenden Tage vergaß Anna, den Gutschein einzulösen, bis ich eines Tages weinte. Das brachte sie aus der Fassung. Sie war im Stall beschäftigt, wollte mir zwei Mark geben und meinte, ich solle mir doch selbst nebenan bei Edeka die Blume besorgen. Aber meine Augen waren zugequollen, und ich konnte und wollte nicht.

Wir entwickelten unterschiedlichste Strategien, um uns sämtlicher Hoffnungen, Wünsche und Bedürfnisse zu entledigen.

Unser Appetit auf Süßigkeiten schnellte in die Höhe. Wir luden uns überraschend bei einer Klassenkameradin zum Spielen ein. Sie war verwundert und freute sich, denn wir hatten bislang nie größeres Interesse an ihr gezeigt. Ihre Frage, wie lange wir bleiben dürften, beantworteten wir wie aus einem Mund: Bis nach dem Kuchen. Wir wussten, dass es bei den meisten Familien nachmittags Kekse oder Kuchen gab, wenigstens sonntags. Bei uns zu Hause gab es keine Süßigkeit, keine Schokolade, und nicht jede Woche durften wir Kuchen backen. Da fingen wir an, *Geld zu finden.* Wir nannten es so. Man musste nur mit offenen Augen durch das Gerümpel des Wohnzimmers steigen, den Boden, die Tische und das Bücherregal betrachten, ebenso auf dem Fensterbrett der Küche und im Küchenschrank zwischen den Tassen, Werkzeugen und Garnrollen konnte etwas liegen – überall lagen zwischen Tabakkrümeln, Knöpfen und Einweckgummis, neben Eierbechern, aus denen Asche und Zigaretten quollen, unter leeren Weingläsern und Büchern, zwischen Stoffen und Zetteln, neben Spielkarten und Korken, bei Geschirrscherben und Glasperlen, zwischen den Blumentöpfen und Saatkisten, auf Hockern, Heizkörpern und auch draußen im Hof: Münzen. Mal waren es nur kupferne Pfennigstücke, hier Groschen und dort Markstücke. Anfangs trauten wir uns nicht an das Silber. Wir nahmen die geringeren Pfennige. Später sagten wir uns, ein Fünfzigpfennigstück allein sähe allzu verdächtig aus, wenn neben ihm die kupfernen und messingfarbigen Münzen fehlten. Wir hatten ein schlechtes Gewissen, allerdings selten gleichzeitig. Oft versuchte ich, meine Schwester davon abzuhalten, das *Gefundene* in die Tasche zu stecken. Sobald sie aber aus der Tür verschwand, um gegenüber in der Bäckerei eine Lakritzschnecke oder einen Gummischnuller zu erbeuten, wollte ich mit. Sie liebte alle Gummitiere, ich alle Lakritze, besonders Salmiak, das es als grünlichbraunes Pulver in kleinen weißen Tütchen abgewogen zu zwanzig Pfennig in der Apotheke gab. Mampfi und Stampfi, wie wir uns selbst nannten, Specki und Fetti. Wir mögen uns nicht mehr so. In meinen Tagebüchern nehmen die Einträge über das *Finden* zu. Ich möchte es nie wieder tun. Und tue es wieder. Ich möchte es lassen. Und tue es wieder. Ich gehorche mir nicht.

Etwa 1981 werden die Koppeln hinter unserem Garten vermessen, verkauft und in einzelne Grundstücke aufgeteilt. Eine Siedlung aus Einfamilienhäusern sollte entstehen. Unser Haus würde kein offenes flaches Land mehr bis zum Kanal haben, bald konnte man die Finnjets nicht mehr durch die Wiese fahren sehen. Wenn Feierabend war und die Handwerker ihre Baustellen verließen, machten meine Zwillingsschwester und ich uns auf den Weg. Wir erkundeten die unfertigen Häuser, sprangen aus den Obergeschossen durch die offenen Fensterluken auf den Sandberg darunter und entdeckten die Flaschen. Kistenweise standen Bier- und Wasserflaschen auf den Baustellen. Die vollen ließen wir stehen, die leeren nahmen wir mit. Erst trugen wir sie einzeln in der Hand, später kamen wir mit Tüten und Taschen wieder. Wir stopften alle Taschen voller Flaschen und brachten sie in unseren Edeka-Markt. Von dem Pfandgeld konnten wir Süßigkeiten und manchmal eine *Bravo* oder *Popcorn* kaufen. Wir mussten nur aufpassen, dass man uns nicht erwischte. Dort standen Schilder: Betreten der Baustelle verboten. Eltern haften für ihre Kinder. Einmal erschreckte uns ein einzelner Bauarbeiter, der offenbar Überstunden machte und den wir weder gesehen noch gehört hatten, als wir unten in das Haus hineingegangen waren. Er kam über eine Leiter aus dem oberen Stockwerk und rief uns etwas zu. Wir rannten weg.

Meine Schwestern galten als rabiat und stärker, sie stritten nicht nur, sie prügelten sich auch. Während ich mich mehr und mehr zu meinem Tagebuch flüchtete, unterhielten sie einen offenen Wettbewerb darin, wer am besten austeilen konnte. Jedes Mittel war recht, Tabus gab es keine.

Lese ich heute meine Tagebücher aus der Zeit, staune ich, wie häufig das Mädchen den Tod erwähnt, vor dem es schon als Zwölfjährige offenbar keinerlei Angst hat. Das Mädchen wird Zeugin seiner Welt, es gewinnt Abstand mit dem Schreiben, es lernt genauer hinzusehen. Aus den Salven der anderen möchte es weglaufen, sie nicht hören und erleben.

Als es im Verlauf eines großen Streits aller, aus dem es sich nicht rechtzeitig hat in Sicherheit bringen können, einmal weint und seine Mutter brüllt und wissen will, warum es jetzt auch noch weint, sagt ihr das Mädchen, dass es sich absolut fehl am Platz und fremd fühlt, unnütz und überflüssig. Es sagt ihr nicht, dass es spürt, wie es seine Mutter und andere nur stört, sagt ihr nicht, dass es nachts nicht schlafen kann, oft bis zur Morgendämmerung wach liegt. Es sagt, dass es niemandem auffalle, ob es zu Hause oder in der Schule oder überhaupt da sei.

Das Mädchen spürt und sagt, dass es nichts könne, nichts wolle und niemand sei. Im selben Augenblick schämt es sich für seine Offenheit. Es weint, dass es sich nicht mehr erinnern könne, wann es zum letzten Mal in den Arm oder auf einen Schoß genommen worden sei. Es musste Jahre her sein, zuletzt in Ostberlin, im fernen Paradies. Vermutlich nicht von seiner Mutter. Es kann sich nicht erinnern, wann ihm jemand zum letzten Mal Gute Nacht oder Guten Morgen gesagt hat.

Wenige Tage nachdem ich mutig meiner Mutter gesagt hatte, wie es mir ging, spottete sie und hielt mir vor, ich würde ihr eine Schmierenkomödie vorspielen.

Ich wollte weg, ich musste weg.

Einmal verschwand ich für einen Tag, aber es fiel niemandem auf. Niemand kam mich suchen, niemand vermisste mich. Ich konnte nicht sagen, dass ich daran dachte, in den Schnee zu gehen, immer weiter, mich dort hinzulegen und einfach in der Kälte zu bleiben.

In einem Winter, als die Sau mehr Ferkel warf, als sie Zitzen hatte, um jedes zu säugen, verließ unsere Mutter ihr Bett im Bauernhaus, in dem sie sonst meist bis in den späten Vormittag schlief. Sie zog zu dem Schwein in den Stall und schlief einige Wochen dort. Den Geruch des Stalls fand sie wunderbar, sie schlief im Stroh und konnte alle paar Stunden die Ferkel umbetten. Vor allem wollte sie verhindern, dass die Sau eines der Ferkel aus Versehen tottrat, wenn sie aufstand. Um für die Ferkel und ihr Lager im Stall Platz zu schaffen, brachte sie die

Ziege ins Haus. Der vordere Flur, wo der Briefträger die Post durch einen Schlitz in der Tür steckte, war mit Kacheln ausgelegt und wurde mit Stroh bedeckt. Dort lebte die Ziege in den kommenden Wochen.

Zu dieser Zeit las ich mich durch die ganze Stadtbibliothek, von *Ben liebt Anna* über die *Brücke nach Terabithia* bis zu *Bruder Feuer*, und hatte nach einer durchlesenen Nacht den Mut gefasst, der Schriftstellerin einen Brief zu schreiben. Bei der Telefonauskunft erfragte ich die Adresse des Verlages. Zu jener Zeit hörte ich Musik im Radio, ich mochte Gianna Nannini und Kim Wilde, Joan Jett und Helen Schneider, ich nahm an Verlosungen teil. Einmal gewann ich in der Hitparade des Norddeutschen Rundfunks eine Schallplatte, aber ich hatte keinen Plattenspieler und mochte die Spider Murphy Gang nicht. Die Stimmen fand ich entsetzlich, die Musik schlimm, deren Welt fremd. *Ja, ja, ja jetzt wird wieder in die Hände gespuckt, wir steigern das Bruttosozialprodukt* und *In München steht ein Hofbräuhaus, doch Freudenhäuser müssen raus* klang nach alten verklemmten Männern, die sich an Rosies Nummer und Skandal freuen, während sich andere Nutten die Füße platt standen. Lebte der Mann, der mein Vater sein sollte, nicht in München? Und wo war eigentlich dessen Vater, hatten wir nicht einen Großvater, der irgendwo in Süddeutschland mit seiner Lebensgefährtin und schon immer im Westen wohnte? Konnte man den nicht einmal ausfindig machen? Einen Brief schreiben?

Mein Fenster stand nachts meist auf Kipp. Ich erinnere mich daran, wie ich nach dem Lesen das Licht gelöscht hatte und im Bett lag, das unmittelbar vor dem Fenster stand. Die Augen hatte ich schon geschlossen, als ich ein Atmen neben mir hörte. Etwas raschelte und fiepte. Es musste jemand neben mir stehen, auf der anderen Seite des Fensters. Kein Hund, ein Mensch. Meine Hände waren schweißnass. Es musste sich um einen Einbrecher handeln. Ich hatte nicht den Mut, die Augen zu öffnen und durch das Fenster zu schauen. Seitwärts rollte ich mich aus dem Bett, krabbelte auf allen vieren über den Boden zu meiner Zimmertür, machte das Licht nicht an, sondern lief durch das Haus, wo meine Mutter, eine Freundin und die älteste Schwester mit ihrem Freund noch am Tisch saßen. Da ist jemand, sagte ich, stotterte, dass ich deutlich ein Rascheln und Atem vor meinem Fenster gehört habe. Die Frauen ließen sich das nicht genauer erklären, sie warfen sich etwas über und rannten aus dem Haus. Sie jagten den Spanner durch das halbe Dorf. Er war wohl bekannt. Und jeder im Dorf wusste, dass bei uns nur eine alleinstehende Frau mit ihren vielen vaterlosen Töchtern wohnte, eine Frau, die gern nackt im Haus und auch im weithin einsehbaren Garten umherlief. Wie unser Haus da etwas eingesunken neben der Straße lag, ohne Gardinen, mochten Vorübergehende sich gezwungen, ja aufgefordert fühlen, ihre Blicke auf uns zu werfen. Dem Menschen musste unser Haus wie eine Einladung erschienen sein.

Eines Tages, als ich die Werbewurfsendungen und Post aus dem Stroh der Ziege sammelte, fand ich einen halben Brief. Etwas schmutzig und feucht war er, von der Ziege angeknabbert. Meinen Vornamen konnte ich entziffern, auch den Absender konnte ich noch lesen, Rinser. Aber die Ziege hatte das Papier zur Hälfte aufgefressen, der Rest war aufgeweicht, die Schrift verschwommen. Ich versank in Grund und Boden. Aus Kummer und Scham. Ich zeigte den Räuberinnen meinen Brief, sie zuckten mit den Schultern, und Anna lachte: Schreib ihr doch, dass unsere Ziege ihren Brief gefressen hat, vielleicht schreibt sie dann noch mal. Ich schämte mich zu Tode. Niemals hätte ich irgendjemandem schreiben und sagen können, in welchem Irrenhaus ich lebte. Lieber verkroch ich mich mit neuen Büchern in meinem Bett, schrieb Tagebücher voll und träumte davon, eines Tages der Räuberhöhle zu entkommen.

UNSERE MUTTER HATTE kein Interesse an einem Kontakt zu dem Mann, der unser Vater war. Er sei schwierig, wohl, weil seine Mutter ihn als Kind ausgesetzt hatte. Auch mit seinem Vater, der nach dem Krieg im Westen geblieben war, hatte Anna keinen Kontakt mehr. Er hätte uns mit seiner Lebensgefährtin wenige Tage nach unserer Geburt ein erstes und letztes Mal in Ostberlin besucht. Eine Zeitlang hätten sie Strampelanzüge geschickt, dann nichts mehr.

Eines Tages riefen Johanna und ich die Auskunft an, wir wollten wissen, wo der Mann steckte. Wir waren elf Jahre alt, wir wollten auch endlich einen Großvater. Wenn schon keinen Vater. Da er den seltenen Namen Sehmisch trug, Wilhelm Sehmisch, konnte die Auskunft uns seine Adresse mitteilen. Braunfels. Wir schrieben in unseren schönsten Handschriften einen Brief, zeichneten, malten und erzählten dem fremden Mann in Süddeutschland, dass wir im hohen Norden lebten, mit Tieren und ohne Geld. Zurück kam ein herzlicher Brief mit einem Hundertmarkschein. Er und seine Liesel wollten uns einladen. Die Enkel sollten sie besuchen kommen. Wir waren entzückt. Wenige Monate später besuchten wir ihn zum ersten Mal. Sie wohnten am Marktplatz unterhalb des Schlosses. Noch nie hatten wir ein solches Burgschloss gesehen. Wir sollten ihn *Opa* und sie *Oma*

Liesel nennen. So also schmeckte das Wort Opa auf der Zunge, so das Wort Oma. Ich erinnere mich, wie stolz mich das Aussprechen machte. Wir waren jetzt richtige Kinder, Enkel, solche, die jemanden Opa und Oma nennen durften. Ehe er uns in Gasthäuser zum Essen ausführte, zeigte er uns, dass man das Messer rechts und die Gabel links hielt, wenn man Fleisch schnitt. Die Gabel sollten wir bitte nicht mit der Faust halten. Wir lernten schnell, schließlich konnten wir unsere Bögen vom Streichinstrument halten, da war die Gabel ein Kinderspiel. Selbst die Brotscheibe zum Frühstück schnitt der Großvater mit Messer und Gabel. Er legte die gebügelten Stoffservietten über seine Beine. So was hatten wir noch nie gesehen. Um acht drückte er auf den Knopf des Fernsehers für die *Tagesschau* und setzte sich auf die *Couch*, um acht Uhr fünfzehn gab es den *Tatort* oder den Film, der danach gezeigt wurde. Wir hatten zu Hause keinen Fernseher und keine Couch. Er war unsicher, ob wir schon mit fernsehen dürften. Wir nickten eifrig, und er erlaubte es uns. Er zeigte uns seine Briefmarkensammlung und seine teuerste Marke, mit Handschuhen, Pinzette und Lupe. Neben das Bett stellte er uns auf kleine Lederuntersetzer eine Flasche Wasser mit Sprudel und ein Glas, man müsse nachts hin und wieder trinken. Den Abwasch durfte nur Liesel machen, beim Tischdecken durften wir helfen. Die Butter musste in eine Butterschale, und es gefiel ihm nicht, dass wir mit einem Messer ein hübsches Muster oben in den Butterblock ritzten. Wir hatten das Bildchen extra für ihn geritzt, wir wollten ihm eine Freude machen. Unsere Strümpfe hatten Löcher, er kaufte uns neue. Bei unserem zweiten Besuch im Jahr darauf verlor er die Nerven. Liesel war altersbedingt bettlägerig und konnte uns nicht mehr erkennen, nicht mehr mit uns sprechen. Er kam mit der Bettpfanne aus ihrem Schlafzimmer. Wir Zwillinge hatten in der Küche zu laut gesprochen, vielleicht alberten wir miteinander. Er geriet in Wut. Wir seien ungezogen, eine Brut, unsere Mutter eine Schlampe. Sie hätten ihr damals Windeln und Kleidchen, Jäckchen und Kinderwagen, ja selbst Säuglingsnahrung nach Ostberlin geschickt, Pakete über Pakete. Und nie sei ein Dank gekommen. Sie habe unseren Vater lange im Unklaren gelassen, ob er überhaupt der Erzeuger gewesen sei, ihn nicht zum Mann haben wollen, sondern nur zahlen lassen. Eine Schlampe!

Johanna wurde rot vor Wut und Enttäuschung. Ich versuchte, zwischen Johanna und Opa zu vermitteln. Ich konnte nichts ausrichten. Wir verschwanden in dem Zimmer, in dem wir schliefen und sich unsere Sachen befanden. Johanna war außer sich. Komm, wir hauen ab. Wir packten, flink und leise. Als er in Liesels Zimmer gegangen war, um sie zu füttern oder zu waschen, schlichen wir uns an der blickdichten Glastür vorbei aus der Wohnung. Wir gingen zum Bahnhof und fragten nach dem nächsten Zug. Für eine Zugkarte nach Rendsburg würden wir nicht genug Geld haben. In Gießen wohnte eine Freundin von Anna, von Braunfels bis Gießen reichte unser Geld. Der Zug würde erst in zwanzig Minuten fahren, wir setzten uns auf eine Bank und warteten, da erschien Opa auf dem Bahnsteig. Johanna wollte nicht mehr mit ihm reden, kein Wort, sie verschränkte die Arme, stand auf und ging ein paar Meter weiter. Er wandte sich an mich. Wir sollten bleiben, wenigstens ich. Wie hätte ich meine Schwester im Stich lassen können. Sie stand mit verschränkten Armen mit dem Rücken zu uns. Der Zug fuhr ein. Er drückte mir einen Fünfzigmarkschein in die Hand. Nie wieder. Den Mann wollte Johanna nie wiedersehen. Auch wenn wir selbst mit Anna nicht einverstanden waren. Wie konnte der Mann mit seinen Bundfaltenhosen und seiner vornehmen Lebensart unsere Mutter Schlampe nennen. Was war das überhaupt, eine Schlampe. Anna selbst sagte oft, sie sei nicht ordentlich. Sie verschlumse alles. Weil sie alles aufhob und es zwischen all den Dingen, die sie im Laufe des Lebens um sich versammelt hatte, keinerlei Ordnung gab. Manchmal sagte sie jetzt, sie habe etwas vertüdelt. Aber das konnte der Mann hier schlecht wissen. Er wusste nicht, wie wir lebten. Er hatte kein Recht, unsere Mutter Schlampe und uns eine Brut zu nennen.

Aus heiterem Himmel konnten Annas Jähzornanfälle ausbrechen. Was sie gerade zur Hand hatte, flog durch die Luft, ein Buch, eine Säge, die gerade erst geöffnete Milchtüte, das Brotmesser. Einmal riss sie im Zorn das Kinderfahrrad unserer kleinen Schwester hoch in die Luft und schlug damit auf meine Zwillingsschwester ein. Manchmal warf sie auch sich selbst auf den Boden und brüllte und schrie aus Verzweiflung. Wenn sie es in der Öffentlichkeit tat, wie einmal auf dem Bahnsteig des Rendsburger Bahnhofs, als wir einen Zug verpasst hatten, schämten wir uns für sie. Und wir schämten uns, die wir neben ihr standen und sichtbar zu ihr gehörten. Meist aber schämte ich mich allein für mich selbst. Schwäche spürte ich, ich konnte die Verhältnisse und Gewalt darin nicht ändern. Je länger ich zwischen diesen Welten lebte und die eigene Fremdheit und Verwahrlosung spürte, desto schlimmer wurden meine Albträume, meine Schlaflosigkeit und das Bewusstsein dafür, dass ich keinen Platz in diesem Hier hatte. Während ich dem vom Zettelaustragen gekauften Krokus vor dem heimlich aufgedrehten Heizkörper beim Wachsen und Blühen in Turbogeschwindigkeit zusah, träumte ich davon, hinaus in den Schnee zu gehen und mich dort liegen und sterben zu lassen.

Wie eine Besessene schrieb ich in mein Tagebuch. Kaum war eins voll, begann ich ein neues. Ich wurde krank, Angina und Bindehautentzündung waren neben Läusen und Flechten in manchen Jahren mehrmals zu Gast, ich hatte eine Blasenentzündung und einen Hexenschuss, Krankheiten, die nicht zu einer Zwölfjährigen passten. Ich schwänzte. Nicht nur Eurythmie und Handarbeit, auch Schulgarten, Dinge, für die ich keinen Unterricht brauchte. Es gab zu Hause genug Gartenarbeit, Strümpfe zu stopfen und Hosen zu flicken. Außerdem lockten auf den Koppeln unsere Phantasiespiele, die Sprungturniere, die wir ritten. Erst wenn Wochen später einmal ein Lehrer anrief, fiel es Anna auf, dass ich zu bestimmten Fächern nicht in der Schule gewesen sein könnte. Weder dem Lehrer noch mir gegenüber war sie erstaunt. Sie zuckte mit den Achseln. Sie kannte unsere Stundenpläne und Uhrzeiten nicht, sie wartete so wenig auf uns, wie sie uns vermisste. Ich sagte ihr, der Lehrer müsse sich irren, ich sei fast immer in der Schule gewesen. Mit meiner Antwort war sie einverstanden und baute an dem Mobile weiter, das sie aus Fundstücken, Federn, einem hohlen bläulichen Vogelei, dem Schlüsselbein eines Huhns, Nussschalen, getrockneten Zweigen und Glasperlen bastelte. Sie ging zu ihren Tieren, sie füllte die mit Labferment angedickte Ziegenmilch in Stoffwindeln und hängte sie zum Trocknen in Küche und Flur auf, sie verbrachte Zeit mit ihren Freunden, die aus der Emkendorfer Landkommune oder sonst woher angefahren kamen.

Abgesehen von den zu teilenden Aufgaben im Haushalt hatte Anna eine selbstverständliche und schier unermessliche Toleranz für jedes Verhalten eines Menschen, für sie musste niemand zur Schule gehen, niemand musste sich nach ihren oder sonst wessen Vorstellungen verhalten. Wir waren ihr gleich, berechtigt und gültig. Unsere Freiheit entsprach ihrer eigenen.

Ich erinnere mich an meinen Ekel vor Schmutz und üblen Gerüchen, die hysterische Angst vor Infektionen, besonders Tollwut fesselte meine Gedanken.

In der Waldorfschule gab es nur einmal im Jahr ein Zeugnis, in dem lange Texte und Eindrücke über das Kind aufgeschrieben wurden. Im Zeugnis der sechsten Klasse stand, welch sonderbaren Wandel Susanne im Verlauf des Jahres gemacht habe. Aus einem fröhlichen und aufgeweckten Kind sei ein sehr stilles geworden, das sich aus allem zurückziehe und an nichts mehr beteilige. Der Klassenlehrer machte sich Sorgen. Die etwas schmaleren Eindrücke der anderen Lehrer ergänzten seine erste

Stimme im Chor. Die Sommerferien fingen an, aber niemand interessierte sich für Susannes Zeugnis.

Ich dachte, wenn Anna es läse, würde es vielleicht ihre Augen öffnen. Aber Anna mit ihrem geschorenen Schädel fand keine Zeit. Sie vergaß Susannes Zeugnis. Ich legte es ihr auf den Küchentisch, dort wurde es von irgendwem aufrecht zwischen zwei Marmeladebecher geschoben und blieb tagelang unbeachtet, bis ich es wieder flach auf den Tisch legte. Eines Tages nahm ich es mit in mein Zimmer, in das keiner kam. Ich weinte bitterlich, meine Tränen verschmierten die Tinte des Lehrers, Susanne und all die anderen Worte, die da über Susanne standen, ich zerriss das Zeugnis in viele Stücke. Sich selbst leidtun war keine Option. Die familiären Stimmen im Kopf. *Heulsuse. Du tust dir ja nur selber leid. Kitsch dich nicht ein.*

Der Wunsch, wegzugehen, tauchte auf, immer wieder. Ich war zwölf Jahre alt und wollte verschwinden.

Meine Bratsche und ich, wir quälten uns, denn auch wenn ich übte, es gab nie Melodien, die ich spielen durfte. Als ich nach fast zwei Jahren aufgefordert wurde, ins Schulorchester zu kommen, gab es dort mehrere Geigen in der ersten und mehrere Geigen in der zweiten Stimme. Es gab keine Bratsche außer meiner. Zweite Stimme. Auf Jahre mit Tonleitern und Etüden folgten im Orchester seitenweise Pausen bis zum Einsatz, wenige Takte mit Tripel- und Quadrupelgriffen, und wieder lange Pausen. Die unsauberen Töne unmittelbar am Ohr raubten mir jeden Anflug von Geduld. Die Stunden im Orchester bestanden aus Warten und Pausen, ehe der richtige Einsatz kam und die fünf Takte gespielt werden durften. Ein erstes Mal schwänzte ich das Schulorchester, ein zweites Mal. Wenn ich mich abmeldete, war es für alle das Beste.

Jedes Jahr zur Weihnachtszeit fand ein großes Vorspiel in der Musikschule statt. Festlich gekleidete Eltern und Großeltern trafen im großen Saal zusammen und applaudierten ihren Sprösslingen. Man dankte den Lehrern, überreichte Blumensträuße aus Weihnachtsstern und Nadelzweigen in Zellophan und stellte sich für Fotos auf. Anna hatte keine Zeit, vielleicht waren Ferkel geboren. Sie gehörte nicht zu den Menschen, die stolz ihre Kinder auf irgendwelchen Bühnen betrachteten. Sie freute sich, wenn jeder das machte, was ihm wichtig war. Dafür brauchte niemand Publikum. Der Reihe nach würde ich mit den anderen Musikschülern vor deren Eltern und Großeltern spielen. Ich hasste Vorspiele. Alle würden mich ansehen und anhören müssen, obwohl sie dort saßen, um ihren eigenen Kindern zu lauschen. Ich würde mich verspielen, mich mindestens einmal im Ton vergreifen. So sehr ich das Vibrato übte, ich konnte es nur für mich allein zu Hause. Nur sehr kurz. War ich ehrlich, so konnte ich es nicht. Kaum spielte ich vor meiner Lehrerin, krampfte die linke Hand. Meine Warzenhand. Mir war zum Heulen. Am Nikolaustag nahm ich die Bratsche und fuhr bereits nachmittags bei Einbruch der Dunkelheit nach Rendsburg. Ausnahmsweise hatte Anna mir eine Mark für den Bus gegeben, da ich mit Instrument schlecht durch den Schnee mit dem Rad fahren konnte. Wir sollten etwas früher in der Musikschule sein, um achtzehn Uhr, aber ich wollte mich vor dem Schülerkonzert zur Entspannung in der Fußgängerpassage herumtreiben. Vom Busgeld für den Rückweg kaufte ich zuerst Lakritz. Den kleinen Dänischen Laden mochte ich besonders, es gab dort Lippenpomade mit Erdbeergeschmack und Apfelduft in rechteckigen messingfarbenen Döslein, deren Deckel man aufschieben konnte. Da ich kein Geld mehr hatte, ließ ich eine in meiner Jackentasche verschwinden. Niemand hatte es gesehen, so nahm ich ein zweites, ein drittes und ein viertes. Ich dachte an meine rothaarige Freundin, die sich sehr freuen würde, an meine Zwillingsschwester, die entzückt sein würde. Anschließend ging ich ins Kaufhaus. Karstadt hatte zwei Etagen. Unten waren die Regale mit Schreibwaren und Elektronik. Vor den Platten stand ich lange. Ich war verrückt nach Musik. Pink Floyd, Paul McCartney, Nena. Selbst Nina Hagens *NunSexMonkRock* sah ich dort stehen. Die hatten wir schon zu Hause. Manchmal hatte Nina für und mit uns gesungen und Faxen gemacht, als wir klein waren, und sie auf uns aufpasste. Ihre frühere Musik gefiel mir gut, das neue Album fand ich schwer anzuhören. Ein gemeinsamer Freund hatte die Madonnenbilder für das Cover gemacht. Erst wenige Monate zuvor hatten wir Nina in Berlin wiedergesehen. Sie gab mir ihr Baby auf den Arm und sagte, sie hoffe, das Kind werde einst solche süßen dicken Pausbäckchen wie wir *Zwingelinge*, die *Bärchen* bekommen. Ich hoffte das nicht. Nina wollte uns über Weihnachten in Schacht-Audorf besuchen kommen. Aber da sie mindestens so verrückt und sprunghaft wie ihre alte Freundin Anna war, musste es nicht heißen, dass sie wirklich kam. Keine der

Platten würde ich mir kaufen können. Neben den Platten waren die Regale mit den Leerkassetten. Sie hatten den großen Vorteil, dass man seine Lieblingsmusik aufnehmen konnte. Auch nahmen wir mit dem Kassettenrekorder unserer Freundin Judith gemeinsam erfundene Detektiv-Hörspiele mit Geräuschen und Musik auf. Ich schaute mich um und ließ eine Kassette in die weiße Plastiktüte mit den Noten gleiten. Die anthroposophische Ästhetik verbot uns Kindern Plastiktüten. Es war ein Affront, ja, eine Rebellion, wenn man statt der handbestickten Stofftasche eine Plastiktüte trug. Ich nahm eine zweite, eine dritte und eine vierte Leerkassette, bis die Tüte kantige Beulen hatte. Im nächsten Regal entdeckte ich große und Miniplaketten, bedruckte und blanko. Heute würde man sie vielleicht Buttons oder runde Anstecknadeln nennen. Die ersten von ihnen waren im Zuge der Atomkraft-nein-danke-Bewegung aufgetaucht. Im Umfeld der Lebensfindungs- und ländlichen Wohngemeinschaften wie auch der Waldorfschule waren die gelb-roten politischen Plakettenbekenntnisse weit verbreitet. Dazu trugen viele Schüler und junge Leute neuerdings rot-weiße oder schwarz-weiße Palästinensertücher, als Modeaccessoire. Die Atomkraft-nein-danke-Plaketten wurden bald verändert. Die Stones-Zunge und die weiße Friedenstaube auf blauem Grund interessierten mich nicht. Blanko-Plaketten waren am besten, man konnte sie selbst gestalten. Ich wollte aus der *Bravo* kleine Fotos von Nena und Kim Wilde ausschneiden. So ließ ich mehrere große und kleine Blanko-Plaketten in meine Tüte gleiten. Erst am Regal mit den Kugelschreibern blieb ich wieder stehen und wählte einen nach dem anderen aus, Stifte passten noch gut in die Tüte. An der Waldorfschule waren Kugelschreiber verboten. Mit einem Kugelschreiber schrieben allenfalls Erwachsene aus anderen Gefilden. Ich schrieb in mein Tagebuch zu der Zeit nur mit Kugelschreiber. Im Rausch der Leichtigkeit meines ersten Diebeszuges wollte ich mit meiner Bratsche und der vollgestopften Tüte in der Hand nun das obere Stockwerk des Kaufhauses erobern. Eine Rolltreppe vorn am gläsernen Haupteingang führte hinauf zu den Anziehsachen. Vielleicht gab es oben diese schwarzen, weißen und rosa Nietengürtel und Ketten, die gerade *in* waren? Das ganze Kaufhaus war voller Dinge, die ich niemals kaufen konnte. So langsam musste ich mich beeilen, es war schon halb sechs. Ich steuerte auf die Rolltreppe zu und wollte gerade meine rechte Hand auf das schwarze Gummiband der Rolltreppe hinauf ins Paradies der Nietengürtel legen, als etwas auf meine linke Schulter prallte. Ich wurde herumgeschleudert. Der Mann im Anzug griff grob nach meinem Arm, und schon hatte er eine Hand an meinem Ohr. Vor Schreck wurde ich rot und zitterte. Wo er diesen Griff wohl gelernt hatte? Vermutlich zog er nur Kinder so durch den Laden. Der Kaufhausdetektiv brachte mich in seine fensterlose Bürokammer. Er werde jetzt die Polizei rufen und meine Eltern anrufen, dann würde ich schon sehen. Einen Ausweis hatte ich nicht, auch keine Monatskarte. Er wurde wütend. Während er den Inhalt meiner Tüte vor sich auf dem Schreibtisch ausschüttete, alles der Sorte nach ordnete und auch meine Hosen- und Jackentaschen durchsuchte, stieß er Drohungen aus. Ich werde vor Gericht kommen und eine Strafe erhalten, vielleicht ins Gefängnis, zumindest ins Erziehungsheim. Ich sollte meine Personalien nennen. Als ich ihm mein Geburtsdatum nannte, wurde er noch wütender. Denn für ein zwölfjähriges Mädchen fühlte sich die Polizei nicht zuständig. Ich zitterte nicht mehr ganz so stark, nur meine eiskalten Hände waren nass vor Schweiß. Er habe mich schon eine Weile verfolgt und dabei beobachtet, wie ich immer mehr in meine Taschen steckte. Er habe gewartet, bis ich auf den Ausgang zugegangen sei. Aber so käme ich nicht davon. Er werde meine Eltern anrufen müssen und dann könne ich was erleben. Ich blickte zu meiner Bratsche und dachte an das Bratschenvorspiel in der Musikschule. Ich würde zu spät kommen. Die Uhr an seiner Wand zeigte kurz vor sechs. Da er nicht die Polizei rufen könne, werde er jetzt meine Eltern anrufen. Ich sollte die Namen und Telefonnummer nennen. Gut, dann eben die Mutter, die müsse mich abholen kommen. Er wählte und ließ lange klingeln. Da niemand antwortete, legte er den Hörer auf. Er könne mich nicht gehen lassen. Auch wenn er jetzt Feierabend habe und das Kaufhaus schließe, müsse ich mit ihm dort bleiben, bis meine Eltern mich abholten. Ich sagte dem Detektiv, dass meine Mutter ja in Schacht-Audorf wohne und kein Auto habe. Das war ihm egal. Er wählte erneut die Nummer, und diesmal meldete sich jemand. Seinen Namen nannte er nicht, er sagte nur: Wir haben Ihre Tochter hier. Es ist etwas passiert. Die Sekunden der Verwirrung am anderen Ende der Leitung schien er zu genießen. Anna dachte vielleicht, mir sei etwas zugestoßen und ich befände mich im Krankenhaus. Durch den Hörer hörte ich ihre laute Stimme, sie wollte wissen, was los sei. Der Kaufhausdetektiv zögerte seine Antwort genüsslich hinaus. Nun ja, er habe ihre Tochter beim Klauen erwischt, sie habe sich alle Taschen vollgestopft und sitze jetzt hier in seinem Gewahrsam. Sie können sie abholen, sagte er zu meiner Mutter. Er lauerte und betrachtete mich, welche Reaktion ich zeigen würde. Offenbar erwartete er, dass die Mutter einen Wutanfall bekäme. Aber am anderen Ende war ein erleichtertes Lachen zu hören. Ach so! Nein, also sie könne jetzt unmöglich alles stehen und liegen lassen und nach Rendsburg fahren. Sie habe kein Auto und auch sonst keine Gelegenheit, mich abzuholen. Sie müsse jetzt in den Stall, die Tiere füttern, Moment mal. Im Hintergrund schrie ein kleines Kind, meine Mutter redete jetzt mit dem Kind. Offenbar musste sie mit meiner kleinen Schwester etwas klären. Minuten schienen zu vergehen, in denen der Kaufhausdetektiv darauf wartete, dass sich die angerufene Mutter wieder ihm und unserer Auseinandersetzung zuwandte. Er streichelte seinen Schlips, ehe er etwas lauter in den Hörer rief: Frau Franck! So geht das nicht. Wir werden Ihre Tochter hier nicht allein gehen lassen. Vielmehr wolle er mich beaufsichtigen, bis sie gefälligst komme. Sie blieb gelassen und legte abrupt auf. Eine solche Antwort hatte er nicht erwartet. Sein Feierabend hatte begonnen, er wusste nicht, was er mit mir machen sollte. Er ließ mich allein in der Kammer und schloss von außen ab. Vielleicht musste er sich mit seinen Vorgesetzten beraten. Der Zeiger der Uhr stand inzwischen auf zwanzig nach sechs.

Das Vorspielen sollte um halb sieben beginnen. Es würde ohne mich stattfinden. Als der Kaufhausdetektiv einige Zeit später wiederkam, brachte er ein Formular mit, auf dem er alles festhielt. Ich sollte unterschreiben. Auch den Dänischen Laden werde er benachrichtigen. Zur Strafe, sagte er mir, zur Strafe würde ich ab sofort für ein Jahr Hausverbot haben. Das Diebesgut hatte er auf dem Schreibtisch vor sich sortiert. Dort lagen auch die kleinen Messingdöschen mit Lippenbalsam Erdbeer, Vanille und Apfel.

Als ich um Viertel vor sieben mit meiner Bratsche auf die menschenleere Fußgängerpassage trat, hatten alle Geschäfte längst geschlossen. Schon am Nachmittag war es dunkel geworden, es schneite, und unter meinen Füßen krachte leise der Frost, der den Schneematsch überzog. Um nicht die Abkürzung durch die Nobiskrüger Allee und allein durch den nächtlichen Krähenwald zu laufen, nahm ich den Weg aus der Stadt über die große Kieler Straße bis zur Fähre, die abends nicht mehr oft fuhr. Ich brauchte fast eineinhalb Stunden, ehe ich mit eiskalten Händen zu Hause ankam. Die anderen hatten schon gegessen. Ein Jahr Hausverbot bei Karstadt traf mich nicht, denn ich war mir sicher, dass ich nie im Leben Geld haben würde, um dort etwas zu kaufen.

In meiner Erinnerung gibt es kein Ereignis, auf das Anna erziehend, streng oder verärgert reagiert hätte. Grenze war ein Wort, das ich ausschließlich auf die deutsch-deutsche Spaltung bezog. Das Maß, vor dem Kinder zitterten, Ehrfurcht und Respekt vor ihren Eltern entwickelten, etwa wenn sie in der Schule schlechte

Zensuren hatten oder frech gegenüber Lehrern gewesen waren, sie gelogen, sich schmutzig gemacht hatten, ein Loch in der guten Hose war, oder sie unpünktlich nach Hause kamen, gab es bei uns kaum, so wenig wie elterliche Sorge oder Stolz. Wo niemand Erwartungen an uns hatte, konnten wir nicht enttäuschen.

Balgten wir Zwillinge uns, als wir noch Kleinkinder waren, bissen uns blutig und rissen uns büschelweise Haare aus, griff niemand ein. Die wenigen Male, wo einer von uns schutz- oder hilfesuchend in die Nähe der Erwachsenen rannte, wurden wir weggeschickt. Wir sollten es unter uns ausmachen. Es gab keine Diskussionen, wo andere Kinder lange bitten, gegenseitig Gründe und Erklärungen für dieses Verhalten und jene Entscheidung finden, mit ihren Eltern verhandeln mussten, wenn ein Junge oder Mädchen bei ihnen übernachten sollte oder sie bei anderen übernachten oder nachmittags lange draußen spielen wollten, wenn sie die ersten Male allein schwimmen oder Rad fahren wollten. Eine neue Frisur, bunt gefärbte Haare, Ohrlöcher und ähnliche äußere Dinge waren Anna vollkommen gleichgültig, solange wir es selbst machten oder es von unserem Geld bezahlten. Ohrlöcher ließen sich mit einer heißen Nadel stechen. Ob sie das von unsicherer Hand tief in die Haut des Oberarms gestochene Tattoo meiner Zwillingsschwester überhaupt bemerkte?

In besonderen Zeiten sollten wir unsere jüngere Schwester mehrmals in der Woche ins Bett bringen, da Anna zu einem anthroposophischen Bildungsseminar fuhr, mit einer Freundin oder ihrer großen Tochter ins

Kino ging, einen Freund hatte oder für ein paar Tage verreiste. Das Ritual dauerte meist ein, zwei Stunden, manchmal länger. Wir waren angehalten, der Kleinen so lange Geschichten zu erzählen, vorzulesen und Lieder vorzusingen, bis sie eingeschlafen war. Sie konnte nicht schlafen. War Anna da, schlief sie in Annas Bett und konnte auch dort nur neben ihr einschlafen, mit ihr zusammen. So kam es, dass selbst Anna zum *Einschläfern* ihrer Jüngsten, wie es in unserer Familie fälschlich hieß, Stunden brauchte, wenn sie nicht gleich mit ihr zusammen einschlief. Das Zimmer unserer kleinen Schwester war ein Durchgangszimmer mit drei Türen, das vor dem Zimmer der ältesten Schwester lag. Ihr eigenes Bett in diesem Zimmer mochte die Kleine ganz und gar nicht, sie konnte mit drei, vier, fünf Jahren nicht allein schlafen.

Sah sie uns Größere streiten, fing sie an zu weinen. Sie liebte unsere Geschichten und Lieder, an Schlafen war dabei nicht zu denken, unsere Geschichten waren zu gruselig, zu lustig oder zu spannend. War sie schließlich eingeschlafen, musste man sich auf Zehenspitzen entfernen, denn jedes Geräusch weckte sie auf. Oft wachte sie mitten in der Nacht auf und musste getröstet werden, was nur gelang, wenn ich ihr erlaubte, in meinem Bett zu schlafen.

Schon länger und ohne, dass es jemand bemerken durfte, musste ich mir mehrmals am Tag die Hände waschen. Ich konnte es nicht lassen, geradezu zwanghaft zog ich den Ärmel über die Handfläche, um eine Türklinke im Haus oder den Toilettendeckel zu berühren. Abends konnte ich nicht einschlafen. Mir fehlte nicht die Nähe einer Mutter, da ich diese nicht kannte. Eher kam ich nicht zur Ruhe, weil ich über mein Leben und die Welt nachdenken musste, die mir unübersichtlich erschien. Immer früher wurde ich in jenen Monaten müde und hatte Sorge, dass ich am nächsten Tag in der Schule wieder einschlafen würde. Brachte ich die Kleine ins Bett, kam ich selbst erst gegen zehn oder elf ins Bett. War ich vom *Einschläfern* entbunden, wollte ich gleich nach dem Abwaschen gegen acht oder neun ins Bett gehen, las und machte das Licht aus. So viele geometrische Muster und Melodien ich mir auch ausdachte, so viele Schäfchen ich zählte, in den Tausendern musste ich wieder auf meinen Wecker gucken, der um halb sechs klingeln würde. Die Schule begann um sieben Uhr vierzig in Rendsburg, und wir mussten nicht nur zu Fuß, trampend oder, sobald die Witterung es zuließ, mit dem Rad und der Fähre dorthin kommen, sondern vorher den Schnee von der Straße schippen, uns Frühstück bereiten, Tee kochen und Schulbrote machen. Da meine Zwillingsschwester ihren Wecker selten hörte, war das Wecken meine Verantwortung. Der Klassenlehrer schimpfte über unsere Unpünktlichkeit der letzten Monate. Im Tagebuch macht sich das Mädchen Vorwürfe. Es fühlt sich allein verantwortlich dafür.

Zuspätkommen. Egal ob zum Bus, ins Kino oder zum Elternabend, ganz gleich ob zum Essen bei Freunden, zum Zahnarzt oder auf ein Amt, Anna kam wenigstens die entscheidenden Minuten, meist aber mindestens eine halbe Stunde zu spät. Nicht selten irrte sie sich in der Woche oder im Monat und kam entsprechend aus heiterem Himmel an einen Ort, wo man sie und uns schon lange nicht mehr erwartete. Ein frühes Erlebnis verknüpft sich mit Lautsprecherdurchsagen und Bahnhöfen. Wir waren etwa fünf Jahre alt, als Anna mit uns Zwillingen im Zug nach Prag reisen wollte, um dort tschechische Bekannte, vor allem aber heimlich ihre geflohene Freundin Evi zu treffen. Es war unsere allererste Reise in ein anderes Land. Der Zug hielt in einem hohen Bahnhofsgewölbe mit Glasdach und mehreren Bahnsteigen. Mitreisende stiegen aus, andere trugen Koffer über den Bahnsteig an unserem Fenster vorbei und warteten an den Türen, um einzusteigen. Anna sagte uns, sie wolle Zigaretten kaufen gehen und wir sollten bloß auf unseren Plätzen im Abteil sitzen bleiben, sie komme gleich zurück. Wir sahen sie außen am Zug vorbeigehen und eine Treppe hinunterlaufen. Vielleicht war der Kiosk mit den Zigaretten irgendwo unten im Bahnhof, in einer Unterführung. Wir warteten. Neue Reisende traten in unser Abteil, stemmten Koffer auf die Ablage. Die Lautsprecherdurchsagen forderten alle Reisenden auf, in den Zug einzusteigen. Die Türen schließen! Wir standen vor dem Fenster, dessen obere Luke geöffnet war. Wir konnten Anna nicht entdecken. War sie zehn Minuten fort, zwanzig, eine halbe Stunde? Hatte sie uns vergessen. War sie abgehauen. Wir hörten, wie die Türen geschlossen wurden, und drängelten uns aus dem Abteil, an den Leuten vorbei, den Gang runter, rüttelten an der Tür, schrien, unsere Mutter sei draußen. Jemand half uns, sie noch mal zu öffnen. Die hohen Stufen aus dem Zug kletterten wir rückwärts. Wir stürzten zu der Treppe, über die Anna vor einer Ewigkeit verschwunden war. Mitten auf der Treppe kam sie uns entgegen. Rauchend, eine Zigarette in der Hand. Abfahrt! Die Trillerpfeife des Schaffners. Warum seid ihr ausgestiegen, ihr spinnt wohl? Anna steckte ihre Zigarette in den Mundwinkel und griff unsere Hände, zog uns hinauf. Zurück auf dem Bahnsteig rollte unser Zug langsam an. Sie ließ unsere Hände los und lief neben dem Zug her. Jetzt schrie sie, jemand möge die Notbremse ziehen. Der Zug ließ sich nicht aufhalten, er musste pünktlich den deutschen Bahnhof Richtung Tschechoslowakei verlassen. Anna rannte neben unserem Abteil, als die Reisenden von drinnen unseren Rucksack, den Tornister mit Kuhfell und unsere Jacken durch das oben geöffnete Fenster quetschten.

Lange verursachten Lautsprecherdurchsagen auf Bahnhöfen Herzrasen bei uns Zwillingen.

Angst hatte ich in den norddeutschen Jahren meiner Kindheit bei keinem Sprungturm im Schwimmbad, bei keiner Geschwindigkeit mit dem Rad am Fährberg, bei keiner Geisterbahn oder langen Bahnreise allein unterwegs.

Hatte Anna, die keinen Führerschein besaß, und über sich selbst sagte, sie könne keine zwei Dinge gleichzeitig machen, sich vor Stunden schon von einer Freundin im Auto zum monatlichen Aldi-Einkauf abholen lassen, und tauchte der Rettungshubschrauber über den Wiesen auf, hätte Anna längst zurück sein müssen, so spürte ich das Flattern des Rotors in meinem Brustkorb. Panik erfasste mich. Ich glaubte fest, der Hubschrauber fliege zu ihr, sie habe einen Unfall gehabt. Der Hubschrauber schien in der Luft zu stehen. Dann wurde das Geräusch leiser, senkte sich zwischen die Koppeln des Nord-Ostsee-Kanals und hob wieder an. Der Hubschrauber tauchte hinter der Kirche wieder auf. Die Schwerverletzte, vielleicht schon Tote, nahm er mit sich. Stundenlang stand ich am Fenster, lauschte auf das Telefon und konnte vor Angst kaum atmen, weil ich sie verunglückt glaubte.

Stell dir vor, einer ist tot. Ich hatte Angst um Anna. Angst um unser Zurückbleiben, meine kleine Schwester und meine Zwillingsschwester. Kam sie fröhlich und leicht angetrunken mit einer Zigarette in der Hand im Auto der Freundin zurück, und sollten wir jetzt helfen, die Kartons mit den Einkäufen aus dem Auto zu hieven, war ich nicht erleichtert. In einem Beutel waren die Lebensmittel aus dem Reformhaus für die kleine Schwester, das Mandelmus, das Sojapulver für ihre Milch und Maismehl für ihr Brot, eine Avocado, die nur sie essen durfte. Seit ihrer Geburt und unserer Lagerzeit litt sie vielleicht an einer Stoffwechselerkrankung oder an Allergien. Noch immer hatte kein Arzt eine klare Diagnose stellen können. Ich trug die Palette mit kleinen Bechern Naturjoghurt, die bis zum nächsten Monatseinkauf reichen musste, und einen Aldi-Karton voll Mehl, Haferflocken und Tabakpäckchen. Den schweren Weinkarton ließ ich im Kofferraum stehen, den sollte tragen, wer Wein trank. Das Flattern des Hubschraubers in mir ließ sich nicht so einfach verscheuchen. Ich hatte Angst, Anna würde an Krebs, Lungenkrebs sterben. Wie hasste ich ihre Zigaretten, den Wein in ihrer Hand, ihre Sorglosigkeit. Mir ging in den schlaflosen Nächten meines elften und zwölften Lebensjahres vermutlich alles Mögliche durch den Kopf, so dass mir erst beim Blick auf den Wecker die Schäfchen wieder einfielen. Das Ticken des Weckers, das Unaufhaltsame der Zeit.

An Schweißausbrüche erinnere ich mich, wenn ich nicht einschlafen konnte und irgendwann nur noch die wenigen Stunden zählte, die mir bis sechs Uhr bleiben würden. Selten schlief ich vor zwei oder drei Uhr ein. In der Schule kämpfte ich mit Müdigkeit, schlief mit dem Kopf auf dem Tisch. Schreiben und rechnen konnte ich noch von der sogenannten *Staatsschule*, wie unter Waldorfs alle öffentlichen Schulen bezeichnet wurden. Der Lehrer erzählte etwas von den geographischen Bedingungen Schleswig-Holsteins, der Landgewinnung im Westen, wo die Menschen in Vorzeiten der Nordsee jenes Wiesenland abgetrotzt hatten, das heute Marsch heißt. Wie aus Mooren Torf gestochen wurde und zu weniger fruchtbaren Erden im Landesinneren gebracht werden konnte. Die Geest war mit ihrem sandigen Boden aus eiszeitlichen Moränen in Vorzeiten verkarstet. Nur wo sich eine dünne Schicht fruchtbare Erde über dem Sand anlagerte, konnte angebaut werden. Im Osten Schleswig-Holsteins, zur Ostsee hin, gab es wohl ein Hügelland. Wir hatten es noch nie gesehen, es lag bestimmt zwanzig Kilometer entfernt. Die Landwirtschaftsepoche sollte uns zu praktischen Übungen und zu Ausflügen führen. Schon im Unterricht warnte uns der Lehrer vor giftigen Substanzen der Natur, der Tollkirsche, dem Bärenklau und vor allem dem Mutterkorn. Es hatte seinen Namen von seiner früheren Verwendung, als es den Wehenschmerz der Gebärenden lindern sollte. Man könne Halluzinationen davon bekommen und binnen weniger Minuten elend sterben. Drohend hob der Lehrer den Zeigefinger. Im Mittelalter seien viele Menschen an dem Getreidepilz gestorben. Wir sollten also auf keinen Fall beim nächsten Ausflug in die sommerlichen Felder des Hügellands die Roggenähren essen. Das giftige Korn sei für unsere Kinderaugen in den Ähren kaum erkennbar, weil es einfach nur etwas dunkler sei als die sonst hell reifenden gesunden Körner. Ich dachte an die sonderbare Erinnerungslücke, die ich auf der letzten Fete der Emkendorfer Landkommune erlebt hatte. Samt Zelt hatte Anna uns mitgenommen. Dort lebte ihr neuer Freund, der ständig kicherte und ausschließlich orangefarbene Kleidung trug. Er sagte, er sei Sannyasin. Die Fete dauerte das ganze Wochenende an, Tag und Nacht, die Erwachsenen tanzten, tranken, rauchten und umarmten sich. Wir Kinder sprangen über das immer höhere Lagerfeuer, und ich erinnere mich an das Flackern und den Schwindel, die Dehnung aller Farben. Als ich im Auto zu mir kam, wusste ich nicht mehr, ob, wann und wo ich in den Nächten zuvor geschlafen hatte. Wann überhaupt zuletzt. Freunde hatten Anna und uns am Sonntagabend im Auto zurück nach Hause gebracht. Es war Sommer, die Sonne noch nicht untergegangen. Ich stieg aus und erkannte unser Haus kaum wieder. Alles sah anders aus. Die Himmelsrichtungen hatten sich verändert. Hatte ich etwas Falsches gegessen, hatten sie in ihren Keksen ein Mutterkorn versteckt? Mein Kopf sank auf die vor mir über dem Tisch verschränkten Arme. So schlief ich ganze Stunden des Epochenunterrichts hindurch. Bei fünfundvierzig Kindern konnte der Lehrer nicht jedes Kind im Auge haben.

Seit uns der Lehrer im Chemieunterricht von den vier Elementen Feuer, Erde, Wasser, Luft erzählt hatte, zu denen wir mit Wachskreiden Bilder in unsere Hefte malen sollten, konnte ich ihn nicht mehr ernst nehmen.

Müdigkeit und Händewaschen. Tollwut war das eine, unsichtbare und namenlose Bakterien, Viren und Pilze, wie der des Mutterkorns, etwas anderes. Nicht bloß, wenn ich aus dem Wald an das nächste Waschbecken gelangte, auch wenn ich Kartoffeln ausbuddeln, Zettel verteilen, den Backofen saubermachen, die Fischköpfe für das Katzenfutter waschen und in einen Topf legen musste, die Windeln meiner jüngeren Schwester oder eines anderen Kindes, auf das ich aufpasste, gewechselt, wenn ich Türklinken und sonstige Dinge in unserem Haushalt berührt hatte, immerzu verspürte ich das dringende Bedürfnis, meine Hände zu waschen. Unstillbar. Ich konnte auf dem Bett in meinem Zimmer mit einem Buch liegen, und plötzlich fiel mir die letzte Türklinke ein, der Griff des Autos unserer Nachbarn, der Futtereimer, den ich zuletzt in den Stall hatte bringen sollen, und ich war jetzt nicht mehr sicher, ob ich die Hände danach ausreichend gewaschen hatte. Besser, ich wusch sie wieder. Minuten später kamen mir meine Hände erneut schmutzig vor. Dabei waren die Handtücher im Bad so dreckig, dass ich die frischgewaschenen Hände dort nicht abtrocknen und ohnehin die Klinke des Badezimmers nur mit dem Ellenbogen öffnen konnte. Auf die Klobrille konnte ich mich zu Hause so wenig wie auf fremde Toiletten setzen. Entweder pinkelte ich im Hocken, oder ich bedeckte die Brille mit dicken Schichten sauberen Klopapiers. Anschließend putzte ich die Brille erst recht und rieb alles mit Toilettenpapier trocken.

Anna wunderte sich über den steigenden Papierverbrauch. So viel Geld hätten wir nicht. War das Klopapier alle, legte jemand Zeitungen und alte Werbewurfsendungen neben das Klo, damit sollten wir uns abwischen. Nur nicht runterspülen, hier sei der Eimer für das benutzte Papier. Selbst den Wasserhahn des Waschbeckens konnte ich nur noch mit schützendem Papier oder dem Ärmelsaum meines Pullovers nach dem Waschen wieder zudrehen. Niemand bemerkte meine heimlichen Qualen. Fiel meiner älteren Schwester einmal auf, dass ich mir vor und nach dem Essen die Hände wusch, spottete sie laut. Anna und sie fanden es schrecklich lustig, wie etepetete ich sei. *Etepetete* war ein anderes Wort für pingelig. Das war ich.

Warzen besiedelten meine Hände. An jeder Hand hatte ich fünf, sechs, sieben. Feste knorpelige, weiß oder gelblich verhornte Hügel auf dem Handrücken, an den Fingern und an der Haut zwischen den Fingern. Die Apothekerin gab mir eine ätzende Tinktur, unter der die Warze hell aufquoll und die Haut rundherum brannte. Ein Teil der Warze wurde schwarz, der andere wucherte weiter, die Haut daneben vernarbte. Es kamen ständig neue Warzen.

In einem meiner Tagebücher Anfang 1983 wage ich, inspiriert von der Lektüre des mir selbstbewusst und stolz erscheinenden Kindertagebuchs von Anaïs Nin eine Selbstbeschreibung: *Also, ich habe blaue Augen und braun-schwarze Wimpern und Augenbrauen. Bin nicht sehr groß für mein Alter, aber immerhin 3 cm größer als Johanna. Ich habe einen Pony, der ausgewachsen ist und mir bis zum unteren Rand der Augen reicht. Hab eine Haarfarbenmischung zwischen blond, nussbraun, kastanienbraun und dunkelbraun. Meine Haare reichen mir bis kurz über die Schultern. Dann habe ich vorne, oben, zwischen den Schneidezähnen eine Zahnlücke. Habe einen Leberfleck, (der aussieht wie ein Schönheitsfleck) auf der von mir aus gesehen rechten Wange und habe an der linken Hand (bitte erschrick nicht!!!) zur Zeit 7 Warzen, ich kann leider nichts dagegen tun und ekel mich selbst davor. Dann hab ich ein verhältnismäßig breites Gesicht, und früher hat man uns immer wegen unserer Hamsterbacken geneckt. Ich bin sonst (find ich) normal dick (oder dünn) für mein Alter und wiege so um die 40 kg (peinlich!), aber S. wiegt etwas mehr als 50 kg, allerdings ist sie auch ungefähr 2–4 cm größer als ich.* Zwar gesteht das Mädchen seinem Tagebuch die sieben Warzen an der linken Hand. Die an der rechten dagegen erwähnt es nicht. Ebenso unterschlage ich die bis auf die Nagelhaut abgekauten Fingernägel. Herpes hatte ich alle paar Monate, an der Oberlippe, an der Unterlippe und manchmal um die Nasenlöcher.

Die Schilderung seiner Charaktereigenschaften beginnt das Mädchen so: *Ich bin manchmal ziemlich unverstehbar für die anderen Leute und selten sogar für mich selbst.*

Breie und Suppen erinnern das Mädchen bis ins Erwachsenenalter an Kinderheim und Krippe, Zwangsernährung, die Pampe aus Blech- und Plastiktellern.

Seine Mutter beschreibt es im Tagebuch kritisch: *Ist in den letzten Jahren sehr dünn geworden, ist Raucherin. Sie läuft immer in dreckigen Stallsachen rum und stinkt nach Schwein und Ziege (das alles ekelt mich sehr), sie steht sehr auf biologisches Essen, auf eigenen Anbau und auf Klein Landwirtschaft. Und sie ist übrigens von vornherein gegen alle moderne Musik, sie steht höchstens auf Jazz, eigentlich auf Folklore. Mozart, Bach, Beethoven, Brahms, Händel und so weiter. Na ja, ich habe einen unheimlichen Abstoß gegen sie, ich kann sie nicht leiden. Seit ich sie allerdings kalt lasse und als blöden Menschen aufnehme, geht es. Stell dir vor, sie hat sogar einen Freund!*

Oft erwähne ich im Tagebuch die kleine Schwester, zu der ich eine besondere Beziehung hatte. Ich will sie vor den Grobheiten der Schwestern beschützen. Da Anna in dieser Zeit häufig abends unterwegs ist, mit ihrem Freund oder ihrer großen Tochter, essen wir Zwillinge mit der Kleinen. Zusammen mit ihr füttern wir die Tiere und singen Lieder.

Bringe ich sie ins Bett, möchte sie abendelang Geschichten hören. Ich lasse die Kleine und auch Johanna manchmal bei mir schlafen. Am liebsten aber schlafe ich allein, dann öffne ich die beiden Türen zwischen der Kleinen und meinem Zimmer und lasse sie das Licht sehen. Den ganzen *Pu der Bär*, *Doktor Dolittle* und mehrere Bände *Tomte Tummetott* lese ich ihr vor, jedes mehrmals, sie kann fast mitsprechen, das gefällt ihr. Wenn ich plötzlich einen neuen Satz erfinde, lacht sie und erfindet auch einen.

Am meisten liebt meine kleine Schwester den Kobold *Pumuckl* und ausgedachte Geschichten. Eine Zeitlang muss ich *Pumuckl*-Geschichten in Fortsetzung erfinden, jeden Abend neue Ereignisse und Abenteuer. Sie gruselt sich gern und lacht noch lieber. Ehe ich anfange, darf sie sich drei Dinge wünschen, die in der Geschichte vorkommen sollen. Fast immer wünscht sie sich ein Pferd, mal einen Zaubertrick, einen Kullerkeks. Manche Menschen …! Flüstert sie mir zu, und ihre wasserblauen Augen leuchten gespannt. Ich muss unseren geheimen Satz, der aus der Zeit stammt, als sie noch gewickelt wurde, ergänzen und sie dabei kitzeln. Sie ist die süßeste und kleinste kleine Schwester, die man sich vorstellen kann. Ich mache mir Sorgen um sie, weil sie offenbar eine Krankheit hat, die niemand kennt. Die Ärzte sind ratlos. Ihre Durchfälle werden selten besser, und sie wächst nicht wie andere Kinder. Anna bringt sie zum anthroposophischen Kinderarzt und manchmal ins Krankenhaus für Untersuchungen, mal nach Rendsburg, dann nach Kiel. Man gibt ihr homöopathische Kügelchen, Pulver und Tropfen, Bachblüten und besondere Nahrungsmittel. Es werden Horoskope und Pendel befragt. Mobile gebastelt und Hände aufgelegt. Aber niemand kann der Kleinen helfen.

Zweimal in der Woche fuhr ich ins Rendsburger Schwimmbad. Auf dem Weg hielt ich vor der Stadtbücherei im Park und tauschte den Stapel gelesener Bücher gegen neue aus. Inzwischen wusste ich, mit welchem Griff der Seeretter einen Ohnmächtigen im Wasser mit sich nimmt, ich war Rettungsschwimmerin und wollte vielleicht eines Tages Leben retten. Ein großes Mädchen im Schwimmverein sagte unter den Duschen zu mir, ich hätte vermutlich Fußpilz und sollte den behandeln lassen, ehe ich wiederkäme. Tatsächlich pellte sich die Haut an meinen Füßen. Allerdings pellte sich manchmal auch die Haut an den Händen. So schnell und geschickt wir beim Verrichten der Hausarbeiten auch wurden, es gab Tage, wo der Abwasch der vielköpfigen Familie von mehreren Mahlzeiten eine Stunde und länger dauerte, da konnte die Haut im lauwarmen Seifenwasser aufweichen. Waschfrauenhände. Blasen gab es an den Füßen von den oft zu kleinen oder zu großen Schuhen, die im Herbst und Winter nass von Regen und Schnee waren, so dass man sie zu Hause mit Zeitungspapier ausgestopft umgedreht auf den Ofen oder den warmen Heizkörper der Küche stellte. Wir hatten kein Geld für ein zweites Paar Schuhe zum Wechseln, so dass sie am nächsten Morgen wieder trocken sein mussten und monatelang durchgehend getragen wurden. Auch vom Straßefegen und Schneeschippen, Getreidemahlen und Gärtnern gab es Schrunden und Blasen an den Händen, die manchmal aufplatzten. Mal waren die Hände trocken, dann wieder schweißnass, sobald ich nur ein bisschen aufgeregt war. Ohnehin musste ich sie in diesen Monaten ständig waschen. Waren es Pilze, die meine Haut schälten? Nach dem Abwaschen leuchteten die aufgequollenen Warzen weiß. Ich schämte mich für meine Warzen wie für meine Haut und die schäbige, an den Ärmeln ausgefranste Kleidung, die nie ganz sauber war. Da ich oft mit dem Ärmel versuchte, meine Hände zu bedecken, sie über die Fäuste und Finger zog, hatten meine Ärmel unzählige kleine Löcher am Saum. Ich schämte mich.

VON DIESEN JAHREN in Schleswig-Holstein und dem Chaos unseres Lebens, dem Flüchtlingslager, dem Osten, werde ich Stephan, den ich fünf Jahre später in Berlin kennenlerne, erst nach und nach erzählen. Mit Stichworten bloß werde ich die Unordnung beschreiben wollen, der ich als Dreizehnjährige entkommen war. In Stephans Augen werde ich mit meiner frühen Selbständigkeit nicht nur einen mutigen und vollkommen unabhängigen Eindruck machen. Wir sind achtzehn, als wir uns kennenlernen. Wäre ich nicht einige Wochen zu früh und er eine Woche eher auf die Welt gekommen, hätten wir denselben Geburtstag gehabt, er im Westen und ich im Osten der Stadt. Nächtelang sprechen wir über Grenouille und Kohlhaas, über Echo und Naso, fallen einander ins Wort und hören zu, wie der andere denkt. Meursault und Anna Karenina, Kassandra, Gantenbein und Stiller, Hamlet, Romeo und Julia, wir lernen sie kennen, immer genauer, und sie werden Teil unserer Welt, nicht, als wären sie unsere Alter Ego oder Rollen, sondern Facetten von uns selbst. So verstehen wir sie und uns. Wir lesen und erzählen uns, einander, begegnen uns in der Literatur, lieben uns darin, aus ihr, erleben die Welt des anderen, unsere. Wenn der andere erzählt, können wir stundenlang zuhören und wollen noch mehr wissen, vom anderen. Noch nie habe er eine so sinnliche Stimme gehört. Oft rufen wir einander an, nur, um die Stimme des anderen zu hören. Tief und sanft. Er ist neugierig, meine so ganz andere Zwillingsschwester kennenzulernen. Auch Stephan hat eine Schwester, nur wenig jünger als er, mit der er sehr eng in der Kindheit war.

Wir mögen unsere Augenhöhe. Das vertraute und selbstverständliche Zusammensein. Wir baden zusammen, wir waschen uns gegenseitig, wir ziehen einander aus und an. Nachts schlafen wir beieinander wie junge Säugetiere. Unsere Beine liegen über den Beinen des anderen, unsere Arme über dem Bauch und den Schultern des anderen, das Haar am Gesicht des anderen, der Kopf des einen auf dem Rücken des anderen, auf dem Bauch, der Brust. Bald verbringen wir jede Nacht so. Schläft er doch ab und zu noch einmal im Jugendzimmer bei seinen Eltern, fehlt uns der Körper des anderen im Schlaf, wachen wir nachts plötzlich erschrocken auf, weil etwas fehlt. Zusammensein. In seinen Augen werde ich die klügste und sinnlichste Frau sein, der er je begegnet ist. Auch schwierig, vielleicht die schwierigste. Etwas exotisch vom Äußeren, eigensinnig, ohne Rücksicht auf die sonst gängigen Moden und Konventionen, worüber seine Freunde sich anfangs etwas lustig machen.

Mein Blick ist auf Gegenwart und Zukunft gerichtet, was ich studieren, welche Sprachen ich lernen, in welchen Ländern ich einmal leben möchte. Selten schaue ich zurück. Not und Scham der Kindheit sind in den weit über zwanzig Tagebüchern abgelegt, zum besseren Vergessen. Seit ich Stephan kenne, schreibe ich nur noch selten Tagebuch. Lese ich sie heute, erkenne ich die schwarzen Löcher. Nur wenig des vielen Wahren steht auf den Seiten. Lieber schreibe ich Gedichte, jetzt ohne Reim, kurze Texte und Beobachtungen, mache Notizen, fange an, Skizzen, einzelne Sätze, Gedanken. Die kaum erzählbare Kindheit bleibt zurück. Manches davon erzähle ich Stephan. Mit ihm lerne ich Sprechen. Von dem dreizehnjährigen Mädchen werde ich mich mit Stephan eine Ewigkeit entfernt sehen. Im Tagebuch schwärmt die Dreizehnjährige nicht nur heimlich für einen bestimmten Jungen, das Mädchen notiert Tag um Tag die Umstände, aus denen heraus es sich aus der Familie trennt, in der es sich fremd fühlt, weg möchte, fast egal wohin, notfalls in ein Kinderheim.

Es ist vor allem die große Schwester, die Anweisungen gibt und zur Ordnung ruft, einer Ordnung, für die es keine Struktur, keine elterliche Vorgabe und kein erkennbares System gibt. Vor ihrem Eifer und ihren Befehlen, ihrer Häme und ihren Handgreiflichkeiten, fürchtet sich das Mädchen. Unsere bloße Existenz macht sie verrückt. Vielleicht besonders meine. Doch so sehr ich ihre Fersenbisse fürchte und versuche, niemandes Hass zu erregen, es jedem recht zu machen, das vorhandene Chaos unter uns allen lässt sich auch von der großen Schwester nicht bewältigen. Sie erfindet Regeln und überwacht deren Einhaltung wie Abweichungen. Anders als ich glaubt sie vielleicht, es müsse bloß jemand ordentlich durchgreifen. Sie kommandiert und weist nicht nur uns Schwestern und Anna, sondern auch unsere und ihre Freunde zurecht. Denkt jemand über Fragen der Welt und des alltäglichen Lebens anders als sie, widersetzt sich oder macht etwas Unvorhersehbares, fühlt sie sich provoziert. Sieht sie Johanna und mich Kuchen backen, verzieht sie das Gesicht, ein spottendes Fiepen, ein heruntergezogener Mundwinkel, wenn wir weiter so viel Kuchen fressen würden, passten wir bald nicht mehr durch die Himmelspforte! Sie schnaubt durch die Zähne, presst die Lippen zusammen. Im vollen Bewusstsein ihrer einzigartigen Schönheit müssen unsere doppelte Gefräßigkeit und beginnenden Rundungen um die Hintern sie ekeln. Bald darauf zeigt Anna blankes Befremden über meine erste Menstruation, die ich kurz vor dem dreizehnten Lebensjahr habe. Bei der nächsten Gelegenheit teilt sie ihre Überraschung in meinem Beisein mit ihrer ältesten Tochter. Ihr spitzes Lächeln. Normal sei doch ein Alter von fünfzehn und sechzehn Jahren vergewissern sich beide gegenseitig. Ihre Nasenflügel beben. Ich schaue weg, werde rot, das Gesicht glüht. Tsetsetse, so frühreif, zischt meine große Schwester und schüttelt verächtlich den Kopf. Beim Lächeln rümpft sie die Nase. Eine einzige Grimasse des Ekels.

Die große Schwester ist meistens diejenige, die die Waschmaschine anstellt. So muss ich mich nun vor verräterischen Flecken in der Unterwäsche und auf der Bettwäsche fürchten. Um keinen Preis soll jemals eine dieser Frauen es wieder erfahren, wenn ich blute. Ich weiß mir zu helfen, indem ich fortan meine Unterwäsche und Laken von Hand kalt auswasche und in meinem Zimmer trockne, ohne dass es jemand bemerkt.

Je mehr ich Tagebuch schreibe und je weniger ich meine Zwillingsschwester teilhaben lasse, desto fordernder und bestimmender wirkt sie auf mich. Längst haben wir verschiedene beste Freundinnen. Manche halten schon Händchen mit Jungs, sie *gehen miteinander* – während ich mich mit meinem Tagebuch allein zurückziehe. Ich bin noch nicht so weit. Nur ausziehen möchte ich, schon mit zwölf, als Erste muss ich davonkommen. Wohin mit mir.

Der Winter vergeht und der Frühling kommt. Meine über alles geliebte Katze stirbt Ende April. Sie war eine Freilandkatze. Ich hatte sie keine drei Jahre zuvor von Evi aus Berlin bekommen. Eigentlich war es noch etwas zu früh, sie mit nach Schacht-Audorf zu nehmen. Sie trank noch Muttermilch. Wie sonst hätte ich sie mitnehmen können. Unter meiner Jacke trug ich sie, in einem alten Handtuch, falls sie musste. Mir wurde eine Pipette mitgegeben, und ich fütterte sie während der Fahrt und die ersten Tage zu Hause mit verdünnter Milch. Damit sie mir nicht verhungerte und erfror, nahm ich sie mit in mein Bett. Sie lag dicht neben mir und saugte mit tretenden Pfötchen an dem Schaffell, auf dem ich schlief. Von der Fingerspitze fütterte ich sie ein paar Tage mit Fertignahrung aus einer kleinen Dose, die ich einmalig kaufen durfte. Ich liebte die Katze vom ersten Augenblick an. Im Gegensatz zu ihren gestreiften und schwarzen Geschwistern war sie weiß und hatte blaue Augen. Ohren, Nase, Pfoten und Schwanz dunkelten schon leicht graubraun und wurden in den folgenden Wochen immer dunkler. Ihre Ohren waren nur wenig größer als die normaler Hauskatzen, sie hatte keine Fledermausohren. Sie war die schönste Siam, die ich je sehen sollte. Grazil, schlank, muskulös und elegant. Ihre Eltern sahen aus wie gewöhnliche Hauskatzen, hatten aber wohl einen gemeinsamen

Großvater, der ein Siam gewesen ist. Jeden Freitag holte ich vom Fischwagen am Markt die Abfälle, Fischköpfe und -schwänze, und kochte sie mit Haferflocken ein, so dass ich ihr Futter in Weckgläsern im Kühlschrank aufbewahren konnte. Ich ließ sie frei, und sie war den ganzen Tag über unterwegs, stromerte über die Koppeln und Felder. Wenn ich sie nachmittags oder abends laut rief, dauerte es manchmal sechs, sieben Minuten, ehe sie von weither zu mir gerannt kam. Sie schlief bei mir. Obwohl Johanna erst ein Schwein, dann einen Hund und nach dessen Tod einen zweiten Hund hatte, zog sie mich mit meiner Katze auf. Da Anna weder für Katzenfutter und Sterilisation noch für Impfungen Geld ausgeben konnte, war die Schöne während einer durchjammerten Nacht zum zweiten Mal schwanger geworden und musste sich im Frühling 1983 auf einem ihrer letzten Streifzüge mit Katzenseuche infiziert haben.

Seit Tagen fraß sie kaum noch, schließlich nichts mehr. Sie nieste und atmete schwer. Sie kam in mein Bett, saugte an dem Lammfell, auf dem wir beide lagen, und erklomm hechelnd meinen Bauch. In den letzten Lebenstagen musste ich ihr alle Viertelstunde mit einer Pipette Wasser ins Maul flößen. Sie konnte nicht mehr gut schlucken, das Wasser rann aus ihrem Mundwinkel. Ihre Augen waren schon seit Tagen trüber geworden, ihr Fell gelblich. Wenn man es am Rücken leicht zog, blieb es stehen, so ausgetrocknet war sie. Um sie in der Not zu versorgen, wachte ich die letzten Nächte durch, ich hatte ihr ein Körbchen ausgelegt, es stand auf dem ausgestellten Elektroheizkörper unserer Küche, mein Stuhl daneben, immer wieder sank mein Kopf auf die abgelegten Arme, alle Viertelstunde versuchte ich, ihr mit einer Plastikspritze Wasser ins Maul zu träufeln, bis sie ein letztes Mal atmete. Die Kinder in ihrem Bauch waren mit ihr gestorben. Ihre Augen wurden gelblich dunkel und stumpf. Die Leber hatte versagt, die Nieren, die Katze war vertrocknet. Ich wickelte sie in unser Lammfell und begrub das Bündel unter meinem Walnussbaum neben dem Haus.

Wohin mit mir. Im Tagebuch dachte ich über mein eigenes Verschwinden und das Sterben an sich nach. Es dauerte eine Zeit, bis sich endlich ein Ort für mich fand.

ZU DIESER ZEIT waren Steffi und Martin selbst erst Anfang dreißig. Wir kannten sie noch aus Ostberlin. Zwei Jahre vor unserer Ausbürgerung waren die beiden Sechsundzwanzigjährigen mit gefälschten Papieren geflohen. Wir hatten sie vom Lager aus in ihrer kleinen Wohnung in der Klaustaler Straße in Charlottenburg besucht, ihre Tochter wurde gerade ein Jahr alt. Nachdem im März 1979 ihr zweites Kind geboren war und wir im Sommer das Lager verlassen und in Schleswig-Holstein das Bauernhaus beziehen konnten, entschloss Steffi sich bald darauf, mit ihren kleinen Kindern zu uns auf den Hof zu kommen. Unser Vermieter hatte einen Teil der Ställe zu einer Wohnung umgebaut. Martin machte Musikaufnahmen und arbeitete wochenlang in speziellen Filmstudios als Mischtonmeister, in Frankfurt, München und Berlin. Er musste beruflich Fuß fassen. Nur selten fand er Zeit, seine Familie im hohen Norden zu besuchen. Steffi und Martin kannten uns und die Verhältnisse besser als jeder andere. Nach eineinhalb Jahren gaben sie unsere Hofgemeinschaft auf und mieteten 1982 in Westberlin ein Haus am Waldrand, wo ihre beiden Kinder den Kindergarten besuchten.

Ich wollte schon lange weg. Meine Mutter, die große Schwester und Johanna stritten täglich. Manchmal schaffte ich es, meine kleine Schwester aus der Gefechtslinie zu ziehen und lenkte sie ab, spielte mit ihr. Oft entzog ich mich allein. Im Tagebuch lese ich nach. Ich schreibe, wenn ich mich in mein Zimmer gerettet habe, nachdem eine der anderen ihren Teller mit Essen über den Kopf geschüttet und sich daraus eine gewalttätige Auseinandersetzung entwickelt hat. Ich war froh, wenn ich vor dem Jähzorn meiner Mutter, dem Gift und Neid, dem Höhnen und Keifen, den ständigen Kämpfen meiner Schwestern flüchten konnte. Hatten sie es auf mich abgesehen und verfolgte mich eine, so schloss ich beide Türen meines winzigen Zimmers in der entferntesten Ecke des Hauses. Die eine Tür hatte einen Schlüssel, die andere einen Riegel. Mehr als einmal saß ich auf meinem Bett und starrte auf die Tür, die unter dem wütenden Trommeln der Fäuste vibrierte, hörte, wie sich die Wütende mit dem Gewicht ihres Körpers so oft gegen die Tür warf, bis der Riegel nachgab, aus dem Holz brach.

Der beharrliche Rückzug hinter die verschlossenen Türen und in mein Tagebuch ärgerte meine Zwillingsschwester so sehr, dass sie nicht nur zu jeder Gelegenheit mein Tagebuch suchte und heimlich las, sondern einmal mit Ankündigung meine kostbaren Noten auf der anderen Seite der Tür zerriss, damit ich rauskomme. Als ich nicht reagierte, goss sie Wasser unter der Tür hindurch. Und schließlich schlug sie das kleine ovale Fenster ein, das sich oben in der alten Bauerntür befand. Scherben und winzige Splitter lagen verstreut auf dem Flokati. Wenn auch keinen Quadratmeter groß und trotz Wäsche grau vor Schmutz, war dieser Flokati aus der Rot-Kreuz-Spende mein ganzer Stolz gewesen.

Ich musste weg. Verschwinden.

Ernest Jouhy hatte Anfang der fünfziger Jahre und bis in die späten Sechziger an der Odenwaldschule unterrichtet, und über Inge und ihn und andere Freunde gab es Kontakte dorthin. Es hieß, die Odenwaldschule habe Freiplätze für Sozialfälle. Dass ich weg musste und nicht wusste, wohin, wurde immer deutlicher. Meine Mutter schrieb mehrere Briefe und wollte mit mir zusammen zur Odenwaldschule fahren, sie ansehen. Zwar wollte ich weg und wenn möglich auch auf diese Schule, aber ich wollte unter keinen Umständen mit meiner Mutter dorthin fahren. Ich schämte mich für jede von uns beiden.

Sie fuhr allein und ließ sich von Müller-Holtz die Schule zeigen. Zur gegenwärtigen Zeit gab es in meiner Altersstufe keine Freiplätze für Sozialfälle. Frühestens in eineinhalb Jahren. Das erschien mir als Ewigkeit und zu große Ungewissheit. Zudem kam uns über Freunde zu Ohren, dass sich die Schule in den vergangenen Jahren weit von ihren ursprünglichen Theorien entfernt hätte. Trotzdem wollte ich weg. Unbedingt. Egal, wohin. Bloß weg. Davonkommen. Über Monate Rückzug und Weinen, Bitten und Flehen, Schreiben.

Anna schlug mir ein Kinderheim vor. Ob sie hoffte, ich würde bei ihr bleiben? Ich war einverstanden. War uns das Kinderheim von einst nicht als Grauen im Gedächtnis? Sie telefonierte mit Freunden, sprach mit einem alten Lehrer der Waldorfschule. Mal fühlte sie sich von meiner Verlorenheit und meinem Elend provoziert, ein anderes Mal erkannte sie sich selbst in mir und spürte meine Not, als sei es die eigene. Lässt sich Not einem allein zuweisen?

Entscheidend war wohl, dass auch sie mich einfach nicht länger sehen und ertragen konnte. In diesen Wochen telefonierte Anna mit Steffi und Martin in Berlin, wo die beiden seit gut einem Jahr wieder lebten. Deren neues Leben im Westen und mit zwei kleinen Kindern war in Bewegung. Noch wussten sie nicht genau, ob Steffi in den kommenden Monaten beruflich nach Südamerika und Martin nach Kapstadt gehen würde, aber solange sie in Berlin waren, wollten sie mich aufnehmen. Erstmal. Das Wort überhörte ich damals, es taucht in meinem Tagebuch nicht auf.

Wie ich erst Jahrzehnte später von Steffi erfahren sollte, hatte Steffi es anders in Erinnerung als ich. Nicht ich sei diejenige gewesen, die unbedingt weg wollte. Vielmehr habe Anna mich loswerden wollen. Davon steht in meinen Tagebüchern nichts. Dennoch könnte es sich für Steffi und Martin so dargestellt haben. Was in Steffis Augen später als Widerspruch erschien, war vielleicht keiner.

Am 30. Mai 1983 kam der erlösende Anruf. Steffi sagte mir am Telefon, ich könne zu ihr und Martin nach Berlin kommen. Sie hätten diese Dachkammer, wo ich auch bei meinem letzten Besuch vor wenigen Monaten schon mal geschlafen hatte. Ich traute meinen Ohren nicht. Ich konnte ausziehen, allein, ich würde bei ihnen wohnen dürfen.

Unter keinen Umständen wollte ich in Berlin länger eine Waldorfschule besuchen. Ich sehnte mich nach dem Normalen, der ganz gewöhnlichen Schule, der unauffälligen Mitte der Gesellschaft. Allerdings wurde ich von allen Seiten gewarnt: Wer von der Waldorfschule abging, musste in der Regel ein Jahr zurückgehen, um den Stoff aufzuholen. Zwar hatte ich Angst, dass ich den Übergang nicht schaffen würde, doch wiederholen wollte ich nicht.

Damit Steffi mich an der nächsten Gesamtschule in Berlin anmelden konnte, mussten Martin und sie eine offizielle Pflegschaft beim Jugendamt beantragen. Binnen weniger Tage wurde dem stattgegeben. Einzig das Sozialamt sollte Schwierigkeiten machen. Mit Auszug der Dreizehnjährigen sollte künftig fast ein Fünftel der monatlichen Zahlung, eben jener Anteil für Miete und Verpflegung dieses Kindes, nicht mehr meiner Mutter, sondern Steffi und Martin überwiesen werden.

Am 19. Juli würde Steffi mich aus Schleswig-Holstein abholen kommen. Vorher wird es meinen letzten Schultag geben, an dem der Klassenlehrer verkündet, dass Susanne die Schule verlässt, in den Sommerferien nach Berlin ziehen und dort auf eine *Staatsschule*, eine Gesamtschule gehen wird, während Johanna bleibt. Ich werde meinen Schwarm vielleicht ein letztes Mal sehen und notieren, dass er von der Nachricht anscheinend keine Notiz nimmt, nur mit seinen Freunden lacht. Ich kann nicht ahnen, dass wir uns Jahre später in Berlin wiedersehen werden, wohin er mit seiner späteren Freundin und heutigen Frau zum Studieren kommen wird, kann nicht ahnen, dass wir als Erwachsene befreundet sein werden. Im Sommer 1983 wird es die letzten Wege zum letzten Bratschenunterricht geben, die letzten Besuche und Begegnungen, das letzte Mal Schwimmen im Dörpsee.

Am Fährberg schob ich den Bratschenkasten über den

linken Griff des Lenkers, rechts war meine Bremse. Morgens und abends zur Dämmerung war der Weg durch den Krähenwald eine Mutprobe. Nicht, weil wir Angst vor Männern gehabt hätten, die uns überfallen könnten, sondern wegen der Myriaden Nacktschnecken, die den asphaltierten Weg kreuzten, dicke, große und dünne kleine, kurze, lange, schwarze und orange. Wovor ich mich am meisten ekelte, war es, mit dem Rad eine Schnecke überfahren zu müssen. Da die Schnecken aber zu bestimmten Jahreszeiten so viele waren, dass sie im Zentimeterabstand den Asphalt bedeckten, war jeder Slalom, ohne Schnecken überrollen zu müssen, so unmöglich wie das Absteigen vom Rad. Denn selbst, wenn man sich für die Füße Lücken gesucht hätte, die Räder des zu schiebenden Rades hätten nicht in Lücken steigen können. Das Quetschen und Schmatzen unter den Reifen, das Wissen um die geplätteten Schleimtiere, es verursachte mir eine unerträgliche Qual. Mut oder Abhärtung. Das Leihinstrument hatte ich in der Schule abgegeben, für immer. An diesem Nachmittag war die Fahrt durch den Krähenwald ein Kinderspiel. Ich konnte freihändig durch den Wald fahren, keine Nacktschnecke weit und breit, nicht mal mehr die Bratsche hielt ich in der Hand, mit ausgebreiteten Armen flog ich und sang. Ich würde davonkommen. Weg. Es hatte sich ein Ort für mich gefunden.

Einer der letzten Sommertage, die ich als Dreizehnjährige in der Welt meiner Mutter verbringen sollte, lag vor mir. Überraschend hatte sich Besuch aus ihrer Jugend angekündigt. Tatjana war die erste Liebe ihres Bruders gewesen, das erste Mädchen, dessen Hand er halten durfte. Auch wenn sie in den Monaten ihrer ersten Liebe vielleicht nicht einmal einen richtigen Kuss tauschten, so galt diesem auffallend schönen jungen Mädchen all seine Hoffnung, ehe der siebzehnjährige Abiturient als *Bewährung* für ein Geologiestudium in den Steinbruch nach Gommern geschickt wurde. Nach seiner Rückkehr ging es zwischen ihm und Tatjana auseinander, er wollte Medizin studieren und sollte zur *Bewährung* im Krankenhaus arbeiten. Auf der Krebsstation des St. Hedwig begegnete ihm Lieselotte, die den Praktikanten anleiten sollte. Wenige Monate nach dem Mauerbau nahm er sich gemeinsam mit der etwas älteren verheirateten Stationsschwester und Mutter eines zweijährigen Kindes das Leben.

Meine Mutter und Tatjana hatten sich seit seiner Beerdigung 1962 nicht mehr gesehen, wir Kinder kannten sie nur aus Erzählungen. Tatjana war *ein Bild von einer Frau*, wie meine Großmutter sich gern erinnerte. Sie war wenige Jahre vor unserer Geburt in den Westen gelangt. Eher zufällig hatte Tatjana vor kurzem erfahren, dass auch Anna mit ihren Kindern übergesiedelt war und nun in Schleswig-Holstein lebte. Schon als junges Mädchen muss sie eine atemberaubende Erscheinung gewesen sein. Ihre Schönheit wirkte weich, das Ebenmaß ihrer Gesichtszüge, das dichte rote Haar, der blasse Teint mit wenigen Sommersprossen, die glänzenden Augen und der zarte Mund. Ihre Bewegungen waren fließend, die Stimme war herzlich und sicher. Sie war makellos. Ihr natürliches Lachen, ihre schlanke und weibliche Figur, die gepflegten Nägel, poliert und lackiert, ihre modische und saubere Kleidung, die Augen dezent geschminkt. Ihre elegante Art, die Hände beim Sprechen nur wenig zu bewegen, bannte meine Aufmerksamkeit.

Sie kamen aus Braunschweig und wollten über Nacht bleiben, ihr Mann fuhr das Auto. Sie brachten Kuchen für den Nachmittag mit und hatten einen Braten vorbereitet, den sie später aus ihrem Kofferraum holen wollten.

Unsere große Schwester hatte gerade das Abitur bestanden und war mit ihrem Freund in der Stadt unterwegs, unsere kleine Schwester spielte mit unserem Cousin mit dem Gartenschlauch im Hof. Die beiden waren etwa gleich alt und noch nicht in der Schule, Rosita hatte ihn wenige Tage zuvor bei uns abgeladen, um einige Tage mit ihrem Freund ungestört zu Hause in Berlin sein zu können. Unsere Mutter wollte zu ihren Tieren in den Stall. Die Sau hatte vor wenigen Tagen Ferkel bekommen, und von den einundzwanzig hatten nur siebzehn überlebt. Tatjanas Mann, im gelben Polohemd und mit heller Bundfaltenhose, Mokassins und Sonnenbrille, zeigte sich neugierig, er wollte unsere Mutter in den Stall begleiten.

Wir Zwillinge kochten Tee und Kaffee, Tatjana wollte uns in der Küche helfen. Es gab keine Kuchentellerchen und keine zwei gleichen Tassen. Auch Frühstücksteller hatten wir keine, wir aßen unsere Brote morgens wie abends von Brettchen. Einigen Tassen fehlte der Henkel, andere hatten einen Sprung an der Kante, waren mehrfach zerbrochen und wieder geklebt. Zum Glück hatte ich mittags nach der Schule einen Berg Geschirr abgewaschen. Tatjana bat uns um eine Kuchenplatte, und wir reichten ihr in Ermangelung einer solchen einen der großen flachen gewöhnlichen Essteller. Geschirr ging leicht kaputt. In unserem alten Küchenschrank befand sich eine Sammlung unterschiedlichster Gefäße. Manches kam noch aus den Kisten, die wir aus Ostberlin mitgebracht hatten, eine Teekanne mit zwei Ausgüssen von unseren Keramiker-Freunden in Ahrenshoop, deren eine Tülle abgebrochen war, von Bollhagen, der Freundin unserer Großmutter bei Berlin, gab es kleine Becher mit gelben, hellblauen und weißen Längsstreifen, nur hatte deren Glasur im Innern des Bechers abertausend feine bräunliche Risse. Die meisten Teller, Gläser, Tassen und Töpfe in unserer Küche kamen aus den Haushalten anderer, hatten dort ausgedient und waren uns geschenkt worden, manches kam unmittelbar vom Sperrmüll.

Anna fand alles auf der Straße. Alle paar Wochen stellten Leute ihre nicht mehr brauchbaren Möbel, Haushaltswaren, Tröge, Blechgeschirr, Textilien und Elektrogeräte auf die Straße. Wir nahmen alles Erdenkliche mit. Es musste nicht schön sein und auch nicht auf den ersten Blick brauchbar. Besonders die nicht mehr und also noch nicht brauchbaren Dinge übten auf Anna eine ungeheure Anziehung aus. In ihnen lag das Versprechen einer anderen Zeit und Verwendung. Wir zeigten Tatjana den hohen Stapel weißer und bunter Untertassen. Von ihnen könnten wir den Kuchen essen. Statt Kuchengabeln, derer es bei uns keine einzige gab, wollten wir die Teelöffel nehmen. Manche waren aus Aluminium, andere aus Plastik, einer aus Perlmutt war scharfkantig, und einige wackelten, sie hatten einen hölzernen Griff mit Riss, der das Mundteil nicht mehr ausreichend fest umschloss. In unseren Augen waren sie sauber, wir wuschen sie täglich ab. Das Wort Tortenheber hörte ich zum ersten Mal. Zum Kuchenheben sollte Tatjana wählen: entweder den Holzschaber, mit dem wir gewöhnlich in der Pfanne Zwiebeln und Mehlschwitze anrührten, um die zerkratzte Beschichtung nicht noch weiter zu zerstören, oder das große Messer, dessen Klinge allerdings sehr viel länger als breit war. Eine Kaffeemaschine hatten wir nicht, auch keinen Nescafé. Unser Kaffeepulver kam von Aldi. Wer Kaffee trank, schüttete sich einfach etwas Pulver in eine Tasse und goss kochendes Wasser darüber. Wir fanden den Keramikfilter, den man oben auf die Kanne stellen und mit Löschpapier auskleiden konnte, um für Besucher den gebrühten Kaffee ohne Krümel abzuseihen. Tatjana bat uns, ihr die Kaffeesahne und die Zuckerdose auf das Tablett zu stellen. Doch in unserem Haushalt gab es weder das eine noch das andere. Tatjana blickte unschlüssig von den Zuckerschollen in der Tüte auf und uns fragend an. Würfelzucker? Wir hoben die Schultern, so etwas hatten wir nicht.

Nach dem Kuchenessen wollten Tatjana und ihr Mann einen kurzen Spaziergang machen, sich die Beine vertreten. Kaum waren sie aus der Haustür, verriet Anna uns, was der Mann ihr im Stall anvertraut hätte: Tatjana habe Krebs und nicht nur eine Brustamputation hinter sich. Die Chirurgen hätten bei der Operation viele Metastasen vorgefunden, ihr ganzer Körper sei voll davon, so dass sie unheilbar krank sei und keine zwei Monate mehr zu leben habe.

Deshalb wolle ihr Mann ihr jetzt noch jeden Wunsch erfüllen und seien sie so spontan in ihr Auto gestiegen, um Anna, die Schwester ihrer verstorbenen Jugendliebe, nach zwanzig Jahren einmal wiederzusehen. Uns blieb der Mund offen. Tatjana wisse nichts von den Metastasen, sie hänge so am Leben. Seit der Operation glaube sie, dass es vielleicht noch eine zweite geben werde, sie sich nun aber erst mal erholen müsse. Ihr Mann bringe es nicht übers Herz, Tatjana zu sagen, wie ernst es um sie stehe.

Kaum hatte Anna uns in Kenntnis gesetzt, kehrten Tatjana und ihr Mann von dem kurzen Spaziergang zurück. Sie war müde und erkundigte sich mit leiser Stimme, ob sie vielleicht irgendwo im Haus einen kleinen Mittagsschlaf machen könne. Sofort bot ich ihr mein Bett an. Ich wusste, dass Anna nicht nur zum Aufräumen keine Zeit gefunden hatte, sondern dass auch das Bett, in dem die beiden später übernachten sollten, noch nicht vorbereitet war. Es handelte sich um die Matratze auf Beinen vom Sperrmüll, die wir im Wohnzimmer als Sofa nutzen wollten. Für diesen Zweck hatte Anna einen Teppich über die Liegefläche gelegt. Doch auf diesem sogenannten Sofa waren über Stoffresten und anderem Krimskrams flächendeckend Zeitungspapiere und Holunderblüten zum Trocknen ausgebreitet. Vor einer guten Woche hatte Anna Holunderblüten über Schnüre gehängt und in allen Zimmern und Fluren des Hauses verteilt. Während der Trocknung lösten sich die kleinen Blüten, auch fielen ganze Zweige ab, wenn sie zu trocken waren oder man dagegen stieß, wenn man darunter hindurchlaufen wollte. Die Holunderblüten verströmten einen stechenden Geruch, der an Katzenpisse erinnerte.

Anna verschwand zu ihren Tieren und in den Garten, die Kleinen spielten weiter mit dem Gartenschlauch, bauten eine Wasserlandschaft im Hof, Tatjanas Mann ging allein spazieren, ich wusch ab, denn es war mein Abwaschtag.

Nach ihrem kurzen Mittagschlaf wollte Tatjana mit uns Zwillingen den Tisch für das Abendessen decken. Wir zeigten ihr den Backofen, in dem sie den mitgebrachten Braten aufwärmen konnte. Wir kamen ins Gespräch, und sie sagte uns, wie tief erschrocken sie über unseren Haushalt und die unermessliche Unordnung sei. Noch nie habe sie ein solches Haus gesehen. Sie sah nicht wütend aus, eher traurig. Ekelte sie sich, wie wir? Sie habe sich vorgestellt, Anna lebte mit ihren Kindern in einem gemütlichen Haus. Wir gestanden ihr, dass auch uns die Unordnung nicht gefiel, man aber nichts dagegen unternehmen könne, da es unzählige Dinge im Haus gab, die keinen festen Platz hatten und dennoch nichts weggeworfen werden durfte. Anna musste alles aufheben, sammeln, zu sich nehmen. In jedem Ding, das sie auf der Straße oder im Garten fand, vermutete sie eine spätere Verwendung, jeder Behälter, der durch das Einkaufen ins Haus gelangte, jedes Schnipsgummi und jedes Einwickelpapier, die Joghurtbecher aus Plastik, die winzige Metallfeder, ein Kieselsteinchen, die große Kastanienwurzel, die wie eine Schildkröte aussah, jeden Schraubdeckel und jede

Vogelfeder konnte man eines Tages vielleicht noch einmal verwenden. So flog alles im Haus herum, manches trat man auf dem Fußboden fest, anderes stapelte sich in, auf und unter den Möbeln, Sachen quollen aus allen Ecken, die wie Dünen ins Innere der Räume wuchsen. Tatjana war nicht nur vom Haus überrascht, sondern davon, wie Anna selbst herumlief. In meinem Tagebuch notiere ich *zottelige ungekämmte Haare, die ehrlich seit zwei Monaten nicht mehr gewaschen sind, die Jeans, die braun vor Dreck aus dem Garten ist, die sie ebenfalls seit Monaten täglich anzieht* und die von unserer älteren Schwester in der Waschmaschine nicht mehr gewaschen wurde, weil sie zu sandig war. Zu ihrem Aufzug gehörte auch der durchlöcherte Pullover. *Okay*, schreibt das Mädchen, *ich hab mich an diese Tracht und die unordentliche Wohnung gewöhnt, Tatjana war aber sehr erschrocken.* Als der Braten fertig auf dem gedeckten Tisch stand und wir Zwillinge mit dem Ehepaar saßen und darauf warteten, dass Anna aus dem Stall, die Kinder vom Spielen und die große Schwester mit ihrem Freund aus der Stadt zurückkamen, fragte Tatjana ihren Mann: Wie können wir es ihr denn am besten sagen? Er schüttelte den Kopf, sie sollten es besser nicht sagen. Beide tauschten bedeutungsschwere Blicke und eröffneten uns, sie wollten jetzt lieber wieder nach Hause fahren, denn sie würden hier nicht gern übernachten. Es war inzwischen zehn Uhr abends. Obwohl es Ende Juni war, war es kalt in unserem Wohnzimmer, und draußen dämmerte es. Sie wollten jetzt wirklich lieber fahren, wiederholte Tatjana, sie wirkte verlegen und entschlossen. Besser ein anderes

Mal wiederkommen. Wie sie es Anna wohl beibringen könne, ohne dass sie beleidigt wäre, wollte Tatjana gern wissen. Wir Zwillinge konnten nicht zu erkennen geben, dass unsere Mutter uns schon am Nachmittag in die tödliche Krankheit von Tatjana eingeweiht hatte. Sie hatte uns den geheimen Schmerz eines Mannes verraten, den sie nie zuvor gesehen hatte und nie wieder in ihrem Leben sehen würde. Warum, weiß ich bis heute nicht. Uns war klar, dass es niemals ein anderes, späteres Mal mehr für Tatjana und uns geben konnte.

Wir nickten unbestimmt. Meine Schwester sagte, sie glaube schon, Anna würde enttäuscht sein, als sich die Hoftür öffnete und Anna mit den lachenden und vom Spielen sandigen Kindern und ihren Plastikeimern für das Schweinefutter ins Haus kam. Die beiden übernachteten, und ich schrieb in mein Tagebuch, wie nett ich Tatjana fand und wie leid es mir tat, dass sie so bald sterben werde.

Keine drei Wochen nach dem Besuch von Tatjana und ihrem Mann sollte Steffi mich in ihrem alten Citroën DS nach Berlin abholen. Um diese Zeit trug sie das Haar schon so kurz wie Jean Seberg, was ihre knabenhafte Anmut und den schönen Hals zur Geltung brachte. Eine Frau, die Auto fuhr, das wollte ich auch einmal werden. Meine wenigen Anziehsachen, Flöten, Sopran, Alt und Tenor, die Noten, die Tagebücher und Kassetten waren schnell zusammengepackt, eine Bettdecke wurde zwischen Vordersitze und Rückbank gestopft. Selbst ein paar meiner Pflanzen und die aus Kastanien und Eicheln auf der Fensterbank meines Zimmers gezogenen Bäumchen durfte ich ins Auto stellen. Ich erinnere mich, wie froh und erleichtert ich auf dem Beifahrersitz neben ihr Platz nahm. Steffi duftete hell, ich vermutete, dass es der Geruch einer Creme war, Lavendel kannte ich noch nicht. Ihre Brille schien den Glanz und das Blitzen ihrer Augen zu unterstreichen. Wie klug sie aussah. Sie zündete den Motor und wartete, auch der Citroën sollte aufatmen, sich erheben. Als ich aus dem Fenster schaute und vor dem alten Bauernhaus die Schwestern, den Freund meiner älteren Schwester und meine Mutter da stehen und winken sah, lächelten alle etwas schief, einzig meine kleine Schwester schrie. Die Fünfjährige streckte ihre Arme aus und brüllte wie am Spieß, die Tränen schossen ihr waagerecht aus den Augen: Susiiii! Die anderen mussten sie festhalten, damit sie nicht zum Auto stürzte.

Ich wollte sie nicht verlassen, aber ich musste weg. Trotz schlechten Gewissens, denn ich ließ sie zurück und konnte niemanden mehr schützen, würde niemanden retten können. Ich war heilfroh und konnte mein Glück kaum fassen. Entkommen. Es sollte keinen einzigen Augenblick in meinem Leben geben, in dem ich meine Mutter oder meine große Schwester vermisst und zurück in das Chaos gewollt hätte.

ALLES, WAS ICH IN DEN ersten Tagen der Rückkehr in die Stadt meiner Geburt und in Steffi und Martins Haus empfand, war Erleichterung. Ruhe. Niemandem mehr zur Last fallen, niemanden stören.

Geteilte Stadt. Ost-Berlin, Lager, West-Berlin. Wenige Kilometer weiter wohnten hinter der Mauer meine Urgroßmutter Lotte, meine Großmutter Inge, Ralf, der Vater meiner älteren Schwester, unsere beste Freundin Adrienne, mit der wir uns seit unserer Ausreise vor fünf Jahren fast wöchentlich Briefe schrieben, sie in den Ferien besuchten, und einige andere Freunde. Wenn man Glück hatte, konnte man mit einem Antrag ein Visum erhalten und für einen Tag oder die Ferien rüberfahren.

Hier, im schönen Häuschen am Waldrand im äußersten Westen Berlins telefonierte ich zum ersten Mal mit meiner Zwillingsschwester. Telefonieren, und insbesondere in andere Städte, war damals noch sehr teuer. Wir durften nur selten und sehr kurz miteinander sprechen. Johanna hatte mich heimlich angerufen. Den Inhalt sollte ich für mich behalten, denn Anna habe ihr verboten, mir davon zu erzählen: Durch meinen Wegzug hatte das Sozialamt ihnen meinen Sozialhilfeanteil abgezogen, so dass sie jetzt nur noch hundertfünfzig Mark für den ganzen Monat zum Essen, Busfahren, für den Tabak und Wein der Großen, für Telefon, Briefmarken und alles andere hätten. Vier Personen. Du hast es gut! Wurde zu dem häufigsten Satz, den ich in unseren zahlreichen heimlichen Telefonaten der kommenden Wochen von ihr hörte. Und sie hatte recht.

Das Mädchen schämt sich. In das Tagebuch notiert es: *Während ich gemästet werde, müssen sie zu Hause hungern!*

Ich hatte Verantwortung, ich trug Schuld. Durch meine Flucht von zu Hause ging es mir besser. Den anderen womöglich schlechter. Ich hatte Johanna zurückgelassen und freute mich sogar darüber, endlich nicht mehr als Zwillingsphänomen in eine neue Klasse zu kommen. Zum ersten Mal ganz allein sein zu dürfen, für mich sorgen, für mich sprechen, beinahe rücksichtslos. Über Wochen und Monate quälte mich mein schlechtes Gewissen. Unsere Briefe reisten hin und her. Kaum bekam ich von Steffi Geld für Buskarten und Schulmaterialien, kaufte ich von einem Teil Stifte, Aufnäher, Aufkleber und Süßigkeiten, die ich in ein Päckchen für Johanna packte. Auch für meine kleine Schwester packte ich Päckchen voller einzeln eingewickelter kleiner Geschenke.

Im Herbst versuchte ich, einen ersten Brief an meine Mutter zu schreiben, aber mir fiel nichts ein. Nach einigen Anläufen schrieb ich ihr, dass sie mir zu fremd sei, um an sie zu schreiben.

Bei Steffi und Martin wurde ich gelitten, einstweilen, vielleicht mochten sie mich sogar. Sie hatten ein offenes Haus. An den Wochenenden und selbst während der Woche kam bei ihnen der in den siebziger Jahren von Ost nach West geflohene und übergesiedelte Freundeskreis zusammen, zu dem im Osten noch Anna gehört hatte.

Die schöne Modedesignerin Polly, Barbara und Maku mit Ferdinand, die ihre ersten mehrmonatigen Aufenthalte in Peru hinter sich hatten, wo er als Chemiker in der Entwicklungshilfe und sie als Theaterwissenschaftlerin arbeitete, Bootsmann, ein Maler, guter Freund der Familie und Vater meiner kleinen Schwester, der nach seiner Flucht wieder mit seiner Freundin, der zuvor geflohenen und nun weltreisenden Evi zusammen war. Evi war Kindergärtnerin und wie ich eine Schwimmerin. Sie hatte mir wenige Jahre zuvor das Kätzlein mitgegeben und schenkte mir jetzt einen abgelegten und für meinen unentwickelten Mädchenkörper etwas zu großen Badeanzug, damit ich endlich meine Felljacke auszöge, wenn wir alle an den Glienicker See zum Baden fuhren. Nicht zuletzt gehörte Gavroche alias Sturmo Wulf zum Freundeskreis, der von Martin und anderen zärtlich auch Röschel genannt wurde. Gavroche war etwas verrückt, aber solange er nicht in der Psychiatrie sein musste, war er meist mit von der Partie.

Das Mädchen, das ich damals war, schreibt Tagebuch. Alle paar Wochen, kaum ist eines gefüllt, muss es ein neues Buch kaufen. Wie schon in Schacht-Audorf sitzt es auch hier stundenlang in seinem Zimmer und schreibt. Die einzelnen Tagebücher und Seiten werden nummeriert. 13, 14. Allein in diesem Jahr 1983 füllt es zehn Bücher. Mit jedem Buch fühlt es sich größer. Es notiert Empörung und Befremden über Gavroches Schreiben und Veröffentlichen. Dass jemand Gedichte und Tagebücher nicht nur für sich allein schreibt, sondern veröffentlichen möchte, erscheint dem Mädchen *ekelhaft*. Der erwachsene Mann sagt dem dreizehnjährigen Mädchen, er finde es schön. Es sei eine Kindfrau. Das Mädchen ist auf der Hut. Es weiß, dass man Gavroche nicht ganz ernst nehmen darf. Und er wird in diesen Jahren, in denen sie sich bei Steffi und Martin begegnen, nicht zudringlich. Seine käsige Haut, die fleischigen Lippen, die Stirnglatze und das schulterlange strohige Haar von unbestimmter Farbe, seine gedrungene Gestalt und der Bauch, der sich unter einem ärmellosen T-Shirt abzeichnet, lassen ihn seltsam alt erscheinen. Alles an ihm wirkt weich. Er fragt das Mädchen einmal, ob er ihm einen Kuss geben darf, und akzeptiert mit feuchten Augen, als es eilig den Kopf schüttelt. Ob er wirklich nach Belieben über die Mauer springt, von Ost nach West und andersrum, wie er unter all den befreundeten Flüchtlingen erzählt, von denen keiner auch nur besuchsweise wieder in die DDR einreisen darf, selbst das hält das Mädchen für einen Aspekt seiner Verrücktheit. Im Gegensatz zu allen hier versammelten erwachsenen Flüchtlingen, erhält das Mädchen auf Antrag alle paar Monate ein Besuchsvisum und die Erlaubnis, in den wenige Kilometer entfernten Osten der Stadt zu reisen.

Eines Tages kommt Steffi die Treppe hinauf in das Zimmer, in dem das Mädchen mit seinem Tagebuch am Schreibtisch sitzt, den sie auf dem Sperrmüll gefunden und abgebeizt haben, und legt ihm einen gelben Pfirsich hin.

Es war schon später Herbst, als mir eines Tages auffiel,

dass meine Warzen verschwunden waren, fast spurlos. Sie waren vertrocknet und abgefallen. Nur an zwei Stellen zeigt die Haut noch vernarbte Krater der einstigen Verätzung.

Immer wieder kommen die beiden kleinen Kinder von Steffi und Martin in das Zimmer des Mädchens und wollen spielen. Oft streiten Bruder und Schwester. Martin ruft aus einer anderen Stadt an, in der er als Tonmeister arbeitet. Die Fünfjährige möchte auch sehr gern mit ihrem Vater telefonieren, aber sie darf nicht und weint. Als Steffi aufgelegt hat, weint sie noch immer, sie kann sich nicht beruhigen. Sie kommt zu dem Mädchen mit ihrem Tagebuch, stellt sich neben den Schreibtisch und fragt: Was machst du? Das große Mädchen antwortet, es schreibe. Warum? So geht es eine Weile, bis sich die Kleine beruhigt hat und nicht mehr weint. Sie kommt jetzt jeden Tag in das Zimmer, sitzt stundenlang auf dem Bett oder steht neben dem Schreibtisch und möchte wissen, was das große Mädchen macht. Immer sitzt es da und schreibt. Manchmal schreibt das große Mädchen auch Geschichten für die Kleine. Manchmal spielen sie Ball, toben und tanzen mit ihrem kleinen Bruder zusammen. Er liebt das. Komm, flüstert er dem großen Mädchen bei jeder Gelegenheit zu: Geheimnistanzen!

Das Mädchen bringt der Fünfjährigen die ersten Buchstaben bei und freut sich, dass es sie auch an den folgenden Tagen noch wiedererkennt. Zu seinem sechsten Geburtstag näht es dem kleinen Mädchen von Hand ein Puppenkleid. Dazu bastelt es einen Ohrring, denn das Kind hat seit einigen Wochen ein Ohrloch. Es bereitet eine aufwändige Schatzsuche mit Zetteln und Hinweisen vor, von denen es einen in einer Walnuss versteckt, die unter den anderen noch wenigen Nüssen unter den Baum gelegt wird. Doch am Nachmittag, als die Geburtstagsgäste kommen, regnet es in Strömen. Die Kinder werden in Gummistiefeln in den Garten geschickt, und die Zettel werden kaum noch lesbar sein. Steffi findet den Ohrring, den das Mädchen für ihre Tochter gebastelt hat, hässlich. Er wird gar nicht erst anprobiert.

Das Mädchen macht die Tür zu seiner Dachkammer zu, um seine Ruhe zu haben. Tagebuchschreiben. Es schreibt auch ein Pamphlet mit dem hochtrabenden Titel *An die Masse*. Steffi und Martin haben eine Schreibmaschine, die darf es manchmal in sein Zimmer holen und darauf schreiben. Die Buchstaben sehen nüchtern aus, geradezu unpersönlich. Dem Mädchen gefällt das Formale, denn es misstraut seiner Handschrift, dem Schönen und Eigenen wie dem Flüchtigen. Die Tür wird oft geöffnet, öfter als ihm lieb ist.

In sein Tagebuch schreibt es von der Schule. Da gibt es Ferhan und Sevilay, die sehr nett sind, und eines Tages mit zu einer Schülerdemonstration kommen. Die schmächtige Tina, die sitzengeblieben und deshalb gleichzeitig mit dem Mädchen neu in der Klasse ist, raucht. Sie ist die Erste, mit der es einmal nach Hause gehen wird. Eine kleine Neubauwohnung. Die meisten Mitschüler wohnen in Neubauten der Siedlung oder einem der Einfamilienhäuser in den Straßen der Siedlung daneben. Es gibt die modischen Mädchen in Pastell, Sabine, Anja und Bianca, die alle die gleichen Hosen von Witboy und die gleichen Turnschuhe von Adidas tragen. Sie leben wie die Christenmädchen Tabea und Anja mit Mutter und Vater und einem Geschwister in ordentlichen Verhältnissen. Alle Mädchen sprühen sich vor und nach dem Sport mit Deo ein. Rosa und hellblaue Spraydosen. Es heißt My Melody. Die meisten tragen schon richtige BHs, von derselben Marke. Dem Mädchen brennt der Spraygeruch in der Nase. Sie haben auch Haarspray dabei, um ihren Fönfrisuren Halt zu geben. Das Mädchen braucht keine Sprays, es hätte auch kein Geld dafür. Es braucht keinen BH, seine Brüste sind zu klein. All die Marken und Zitate aus Fernsehwerbungen, die sich seine Mitschüler singend zitieren, sind ihm unbekannt. Tabea und Anja wollen wie Sevilay und Ferhan als Jungfrauen in die Ehe gehen. Gott hält seine Hand über Tabeas Vater, der bei einem Unfall auf der Transitstrecke, als der Reifen seines Mercedes platzt, unverletzt bleibt, und der sein Auto nach einigem Schlingern auf dem Seitenstreifen zum Stehen bringt. Gott meint es auch gut mit ihrer Familie, da das Geschäft des Vaters hervorragend läuft, sie haben eine Zweigstelle eröffnet und können in den Ferien mal nach Gran Canaria und mal nach Florida reisen. Auf Juden ist keiner gut zu sprechen. Als im Fach Geschichte die Sprache auf den Nationalsozialismus kommt, sagt die fromme Christin Tabea, die Sache mit dem Judenmord sei vielleicht schlimm, aber gottgewollt und also logisch. Gott, der Gerechte. Da sich das Mädchen mit Tabea etwas anfreundet, fragt es erstaunt, was sie damit meine. Gottgewollt? Es sei Gottes Wille, wie alles, was geschehe. Und in der Bibel, Gottes Wort, stehe es eindeutig. Die Juden hätten Jesus ermordet, sie müssten die Erbsünde tragen. Wer sündigt, muss büßen. Hunger, Seuchen, Plagen seien die Strafe Gottes. Das Mädchen ist anderer Meinung. Ob es Heidin sei. Heidin? Juden und Heiden sind schlechte Menschen, darin stimmen die Christenmädchen und Musliminnen überein. Das Mädchen ist verstört und außer sich, sein Gesicht wird heiß. Es vergisst einen Atemzug und noch einen, es schluckt statt zu atmen, und überlegt, ob es den Mitschülerinnen jetzt endlich sagen soll, dass seine Urgroßmutter und Großmutter Jüdinnen sind, die Mütter seiner Mutter, so dass es selbst nach der Halacha ebenfalls Jüdin ist. Wenn auch nicht fromm. Und was heißt das dann? Das Mädchen kann nicht selbstverständlich sagen, ich bin Jüdin. Das Mädchen ist nichts. Es schweigt.

Dass einige seiner Familie ins Exil gehen und überleben konnten, die Großmutter aber den Mann, der Vater ihrer ersten Kinder werden sollte, nicht heiraten durfte, und über Generationen jetzt die meisten unehelich sind, das will es nicht sagen. Besser nichts sagen, nichts sein. Es fühlt sich in diesem Augenblick fremd und möchte nicht vortreten und sich selbst an den Pranger stellen. Erbsünde, was das denn sein soll, möchte das Mädchen wissen. Und was mit den hungernden Kindern in Afrika sei. Auch die Afrikaner müssten ihre Erbsünde tragen, belehrt Tabea die anderen, die nicken. Deshalb auch die Sklaverei. Das Mädchen kann nicht glauben. Es muss an die Bäckerei und die zuckrigen Schweineöhrchen denken. Mehrfach schreibt es in sein Tagebuch, dass es Heißhunger auf Süßigkeiten habe und immer fetter werde. Selbst bei Minusgraden fährt das Mädchen mit dem Rad zur Schule. Manchmal verschläft es und kommt zu spät. Wenn der Klassenheld morgens die *süßen roten Pausbäckchen* bemerkt, weiß es, dass er die Hamsterbacken meint, das Mondgesicht, die süße Mast.

Ferhan ist in einen Jungen verliebt, aber sie schaut diesen Jungen nicht einmal an. Dann gibt es Britta und Heike, die schon sehr weit entwickelt sind und schon mit Jungen gehen und Sex haben. Das Mädchen wundert sich über den Wettbewerb von Moral und Abenteuer. Für das Mädchen steht fest, dass es auf den richtigen Moment und den richtigen Menschen warten möchte. Es empfindet keine Eile, es verliebt sich und schwärmt, romantisch, ohne sexuelle Phantasien. Auch für James Dean schwärmt die Tagebuchschreiberin über Monate. Es spielt keine Rolle, dass er längst tot ist. Manche Jungs interessieren sich für das Mädchen. Frank aus der Volleyball-AG fragt, ob es mit ihm gehen wolle. Das Mädchen möchte nicht. Niemals. Zwar zweifelt es an sich, weil es schon dreizehn ist und im Gegensatz zu manchen anderen der Klasse, die schon Sex haben und sich in der Umkleide über *Petting* unterhalten, noch nie einen Freund hatte. Aber die Jungs, die sich anbieten, weist es zurück. Jeden Blick und jede Geste eines Jungen versucht es zu deuten und notiert alles im Tagebuch. Sich an der Hand halten und miteinander gehen, wenn beide verliebt sind, davon träumt es vielleicht. Das steht nicht im Tagebuch.

In der Schule, in der U-Bahn, wo immer ich anderen Menschen begegne, wird mir gesagt: Was kuckst'n so blöd. Gefolgt von: Kuck weg. Und wenn ich nicht gleich gehorche, heißt es: Kuck weg, oder willste was in die Fresse? Etwas stimmt mit meinem Blick nicht. Offenbar fehlt auch das in meiner Erziehung, Höflichkeit, das zurückhaltende Lächeln, das angemessen respektvolle Wegsehen, der Augenniederschlag. Wie man ihn von einem Mädchen erwartet.

Schon in den ersten Wochen bemüht sich ein hübscher hellblonder Junge mit Sommersprossen aus der Klasse um Freundschaft. Er ist ungewöhnlich aufgeschlossen und ergreift in jedem Gespräch unter den Schülern Partei für die Ansichten des Mädchens. Obwohl die Jungs der Klasse ihn ausschließen und das Mädchen noch nicht weiß, warum, wirkt es auf das Mädchen so, als verliebe er sich. Das Mädchen möchte auf keinen Fall, dass sich dieser Junge verliebt, denn es müsste ihn abweisen. Ein Ausflug soll auf die Eisbahn führen. Das Mädchen besitzt keine Schlittschuhe. Es hat Schuhgröße 39–40. Ein Junge aus der Klasse wird ihm welche leihen und bringt welche in Schuhgröße 40 mit, die ihm zu klein geworden sind. So große Füße hat das Mädchen? Es ist selbst erstaunt. Und es ist froh, dass die geliehenen Schuhe passen. Es darf die Schuhe behalten, bekommt sie geschenkt. Stolz ist das Mädchen, die ersten eigenen Schlittschuhe. Beim Schlittschuhlaufen möchte der hellblonde Junge mit den grünen Augen dem Mädchen helfen, er möchte es an der Hand halten. Aber das Mädchen möchte unter keinen Umständen Olafs Hand halten. Er fährt neben ihm, und als es zum zweiten Mal hinfallen könnte, schafft er es, das Mädchen zu halten. Das Mädchen möchte trotzdem allein fahren, nebeneinander, sich bloß nicht an den Händen halten.

Olaf liebt Musik, besonders die Musik der Eurythmics. Seine Verehrung für Annie Lennox ist ansteckend. Das Mädchen und der Junge freunden sich an. Sie können zusammen Musik hören und sich über fast alles unterhalten. Jetzt erfährt das Mädchen, warum die meisten Mitschüler ihn vielleicht ablehnen, seine Familie ist bei den Zeugen Jehovas. Der Junge erscheint ihm klug, er liest sogar Bücher wie das Mädchen. Sie unterhalten sich über *Die große Flatter*. Auch mit anderen Mädchen der Klasse versteht er sich gut. Die anderen sind Fans von den *Peanuts* und sammeln vom Aufkleber bis zum Sweatshirt alles, wo Snoopy drauf zu sehen ist. Das Mädchen kann mit Snoopy nichts anfangen. Der hellblonde Junge mit den Sommersprossen erfährt durch einen Zufall, dass das Mädchen einmal Susanne hieß, vier Jahre lang. Auch er möchte einen anderen Namen tragen. Ab jetzt möchte Olaf nur noch Linus genannt werden. Überall schreibt Olaf seinen neuen Namen auf. Die pastelligen Snoopy-Mädchen nennen ihn gern Linus, das Mädchen schafft es nicht, ihn so zu nennen. Es käme ihm falsch vor, wie eine Verleugnung, schließlich ist es ihm selbst ja gerade gelungen, Susanne hinter sich zu lassen. Wer braucht schon Etiketten und Label? Den Namen Linus für den immer besseren Freund lehnt das Mädchen intuitiv ab, es könnte ihm noch nicht sagen, warum. Die Differenz von Ich und Selbst und das sonderbare Konzept von Identität. Als verändere sich nicht jeder im Laufe des Lebens, ist im Werden er selbst. Als eine Literatur-AG angeboten wird, ist Olaf der einzige Junge, der neben wenigen Mädchen teilnimmt. Eines Tages bittet er das Mädchen um ein Passfoto. Das Mädchen hat seit zwei Jahren kein Foto von sich. Es müsste Geld ausgeben und eines machen lassen. Ohnehin braucht es ein Passbild für den Mofa-Führerschein, den es wie einige in der Klasse gerade macht. Der Junge bittet es über Wochen und so lange, bis es die vier Passfotos im Automaten gemacht hat und ihm eines davon gibt. Am nächsten Tag trägt der Junge das Passfoto in einer kleinen durchsichtigen Hülle am Schlüsselanhänger einer langen großgliedrigen Kette, die er in der Gürtelschlaufe neben dem Reißverschluss seiner Hose befestigt hat. Wenn er jetzt über den Schulhof läuft, schwingt er die Kette stolz wie ein Lasso neben sich her, und alle sollen das Foto sehen. Das Mädchen ist entsetzt. Ist er doch kein guter Freund, ist er verliebt? Über Tage bittet das Mädchen ihn, das Foto abzulegen. Er versteht es nicht. Das Mädchen schlägt ihm ein Friedenszeichen, ein Bild von Annie Lennox, was auch immer vor, nur bitte nicht das Foto. Es dauert lange, ehe er es austauscht.

Die beiden fassen einen Plan. Sie finden, ihre Gesamtschule am Stadtrand braucht eine Schülerzeitung, und gründen sie. Anfangs möchten noch ein, zwei andere mitmachen, beteiligen sich an Treffen, aber bald bleiben sie weg, und der Junge und das Mädchen machen die Schülerzeitung über drei Ausgaben fast allein. Sie schreiben über Musik und Filme, Bücher und Theater. Das Mädchen liebt es, ins Kino zu gehen. Dort sieht es nicht nur *La Boom* und *Grease 2*, die Filme *Flashdance* und

Footloose wird es sehen und langweilig finden. In diesen Jahren zeigen die Berliner Programmkinos die alten französischen und italienischen Schwarzweißfilme, und das Mädchen sieht sie alle. Es verehrt Jean-Louis Trintignant, Jeanne Moreau, Romy Schneider. Beeindruckt ist es von *Accattone* und von Alain Delon in *Rocco und seine Brüder*. Trotz allem Kitsch. In der ersten Ausgabe der Schülerzeitung rezensiert es Viscontis *Leopard*. Es wird eine Zeit geben, in der das Mädchen für Olaf schwärmt. Seine treue Freundschaft, sein schönes Lachen und sein kluges wie neugieriges Wesen gefallen dem Mädchen. Er hat nichts Zudringliches an sich. Er ist nur anhänglich. So kann das Mädchen in seinem Tagebuch von ihm träumen, ohne dass sich jemand bekennen oder wirklich einen Schritt machen müsste. Andere Jungs sind entschlossener.

Schnell ist das Mädchen in allen Fächern der Gesamtschule in den Gymnasialkursen, es muss kaum lernen, Vokabeln schreibt es von der Tafel ab und kann sie schon. Als es in Mathematik bei den Wurzeln und Strahlensätzen einmal hängt, setzt Martin sich für zwei Stunden mit ihm hin und erklärt ihm alles. Eine solche Zuversicht hat das Mädchen noch nie erlebt. Er ist gelassen und kann gut erklären. Plötzlich macht Mathe Spaß. Es ist das einzige Mädchen der Klasse, das Schach spielen kann und nur einem Jungen, der sonst verrückt nach seinem Atari ist, fast immer unterliegt.

Die erwachsene Freundin Evi macht weite Reisen und bietet dem Mädchen an, während ihrer Abwesenheit zwei Wochen in ihrer Wohnung am Chamissoplatz zu wohnen, um die Katzen zu füttern. Das Mädchen ist froh und stolz, einmal ganz allein zu sein. Evi legt ihm Geld hin, von dem das Mädchen Katzenstreu und Futter kaufen soll. Zwanzig Mark von den hundert darf es behalten. In dem Eintrag vom 17. April 1984 widmet das Mädchen fünfundzwanzig Seiten einem Ereignis, das ich vergessen hatte: Kaum hat das Mädchen Evi zum Flughafen gebracht, war Lebensmittel einkaufen und ist zurück in der Wohnung, hat den Ofen geheizt und genießt die Wärme und das Alleinsein in seinem Refugium, klingelt das Telefon und zwei Schulfreundinnen wollen zu Besuch kommen. Obwohl der Weg mit Bus und U-Bahn weit ist. Sie lassen sich nicht abwimmeln und stehen eine Stunde später vor der Tür. Die Schulfreundinnen überzeugen sich, dass es stimmt, was das Mädchen behauptet hat, dass es wirklich ganz allein in dieser Wohnung wohnen darf, sie rümpfen die Nase über die vielen Türken, die sie auf dem Weg von der U-Bahn bis zur Wohnung gesehen haben, sie meinen, es sei eine ziemlich heruntergekommene und schlechte Gegend, ob es keine Heizung in der Wohnung gebe, sie streicheln die Katzen und wollen ganz bald wieder aufbrechen. Eine der beiden habe angeblich von ihrer Mutter Geld bekommen und möchte sich etwas kaufen. Das Mädchen bringt die Schulfreundinnen zum U-Bahnhof und kehrt erleichtert in die Wohnung zurück. Dort stellt es fest, dass von den 71,74 Mark, die es am Vormittag nach dem kleinen Einkauf auf das Küchenbord gelegt hatte, der Fünfzigmarkschein fehlt. Seitenweise reflektiert es das auffällige Verhalten der kleineren von beiden, die mehrmals allein in die Küche gegangen ist, um dort die Katze zu streicheln. Wie eilig sie plötzlich aufbrechen wollte – und dass sie plötzlich, als die andere fragte, ob jemand ihr Geld für Zigaretten leihen könne, behauptete, sie habe kein Geld. Zuvor aber wollte sie aufbrechen, um sich vom Geld ihrer Mutter noch etwas zu kaufen. Es besteht kein Zweifel daran, dass die Schulfreundin dem Mädchen den Fünfzigmarkschein aus der Küche geklaut hat. So sehr das Mädchen auf das Geld angewiesen ist, die Katzen davon füttern, Briketts und Lebensmittel hätte kaufen sollen, wie das Mädchen es auch dreht und wendet, ihm fällt keine Lösung ein. Es möchte die Schulfreundin nicht konfrontieren, ihm fällt keine Strategie der Überführung ein. Wütend ist es nicht, kann es nicht sein. Es schreibt: *Am liebsten würde ich alles vergessen können.* Die Schulfreundinnen wollen am nächsten Tag gleich wieder zu Besuch kommen, aber das Mädchen schreibt, *ich will nicht, dass sie kommen, ich will sie nicht sehen. Ich müsste ihnen mit Misstrauen begegnen. Aber das werde ich jetzt immer tun müssen, wenn sich die Sache nicht irgendwie aufklärt. Ach, ich finde es so blöde. Vor allem schäme ich mich, in irgendeiner Art und Weise finde ich es schrecklich, dass mir 50 Mark wegkommen.* Es versucht, die Größere anzurufen, aber sie ist eine Stunde später noch nicht zu Hause. Am Abend ruft die Schulfreundin zurück. Statt Enttäuschung oder Ärger zu zeigen, die Freundinnen klar zur Rede zu stellen, verstrickt sich das Mädchen aus Scham in eine erfundene Geschichte. Es wäre in letzter Zeit so schusselig und verlöre immerzu Geld. Erst heute hätte es in der Wohnung fünfzig Mark verloren. Die Kleinere der beiden erkundigt sich, ob die Katzen den Schein nicht weggetragen haben können.

Der Diebstahl wird sich nicht rückgängig machen lassen. Nur die Spaltung von dem Mädchen, das beklaut worden ist, gelingt mit Bravour. Das Mädchen übt sich im Vergessen und wird nie wieder darauf zurückkommen. Es wird sein Taschengeld nehmen, um das entstandene Loch notdürftig zu überbrücken, es wird in den zwei Wochen weniger essen, den Katzen Futter in Dosen statt Frischfleisch kaufen, Fischköpfe kochen, und weder Evi noch anderen Erwachsenen von dem Vorfall erzählen.

Wenige Tage später fand die Beerdigung meiner Urgroßmutter Lotte in Pankow statt. Niemand aus meiner Westberliner Schulklasse wusste, dass ich Verwandtschaft im Osten hatte, dass ich selbst dort geboren und aufgewachsen bin. Mit meiner großen Schwester verabrede ich mich, und gemeinsam nehmen wir die U-Bahn zum Grenzübergang Friedrichstraße. Wir warten in den Gängen des unterirdischen Labyrinths aus Stellwänden, Schleusen und Spiegeln. Heute müssen wir nur Formulare ausfüllen, nach rechts und links gucken, wenn unser Pass geprüft wird, den Inhalt der Umhängetasche auf den Tisch vor uns schütten, und meine große Schwester muss erklären, wofür wir zwei Feuerzeuge brauchen. Ihr Tabak, die Blättchen und Feuerzeuge werden dabehalten. Ein Uniformierter möchte, dass ich meine Schuhe ausziehe, um zu prüfen, ob ich etwas darin habe. Vor zwei Jahren noch war Lotte nach einem Besuch in West-Berlin am Grenzübergang wie eine Schwerverbrecherin aufgehalten und verhört worden. Über Stunden wurde sie auseinandergenommen. Die damals Neunzigjährige hatte sich nicht nur bis auf die Unterwäsche ausziehen müssen, man hatte ihr die Brücken ihres Gebisses rausgenommen. Offenbar hatte man vermutet, sie schmuggele Mikrofilme. Gefunden worden sei nichts. Nachdem man ihr anschließend die Brücken nicht mehr ohne weiteres einsetzen konnte, musste Lotte sich bis zur Sanierung beim Zahnarzt fast zwei Wochen flüssig ernähren.

Auf dem Friedhof stehe ich sehr weit hinten, nicht alle Menschen kenne ich. Was vorn am Grab gesprochen und gesungen wird, kann ich nicht verstehen. Eine Trompete spielt ein Solo in Moll. Die aus verschiedenen Ländern angereisten Freunde, Kinder und Kindeskinder finden kaum auf dem Friedhof und anschließend im Ratskeller in Pankow Platz. Als die Trauerreden vorbei sind, suche ich meine Großmutter in der Menge. Geht ihr schon mal vor ins Haus, sagt Inge zu meiner großen Schwester und mir. So ein Leichenschmaus sei langweilig für uns. In der Villa in der Heinrich-Mann-Straße stehen alle Türen offen, im Garten sitzen und stehen Verwandte, die ich kaum kenne und mit denen ich mich nicht zu sprechen traue. Erst als Inges Bruder Michael auftaucht, das Bübchen, das so selten und leise spricht wie ich, aber zu seinem Glück mit einer geselligen Frau verheiratet ist, gehe ich mit den beiden in den Garten zum Goldfischteich. Hanni hat selbst nie Kinder bekommen. Neugierig fragt sie mich aus, welche der vielen Töchter von Anna ich sei und wie es komme, dass ich nicht mehr bei Anna mit all den Tieren und Schwestern wohne. Sie staunt mit ihrem Lachen, trocknet ihrem Michael, der deutlich kleiner ist als sie, zwischendurch immer wieder mit einem großen Taschentuch behutsam die Augen. Einmal bringt sie ihn hinein, zu seinen Geschwistern, wo Tee serviert wird, und kommt wieder in den Garten hinaus, sie möchte wissen, was ich einmal werden will. Ich behaupte, dass ich es noch nicht weiß. Sie ist Bibliothekarin. Am Abend fahre ich mit ihr und Michael mit Straßenbahn und S-Bahn zurück zum Grenzübergang. Sie übernachten im Hotel in West-Berlin. In der Bahn schreibt sie mir ihre Adresse in Wiesbaden auf und schenkt mir ihr silbernes Armband. Sie hofft, wir werden uns eines Tages wiedersehen.

Im Sommer 1984 vermittelte Evi mir eine Freundin in London, deren Katzen ich ebenfalls füttern und deren kleines Haus ich hüten durfte, während sie verreist war. Steffi, Martin und Evi legten für meine Karte zusammen. So kam es, dass ich mit vierzehn ganz allein meine erste Reise nach London unternahm. Von Berlin bis Den Haag fuhr ich Zug. Eine riesige Fähre lag dort im Hafen, kein Vergleich mit den Autofähren des Nord-Ostsee-Kanals. Noch nie zuvor hatte ich den Kontinent verlassen und war über See gefahren. Ich wusste nicht, dass man seekrank werden konnte. Überall standen saufende Männer, gossen sich aus Flaschen Bier und Schnaps in die Kehlen und kotzten in die Gänge und von der Reling. Mir wurde speiübel, und ich musste mich beim Anlegen der Fähre mit Drehschwindel am Geländer festhalten, um über die Brücke an Land zu gelangen. Dort setzte ich mich mit meinem Rucksack auf den Asphalt, beobachtete die Möwen und wartete, bis der Horizont nicht mehr schwankte, ehe ich wieder aufstehen und in den Zug steigen konnte, der mich nach London bringen würde. Das Pfund war eine völlig unbekannte Währung, der Umtausch des Bargeldes kostete eine ordentliche Summe. Ich beschloss, auf das teure U-Bahnfahren zu verzichten, das Laufen machte mir ohnehin am meisten Spaß. Ich ging einfach los und streunte durch die Stadt. Verlaufen konnte ich mich dank meiner zuverlässigen Orientierung nicht. Allerdings waren Freunde und Bekannte später erstaunt, dass ich in den zehn Tagen kein einziges Mal an der Themse gewesen sei. Mich interessierten andere Dinge, ich war im Hyde Park und beim Speakers' Corner, hatte Piccadilly Circus und unendlich viele unbekannte Straßen und Stadtteile durchwandert, hatte mir in einem kleinen Theater *Twelfth Night* angesehen, war im Kino für den Film *Giant*, von dem ich enttäuscht war, und hatte am nächsten Tag einen Dokumentarfilm über Glenn Gould gesehen, der tiefen Eindruck hinterließ, selbst den langweiligen Buckingham Palast hatte ich im Vorbeilaufen gesehen. Nur die Themse lag auf keinem meiner Wege. Mein weniges Geld war schon nach fünf Tagen alle, zumal die Londoner Freundin Katzenfutter in Schachteln gekauft und mir kein Geld hingelegt hatte, so dass ich die letzten drei Tage hungerte. Wasser gab es aus der Leitung, auch wenn es hier nach Chlor schmeckte. Die Schulfreundinnen glaubten mir nicht, dass ich allein in London gewesen war. Ich sollte ihnen Fotos zeigen, zum Beweis. Doch einen Fotoapparat hatte ich damals noch nicht.

Das Mädchen ist fünfzehn, als es gemeinsam mit der

Zwillingsschwester aus Schleswig-Holstein die Osterferien im Haus der Großmutter in Rahnsdorf am Müggelsee verbringt. Die Zwillinge finden nicht mehr ganz so leicht in die Spiele und Phantasierollen ihrer bisherigen Kindheit zurück. Trotz der vielen Briefe, die sie schreiben und in manchen Wochen mehrfach wechseln, in denen sie sich dem anderen mitteilen, einander Nachrichten aus dem jeweiligen Familienleben und über Schulfreunde schicken, entsteht aus der Entfernung eine gewisse Fremde.

Während das Mädchen jeden Brief ihres Lebens aufhebt und die Briefe der Schwester kaum erwarten kann, nach den ersten sechs Wochen in Berlin zählt es schon vierzehn Briefe, es die Briefe über Jahre sammelt, sie zu Bündeln schnürt und aufbewahrt, wird es Jahrzehnte später beiläufig erfahren, dass die Zwillingsschwester alle alten Briefe weggeworfen hat.

Als wir Ostern bei Inge in Ostberlin sind, erreicht uns die Nachricht, dass unsere große Schwester auf der anderen Seite der Mauer einen Sohn geboren hat. Anna ist wohl zur Geburt ihres ersten Enkels angereist. Der Vater des Kindes gehört seit Jahrzehnten zu den Familienfreunden, ist Anfang der Siebziger von Ost nach West geflohen.

Noch sind Ferien. Wir sprechen über ihre Freunde, die Mädchen und Jungs ihrer Klasse, die noch bis vor zwei Jahren auch meine Schulfreunde waren, jedes Gesicht habe ich noch vor Augen und lebe ihr Leben aus zweiter Hand mit, indem ich über manche Ereignisse höre. Seit meinem Auszug hatte Johanna alle alten Freunde für sich allein. Miteinander gehen heißt Hand in Hand gehen, den Arm um den anderen zu legen, sich zu zweit verabreden, Küsse tauschen. Wer jetzt mit wem geht und sich von wem getrennt hat, dass der Klassenlehrer nichts Geringeres als den *Urfaust* als Klassenspiel aufführen wolle, und wie Johanna sich auf die Klassenfahrt freut, davon handeln ihre Briefe, und es bestimmt die raren heimlichen Telefongespräche wie auch unsere Gespräche, wenn wir uns hier in Rahnsdorf in den Ferien treffen. Sie erzählt mir aus einer Welt, die ich einst sehr gut kannte, aber die nicht mehr meine ist. Sie erzählt mir auch aus einer Welt, die noch nicht meine ist, da ich noch nie einen Freund gehabt habe. Die wenigsten Menschen aus meinem Alltag kennt sie vom Sehen, die Geschichten, die ich ihr aus meiner Schule schildern könnte, handeln von Namen ohne Gesichter und interessieren sie wenig. Wenn wir miteinander sprechen, sprechen wir über ihre Welt. In meiner passiert nichts von Belang, nichts, das sie unmittelbar betrifft. Sie ist unglücklich zu Hause. Nachdem vor wenigen Monaten auch unsere große Schwester ausgezogen und nach Berlin gekommen ist, muss sich Johanna nun tagein tagaus mit unserer Mutter auseinandersetzen und hasst sie von Tag zu Tag mehr. Wenn ich mich bemühe, ihre Lästereien und Wut in Maß und Relation zu setzen, antwortet sie empört: Du hast leicht reden. Du hast es gut, du kannst in Berlin sein, du musst das nicht mehr jeden Tag ertragen. Wir sprechen und zanken, wir sind uns nah und fremd. Hickhack.

Ostern gehen wir in Rahnsdorf mit Inges Hund spazieren und treffen an der Mole am Müggelsee auf zwei Jungs, die etwas älter sind und dort Zigaretten rauchen.

Wir kommen mit ihnen ins Gespräch und albern mit ihnen herum. Einer von beiden ist der Wortführer und hat eine ausgesprochen modische Achtziger-Jahre-Frisur, blondierte Dauerwelle, die über der Stirn in die Höhe steht, an den Seiten ist das Haar kurz. Der andere der beiden gefällt mir. Er wirkt schüchtern und natürlich. Die Jungs wollen uns Zwillinge aus dem Westen gern wiedersehen. Sie können uns auseinanderhalten, das stimmt uns froh. Wir vier verabreden uns für den nächsten Tag wieder an der Mole, am übernächsten dann an der Eisdiele und schließlich zu zweit zum Waldspaziergang.

Er möchte das Mädchen zur Freundin. Schöne Augen hat er. Sie halten sich an den Händen und küssen sich. Er kann gut küssen. Das Kribbeln auf den Lippen und die Berührung der Zungen gefallen dem Mädchen. Einmal liegen sie in Schöneiche in seinem Zimmer auf dem schmalen Bett, und er möchte nicht nur die Brüste des Mädchens anfassen, die noch immer verschwindend klein sind, sondern er öffnet auch seine Hose. Das Mädchen fühlt sich zu jung. Es streichelt seine Ohren, sein Haar, seinen Hals. Es möchte nur küssen. Zurück im Westteil der Stadt kann das Mädchen niemandem von dem Jungen erzählen, weil keiner der Klassenkameraden wissen soll, dass es aus dem Osten kommt und die Schulferien wenige Kilometer weiter auf der anderen Seite der Mauer verbringt. Wir versprechen uns zu schreiben. Wie üblich hat seine Familie weder ein Auto noch ein Telefon. Solche Privilegien erhalten nur wenige Menschen wie Inge.

Wenige Wochen nach der Geburt unseres ersten Neffen, die Osterferien sind vorbei, ich bin wieder bei Steffi und Martin im Westen, höre ich von Johanna am Telefon aus Schleswig-Holstein, dass auch unsere Mutter erneut schwanger ist und im Herbst ihr fünftes Kind bekommen würde. Annas neuen Freund, der Vater werden sollte, kenne ich noch nicht. Schon viele Monate habe ich Anna nicht gesehen.

Der Junge aus Schöneiche schreibt romantische Briefe, und das Mädchen antwortet ihm. Briefgeheimnis. Dass manche Briefe zwischen Ost und West abgefangen, geöffnet und gelesen werden, bedeutet nur, dass man keine Zeitungsausschnitte oder Aufkleber in die Briefe stecken sollte. Zukunfts- oder gar Fluchtphantasien sind tabu. Zwischen den Oster- und Sommerferien schwärmt der Junge in seinen Briefen davon, das Mädchen aus dem Westen der Stadt im Sommer am Strand wiederzusehen. Wenn das Mädchen mit der älteren Schwester und deren neugeborenem Sohn die Sommerferien in Ahrenshoop an der Ostsee verbringen wird, möchte der Junge aus Schöneiche zu Besuch kommen. Er träumt von Liebe am Strand und will seinen Schlafsack mitbringen. Das Mädchen fürchtet sich. Es denkt an seine offene Hose, seine Küsse. Wie könnte es ihm sagen, dass es sich nicht so weit fühlt. Es möchte den Jungen nicht enttäuschen, aber es will sich nicht länger seiner Hoffnung und Erwartung ausgesetzt fühlen. Es schämt sich, dass es sich zu jung fühlt. Mit keiner Ausrede lässt sich verhindern, dass der Junge zu Beginn der Sommerferien an die Ostsee trampt. Das Mädchen muss allen Mut zusammennehmen, es wird dem Jungen während eines langen Spaziergangs am Bodden und über die Wiesen Richtung Darß sagen, dass es sich in einen anderen Jungen verliebt habe. Zwar stimmt das nicht, aber es glaubt, der Junge werde das besser akzeptieren können, als wenn es ihm gesagt hätte, es fühle sich noch nicht erwachsen genug.

Zurück in Westberlin beginnt das letzte Schuljahr an der Gesamtschule. Steffi hat einen neuen Freund, Martin und sie streiten sich tagsüber und nachts, manchmal wird das Mädchen vom Scheppern und Brüllen wach. Steffi zieht aus, vorübergehend zu einer Freundin, dann in eine kleine Wohnung über eine Stunde mit Bus und U-Bahn entfernt in die Prager Straße. Erst bleibt das Mädchen und versorgt beide kleinen Kinder so gut wie möglich im Familienhaus. Bald möchte Steffi abwechselnd ihre kleine Tochter und ihren kleinen Sohn bei sich haben. Martin arbeitet in Schichten, wochenlang ist er zwölf, vierzehn Stunden tags außer Haus, in anderen nachts. Es ist alles sehr umständlich, weil auch der kleine Junge in die erste Klasse der Schule in der Nähe des Familienhauses gekommen ist. In solchen Wochen macht das Mädchen morgens Frühstück, und wenn es aus der Schule kommt, holt es den kleinen Jungen aus dem Hort ab, macht Abendessen, bringt ihn ins Bett. Wer nimmt welches der beiden Kinder und welche Wohnung? Steffi und Martin streiten, und jede Konstellation einer Zukunft scheint ungewiss. Das Mädchen begreift, dass es spätestens jetzt verschwinden muss. Es kann dort im Zwischenraum der auseinandergehenden Familie nicht mehr sitzen und wohnen bleiben. Es ist keine Seite und kein Platz für das Mädchen vorgesehen.

ÜBER DIE KINDERBETREUUNG und umfangreicher werdende Putzstelle bei seiner Tante erhält das Mädchen einen neuen Job. Eine Freundin von Rosita hat gerade ein Baby bekommen, sie lebt in einer Wohngemeinschaft der Szene, gehört zur *family*, wie es heißt, und hat Betreuungsbedarf. Das Mädchen gilt als zuverlässig, es ist zwar noch fünfzehn, wird aber bald sechzehn, es kann auch kochen und saubermachen und ist billig. In der Wohngemeinschaft wird einige Wochen später ein Zimmer frei. Welch günstiger Zeitpunkt. Das Mädchen zieht um. Da es bei Steffi und Martin auf einem alten Klappsofa geschlafen und einen Wandschrank für seine Anziehsachen genutzt hatte, der kleine Holztisch ebenso wie der Stuhl und die Lampe in deren Haus gehören, muss es keine Möbel schleppen. Seine Tagebücher und Briefe legt es in einen großen Karton, die Anziehsachen in einen Rucksack und einen Stoffbeutel. Martin fährt das Mädchen und seine Sachen mit dem Auto in die Rognitzstraße. Beim Sozialamt stellt es einen Antrag auf Matratze, Schreibtisch und Lampe. Statt eines Kleiderschranks nimmt es eine Kleiderstange vom Flohmarkt und zwei Obstkisten, als Bettgestell holt es leere Bierkästen vom Getränkemarkt und stellt sie umgedreht auf den Boden, bindet die Kästen mit einer Schnur zum Podest zusammen. Eine Mitbewohnerin gibt ihm einen Stuhl, der etwas wackelt und sich weder mit Klebstoff noch mit Nägeln befestigen lässt.

Ein letzter Schulausflug der zehnten Klasse seiner Westberliner Gesamtschule soll zur allgemeinen Bildung ins Konzentrationslager Sachsenhausen führen. Was ist der Unterschied zwischen einem Juden und einer Leiter? Die Mitschüler machen Witze. Fahren ein Jude, ein Türke und ein Ostdeutscher im Zug. Jetz jeht's ins Judenlager, Keule, ej, jetz müssen wa alle in'n Osten! Die Lehrerin fragt vor dem Ausflug im Unterricht, wer aus der Klasse denn schon einmal im Osten gewesen sei, in der DDR, Ostberlin. Kichern. Feixen. Von einem Jungen wissen sie, dass er einen Onkel drüben hat, und so meldet sich der eine Junge wie erwartet. Das Mädchen meldet sich nicht. Sein Herz klopft bis zum Hals. Es hat zu den Witzen der Klasse in den letzten Jahren keinen Zugang gehabt, nicht suchen und finden können, nicht wollen. Die Witze über Ostler, Juden, Türken, Friesen und Blondinen kommen ihm zu den Ohren raus. Das Lachen und die Witze über die Ostler und Juden verschlagen ihm auch jetzt die Sprache. Von den zweiunddreißig Schülern war außer dem Mädchen nur ein Einziger wenige Kilometer entfernt jenseits der Mauer in der DDR. Die Lehrerin beantragt das Visum für die ganze Klasse. Sie klärt die Schüler über die Grenzkontrollen und darüber auf, dass niemand bestimmte Gegenstände mitnehmen dürfe, Zeitschriften, Walkman und Kassetten müssten zu Hause bleiben, auch das tragbare Radio. Niemand solle erschrecken, die Grenzpolizei ist bewaffnet und kontrolliert Gepäck und Jackentaschen. Man werde mit der

S-Bahn nach Oranienburg fahren können und am frühen Abend wieder zurück in Westberlin sein. Am Morgen des Ausflugs erscheinen die sechzehnjährigen Schüler mit großen Rucksäcken voller Proviant. Sie bringen nicht nur belegte Brote und hartgekochte Eier mit, Chips und Süßigkeiten, sie haben auch Sauerkraut, Corned Beef und Würstchen in Konservendosen dabei, einen Dosenöffner. Würstchenwitze, Hungerwitze. Juden und Ostler. In ihrer Vorstellung gab es im Osten nichts. Wer nicht Proviant für viele Tage mitbrachte, drohte binnen dieses einen Tages zu verhungern.

Das Mädchen wird das beste Zeugnis von allen Zehntklässlern haben und die einzige Schülerin sein, die weitergehen und das Abitur machen möchte. Die christliche Freundin beginnt eine Ausbildung in der Bäckerei ihrer Eltern, Olaf schwankt zwischen einer Ausbildung zum Erzieher und Werbekaufmann. Aller Wege trennen sich. Das Mädchen ist schon im Frühling in die Wohngemeinschaft nach Charlottenburg gezogen. Allein stellt es jetzt seine Sozialhilfeanträge und Kleidergeldanträge, muss jeden Monat auf das Amt, sich das zugeteilte Geld dort abholen. Es sucht weitere Jobs als Kindermädchen, Zeitungsausträgerin. Mit sechzehn stehen Türen offen. Am 26. April wird die Welt eine andere. Tschernobyl. Das Mädchen braucht Geld für seinen Anteil der Haushaltskasse der Wohngemeinschaft. Die zwanzig Jahre älteren Mitbewohner kaufen neuerdings am liebsten im Bioladen ein, dafür reicht die Sozialhilfe nicht. Wimperntusche, Eintrittsgeld in Diskotheken. Es träumt von einer Reise.

Wie gern würde es einmal das Mittelmeer, den Atlantik, die Alpen, Paris sehen. Noch nie war es in Italien. Es arbeitet fast alles, was es kriegen kann. Es ist der Sommer, in dem das Mädchen erfahren wird, dass sein leiblicher Vater neurologische Auffälligkeiten hat, im Herbst wird es hören, dass der Mann unheilbar erkrankt ist und sterben muss.

Eineinhalb Jahre später werde ich einen zehnseitigen Brief von Olaf erhalten, mit seiner ordentlichen und gut lesbaren Schrift eng beschrieben. Er greift altes Vertrauen und Freundschaft auf, denn in der Zwischenzeit ist es ihm gelungen, sich aus der Zeugen-Jehova-Gemeinschaft seiner Eltern zu befreien. Er hat die Bibel im Laufe der Jahre mehrmals und sehr genau gelesen. Über einige Punkte ließ sich mit den Älteren der Gemeinde nach etlichen Diskussionen keine Einigung finden. Sein Widerspruch wurde als unangemessen, seine Interpretation als falsch verurteilt, und so brach Olaf achtzehnjährig aus seiner Gemeinde aus. Mit diesem Bruch musste er seine Eltern und Geschwistern hinter sich lassen. Er würde sie alle vermutlich nie wiedersehen dürfen. Den Schritt hatte er zwar gemeinsam mit einer etwas älteren Bekannten gewagt, aber die Bekannte machte sich nun Hoffnungen auf ein Liebesverhältnis, das er einfach nicht erwidern könne.

Er sei *anders, schwul, homo*. Er prüft in seinem Brief viele Worte, die ihm alle falsch vorkommen, weil er sie bislang als Schimpfworte gehört hatte. Im Gegenzug traue ich mich, ihm zu gestehen, dass ich in Ostberlin geboren bin und seit der Ausbürgerung und auch in diesen vergangenen Jahren unserer gemeinsamen Schulzeit fast alle meine Schulferien, also knapp ein Drittel des Jahres *im Osten*, auf der anderen Seite der Mauer am östlichen Berliner Stadtrand in Rahnsdorf oder auf dem Darß an der Ostsee verbracht habe. Noch ist an einen Mauerfall nicht zu denken. Wir sind gerade erst volljährig geworden. Um diese Zeit werde ich Stephan kennenlernen. Olaf und ich bleiben über Jahre enge Vertraute. Er lässt sich zum Erzieher ausbilden und entwickelt ein von niemandem eingefordertes Projekt, das er beim Berliner Jugendamt einreichen und beantragen wird: die Gründung einer ersten Jugend-Wohngemeinschaft für schwule Jungs in Berlin, *gleich & gleich*. Olaf ist ein politischer Pionier ohne Amt und ohne sich das Label oder einen sonstigen Titel anzueignen, ohne akademische Laufbahn und monetäre Interessen. Er wird für den Berliner Senat das Konzept ausarbeiten, das Schutzbedürfnis homosexueller Jugendlicher je nach kulturellem und sozialem Hintergrund erläutern, den Antrag auf die Vereinsgründung durchkämpfen, die Wohnung suchen und die ersten Jugendlichen betreuen.

STEFFI UND MARTIN machten mit der Dreizehnjährigen wenige Wochen nach ihrer Ankunft in ihrem Haus einen Ausflug auf die Insel Scharfenberg, wo es ein kleines Internat gab, dessen Name schon in den Monaten zuvor gefallen war, als das Mädchen noch bei Anna gewohnt hatte. Internate waren zu teuer für Sozialfälle. Sie meinten, das Mädchen sollte sich die Schule einmal ansehen, denn im Verlauf des Jahres könnte man versuchen einen Freiplatz zu bekommen. Der Ausflug und der Restaurantbesuch mit Steffi und Martin gefielen dem Mädchen, öfter schrieb es jetzt im Tagebuch über Essen und darüber, dass es inzwischen nicht mehr dünn und leicht oder normal sei, wie noch ein Jahr vorher, sondern dick und fett. Die Frage nach dem Wohin und der längerfristigen Bleibe möchte das Mädchen nicht mehr verfolgen. Wo es mit Anträgen kostenlos Aufnahme finden würde. Dem Tagebuch vertraut das Mädchen an, dass es fürchte, im Internat nicht mehr seine Ruhe zu haben. Ein Zimmer mit einem fremden Mädchen teilen, ohne Intimität und Rückzug, wie einst mit der Zwillingsschwester und den Kindern im Kinderheim, im Lager mit den Schwestern und der Mutter, die ständige Gegenwart eines anderen, das stellt es sich schrecklich vor. Es wollte nur von zu Hause weg, von Anna und den anderen, der Waldorfschule und dem Chaos. Bei Steffi und Martin fühlte es sich wohl. Es wollte bleiben. Erneuten Vorschlägen zu Besichtigungen des Internats wich es aus.

Im Herbst tauchte wiederholt die Idee auf, Steffi könnte wie ihre Freundin Barbara nach Lateinamerika gehen und dort an der Universität unterrichten. Es wurden Pläne gemacht. Ihre kleinen Kinder würde Steffi mitnehmen und vielleicht auch das Mädchen. Entweder wie Barbara nach Peru, oder nach Kolumbien. Doch offenbar klappte es mit Steffis Traum nicht, Peru und Kolumbien finden keine Erwähnung mehr.

Das Mädchen schreibt in sein Tagebuch, wie es von drei Mitschülern und deren Kumpeln in der Schule verfolgt wird, auf dem Schulhof umkreisen sie das Mädchen und laufen als lose Herde in immer geringerer Entfernung vorbei, sie pfeifen, nennen das Mädchen *Hübsche* und sagen ihm, es hätte einen *geilen Arsch*. Am Ende der Pause verfolgen sie es ins Schulhaus, rennen auf dem Flur hinter dem Mädchen her, halten es an den Haaren fest, umzingeln es vor der verschlossenen Klassentür, halten es am T-Shirt, an den Armen und den Haaren fest und grabschen überall hin, *überall hin*. Das Mädchen versucht sich loszumachen, aber vergeblich, es wird festgehalten und von unübersichtlich vielen Händen gleichzeitig begrabscht. Niemand kommt zur Hilfe. Erst als ein Lehrer den Flur entlangkommt, um das Klassenzimmer zu öffnen, lassen die Jungen von dem Mädchen ab.

Obwohl das Mädchen in vielen Fächern Einsen schreibt, kommt nach wenigen Wochen ein Brief der Klassenlehrerin zu Steffi und Martin, das Mädchen zeige unsoziales Verhalten. Das Mädchen wundert sich und fragt sich, was damit wohl gemeint sein könnte. Es schämt sich, obwohl es nicht weiß, wofür. Die Lehrerin weiß, dass das Mädchen nicht bei seinen Eltern lebt.

Wochen später steht Martin einmal in der Tür und fragt: Na, schreibst du wieder Tagebuch? Er lächelt. Ironisch. Spöttisch. Das Mädchen spürt, dass er nicht einverstanden ist. Es ist ihm peinlich und unangenehm. Es fühlt sich ertappt, möchte nicht darauf angesprochen werden.

Martin arbeitete so viel, dass ich ihn oft Tage und manchmal Wochen nicht sah. Er arbeitete als Tonmeister in verschiedenen Studios und beschallte Musiksendungen. Er flog in andere Städte, um dort zu arbeiten. Im Winter 1975/76 war er gleichzeitig mit seiner Steffi, die er kannte, seit sie beide vierzehn waren, geflohen. Er hatte als Pfarrersohn die Armee überstanden und Musik studieren dürfen, war Tonmeister-Absolvent, sie hatte Theaterwissenschaften studiert. Über Fluchtwege konnte auch unter nächsten Freunden erst nach dem Mauerfall offen gesprochen werden. Wie sie in den Westen gelangt waren, erfuhr ich erst Jahre später. Sie waren mit gefälschten Pässen und Tagesstempeln über Ungarn geflohen, zur Sicherheit getrennt, er im Bus und sie am selben Tag im Zug. Im Westen wollten sie sich wiedertreffen. Doch Steffi kam nicht an. Sie war gefasst worden. Die Grenzpolizisten hatten festgestellt, dass ihr Pass gefälscht war. In einem fensterlosen Gefangenentransport, einem kleinen Gefährt namens Minna, wurde Steffi eine Ewigkeit durch die Gegend gefahren. In den ersten Tagen der Verhöre und Gefangenschaft konnte sie nicht herausfinden, wo sie war. Nach Zwischenstationen wurde sie ins Frauengefängnis nach Hoheneck gebracht. Auf ungewisse Zeit saß Steffi im sechsundzwanzigsten Lebensjahr erst in Isolationshaft, dann zusammen mit anderen Schwerverbrecherinnen und Republikflüchtlingen im Gefängnis. Nach einem Jahr wurde sie von der Bundesrepublik Deutschland und dank Martins Bemühungen in den Westen freigekauft. Später, erst nach dem Mauerfall, konnte sie mir das ein oder andere vom Gefängnis erzählen. Die Gefangenschaft und psychische Folter, die sie dort erleiden musste, prägten sie bis ans Ende ihres Lebens. Als freigekaufter Flüchtling durfte sie in den folgenden Jahren per Auto und Bahn die Transitstrecke passieren. Martin dagegen lebte in Westberlin wie auf einer Insel, die er nur mit dem Flugzeug verlassen konnte. Wäre er mit seinem echten Namen und seinem Pass im Auto an die Grenze gekommen, hätte man den Republikflüchtling aufgegriffen und in der DDR ins Gefängnis gesteckt. Deshalb war es Steffi allein gewesen, die mich im Sommer 1983 aus Schacht-Audorf abgeholt hatte.

Manchmal wurde ich mitten in der Nacht wach, weil ich Martin an seinem Flügel spielen und üben hörte. Oft kam er erst gegen drei oder vier Uhr nachts nach Hause.

Kehrte ich nachmittags aus der Schule zurück, konnte ich mich der Anziehung des Instruments kaum entziehen. Am liebsten ging ich dorthin, wenn niemand zu Hause war. Ich spielte einfache Melodien nach Gehör, suchte die richtigen Tasten und Tonarten, dachte mir Klangfolgen aus. Da waren Martins Bach- und Beethovennoten. Die Notenschlüssel konnte ich von meinen Flöten her lesen und übersetzte sie mühsam auf die Tasten. Meine Finger kannten die Abläufe noch nicht, mein Gehör die Musik zu wenig. Ich träumte.

Waren Steffi und Martin zu Hause und mussten mich hören, wurden sie unruhig. Meine Klimperei sei unerträglich, rief Steffi mir zu, ein Ohr glühte feuerrot. Hörte ich die Dissonanzen nicht, hatte ich kein Taktgefühl? Ob ich vielleicht Klavierunterricht nehmen wolle. Nichts lieber als das.

Der Lehrer ist ein alter Mann mit schrecklichem Mundgeruch. Ich kann neben ihm kaum atmen. Seine Tonleitern und Etüden nerven nicht nur mich. Das *Notenbuch für Anna Magdalena Bach*, eine *Gnossienne* No 1 von Satie und Beethovens *Für Elise* können Steffi und Martin bald nicht mehr hören. Es macht sie wahnsinnig.

Das schlichte, saubere Bad von Steffi und Martin gefiel mir gut. Annas Badewanne hatte niemand zum Duschen oder Baden benutzen können. In Schacht-Audorf hatten wir uns am Waschbecken gewaschen und selbst die Haare oft unter dem Wasserhahn des Waschbeckens waschen müssen. So übte Steffi und Martins Wanne eine geradezu magische Wirkung aus. Es gab Badeschaum für die Kinder und ein Kräuterölbad für die Erwachsenen. Ich lag in der Wanne, bis es kühl wurde, wieder und wieder ließ ich heißes Wasser nach. Das Prickeln, die Wärme. Gänsehaut auf der Haut. Wohlsein. Doch nach wenigen Wochen erklärte mir Steffi, dass ich duschen könne. Am besten sei kalt duschen. Öfter als einmal alle zwei, drei Wochen sollte ich nicht baden, das sei Wasserverschwendung. Ich beobachtete, wie Steffi und Martin kalt duschten. Steffi rieb sich ihre schöne Haut mit Massagebürsten ab, Martin schäumte Kinn und Wangen mit einem Pinsel ein und rasierte sich über dem Waschbecken mit einem faltbaren Messer, nass.

Wenn das Mädchen am Sonntagmorgen ohne Hunger im Bett liegen bleibt und liest, lässt die Familie ihr Frühstücksgeschirr stehen und möchte, dass das Mädchen abräumt und abwäscht. Das Mädchen fühlt sich nicht faul, es sieht auch ein, dass es manchmal fegen und saubermachen sollte, sich am Haushalt beteiligen. Zugleich wird es aber oft bei den Kindern gelassen, bringt die Kleinen ins Bett, wenn die Eltern zu Konzerten, ins Theater, zu Gavroches Lesung und zum Essen bei den Nachbarn gehen. Ihm wird gezeigt, dass es brauchbar ist, aber nicht wirklich Freundin, keine Erwachsene.

Am liebsten möchte das Mädchen ganz allein wohnen, wo es niemanden stört. Evi schafft kleine Auswege, indem die Vierzehnjährige wieder allein in ihrer Wohnung am Chamissoplatz wohnen und die Katzen versorgen darf, während sie auf Reisen ist.

Eines Tages schreibt es in seiner Kammer hinter verschlossener Tür und hört die beiden Kinder, sechs und fünf Jahre alt, die Treppe hinauf toben und sich streiten. Die Tür geht auf, und das kleine Mädchen und sein Bruder suchen kreischend Schutz und Schlichtung im Zimmer des großen Mädchens. Das große Mädchen kann nicht schlichten. Es möchte seine Ruhe und den Streit der Kleinen am liebsten nicht einmal hören. Beide zanken weiter, weinen und kneifen sich.

Vermutlich hatte ich sie gebeten, mich schreiben zu

lassen und aus meinem Zimmer rauszugehen. Ich höre, wie sie jetzt beide draußen auf der Treppe an ihren Haaren reißen. Zeter und Mordio. Schwere Schritte kommen die Treppe rauf, plötzlich springt die Tür auf, und Martin erscheint. Er möchte nicht, dass ich meine Tür schließe. In seinem Haus gebe es keine verschlossenen Türen. Immerhin sei es sein Haus, in dem ich dort wohnte.

Mir schießt Blut in den Kopf, das Gesicht ist gelähmt. Schock. Ich weiß nicht, was ich denken und sagen soll. Es stimmt, er bezahlt die Miete zu jener Zeit allein, er zahlt das Telefon, die Lebensmitteleinkäufe, alles, der winzige Sozialhilfeanteil, den sie für mich kriegen, wird vermutlich für den Klavierunterricht aufgewendet. Ich ahne, dass es bei seiner Wut über meine verschlossene Tür nicht um Geld geht, nicht um seins, weil er verdient. Es geht um etwas Mächtiges und mir Fremdes. Da ist der Altersunterschied. Autorität, Hierarchie, Respekt, all das kenne ich noch nicht – nicht so gut wie andere Menschen. Die Tür schließen versprach mir Ruhe, fern vom Streit anderer, in Ruhe zu mir kommen.

Briefmarken, Monatskarte und leere Bücher zum Schreiben, Lakritz und kleine Geschenke für die Päckchen an meine Schwestern zahlte ich wie vieles andere von meinem Geld, das ich schon mit dem Austragen von *Quick*, *Neue Revue* und *Das Goldene Blatt* an die Haustür der Abonnenten mit dem Groschen Trinkgeld und Babysitten verdiente. Für eine Miete hätte es nirgendwo gereicht, auch hätte mir kein Vermieter seine Wohnung anvertraut. Im Tagebuch notierte ich, dass ich störte.

Jahrzehnte später werde ich von Steffi und Martin erfahren, wie sie sich damals Sorgen machten. Eine Dreizehn-, Vierzehnjährige, die immerzu am Schreibtisch saß und schrieb. Rückzug, Tür zu, sich selbst ausschließen. Vermutlich fühlte ich mich ihnen nicht nur lästig, sondern war es auch von Zeit zu Zeit.

Als Steffi im Winter vorschlug, mir abends vorzulesen, konnte ich mein Glück kaum fassen. Wie vielen Kindern hatte ich in den letzten Jahren abends vorgelesen, wenn ich die kleine Schwester, den beiden Kleinen von Steffi und Martin oder beim Babysitten andere ins Bett gebracht hatte. Ich konnte mich nicht erinnern, wann mir zum letzten Mal vorgelesen worden war. Ohne dass ich gleichzeitig abwaschen musste, vielleicht noch nie. Welch eine Zuwendung.

Sie begann mit mir über Literatur zu sprechen, über das Theater, sie war neugierig, als wäre ich eine Erwachsene. Sie wollte wissen, was ich denke, was mich interessiert, und sie widersprach in manchem, brachte neue Literatur, machte mich auf Beckett aufmerksam, *Warten auf Godot*, und die *Nashörner* von Ionesco. Sie liebte Daniil Charms und Bohumil Hrabal und gab mir wenige Monate später auch *Das obszöne Werk* von Georges Bataille zu lesen. Doch im Gleichtakt mit ihrer literarischen Unterrichtung häuften sich Situationen, in denen sie mir aus heiterem Himmel gereizt und giftig erschien. Schlangenhaft, notiert das Mädchen in seinem Tagebuch. Ahoj! Ruft sie zum Abschied nach oben und entfleucht zu irgendeinem Fest von Freunden, Martin ist seit Tagen in Westdeutschland im Studio arbeiten, das Mädchen liest den Kindern vor und bereitet nachts Zwiebelsäckchen, wie es das bei Steffi gesehen hat, denn die Kleinen haben Ohrenschmerzen und weinen.

Der Haushalt und die Steffi als Zumutung erscheinende Reduzierung auf häusliche Aufgaben, die sie insbesondere als Mutter ihrer kleinen Kinder übernimmt, während Martin Tag und Nacht in Berliner Tonstudios arbeitet, Synchronisierungen von Filmen mischt, als Tonmeister Musiksendungen für das Fernsehen und Konzertaufnahmen betreut, wochenlang in Frankfurt, Düsseldorf, München und im Ausland unterwegs ist und zudem noch eine Sängerin als Pianist auf ihre Amerika-Tournee begleiten möchte, machen Steffi ungeduldig. Ab und an schreibt sie Beiträge für ein Theater-Lexikon. Ihre Affekte treffen reihum jeden. Sie liest, schreibt und debattiert mit Freunden, sie möchte ans Theater, endlich arbeiten. Immerzu Wäsche auf- und abhängen reicht ihr nicht. In Gesprächen röten sich leicht ihre Lippen und Wangen, als käme sie aus Eiseskälte in die Wärme, auch ihr linkes Ohr glüht in erregten Diskussionen. Sie liebt Auseinandersetzungen. Wie sie ihre Brille putzt, wenn die beschlagen ist. Sie kleidet sich feminin und zugleich jungenhaft, noch trägt sie Blumenmuster, leichte Baumwollstoffe, kurze Etuikleider und schlichte Mao-Röcke mit französisch flachen Sandalen, dazu die lederne Fliegermütze oder einen Strohhut, am liebsten eine sportliche Kappe aus Leinen. Unter Martins Flügel stapeln sich die aktuellen *Trans-Atlantik*, das intellektuelle Kulturmagazin der achtziger Jahre von Salvatore und Enzensberger. Ist man morgens zum Teetrinken oder abends mit einem Glas Wein in Gesellschaft, liest Steffi mit Vergnügen ausgewählte Texte laut vor, und ihre Intonation stellt den feinen, wenn nicht brillanten Witz, die scharfe Zunge des Verfassers heraus. Spott und Hohn sind ihr willkommene Unterhaltungselemente, solange sie den Gegenstand genauer beleuchten und einzelne Qualitäten entlarven. Lässt jemand seine Mittel nur aus Eitelkeit spielen, wendet sie sich schnell gelangweilt ab. Ihre Kritik entzündet sich und lodert da, wo sie sich interessiert. Jedes Urteil, und sei es eine scharfe Vernichtung, versteht sie als Ehrerbietung.

Sie gibt dem Mädchen ein Buch nach dem anderen. Auf Krimis von Georges Simenon und Sagans *Bonjour Tristesse* folgt Patricia Highsmiths *Carol*. *Amerika* von Kafka. Die Vierzehnjährige schreibt in der Schülerzeitung darüber.

Seit das Mädchen nach Berlin und in die Gesamtschule gekommen war, wurde es von einigen Mitschülern für eine seltsame Lügnerin gehalten.

Mit dreizehn zog niemand freiwillig von zu Hause aus. Das stand fest. Daher vermuteten sie, dass es in Wahrheit in einem Heim untergebracht oder adoptiert war. Bei Freunden wollte es wohnen? Sie betrachteten die Neue skeptisch. Was sagt denn dein Vater dazu, wollten sie wissen. Sahen sie die Warzen, die Haare ohne Frisur, die unpassende Kleidung des Mädchens. Hielten sie es für ein Kind mit Vater? Das Mädchen wich aus. Das sei schon in Ordnung, für seinen Vater. Eine Zwillingsschwester? Wirklich? Und die ist zu Hause bei den Eltern geblieben? Was konnte das Mädchen den Altersgenossen erklären. Es wollte nichts Persönliches preisgeben, das mehr Fragen und Misstrauen erzeugt hätte.

Die Wahrheit war unwahrscheinlich, ein Chaos, über das man nicht geradeheraus sprechen konnte. Das Mädchen musste Dinge erfinden, damit es den Mitschülern glaubwürdig erschien.

Den norddeutschen Tonfall fanden sie komisch, sie neckten das Mädchen als Bauernkind. In ihren Augen sah es fremd aus mit seinen dunklen Haaren. Ob seine Eltern Ausländer seien? Die Mutter sei in Italien geboren. Das war offenbar eine gute Erklärung. Es erschien dem Mädchen nur als halbe Lüge, schließlich war die Mutter auf Sizilien gezeugt worden. Das Mädchen gehörte zu niemandem.

Ich sagte keinem, nicht einmal Olaf, dass meine Eltern nie verheiratet gewesen waren, nie zusammengelebt hatten, ich meinen Vater seit vielen Jahren nicht gesehen hatte, meine Mutter ein Sozialfall war wie auch ich, dass wir alle aus dem Osten kamen, selbst Steffi und Martin und die anderen Freunde.

In der U-Bahn beobachtete und prüfte ich die Gesichter der Passagiere, einmal kam mir beim Umsteigen Möckernbrücke ein Mann entgegen, der es vielleicht sein konnte. Ich sagte keinem, dass ich mich manchmal fragte, ob ich ihn auf der Straße erkennen würde, wenn wir uns zufällig über den Weg laufen sollten, mein Vater und ich. Über Ecken hatte ich erfahren, dass er, der nach seiner Flucht 1975 in der DDR als verschwunden galt, wohl einige Jahre in München gewohnt und gearbeitet hatte und dort beim Bayerischen Rundfunk als Redakteur unter anderem bei einem Film namens *Die bleierne Zeit* beschäftigt gewesen war. Mir war das Gerücht zu Ohren gekommen, er sei in der Zwischenzeit nach West-Berlin gezogen. Aber ich wusste nicht, wo er wohnte. Hatte er eine Frau, neue Kinder?

Die einzige verlässliche Beziehung, die ich in meiner Kindheit entwickelte, war die zu meinem Tagebuch.

Im Januar vor meinem fünfzehnten Geburtstag trifft ein Brief an mich ein. Auf den ersten Blick erkenne ich den Namen des Absenders. Erschrocken öffne ich den Umschlag. Ob ich ihn kennenlernen wolle. Er schickt mir seine Telefonnummer. Ich schreibe mehrere Entwürfe, um ihm zu antworten, suche nach den richtigen Worten an Jürgen, an den fremden Mann, der mein biologischer Vater ist. Ich schicke ihm meine Telefonnummer. *Der Anruf kam, als ich vierzehn war. Ich wohnte seit einem Jahr nicht mehr bei meiner Mutter und meinen Schwestern, sondern bei Freunden in Berlin. Eine fremde Stimme meldete sich, der Mann nannte seinen Namen, sagte mir, er lebe in Berlin, und fragte, ob ich ihn kennenlernen wolle. Ich zögerte, ich war mir nicht sicher. Zwar hatte ich schon viel über solche Treffen gehört und mir oft vorgestellt, wie so etwas wäre, aber als es so weit war, empfand ich eher Unbehagen. Wir verabredeten uns. Er trug Jeans, Jacke und Hose. Ich hatte mich geschminkt. Er führte mich ins Café Richter am Hindemithplatz, und wir gingen ins Kino, ein Film von Rohmer. Unsympathisch war er mir nicht, eher schüchtern. Er nahm mich mit ins Restaurant und stellte mich seinen Freunden vor. Ein feines, ironisches Lächeln zog er zwischen sich und die anderen Menschen. Ich ahnte, was das Lächeln verriet. Einige Male durfte ich ihn bei seiner Arbeit besuchen. Er schrieb*

Drehbücher und führte Regie bei Filmen. Ich fragte mich, ob er mir Geld geben würde, wenn wir uns treffen, aber er gab mir keins, und ich traute mich nicht, danach zu fragen. Schlimm war das nicht, schließlich kannte ich ihn kaum, was sollte ich da schon verlangen? Außerdem konnte ich für mich selbst sorgen, ich ging zur Schule und putzen und arbeitete als Kindermädchen. Bald würde ich alt genug sein, um als Kellnerin zu arbeiten, und vielleicht wurde ja auch noch eines Tages etwas Richtiges aus mir.

Im Frühling schloss sich Steffi einer Theatergruppe an und verliebte sich, ins Theater und in einen jüngeren Mann. Zwischen Martin und Steffi riss der Erdboden auf, sie nahmen sich nichts. Während Martin wochenlang in Studios arbeitete, schlich auch sie sich nun aus dem Haus. Morgens fand ich ihre Notiz: *23.30 Liebe Julia! Mich hat die Sehnsucht gepackt, und ich fahre noch zum Liebsten! Bitte sagt morgen früh L., dass ich im Laufe des Vormittags komme! St.* Während ihr sechsjähriger Sohn vielleicht bei Verwandten war, war es wohl an mir, der siebenjährigen Tochter das Frühstück zu machen und sie von der mütterlichen Abwesenheit abzulenken.

Nach dem Gipfeltreffen von Reagan und Gorbatschow im November 1985 erkannte Steffi schon den künftigen Friedensvertrag. Mit Spannung verfolgte sie seit Jahren, wie sich der Kalte Krieg veränderte. Jeden Morgen lief das Radio, wochentags wie sonntags. Entsetzt warf sie mir vor, dass ich vom Friedensvertrag keine Notiz nähme. Ich schlug mein Tagebuch auf und schrieb es hinein, ihr Entsetzen, meine Dumpfheit. Was konnte ich damals schon von ihren Gefängniserfahrungen wissen, was vom Weltgeschehen. Ihre Leidenschaft galt dem Höheren, damals dem Theater und der Literatur, ihr Spektrum war weit. Sie ahnte wohl, dass ich für ihren geliebten Konstantin Paustowski und die verehrte George Sand noch zu jung sein würde. Also gab sie mir den *Fänger im Roggen*, und als ich mich etwas gelangweilt zeigte, Camus' *Der Fremde*.

Gut zehn Jahre später sollte sie von Frank McCourts *Angela's Ashes* hingerissen sein und mir ihr ausgelesenes Buch mitbringen. Warum ich nicht einfach über die brennende Wirklichkeit schriebe? Schon wenige Wochen später gab ich ihr das Buch über die irische Kindheit ungelesen zurück. Ich konnte es nicht lesen. Allein ihre Erwartung schreckte mich und machte mich stumm. Steffi kannte meine Geschichte, sie kannte das Milieu und war Teil der befreundeten Gruppe von Studenten und Theaterleuten, Malern und Wissenschaftlern aus Ostberlin, kannte meine Mutter aus nächster Nähe, seit Jahren, sie kannte meine Großmutter noch aus der Zeit, als sie, Steffi, Anfang der Siebziger Jahre in Ostberlin Theaterwissenschaften studiert hatte. Sie kannte die Verhältnisse, in die wir geboren worden waren, und sie kannte in großen Teilen die Tragödien wie auch sonderbaren Ansprüche, die sich in meiner Familie ausgebreitet hatten, sie kannte mich seit meiner Geburt, und besonders lernte sie das Kind, das ich war, Anfang der achtziger Jahre näher kennen, als wir alle auf unterschiedlichen Wegen im Westen angelangt waren. Sie sah das dreizehnjährige Mädchen, das keinen Platz hatte, das sie bei sich aufnahm, das manisch schreibende und lesende Mädchen, das sich unter dem Dach ihres Hauses verkrochen hatte. Sie hatte mich von außen gekannt, aus nächster Nähe. Autobiographisches Schreiben. Das fand ich abwegig.

Angela's Ashes, *Go Tell It on the Mountain*, die Ereignisse und Begebenheiten in meiner Familie ließen sich literarisch kaum erzählen, so unwahrscheinlich und grell waren sie. Ich würde warten wollen, bis meine Großmutter gestorben ist, aus Respekt vor ihrem Schmerz. So dringend wie in allen anderen Familien, in denen das Schrecklichste geschieht, werfen Menschen den Mantel des Schweigens über das Unerträgliche, das Unsagbare, das, was nicht sein kann, weil es nicht sein darf. Es darf nicht gesehen und nicht bekannt werden. Wie sollte ich je meine Stimme für das Eigene und die eigene Geschichte erheben dürfen, eine Form finden, die Tabus umgehen oder ihnen entgegentreten.

Die Zusammenballung des Tragischen und wie es sich von einer Generation in die nächste ausbreitete, uns prägte, jeden für sich, in mir und meinem Gedächtnis Raum griff, schien mir für Literatur zu viel, eine Zumutung. Ohnehin muss allein jede von uns eine vollkommen eigene Perspektive auf die Ereignisse werfen und andere Erfahrungen in derselben Familie mit denselben Menschen gemacht haben.

Steffis und mein Austausch und Streit um Lektüren würde in den kommenden Jahren bis zu ihrem Tod nicht abreißen.

Das Haus von Steffi und Martin betrat mein Vater kein einziges Mal. Als wir uns 1985 kennenlernten, wusste er, dass sich die beiden gerade trennten. Einmal holte er mich im Auto ab, er wartete draußen mit laufendem Motor. Alle paar Wochen rief er mich an und bestellte mich in seine Nähe. Dann nahm ich den Bus und die U-Bahn. Ich traf ihn zum Kuchenessen. Einmal nahm er mich zur Berlinale mit, deren jährlicher Fachbesucher er war. Zehn Tage in wechselnden Kinos Tag und Nacht, Filme aus aller Welt sehen, das stellte ich mir aufregend vor. Doch er musste vor allem Empfänge und Versammlungen besuchen, wichtige Kollegen treffen, da wäre meine Begleitung nur lästig gewesen. Wenn er lachte, stieß er nicht wie andere Menschen die Luft frei heraus, er zog sie geräuschvoll ein, dass es wie Eselswiehern klang. Gingen wir nebeneinander, er in Jeans, Hemd und Sakko, verschränkte er seine Hände hinter dem Rücken wie ein Herr. Die Braunfelser waren tot. Sein Vater sei vor einem halben Jahr gestorben. Ich hatte ihn nie mit seinem Vater gemeinsam erlebt, seine Mutter gab es nicht. Seine Wohnung in einer Seitenstraße des Kurfürstendamms war mit einer akribisch sortierten Bibliothek und kostbaren Möbeln eingerichtet, es gab kein Staubkorn. Es war ein Treffen gegen Ende des Jahres, da brachte er seine neue Geliebte mit, eine Studentin, die vielleicht zehn Jahre älter war als ich. Ich erzählte Jürgen, dass ich nicht länger bei Steffi und Martin bleiben könnte, die beiden trennten sich und suchten Wohnungen. Weder mein Vater noch ich sprachen es an, stellten einander die Frage, ob ich bei ihm wohnen könnte. Er war mit seinem Film und seiner Freundin beschäftigt.

Steffi legte mir auf meinen Schreibtisch einen Zeitungsausschnitt über Gastaufenthalte für Schüler in Amerika. Amerika, das Wort klang in meinen Augen wie ein Zauber. Geld hatte niemand, weder für den Flug noch für eine Versicherung. Man werde sehen. In wenigen Wochen würde ich sechzehn und ich sollte mich im Amerikahaus um das Programm bewerben. Erstaunt zog mein Vater die Augenbrauen hoch. Er schätzte nichts an Amerika. Weder den Flug noch die Gebühren für das Austauschprogramm bot er mir an. Ich bewarb mich trotzdem. Vergeblich.

Mit dem Umzug in die Wohngemeinschaft verlor ich Steffi und Martin fast aus den Augen. Das Amt für Sozialhilfe stimmte dem Mietpreis zu. Der Mann, der mich gezeugt hatte, hatte selten Zeit und kam mich dort nicht besuchen. Tschernobyl beschäftigte ihn weniger als seine Dreharbeiten und seine Geliebte. Ich schloss die zehnte Klasse ab, meldete mich auf dem Gymnasium an und nahm jeden Job, den ich kriegen konnte. Das Leben in der Wohngemeinschaft war teuer, es lag über meinen Verhältnissen. Im Oktober, *der Mann und ich waren uns noch immer etwas fremd, sagte er mir, er sei krank. Er starb ein Jahr lang. Ich besuchte ihn im Krankenhaus und fragte ihn, was er sich wünsche. Er sagte mir, er habe Angst vor dem Tod und wolle es so schnell wie möglich hinter sich bringen. Er fragte mich, ob ich ihm Morphium besorgen könne. Ich dachte nach, ich hatte einige Freunde, die Drogen nahmen, aber keinen, der sich mit Morphium auskannte. Auch war ich mir nicht sicher, ob die im Krankenhaus herausfinden wollten und würden, woher es kam. Ich vergaß seine Bitte. Manchmal brachte ich ihm Blumen. Er fragte nach dem Morphium, und ich fragte ihn, ob er sich Kuchen wünsche, schließlich wusste ich, wie gern er Torte aß. Er sagte, die einfachen Dinge seien ihm jetzt die liebsten – er wolle nur Streuselschnecken, nichts sonst. Ich ging nach Hause und buk Streuselschnecken, zwei Bleche voll. Sie waren noch warm, als ich sie ins Krankenhaus brachte. Er sagte, er hätte gern mit mir gelebt, es zumindest gern versucht, er habe immer gedacht, dafür sei noch Zeit, eines Tages – aber jetzt sei es zu spät. Kurz nach meinem siebzehnten Geburtstag war er tot. Meine Schwester kam nach Berlin, wir gingen gemeinsam zur Beerdigung. Meine Mutter kam nicht. Ich nehme an, sie war mit anderem beschäftigt, außerdem hatte sie meinen Vater zu wenig gekannt und nicht geliebt.*

OB ICH AUCH sitzengeblieben sei, wollte der Junge mit den dunklen Augen und dem gebügelten Hemd wissen, als ich mich nach fast zwei Jahren Unterbrechung 1988 mit einem Wiederaufnahmeantrag beim Berliner Schulamt in der elften Klasse der gymnasialen Oberstufe fand. Ich schüttelte den Kopf, Stephans Blick fiel auf meine Stretchhose mit dem Leopardenmuster. Forschend sieht er in meine Augen, möchte wissen, wer ich bin, woher. Er selbst wiederhole die elfte und habe schon die erste Klasse zweimal machen müssen, wie er lachend zugibt. Er habe wohl nur geträumt. Aus dem Fenster gesehen und mit seinen Tieren und Legos, die er heimlich mit in die Schule gebracht habe, unter der Bank gespielt. Und du, möchte er wissen, lauert, kneift die Augen zusammen. Wie die Haut manchmal über seinem linken Auge zuckt, das Lid, wenn wir nach der Schule auf dem U-Bahnhof noch nebeneinandersitzen, sprechen, und ich ihn ansehe, er mich. Seiner Frage möchte ich ausweichen, erwähne die Wohngemeinschaft. Stephan möchte wissen, ob ich einen Freund habe, nur ungern und ungenau antworte ich. Was ich über den Jungen mit dem neongrünen Irokesen erzählen könnte, ist nicht gut. Wir hatten uns im letzten Jahr, kurz nach dem Tod meines Vaters kennengelernt, im Sommer auf Ibiza am Rand eines Paprika- und Auberginenfeldes unter Orangenbäumen fernab von *family*, Amnesia und Kokain, gezeltet. Er nimmt alle Drogen, die er kriegen kann. Meine erwachsenen Mitbewohner, selbst keine Kinder von Traurigkeit, nennen ihn einen *Schmarotzer* und *kaputten Typ*, sie wollen ihn nicht mehr sehen. Er bestiehlt, belügt und betrügt, jeden Menschen, auch mich. Ich solle mir etwas wert sein, glaubt eine Mitbewohnerin und inhaliert tief, hält mir ihren Joint entgegen, ich schüttle den Kopf. Alle wollen ihn loswerden. Dann würde er zurück auf die Straße müssen, wo er herkommt. Später werde ich Stephan anvertraut haben, warum ich mich so schwer verschließen und den Jungen mit dem Irokesen nicht so leicht wegjagen konnte. Vielleicht habe ich Stephan eines Tages gesagt, dass die junge Mutter des Irokesen Prostituierte gewesen ist und ihrem Kind nie sagen konnte oder wollte, wer sein Vater war. Dass er bald nach der Geburt ins Heim gegeben worden ist. Ich hielt mich nicht für etwas Besseres.

Mit Stephan spaziere ich stundenlang durch die Stadt, noch steht die Mauer. Wir sprechen das erste Mal über Literatur, was ich so lese, was er so liest. Ich erzähle ihm von Batailles *Obszönem Werk*, von Duras' *Liebhaber* und von Barthes' *Fragmente einer Sprache der Liebe*. Stephan besucht mich in der Wohngemeinschaft, mit der ich vor kurzem nach Schöneberg in die Potsdamer Straße umgezogen bin, und es ist ihm nicht egal, dass es da diesen Jungen mit Irokesen gibt, der offenbar mein Freund ist.

Nach wenigen Wochen ist Stephans Liebe kein Geheimnis mehr. Allein meine Liebesverhältnisse erscheinen nicht nur ihm verworren. Ich selbst kann im folgenden Jahr nicht einmal meinem Tagebuch alles anvertrauen und klebe nach jedem beendeten Buch um das Papier Verschlüsse, damit die Ansammlung der Andeutungen sicher ungelesen bleibt.

Die Anna-Freud-Oberschule galt damals als Auffangbecken, sie versammelte drei Schultypen unter einem Dach. Eine gymnasiale Oberschule zur Erlangung der Allgemeinen Hochschulreife, eine Berufsschule für Erzieher und eine Fach-Oberschule zur Erlangung der Fachhochschulreife. Der gymnasiale Zweig war überlaufen von Schülern aus der ganzen Stadt, die an ihren bisherigen Gymnasien aus unterschiedlichsten Gründen nicht länger bleiben wollten und konnten. Es war die Zeit der Demonstrationen und hohen Fehlzeiten. Rebellische Jugendliche von Gymnasien und Schüler anderer Gesamtschulen fanden hier Aufnahme. Stephan wiederholte die elfte Klasse und hatte absichtlich zu diesem äußerst kritischen und ihn stets mit scharfen Kommentaren und schlechten Zensuren provozierenden Deutschlehrer die Klasse gewechselt. Er kannte ihn schon und verehrte ihn. Fehn war ein ungewöhnlich charismatischer Lehrer. Auf uns machte er den Eindruck, als wäre er Doktor der Philosophie, nicht nur Hegelianer, auch Adorno-Schüler. Seine Provokationen spalteten die Klasse. Er ließ uns nicht nur Büchners *Lenz* und Kleists *Marquise von O.*, E. T. A. Hoffmanns *Sandmann* und Adorno und Horkheimer lesen, auch Enzensberger, Handke und Ransmayr wurden uns druckfrisch zum Fraß und Denken hingeworfen. Wir mussten eine Klausur über die *Letzte Welt* schreiben und frei daraus zitieren können. Textgedächtnis. Ulrich Plenzdorf und Peter Schneider gehörten zu den kleinen Fixsternen seines linken achtundsechziger Horizonts. Fehn legte uns nahe, den Studentenstreik an der Freien Universität zu unterstützen und statt in die Schule zu kommen, hinaus an die Uni nach Dahlem zu fahren. Wenn er von Politik und Regierungen sprach, von Macht und Parteien, benutzte er die Worte *Clique* und *Bande*. Ein intellektueller Rebell, der möglicherweise aus politischem Engagement Gymnasiallehrer geworden war. Er wollte seine Schüler in die Freiheit jagen. Ohne je handgreiflich zu werden. Seine Waffen waren Worte. Sich selbst betrachtete er vielleicht als Provokateur und Anstifter. Von hohem Wuchs überragte er alle seine Kollegen und die meisten Schüler. Ganz offensichtlich gefiel er sich, wenn er mit federndem Gang und wehendem Haar vom Parkplatz aus die Straße und das Schulgelände überquerte. Stets allein. Die meisten Schüler waren von seiner Unnahbarkeit und Andersartigkeit beeindruckt, fürchteten, hassten oder verehrten ihn. Einen solchen Lehrer hatte niemand zuvor erlebt. Zu seinen ritterspornblauen Augen trug er das dunkle, ergrauende und bald weiße Haar schulterlang. Trotz Jeans und Stiefeletten erinnerte er an die alten Lithographien von Wilhelm Grimm. Zu unser aller Überraschung hörte er weder Jazz noch Klassik, nicht Rockmusik, sondern Heavy Metal. Er war kein Familienmensch, hatte unseres Wissens keine Kinder.

Er forderte nichts Geringeres als den Ausgang aus der selbstverschuldeten Unmündigkeit. Die Kommentare und Briefe, die Fehn neben Noten unter Klausuren schrieb, verleiteten manche Eltern zu Klageandrohungen. Ohne jede Ironie empfahl er einigen, sich an der Volkshochschule für einen Deutschkurs für Ausländer einzuschreiben. Nur dort, so sein dringender Rat, könnten die deutschen Muttersprachler noch in letzter Minute versuchen, ihre Defizite in Orthographie und Grammatik aufzuholen. Bei der Rückgabe der ersten Klausuren brachen manche Schüler in Tränen aus, es gab fast nur Vieren und Fünfen, eine Drei und eine Eins. Ich wurde rot vor Scham. Und aus Freude. Seither konnte ich mich nicht mehr hinter meinem Schweigen verstecken, Fehn nahm mich im Unterricht dran, auch wenn ich mich nicht meldete. Oft verweigerte ich meine Teilnahme, da mir die Aufmerksamkeit unangenehm war und mir das laute Nachdenken und Meinen weniger lagen als das Schreiben. Zwei Jahre später sollte er mich in einem der Klausur-Kommentare als Penthesilea bezeichnen, der Kampf der Amazonen könne beginnen, was ich nicht verstand. Wollte er flirten, provozieren? Auf beides ging ich nicht ein.

Den bürgerlich traditionellen Hintergrund, aus dem Stephan kam, empfand ich als fremd und anziehend. Alles schien darin eine Ordnung zu haben. Die Liebe zur Literatur hatte er vielleicht von seiner Mutter. Sie war Richterin am Kammergericht und las neben ihren Gesetzestexten am liebsten Kafka, Kleist und zeitgenössische Literatur. Ihr Lächeln erschien mir zurückhaltend und humorvoll. Eine sonderbare Bescheidenheit haftete ihr an, die ich später auch bei anderen Richtern bemerken sollte. Sie konnte fein differenzieren, sie schien frei von Dünkel. Sie war in jeder Hinsicht großzügig und hatte einen weiten Horizont, für ihre Kinder wie auch deren sehr unterschiedlichen Freunde aus allen Milieus der Gesellschaft. Stephan hörte Depeche Mode und Elvis Costello, las Baudelaire und Bret Easton Ellis, nachdem er dessen *Less than Zero* im Kino gesehen hatte. Vermutlich sah er in Julian und Clay abenteuerliche Varianten seiner selbst. Clay und er hatten einen vergleichbar wohlhabenden familiären Hintergrund.

Meine Erzählungen von der Wohngemeinschaft, Nächten im Dschungel und Ex & Pop, Drogen in Küchen und Hinterkammern mancher Bars in der Goltzstraße und den künstlerischen Ambitionen meiner zwanzig Jahre älteren Mitbewohner kommen ihm längst nicht so albern und banal vor wie mir.

Er kommt wieder darauf zurück, lässt sich vom Spektakel nicht ablenken. Warum bist du mit achtzehn in der elften Klasse? Mein Vater ist gestorben. Ich suche nach Worten und frage mich, welche meiner Erklärungen stimmen, welche Geschichten ich Stephan zumuten kann. Stephan und ich gehen nahe seinem Elternhaus am Lietzensee spazieren. Es regnet, es ist Nacht, wir können nicht aufhören zu gehen und zu sprechen. Er will es wissen. Also überwinde ich mich. Erzähle ihm, dass ich meinen Vater im Grunde kaum kannte, ehe er nach dem Sommer vor zwei Jahren die tödliche Diagnose erhalten hatte. Hirntumor. Operation aussichtslos. Die Prognose lautete drei Monate. Er versuchte, sich das Leben zu nehmen, schnitt sich die Pulsadern aber quer und nicht der Länge nach auf. Dilettantisch, wie er selbst es damals nannte, seine schmalen Lippen, wenn er lächelte, so könne man nicht verbluten. Er war von jemandem gefunden worden und verbrachte die restliche Zeit im Krankenhaus. Als ich ihn zum ersten Mal dort besuchte, errötete er. Sein glattes rundes Kindergesicht wirkte wie das eines Jungen, der etwas ausgefressen hatte. Es war ihm nicht gelungen, sich das Leben zu nehmen. Jetzt musste er von seiner Tochter gesehen werden, so. Die Krankheit, das Sterben, die Verbände am Handgelenk – er schämte sich für alles. Da war das Krankenhausbett, das am Hals zugeschnürte und am Rücken offene Nachthemd, das er tragen musste, und jetzt mein Besuch. Drei Monate. Er würde also vermutlich noch vor Weihnachten gestorben sein. Hatte er sein Leben verpasst? Auch in Stephans Familie gab es das, Krebs. Er erzählte mir von seinen Großeltern.

Und deine Mutter? Stephan ließ mich nicht aus den Augen. Wie konnte ich ihm von meiner Mutter erzählen, dem Chaos, meiner Herkunft. Sie war weit weg.

Während der acht Monate, in denen mein Vater sterbend im Krankenhaus lag, war ich neben zwei Freundinnen, die ihn besuchten, die einzige Angehörige. Unmittelbar nach seiner Diagnose hatte er Anna angerufen, obwohl sie sich Jahre nicht gesprochen und gesehen hatten. Anschließend versuchte er sich die Pulsadern aufzuschneiden und kam ins Krankenhaus, wo sie ihn noch im Oktober für einen Nachmittag besuchte. Es war das einzige und letzte Mal.

Anna hatte schon mit dem gesunden Jürgen wenig anfangen können, mit dem sterbenden ebenso wenig.

Im Krankenhaus besuchte ich meinen Vater an mindestens zwei Nachmittagen oder Abenden jede Woche. Vor der Arbeit, nach der Arbeit, wenn ich Glück hatte, verdiente ich Geld in der Wohngemeinschaft. Zur neuen Schule schaffte ich es immer seltener. Wenige Wochen vor seiner Diagnose hatte ich im Sommer 1986 mit der elften Klasse begonnen. Anfangs schrieb ich mir selbst noch Entschuldigungen.

Stephan hörte zu. Mit der S-Bahn fuhr ich nach Schlachtensee und lief bei Nacht unter den Gaslaternen zum Sterbebett meines Vaters. Ich lernte Theaterrollen auswendig und sprach die Rollen bei Dunkelheit vor mich hin. Traf ich in seinem neonbeleuchteten Zimmer ein, redeten wir manchmal, manchmal half ich ihm beim Anziehen, einen Stift konnte er nicht mehr halten, später konnte er nicht mehr aufstehen, und das Sprechen fiel immer schwerer. Ich wollte ihm etwas vorlesen, nur selten stimmte er zu. Die Sprache ließ sich nicht mehr modulieren, Stimmbänder, Zunge, Kiefer, sein Körper versagte. Für einzelne Worte brauchte er viele Anläufe. Der Blasenkatheter, dessen durchsichtiger gefüllter Beutel neben ihm am Bett hing, war ihm unangenehm. Er wollte, dass ich seine Decke darüber hängen ließ. Kam eine Schwester herein und wechselte in meinem Beisein den Katheter, fühlte mein Vater sich entblößt. Die Schmerzen nahmen zu, die Angst. Manchmal versuchte er etwas zu sagen, schaffte es trotz großer Anstrengungen nicht, gab auf. Dann schloss er die Augen. Ich wusste nicht, ob er schlief, ihn das Licht störte oder ob er mich einfach nur nicht mehr sehen wollte. Meine Zwillingsschwester kam ein einziges Mal aus Schleswig-Holstein angereist. Sie hatte ihn in den letzten Jahren nicht kennenlernen können, nur einmal waren wir im Vorjahr mit ihm zwei Tage verreist.

In dieser Zeit, in der die Beziehung zu meinem Vater so eng wie nie zuvor im Leben werden sollte, lernte ich sein schüchternes, kindliches und auf seltsame Weise zugleich romantisches wie ironisches Wesen genauer kennen. Seine Scham betraf seine Krankheit, sein Sterben, und auch sein Leben. Er empfand sich noch als Jungen, jungen Mann, er sei doch ein *Spätentwickler*. Mit seinen bald neunundvierzig Jahren gestand er mir, er habe das bisherige Leben wie eine Art Vorspiel gelebt, als Probe für das eigentliche. Er hatte Träume, die er eines Tages verwirklichen wollte. Sein Ankommen im Westen. Nach Frankreich reisen und Italien. Filme wie Rohmer, Truffaut und Chabrol drehen, all seine unverfilmten Drehbücher. Versäumnisse. Dass er es nie gewagt habe, mit mir und meiner Zwillingsschwester zu leben, bedauerte er und warf es sich in meinem Beisein vor. Ein einziges Mal nach Capri reisen und die Blaue Grotte besuchen. In Paris leben und endlich das sich mühsam über Jahre selbst beigebrachte Französisch sprechen. Die Weinberge, die leichte Lebensart, die Frauen. Seine hellblauen kleinen Augen glitzern. Seinen ganzen Stolz, den neuen Citroën, den er wenige Monate zuvor erworben hatte, wolle er seinem Busenfreund Hubert in Ostberlin als Erbe schenken. Er selbst durfte ohnehin nicht mehr fahren. Nur mussten Wege gefunden werden, wie sein Wagen zu Hubert gelangen konnte. Beide hatten sich seit der Flucht meines Vaters vor zwölf Jahren nicht mehr sehen können. Er werde sterben müssen, ohne ihn noch ein einziges Mal zu sehen. Er sei ein ängstlicher Mann. Das wenigste habe er sich gönnen können. Auch ein geiziger. Nun, wo er sterbe, nutze ihm sein beschauliches, in den merkwürdigsten kleinteiligen Anlagen gehortetes Vermögen nichts mehr. Er lächelte über sich und seinen Geiz. Allein das Einzelzimmer zum Sterben könne davon bezahlt werden. Immer deutlicher spürte ich das Klamme seiner Existenz. Das Eingeklemmte. Sein Zögern, das Zaghafte, Verzagen. Ein *Angsthase* sei er gewesen, immer. Sein Lächeln quälte mich. Ein *Träumer*, auch. Er schämte sich nicht, dass er unserer Mutter im Westen über Jahre den Unterhalt für uns vorenthalten hatte. Eine so *wunderschöne Frau* sei sie. Ihre Leidenschaft. Er habe nie aufhören können, sie zu lieben. All die Jahre, die sie sich nicht gesehen haben, bis heute. Auch wenn sie nichts mit ihm anfangen konnte. Nur ihre *Schlamperei*, sie verplempere ja alles. Sie könne nicht mit Geld umgehen, das Sozialamt sorge ja zum Glück. Wenn nach dem teuren Hospiz und seinem Tod noch etwas übrig sei, wolle er nicht, dass Anna oder das Sozialamt sich daran bereicherten. Er hegte eine tiefe Angst vor einem Ausnahmezustand, das ummauerte Westberlin könnte zu einer Falle werden, das Deutschland, in dessen Krieg er aufgewachsen war, würden wir Kinder vielleicht eines Tages verlassen müssen. Sein Geiz habe vielleicht etwas mit seiner Kindheit zu tun, dem Krieg und der absoluten Ungewissheit, dem Aussatz, der Aussetzung, Ausgesetztwerden. Nach Kriegsende.

Mutterseelenallein. Als seine Mutter ihn am Bahnhof ausgesetzt hatte. *Kälte, Kälte.* Er schüttelte den Kopf, wenn er seine Mutter erwähnte. Verstoßen. Er presste seine Lippen aufeinander, schmal, dass sie fast verschwanden. Viel konnte und wollte er über *diese Frau* nicht sagen. Ob sie noch lebte, und wo, fragte ich. Er schwieg. Er wollte es nicht wissen und auch nicht herausfinden.

Ich saß auf dem Rand seines Bettes. Er musste sterben. Seine Reue. Er würde nie erfahren, was aus mir wird. Aus uns, seinen Kindern. Wie habe er Anna geliebt, als sie sich für seinen Film im Frühling 1969 kennenlernten. Er sei verrückt nach ihr gewesen. Anna. Mit ihrem Temperament, ihrem Feuer, ihrer ungeheuren Wucht und Kreativität. Er sei ihr vom ersten Augenblick an verfallen gewesen. Besessen von ihr. Sie nicht von ihm. Ich hörte ihm zu. Er wusste, dass ich aus dem Chaos das Weite gesucht und mich in Sicherheit hatte bringen wollen. Annas Haus in Schacht-Audorf hatte er nie betreten, mich weder in Steffi und Martins Haus noch in der Wohngemeinschaft besucht. Er hatte daran gedacht, sich meiner anzunehmen. Gewiss. Leise. Vielleicht davon geträumt. Er war scheu. Das musste ich wissen. Wir beide wussten. Ich musste ihn nicht daran erinnern, als ich ihm zuhörte. Den für unser Zusammenleben vielleicht günstigsten Augenblick unseres Lebens hatte er ein Jahr zuvor schweigend verstreichen lassen.

Seine Körperfunktionen versagten nach und nach. Er konnte schon lange nicht mehr sprechen, den Brei nicht mehr schlucken, das Wasser kaum noch trinken, mit dem ich seine Lippen befeuchtete. Immer länger ließ er die

Augen geschlossen, wenn ich neben seinem Bett saß. Sein vom Cortison geschwollener und geröteter Kopf, sein unbewegtes Gesicht.

Die Iris, die ich ihm im Februar mitbrachte und ans Fenster stellte, beachtete er nicht mehr, er wandte den Kopf nicht mehr zu mir, öffnete die Augen nicht mehr, wenn ich das Zimmer betrat. Ob er mich noch hörte und bei meinen letzten Besuchen erkannte? Wenige Wochen nach seinem Tod am 1. Mai 1987 sollte Johanna nach Berlin kommen. Wir trafen die Cutterin, seine gute Freundin noch aus Studienzeiten in Babelsberg, die beauftragt war, uns den Schlüssel seiner Wohnung zu geben. Die Wohnung in der Hektorstraße, einer Seitenstraße des oberen Kurfürstendamms, war sorgsam aufgeräumt und schon im Herbst von ihm auf unser Kommen vorbereitet worden. Wie seine gute Freundin uns riet, sollten wir alles untereinander aufteilen, damit die Wohnung pünktlich zum Ende des Mietvertrages übergeben werden könnte. Unschlüssig setzte ich mich in einen Sesselstuhl und konnte an diesem ersten Abend keinen Gegenstand seiner Wohnung berühren. Beim zweiten Besuch in seiner Wohnung begannen wir, Schranktüren zu öffnen. Seine Kleidung hatte er offenbar selbst vorausschauend entsorgt. Das Sichten und Forschen in seinen Sachen machte mir zu schaffen. Eine Zeitlang schloss ich mich im Klo ein. Im Bad roch es noch nach seinem Rasierwasser. Kouros, einem herben und würzigen französischen Duft, das den jungenhaften Menschen, der er war, überraschend herrenhaft wirken ließ. Noch Jahre später musste ich an meinen Vater denken, sobald ich auf der Straße oder im

Kino diesen Duft wahrnahm. In der Kommode fanden wir die Stapel nie verfilmter Drehbücher, darunter zwei alte aus den sechziger Jahren, als er noch in Ostberlin gelebt und in Babelsberg studiert hatte. Auf seinem großen leeren Schreibtisch fanden wir Kante auf Kante gelegt zwei seiner Tagebücher, alle anderen hatte er verschwinden lassen.

Das Sterben meines Vaters, die Wohngemeinschaft mit ihren Ansprüchen, meine Jobs. So hatte ich vor zwei Jahren aufgehört, die Schule zu besuchen. Und diese Lebensumstände dem Schulamt bei meinem Antrag auf Wiederaufnahme im Frühling dargelegt. Wessen Leben verlief schon gerade und nach wessen Plan?

Stephan nickte. Er konnte es kaum erwarten, die Schule endlich hinter sich zu bringen. Dass ich freiwillig zurückgekehrt war, beeindruckte ihn. Es erklärte vielleicht das Selbstbewusstsein, das ich in seinen Augen ausstrahlte, eine Reife.

Stephan stellte mich seinen Eltern vor. Er hatte ihnen schon von mir erzählt, und sie waren neugierig. Wir gaben uns die Hand zur Begrüßung, sie boten mir das Du an.

Stephans augenscheinliche Harmlosigkeit und Unschuld, die fröhliche Abenteuerlust und seine klugen analytischen Betrachtungen von Büchern und Filmen rührten und irritierten mich. Über Monate gelingt es mir, einem ersten Kuss mit Stephan auszuweichen. Dabei hat er mir längst Briefe geschrieben, seine Liebe gestanden und anderen davon erzählt. Stephan möchte wissen, wie mein erstes Mal war, und er erzählt mir von seinem. In unserem Sprechen und Bildern Begegnungen mit anderen Jungen und Mädchen. Wir fragen uns aus. Sitzen nebeneinander auf seinem Jugendbett. Seine Uhr fasziniert mich, die römischen Ziffern, der Handaufzug. Der Name des Schriftzuges ist Chopard, wenn ich mich nicht täusche. Er zeigt mir ihren Mechanismus. Mein Ohr an seiner Uhr. Seine schönen Hände.

Wir lieben uns mit Worten, im Sprechen, im Zuhören, im Schweigen. Wir wollen mehr wissen, Dinge erfahren, die keiner sonst weiß. Scheherazade. Dabei droht keine Gefahr. Wir erzählen uns von gleichgeschlechtlichen Erfahrungen, vertrauen uns Dinge an, die wir noch niemandem erzählt haben, und deuten anderes nur an, worüber wir noch nicht sprechen wollen, vielleicht nie. Wie er seine Finger aneinander bewegt, wie tief seine Stimme einen Satz beginnt, sein Blick zu anderen, sein Blick zu mir. Er mag meinen Geruch, meine Haare, die Art, wie ich lache. Ich erwidere seinen Blick, wir lieben uns im Ansehen, und keiner streckt als Erstes die Hand aus.

Auf Grace Jones wäre ich ohne Stephans Liebe zu besonderen Stimmen und Elektrosound kaum gekommen. Nur wenn er seine nagelneuen CDs von Bronski Beat und Michael Jackson anstellte, wurde ich unruhig. Ich spielte ihm Prince vor. Er war der Einzige, dessen Kopfstimme ich ertrug, dessen Musik in meinen Ohren neue Dimensionen eröffnete. Stephan trug Hemden aus feinen Stoffen, zu besonderen Anlässen mit Manschettenknöpfen, Hosen aus Tuch und Levis 501 mit unterschiedlichen Gürteln italienischer Hersteller. Sonnenbrille von

Ray-Ban. Marken, deren Namen für mich kaum nähere Orientierung bieten konnten, allein ihr Klang bedeutete mir, dass es sich um gute Materialien und bestes Handwerk handeln musste. Seine Schwester spielte Klavier wie ein Wunderkind. Kam ich dort zu Besuch, schauten wir drei mit anderen Freunden gemeinsam *Twin Peaks*. Mit Bret Easton Ellis beschäftigte Stephan das Thema der Dekadenz und der Ennui seiner Jugend. Dass ich mein Abitur von einer kleinen Halbwaisenrente und Sozialhilfe machte, selbstgenähte Hosen und an anderen Tagen einen Bastrock aus dem Faschingsladen trug, vor wenigen Monaten noch aus blauen Müllsäcken Oberteile für den Jungen mit Irokesen und mich gebastelt hatte, mit einer rotweißen Absperrkette als Kordel, nicht einmal ein Bügeleisen besaß und schon seit vielen Jahren nicht mehr zu Hause, sondern in einer Wohngemeinschaft im Drogen- und Rotlichtviertel wohnte, musste auf ihn verwegen wirken. Wie ich in den letzten ein, zwei Jahren seit dem Sterben meines Vaters gelebt habe, wollte Stephan wissen. Neben den privaten Haushalten hatte ich über Monate einen Kindergarten geputzt. Vom Fotolabor und dem Praktikum bei einer Freundin meines toten Vaters erzählte ich Stephan. Wie ich neben der Cutterin mit dem weißen Wachsstift das Filmmaterial beschriftet und den Galgen mit den Schlaufen der einzelnen Szenen in Ordnung gehalten, ihr bei der Arbeit zugesehen hatte. Mit jedem Schnitt ändert sich die Geschichte, ihre Dramaturgie, wird Chronologie erzeugt. Bei ihr hätte ich als Assistentin anfangen können, hätte ich mich nicht für die Schule und das Abitur entschieden. Noch erzählte ich ihm nicht, dass ich seit dem Sterben meines Vaters regelmäßig eine Psychoanalytikerin aufsuchte.

Was ich bei den Mittdreißigern der *family* erlebte, konnte ich Stephan anfangs nur in gewissen Ausschnitten zumuten. Auf die Drogen war er so neugierig wie auf meine sexuellen Erfahrungen. Er wollte alles wissen und scheute weder Geduld noch Mühe, um mir immer weitere Andeutungen zu entlocken. *Sweetest Taboo* war das Lied der Stunde. Stephan verehrte Sade. Wenn ich ihn besuchte, sollte ich oft ihre Stimme hören. *Love Is Stronger Than Pride.* Ich sehnte mich danach, endlich allein zu wohnen.

Meine Mitbewohnerinnen und ihre Männer, mit denen sie zwar nicht verheiratet waren, aber oft ihre Betten teilten, machten alle irgendetwas mit Kunst und Film. Sie redeten den halben Tag über Selbstfindung, die Aura und den Sex der anderen wie den eigenen. Es war die Zeit, in der Küchenpsychologie und Lebensrat Hochkonjunktur gewannen. Man gab sich philosophisch, indem mit Andacht und hochgezogenen Augenbrauen Bonmots von Umberto Eco und Konfuzius aufgesagt wurden. John Lennon, C. G. Jung, Mick Jagger und Timothy Leary. Meine Herren. Zwischen Joints und Kokain wurde ich von den älteren Frauen belehrt, wie sie das Leben sahen. Sie spekulierten darüber, warum ich mich immerzu um andere kümmerte. Es wurden Rezepte erteilt. Ich sollte auf mich achten, mich finden, mich abgrenzen. Nur wer sich selbst liebe, könne andere lieben. Sie waren schmale Blondinen, zumindest gefärbte, und waren aus Österreich und westdeutschen Kleinstädten in den frühen achtziger Jahren über Stationen wie Hamburg und New York nach Berlin gekommen, um endlich ihre engen, angeblich kleinbürgerlichen Elternhäuser hinter sich zu lassen und in der großen Stadt wilde Nächte voller Abenteuer zu erleben und an denselben Tresen wie Blixa, Iggy und Nick zu stehen. Über ihre Berühmtheiten sprachen sie am liebsten beim Vornamen, als wären sie engste Freunde – denn Künstler waren sie ja auch, irgendwie. Ihre Sphäre in Berlin nannten sie frei nach Warhol *family*. Schließlich hatten sich Andys und ihre Wege in der New Yorker *factory* fast gekreuzt. So gehörte man schon dazu. Sie machten Performances, Videos, verrückte Lifestyle Accessoires, waren Schauspielerin, Model, Kosmetikberaterin, Kostümbildnerin und Femme fatale, von jedem nicht nur ein bisschen, sondern alles auf einmal. Den Begriff It-Girl kannte ich damals noch nicht. Alles Verruchte verlangte endloses Labern. Ihre Gedanken drehten sich im Kreis. Es ging um Berühmtheiten, Bedeutung und Selbstverwirklichung. Einer ihrer Lieblingssätze lautete: *Ich muss jetzt erst mal an mich denken*. Und es passierte laut. Im Loop. Sie dachten laut an sich, kommentierten laut ihr Tun und referierten im Takt der jeweiligen Droge ihre wachsende Welterkenntnis. Seit Tschernobyl wollte in der Wohngemeinschaft niemand mehr Pfifferlinge und Salat essen, von einem Joint zum nächsten besprachen sie ihre Auswanderungspläne und die nächste Party, welcher Freund und Dealer sich wohin absetzte, sie sprachen darüber, wer am Vorabend Prince im Dschungel am nächsten gekommen war. Bald darauf nahmen sie mich einmal mit in den Dschungel, und ich war überrascht, dass es ein so winziges Lokal war. Das dichte Gedränge gefiel mir nicht, die Musik schon. Da ich mit meinen sechzehn, siebzehn, achtzehn Jahren und mit einem Abstand von zwanzig Jahren die Jüngste in der Wohngemeinschaft war, machte man mich gern zur Debütantin und Projektionsfläche. Sie schleppten mich in ihre Bars und Clubs. In ihren Augen war ich vermutlich ein eigenartiges junges Mädchen, mit meinem pummeligen Äußeren, ohne jedes Gefühl für Mode, mit einer ihnen verdächtig erscheinenden Verschlossenheit, Ernsthaftigkeit und Vernunft sich selbst gegenüber. Vielleicht fanden sie mein Dasein trostlos. Sie verschafften mir Jobs als Aktmodell bei einem Bildhauer und als Statistin in den Filmen von Vietinghoffs Produktion, damit ich nicht immer nur putzen müsste. Ich sollte mal richtig Spaß haben, positiv denken, Glück ist für jeden da. Sie boten mir ihre Drogen und vermeintlichen Abenteuer an, als müsste ich endlich erweckt werden. Ich ließ wenig aus. Doch ich wollte mich nicht so recht inszenieren lassen. Die täglichen Joints lehnte ich immer entschiedener ab, ihre ermüdende Wirkung mochte ich so wenig wie Alkohol, von ihrem Glamour und ihren grasigen Weisheiten suchte ich Distanz.

Goltzstraße, O-Straße und Dschungel kannte Stephan nicht, er fragte, ob wir mal zusammen ausgehen wollten. Sein Revier war ein gediegenes American Diner namens Route 66 am Ludwigkirchplatz, ehe unweit davon das Menta öffnete. Stephan kniff die Augen leicht zusammen, wenn ich ihm erzählte, dass ich aus der Wohngemeinschaft weg wollte. Er wollte mehr hören, und ich erzählte ihm Begebenheiten, die ihn ekelten. Eines Tages hatten meine Mitbewohnerinnen mich Küken zu einem ihrer Freunde geschickt, von dem sie immer als Kiev sprachen. Ich sollte ihm Schokolade bringen, wie sie ihr Haschisch nannten, er bezahlte das Taxi, in dem ich fahren sollte. In ihren Augen war ich verfügbar, und ich war nicht selbstbewusst genug, ihnen den kleinen Gefallen abzuschlagen. Er wohnte in der Potsdamer Straße, wohin auch Teile unserer Wohngemeinschaft einschließlich mir wenige Monate darauf umziehen sollten. Mir öffnete ein alter Mann mit Glatze und eisgrauen Augen im offenen Kimono. Im Hintergrund lief dröhnend Velvet Underground. Ob ich was trinken wolle. Und? Stephan wollte, dass ich weitererzähle. Aber mich verließ der Mut und die Lust. Was hatten solche schlechten Geschichten zwischen uns zu suchen. Erzähl du etwas, bat ich ihn und hörte ihm Stunden und Nächte zu. Was er mir anvertraute, würde ich immer für mich behalten. Werde ihn nicht verraten, weder hier noch anderen gegenüber. Noch wohnte ich in der Wohngemeinschaft, aber innerlich war ich schon geflohen.

Eine Zeitlang wurde Valie bei jedem zweiten Satz erwähnt, bald darauf sprach die Mitbewohnerin ständig von Wim. Sie suchte Kinder, die sie ihm für seinen neuen Film als Cast vorschlagen wollte. Ihre kleine Tochter, die sonst in Sicherheit bei ihrem Vater wohnte, sollte dabei sein und ebenso mein kleiner Cousin, den ich wöchentlich betreute und nach dem Abholen vom Kindergarten manchmal in die Wohngemeinschaft mitnahm. Die Mitbewohnerin hatte aber keine Zeit, mit den Kindern zu Wim an den Oranienplatz zu fahren. Wim hier, Wim da.

Es lag auf der Hand, dass ich die Kinder zu Wenders bringen sollte. Ich starb vor Verlegenheit. Allein, dass und wie sie ständig von Wim sprach, erschien mir peinlich. Dieselbe Frau erzählte pausenlos und ungefragt, welche anderen Berühmtheiten welche sexuellen Vorlieben hatten, ihre eigene Präferenz galt Berühmtheiten. Sie nannte sich Groupie und kannte ihre Wege zu den After-Partys, Clubs und Hotels. Sie vergötterte David Bowie anders als ich weniger für seine Musik als für seinen Sex, also schämte ich mich für sie, wie sie Details ihrer bisher einzigen gemeinsamen Nacht zum Besten gab.

Pfingsten war es einem Freund und mir gelungen, ihn und die Eurythmics auf dem dreitägigen Open Air Konzert im Tiergarten zu hören, wir hatten mit Schlafsäcken unter freiem Himmel im Tiergarten geschlafen. Den Mitbewohnerinnen war es wichtig, dass sie den Jungen mit dem Irokesen loswurden.

Von Stephan, der mich seit dem Herbst in der Potsdamer Straße besuchen kam, nahmen sie keine Notiz. Sie machten mich mit ihrem Freund, dem Kameramann bekannt.

Wofür ich mich schämte und was ich allenfalls in Andeutungen erwähnen konnte, erschien Stephan hoch spannend. Er brannte vor Interesse, er wollte alles wissen. Meine etwas unübersichtliche Liebeslage konnte ich weder ihm noch meinem Tagebuch in vollem Umfang anvertrauen. Wenige Monate zuvor hatte es eine der Mitbewohnerinnen in meiner Abwesenheit gelesen und zitierte bei nächstbester Gelegenheit in grasumnebelter Runde frei aus meinen Sorgen. Stolz hob sie vor größerem Publikum an: Ich habe ja in deinem Tagebuch gelesen. Gelächter, hochgezogene Augenbrauen. Dass ich jetzt so ernsthaft mein Abitur machen wollte, amüsierte sie, die sie keines brauchten.

Wie hasste ich es, ihr Publikum und zugleich Objekt ihrer Unterhaltung zu sein, vorgeführt zu werden.

Als ich endlich Anfang 1989 in der ersten eigenen Einzimmerwohnung zur Untermiete bei dem Kameramann, meinem damaligen Liebhaber, in der Schöneberger Hauptstraße ankam, war ich erleichtert. Rainer war doppelt so alt wie ich, er war ein Berliner Arbeiterkind, im Wedding aufgewachsen, hatte ohne Abitur an der dffb Kamera gelernt, Ende der Sechziger in Westberlin Häuser besetzt und in Fabriketagen gelebt. Zwar benutzte er geradezu inflationär das Wort *Fresse*, das ich nicht mochte, und sagte ständig *achha*, ein Wort, das er sich aus Indien mitgebracht hatte. Aber seinen Berliner Tonfall mochte ich, der war mir wie aus weit zurückliegender Zeit vertraut. Als Schulkind hatte ich selbst mit Freunden berlinert, auch wenn sich unser ostberliner Dialekt von seinem westberliner unterschied. Er strahlte Ruhe aus. Die großen Demonstrationen der letzten Jahre hatte er gefilmt. Vor den Bullen hatte er keine Angst. Im Dezember suchten sie jemanden, der die Folgen des schweren Erdbebens in Armenien filmte, und er entschloss sich innerhalb weniger Stunden, dorthin zu fliegen. Die Kamera auf den Schultern warf er sich in jede noch so unübersichtliche Situation. Mit einem Lkw war er zwei Jahre zuvor auf dem Landweg nach Indien gefahren und hatte Seidenwaren aus Kathmandu importiert. Als er mir das große trapezförmige Zimmer in der Hauptstraße überließ, wollte er erst mal auf dem alten Schiff leben, das er sich mit Freunden teilte und das sie selbst restaurierten. Es lag in der Trave bei Lübeck. Sein Arbeitgeber war das gerade in Gründung befindliche *SPIEGEL TV*. Nach seinen ersten unerschrockenen Einsätzen wurden ihm Jobs angeboten, von denen andere träumten. Rainer versprach mir, dass er nur selten in Berlin sein werde. Endlich würde ich allein wohnen. Konnte meinen Jobs nachgehen, das Abitur machen, in Ruhe lesen und schreiben. Hier konnte ich unbeachtet und unkommentiert meine Freunde treffen, für sie kochen, und ich konnte über Nacht bei mir haben, wen ich wollte. Stephan besuchte mich schon am Tag nach dem Umzug.

SEIT EINEM JAHR sahen Stephan und ich uns jeden Tag in der Schule, saßen in gemeinsamen Kursen nebeneinander, trafen uns außerhalb der Schule, sprachen und sprachen, wurden engste Vertraute. Und doch wich ich in jedem letzten Augenblick körperlicher Annäherung vor der Berührung zurück. Scheute. Vor seiner Gewissheit, der vollkommenen zweifellosen Liebe, dem Unbekannten. Er wollte mein Verhalten verstehen, mein Vor und Zurück. Nur wenige seiner Briefe gab er mir. Im Frühling hatte er wohl versucht, sich von seiner Liebesfesselung loszusagen, ehe wir im Oktober 1989 unsere erste Liebesnacht miteinander verbrachten. Eine Nacht, in der wir nicht schliefen.

Es war nicht einfach Sex, es war Hingabe, die uns berauschte, beide. Uns immer wacher fühlen ließ.

Er glaubte, nun endlich kämen wir zusammen, würden ein ganzes Paar. Verletzen wollte ich ihn nicht. Trotzdem fühlte ich mich der Wahrheit und Aufrichtigkeit verpflichtet. Auch an anderen Menschen mochte ich dieses und jenes. Er war neugierig wie ich, wollte wissen, was genau ich empfinde. Ich versuchte, ihn davon zu überzeugen, dass Liebe keine teilbare Masse sei. Man sie nicht auf einen Einzelnen beschränken müsse. Das fand er schwierig. Er konnte sich nicht vorstellen, zwei Frauen zu lieben. Selten besuchte ich Rainer auf seinen Arbeitsreisen, etwa im Grand Hotel auf der Friedrichstraße in Ostberlin, wo er für den *Spiegel* die ersten Nächte des Mauerfalls Anfang November 1989 filmte.

Das Glück zu lieben. Von Zeit zu Zeit notierte ich in meinem Tagebuch, dass ich Stephan liebe, notierte, wie ich ihn liebe, und dass ich Verantwortung empfinde, ihm nicht weh tun möchte.

Es dauerte noch Monate, ehe ich mich ganz auf ihn und seinen Anspruch auf meine Treue einlassen konnte. Im Tagebuch schwankte ich. In Benny war ich verliebt, sobald ich ihn sah. Er nahm Kassetten für mich auf, brachte Sekt und Kokain mit. Für ein Plattencover bemalte ich seinen Rücken mit bunten Schminkstiften, ein Drache und Vögel. Traf ich ihn Wochen nicht, fehlte er mir kaum. Als ich ihn kennenlernte, lebte er mit der einen, später mit der anderen Freundin zusammen. Es gab Jungen, die ich in Freundschaft ohne Begehren traf, mit denen ich mich unterhielt und auf Konzerte ging, in Nächten durch die Stadt wanderte, auf dem Boden eines Zimmers saß, und wieder andere, mit denen ich eine einzelne Nacht verbrachte, in die ich mich für ein paar Tage verliebte und die ich dann aus den Augen verlor. Wenn Stephan mich fragte, log ich nicht. Er wollte wissen, ob ich Benny wiedergesehen hätte und ob wir Sex hatten. Stephan wollte wissen, mit wie vielen Jungen ich schon geschlafen hätte. Es waren nicht viele, fand ich. Doch jede noch so kleine Zahl musste ihm unermesslich scheinen, schmerzte. Das wollte ich nicht. Was zählte eine Zahl.

Die Unterschiede der Körper, ihre Spannkraft, Bewegungen, Gerüche. Ein Körper auf seine Weise schön.

Das Alleinwohnen genoss ich, die Abende allein, Nächte allein, lesen, schreiben, mich frei mit dieser Freundin treffen, und jener. An zwei Tagen in der Woche kellnerte ich von nachmittags bis nachts. Ich hatte zu dieser Zeit keine Vorstellung von einem Leben als Paar, von einer Liebe zu zweit. Noch hatte ich kein Bild oder inneres Konzept von einer engen und treuen Liebe zu zweit, wenig daran erschien mir sinnvoll. Stephans wacher Verstand faszinierte mich, seine Klugheit, Ernsthaftigkeit, seine Liebe zur Literatur. Sein Denken, Lesen und Argumentieren. Sein Humor und seine Art, sich mit den Fragen der Welt und dem Sinn des Lebens zu befassen, sich unerschrocken und in zweifelloser Liebe mit mir auseinanderzusetzen, erregten mich. Seine Wärme schloss mich ein, sie hatte eine Tiefe, wie ich sie bei keinem anderen Menschen je empfinden sollte.

Stephan ließ sich weder von dem neonfarbenen Irokesen noch von dem doppelt so alten Kameramann und anderen schillernden Gestalten in meinem Umfeld beeindrucken. Er wollte mich ganz, nicht teilen. Auf eine mir neue und ihm selbstverständliche Art war Stephan liebesgewiss. Auch wenn er fand, ich sei der schwierigste Mensch weit und breit. Die junge, unverhohlene Neugier, mit der er meine Nähe suchte und seine Liebe erklärte, verunsicherte mich und zog mich an.

Noch wohnt er bei seinen Eltern. Über seinem Jugendbett hängt ein Bild aus Indien, das ein Liebespaar inmitten heiliger Tiere, der weißen Kühe, einem hellen Vogel, Blumen, vor allem zartrosa Lotusblumen und Gottheiten zeigt. Der Hintergrund ist ein dunkles Grün, ein Wald vielleicht, es sind alte Farben. Denke ich aus der Gegenwart zurück, so fällt mir ein Motiv ein, das es gezeigt haben könnte: Nala und Damayanti. Sahen wir ihre Hochzeit? Die beiden hatten voneinander gehört und sich verliebt, noch ehe sie die körperliche Gestalt des anderen kannten. Sie hatten sich nicht in ihre sichtbaren und gegenwärtigen Abbilder oder Körper verliebt, sondern in das, was sie voneinander gehört hatten. Oder erhob sich der Mann, war das Bild über Stephans Bett die Trennung der Liebenden im Wald? Mit den vielen Tieren könnten die beiden wohl auch Shiva und Parvati gewesen sein. Damals wusste ich noch nichts von indischen Mythen. Ich glaube, das Bild war auf Stoff gestickt oder gemalt. Es war eines der kostbaren Geschenke seiner Großeltern mütterlicherseits. Wie Stephan von seinen Großeltern sprach, hörte ich seine Liebe und tiefe Verehrung für diese beiden Menschen, die erst kürzlich verstorben waren. Ein oder zwei Jahre vor ihrem Tod hatten sie mit Stephan und seiner Schwester eine Reise ins ferne Indien unternommen, von der mir Stephan erzählte. Vielleicht war Stephan bei dieser Reise fünfzehn und seine Schwester vierzehn. Sie hatten Heiligtümer und Märkte besucht, in guten Hotels und auch auf einem Hausboot logiert. Stephan erzählte mir einmal, sein Großvater sei Ingenieur gewesen, er hatte ein bestimmtes Scherengitter für das Verschließen von Ladenfenstern erfunden. Ihren verdienten Ruhestand verbrachten sie fast ganzjährig in ihrem Haus auf einem ligurischen Felsen am Meer, unweit von Imperia, wo Stephan und seine Schwester in allen Sommern ihrer Kindheit gewesen sind. Es waren wohl die anderen Großeltern, von denen er mir erst später erzählte, wie sie ihm mit ihren Leistungsansprüchen und Erwartungen zusetzten, ihn ständig zum Gegenstand ihrer drohenden Enttäuschung machten.

Eine gemeinsame Klassenfahrt im ersten Frühling hatte mich mit Stephan und anderen unserer Freunde zum ersten Mal nach Italien geführt, in die Toskana, sonst kannte ich das Land seiner Kindheitssommer noch nicht.

Im Sommer fuhr ich mit dem Kameramann in seiner ausrangierten *Bullenwanne*, einem weißgestrichenen Mannschaftswagen von Mercedes, über Frankreich und Bilbao, Gijón, Valladolid und Saragossa nach Barcelona. In Berlin hatte ich schon die ersten Fahrstunden genommen, und mein Freund ließ mich in Spanien ans Steuer, wann immer ich wollte. Schon als Kind hatte ich vom Fliegen und Autofahren geträumt. Ein Auto lenken bedeutete Unabhängigkeit. Noch heute bin ich ungern Beifahrerin.

Die erste Liebesnacht mit Stephan wirkte in mir. Es war ein Keim, der sich über den Herbst und Winter nicht mehr ersticken ließ. Die Mauer fiel, und ich nahm Rainers Einladung über Weihnachten und Silvester nach New York an. Noch nie war ich in New York, noch nie zuvor auf einem anderen Kontinent gewesen. Tagelang schneite es, der Central Park war weiß, wir gingen Schlittschuh laufen, und ich wollte allein ins Museum. Er hatte Angst, mich allein auf die Straße zu lassen. Seine Freunde wollten sich mit uns in einer Bar treffen, und er fand Ausreden. Schließlich war ich erst neunzehn und sah aus wie zwölf. Das fiel ihm erst hier in New York auf. Ich wollte das Bett nicht mehr mit ihm teilen. Meine Gedanken und mein Herz waren bei dem, den ich liebte. Kaum traute ich mich ins Tagebuch zu schreiben, unsere räumliche Nähe in dem einen Zimmer mit dem einen Bett beengte mich. Dabei spürte ich seine Bemühung. Die Stimmung in New York war am Boden. Es ging nicht weiter mit uns.

Zurück in Berlin fing die Schule wieder an, Stephan würdigte mich anfangs keines Blickes. Wir waren Könige darin, uns mit den Blicken aus der Welt zu schneiden, einander zu isolieren, uns zu vermissen und aufeinander zuzugehen. Was sich in mir damals änderte, kann ich bis heute nicht erklären. Es geschah unwillkürlich und vielleicht ohne Grund und Ziel, weder weil Stephan es wollte noch ich selbst. Liebe ist ein ähnliches Wunder wie Seele und Leben. Hatte ich ihn erkannt, wie die Graugans das erste Lebewesen, nachdem sie geschlüpft ist, wie Adam und Eva sich erkannt haben sollen? Mein Begehren galt nur noch ihm. Die in der Öffnung empfundene Intimität und Einzigartigkeit verlangte keinerlei andere Körper mehr. Alles Körperliche war nur noch ein Wir, die ganze Welt, so schien mir, war in und mit uns. Darin entfaltete sich eine sonderbare Bedingungslosigkeit, ganz gleich, ob wir es Zusammensein nannten, uns täglich oder uns seltener sehen würden, wohin und wem auch immer er sich zuwenden würde, meine Liebe galt ihm. Ich ermutigte ihn, sich eine erste eigene Wohnung zu suchen.

Um uns herum war der Osten plötzlich nah, jeder konnte hin und her fahren. Johanna war jetzt mit Stephans engem Freund zusammen, und so luden wir noch ein, zwei weitere unserer Schulfreunde zum fünfundsiebzigsten Geburtstag unserer Großmutter im Februar nach Rahnsdorf ein. Unsere Freunde konnten es kaum glauben, dass wir nicht um Erlaubnis bitten mussten und kommen konnte, wer wollte, wie jedes Jahr. Inges Haus war voll, Gäste aller Generationen kamen und gingen, saßen auf Treppen, Stühlen und Sofas, standen in den Sälen und Fluren, tanzten, sangen und redeten, tranken, rauchten und lachten. Stephan und seine Freunde waren zum ersten Mal in Ostberlin.

Oft nahmen wir die U-Bahn und S-Bahn, manchmal das Rad, Stephan hatte keinen Führerschein, seine Mutter lieh uns manchmal ihr kleines Auto, bis ich mir einen uralten VW Derby kaufte und Stephan meine Kindheitsorte auf der anderen Seite der Mauer zeigte, auf Rahnsdorf folgte Adlershof, der Zionskirchplatz, wo Annas Freund Jo, mit dem sie zusammen war, als wir geboren und Kleinkinder waren, noch immer in seiner Ladenwohnung wohnte, und Pfingsten nahm ich ihn mit an die Ostsee. Wir schlafen im Blauen Haus, ich heize den Ofen und gehe mit ihm in die Sandberge hinter der Steilküste, Dünengras, Buhnen im Meer, die mehrfarbigen Sandschichten, weiß, violett, orangerot, und Lehmquellen am Fuß der Steilküste, wo über unseren Köpfen die Schwalben ein- und ausfliegen, und ich zwischen Sanddorn und Feuerstein Sommer und Winter der Kindheit verbracht hatte. Dass die paar Leute, die außer uns am Strand sind, nackt ins Wasser gehen, wundert Stephan.

Als wir im Sand liegen, um uns zu trocknen, nehme ich eines der kleinen Kohlestückchen aus dem Sand und male auf seinem Rücken. Er muss kichern, weil es kitzelt und kratzt. Am Strand muss er auf dem Bauch liegen, neben mir. Er möchte, dass ich weitermache. Was ich da male, interessiert ihn nicht, er genießt das Kratzen und Reiben auf seiner Haut. Auch meine Fingernägel mag er. Seine Augen hält er jetzt geschlossen. Ich lasse ihn raten, Muschel, Stein, Holz. Den Tang hält er für meine Lippen.

Nach Sonnenuntergang wölbt sich die Milchstraße über uns, und ich zeige Stephan die Feuerschiffe zwischen Himmel und Wasser. Sie werden so genannt, weil die leuchtenden Punkte am Horizont noch im letzten Jahr zu den Grenzpatrouillen der Armee gehörten, die auf Flüchtlinge feuerten, wenn sie im Schlauchboot über die Ostsee nach Dänemark in den Westen fliehen wollten. Wie ist dein Vater geflohen, will er wissen. Ich muss mit den Achseln zucken. Nicht mal den genauen Zeitpunkt seiner Flucht kenne ich. Irgendwann zwischen 1973 und 1975 muss es gewesen sein. Er war eines Tages einfach weg. Wie hatte er das trotz Schießbefehl geschafft? War er in der Finsternis einer Nacht trotz Scheinwerfern über die Elbe geschwommen? Dass er zwischen Wachttürmen und bewaffneten Grenzsoldaten über die Mauer und die Stacheldrähte geklettert wäre, über Minen gesprungen, halte ich für unwahrscheinlich. Hatte er in einem Schlauchboot die Ostsee überquert? War er im Kofferraum eines Autos versteckt oder mit gefälschten Dokumenten über Ungarn oder die Tschechoslowakei geflohen? Niemand konnte vor 1989 über seinen Fluchtweg sprechen, da er sich und seine Helfer gefährdet hätte. 1990 ist er schon drei Jahre tot. Er musste von Freiheit geträumt haben. So oft er in seinem Tagebuch den *kalten Blick* von Anna mit der *Kälte* jener Frau vergleicht, die ihn einst geboren und als Siebenjährigen ausgesetzt hat, kann ich mir vorstellen, dass er nicht nur der Freiheit entgegen, sondern auch vor der Kälte und uns geflohen ist.

Wenn ich mit Stephan spreche, denke ich über die merkwürdige Zurückhaltung meines Vaters nach. Wie konsequent, fast zwanghaft er sein Leben vermieden hat. Als ich im Krankenhaus neben seinem Bett gesessen hatte, empfand ich keinerlei Anspruch und Vorwurf. Wir hatten noch keine gemeinsame Geschichte. Der Mann, der mich gezeugt hatte, war ja fast noch ein Fremder. Seine Trauer, sein stilles Entsetzen spürte ich. Erklärungen und Worte brauchte es in diesem Moment nicht.

Ligurien sollte ich erst kennenlernen, als Stephan mich im Sommer zum ersten Mal in das Haus seiner verstorbenen Großeltern einlud. Bei gutem Wetter kann man im Dunst des Meeres die Umrisse Korsikas erkennen. Unter unseren Fußsohlen kleben lange Nadeln, es duftet nach Meer, dem Harz der Kiefern und Zitronenblüten. Unsere Körper schmecken nach Meer und Blüten. Das Haus mit seiner riesigen Terrasse aus Natursteinen steht frei auf einem Felsen, der zwischen zwei Orten ins Meer ragt. Nachts legen wir die Matratzen ins Freie und schauen hoch, wie klein wir sind. Eine Sternschnuppe nach der anderen fliegt in meinen offenen Mund, Perseiden, Stephan kennt ihren Namen, ein glühender Schwarm, so schnell und so viele, dass ich mir nichts mehr wünschen muss.

IM KINO SEHEN STEPHAN und ich zusammen *Gefährliche Liebschaften* und finden uns an manchen Tagen in ähnlichen Ränken miteinander. Stephan liebt das Spiel mit dem Feuer.

Unter Jungs, mit seinen engsten Freunden, verschwindet er für eine Sommernacht am Flughafensee. Sie erleuchten sich gegenseitig und gemeinsam die Welt, aus der sie in den kommenden Tagen nur mühsam und ungern zurückfinden. Der Teufelsberg ist ihre Warte, hoch, wie ein Vogelhorst, sie treffen sich neben der futuristisch wirkenden Radarstation der Amerikaner, die in jenen Monaten aus ihrer Rolle der Alliierten kippen und ihre Überwachung an diesem Ort aufgeben, das futuristische Gebäude wie eine Ruine zurücklassen werden. Weit ist hier der Horizont, Stephan und seine Freunde empfinden diesen Berg aus Kriegsmüll, den sie unter sich wissen, erhebend. Auf seine Ausflüge kann und möchte ich ihm nicht folgen.

Komme ich nachts vom Kellnern nach Hause und liege allein auf der Matratze in meinem trapezförmigen Zimmer, riechen meine Haare stickig, nach Rauch und den Schwaden der Essen, die ich über die letzten Stunden aus der Küche an die Tische getragen habe. Mein Herz schlägt immer schneller, im Bauch, im Hals, im Ohr, immer lauter. Ich versuche, tief zu atmen. Das autogene

Training, das ich in den letzten Monaten gelernt habe, nutzt nichts, es hat kaum Einfluss auf die Angst, verstärkt sie eher. Die Angst inmitten der Angst. Ich werde an meiner Angst sterben, dessen bin ich sicher. Die Angst vor dem Alles, die Angst im All. Woher die Echos? Seit längerer Zeit rauche ich nicht mal mehr aus Gelegenheit, noch nie habe ich wie die Köche und der Chef ein Feierabendbier getrunken oder immer eine Flasche Sekt im Kühlschrank wie Rosita, Schnaps oder Wein im Haus. Stephan und ich, wir trinken beide selten. Die Panikattacken sind nach dem Abitur aufgetaucht, sie entziehen sich jeder Kontrolle. Immer stärker habe ich das Bedürfnis, mich zu schützen, die Asketin in mir erwacht. Sie hat angefangen Jura zu studieren und sich beim *Tagesspiegel* als freie Mitarbeiterin beworben.

Die Angst vor dem Alles und Nichts ist in mir. In einem unserer vielen Gespräche werde ich Stephan von jenem Tag vor wenigen Jahren erzählt haben, an dem Johanna und ich die beiden für uns bereit gelegten Tagebücher unseres gestorbenen Vaters lasen. Das eine hatte er am Tag unserer Geburt für uns begonnen, das andere parallel dazu für sich selbst 1970 geführt. So viel ist übrig, so viel sollen wir wissen. Aus den Tagebüchern des Toten erfahren wir, wie das Jahr unserer Geburt für ihn war.

Sie jagt ihn weg, trifft ihn und jagt ihn wieder weg. Er bewundert sie, begehrt sie und bemüht sich. In seinem Tagebuch äußert er Träume, er möchte mit ihr zusammenleben, ein gemeinsames Haus suchen. Sie weist ihn ab. Er zweifelt, ob in ihrer *Affenliebe* zur älteren Tochter überhaupt Platz für uns Zwillinge sein kann. Für ihn ist da keiner. Er arbeitet für das Fernsehen der DDR. Oft dreht er wochenlang, arbeitet Tag und Nacht, dann folgen Wochen des Schreibens und der Vorbereitung. Er möchte es nicht, aber er kann nicht anders: Immer wieder findet er sich nachts vor dem Plattenbau und schaut zu ihren erleuchteten Fenstern hinauf. Auch am Tag beobachtet er uns einmal von Ferne. Wir sind keine fünf Monate alt, als Anna ihm ihre neueste *Eskapade* gesteht. In der S-Bahn hat sie einen jungen Mann kennengelernt, einen Kunststudenten namens Jo, und ihn mit nach Hause genommen. Sie ist siebenundzwanzig, er einundzwanzig. Wenn der Mann, der uns nur zeugen durfte, jetzt nachts unter ihren Fenstern steht und hinaufschaut, sieht er beider Schatten, Annas und den des Jungen.

Der Mann soll zum Amt und die Vaterschaft anerkennen und verpflichtet sich mit der Urkunde zu Unterhaltszahlungen. Mehr darf er nicht. In seinem Tagebuch notiert er: *gebe Anna 700 Mark von meinen 1092 als Lebensgeld (100 Mark davon ihr Taschengeld).*

Frühchen müssen zunehmen, 5 x am Tag sollen es 100 ml einer Ersatzmilch sein, das wird kaum geschafft, wir spucken und müssen abwechselnd ins Krankenhaus, die Leber, die Eisenwerte seien schlecht, die unreifen Organismen schaffen den Stoffwechsel nicht. Wir schreien ständig. Brüllen. Im Wechsel und gleichzeitig. In jeden offenen Mund wird eine Flasche gesteckt. Eine Mutter schafft das nicht allein. Wir werden gemästet. Schon mit drei Monaten stopft man geriebenen Apfel und Zwiebackbrei in uns hinein.

Eines Tages klingelt sie an seiner Wohnungstür und stellt ihm die Zwillingsbabys in seine Einraum-Neubauwohnung in der Schwarzmeerstraße, sie hat auch die Stoffwindeln und Flaschen mitgebracht. Er soll uns jetzt versorgen. Und sie verschwindet.

15. VIII. Habe für zehn Tage die Zwillinge in Pflege. Arbeit, viel Arbeit! Von 8 bis 22 Uhr. Julia nach wie vor robuster, stärker. Greift schon nach den Dingen. Kommt an der Hand besser hoch ins Sitzen. Julia ist auch leichter zum Lachen bereit. Wie misstrauisch sich beide gegenseitig betrachten. Sie lachen sich nie an, mustern sich, wenn ich abwechselnd eine auf dem Arm habe. Heute schien es mir, als versuchte Julia ein Lächeln, Cornelia reagierte natürlich nicht. Beide sind kräftig und braun. Vitamin-D-Stoß wegen weicher Köpfe. Überhaupt ziemliche Bumsköpfe. Blut scheint nun in Ordnung. Trennung von Anna scheint nun wohl endgültig. Anna plant in Potsdam Kinderfrau oder Dauerkrippe. Groß wird sie unsere Kinder schon kriegen; was sonst? Mein Gott, wie jähzornig ich bin, wenn eines nicht essen will. Schüttele Julia so stark, dass sie Schreck und Schmerz empfindet. Sie sieht mich kurz darauf richtig kritisch und kühl (wie Anna!) an. Julia dreht sich schon auf Seite und streckt sich ins Hohlkreuz. 18. VIII. Telegramm an Anna geschickt, halte es mit den Kindern nicht mehr aus. Dieses dauernde Gebrüll aus heiterem Himmel, denn kurz vorher sind sie noch fröhlich, aber das Schreien ist selten zu beenden. Ich könnte dreinschlagen. Dann das nicht essen wollen! Dabei gings heute prima mit dem Gemüsebrei. Beide sind leider ziemlich schreckhaft. Und fast hysterisch, wenn der nächste Löffel Brei nicht sofort kommt, brüllen sie schon los. Julia schnappt oft gierig wie ein Raubfisch. Beide kauen viel an ihren Schlafdecken.

Ich erinnere mich an die Zipfel der Bettbezüge unserer Kindheit. Wir steckten sie Jahre in den Mund, saugten an ihnen und rieben uns zum Einschlafen den Bettzipfel gegen die Nase. Die Bettzipfel waren braun und löchrig. Wenn ein Bettbezug frisch gewaschen wurde, weinten wir. Ich erinnere mich daran, dass nichts so schön und beruhigend war wie der Geruch meines weichen löchrigen Bettzipfels.

Damit keines der ungestillten Frühchen warten und brüllen musste, wurden immer gleich zwei Flaschen vorbereitet und die nebeneinander liegenden Säuglinge gleichzeitig gefüttert. Wechselnde Hände an den Flaschen, wechselnde Obhut. Grammzahlen der Nahrung und Gewichtszunahme werden überwacht, die Blutwerte geprüft, damit es nicht wieder zu einer Bluttransfusion wie bei mir wenige Wochen zuvor kommen muss. Erhalt der Körper.

Mit Stephan spreche ich selten über meine Angst in der Angst. In einem langen Brief hatte ich ihm erst in unserem zweiten Jahr gestanden, dass ich seit dem Tod meines Vaters eine Psychoanalytikerin besuche. Neben ihrer traditionellen Freudianischen Analyse hatte sie psychoanalytische Gruppenarbeit entwickelt. Sie hatte mich mit siebzehn Jahren, nach dem Tod meines Vaters für zu jung gehalten, um einzeln bei ihr zu sein. Daher besuchte ich ihre Gruppe mit Erwachsenen, die zehn, zwanzig Jahre älter waren als ich. Den Brief hatte ich Stephan mit nach Italien gegeben. Er war mit Freunden schon vorgefahren, in sein ligurisches Familienhaus auf dem Felsen. Die Freunde waren abgereist, wir waren zu zweit. Nebeneinander saßen wir auf der steinernen Bank. Als wir uns wiedersahen, wirkte er überrascht. Befremdet. Als hätte ich ihn in den vergangenen zwei Jahren hintergangen. Ob ich ihm nicht vertraute. Konnten wir nicht über alles sprechen?

Sprechen schon, laut denken, erfinden und erinnern, uns Geschichten erzählen. Über manches aber kann ich nicht sprechen. Weder mit ihm noch in der Psychoanalyse. Manches entzieht sich der Sprache. Dort suche ich nach einem Verstehen dessen, was ich das Nichts nenne. Mir fehlt Sprache. Mein Denken langt nicht in die Finsternis vor der bildhaften Erinnerung. Wo Körper und Seele etwas erfahren und wissen, das niemals Erinnerung werden kann. Ich erforsche jene Zeit, in die keine bildhafte Erinnerung in mir zurückreicht, Echos aus dem Innersten meiner Seele, Erfahrungen, die ich in mir trage.

Stephan und ich erzählen uns, wie wir uns als Kind die Seele vorstellten: als Lichtgebilde, plastisch, flüssiges Licht, nicht materiell, dichtes und weniger dichtes Licht, schimmert. Sie ähnelt dem reflektierten Sonnenlicht des Mondes, nur sind ihre Schatten nicht Krater ihrer Materie, eher ist ihre Lichtdichte in diesen Regionen geringer als die in anderen. Wir glauben nicht an Geister und Horoskope, wir lachen über Schicksal und Vorsehung. Aber die Existenz der Seelen kann keiner bestreiten. Im Gegensatz zum Körper haben Geist und Seele kein Geschlecht. Wir denken nicht geschlechtlich.

Stephan und ich spielen Schach, manchmal stundenlang, Tag und Nacht. Manchmal lassen wir das Brett stehen, wenn wir schlafen müssen, und spielen nach dem Aufwachen weiter. Wir fühlen uns süchtig. Begegnung in Strategie. Kommen tagelang nicht vor die Tür. Als wir nach mehreren Tagen und Nächten runter auf die Straße taumeln, erschrecken wir. Die Welt wirkt systemisch auf uns, wie das Schachspiel, jeder Schritt hängt mit jedem zusammen und ergibt eine köstliche Fülle an Wahrscheinlichkeiten denkbarer Züge und aufeinander bezogen logischer Konstellationen. Wir fragen uns, ob unsere Welt eine Art Schachspiel mit Milliarden gleichzeitigen Teilnehmern ist. Wo könnte hier ein Zufall siedeln?

Müssen wir ein Spiel unterbrechen und die schweren Holzfiguren in den Kasten mit dem grünen Filz legen, notiert Stephan unsere letzten Züge und die Figurenkonstellation, so dass wir beim nächsten Mal ein noch unentschiedenes Spiel weiterspielen können.

Ein anderes Mal verbringen wir drei Tage und Nächte im Gespräch, wir sprechen immer weiter, selbst im Schlaf sprechen wir miteinander, im Traum und aus dem Traum heraus, bewegen uns in die Perspektive des anderen, schweigen, verstummen im Tiefschlaf und kommen zu uns, im Erwachen, zueinander, sprechen weiter, bis uns unser Sprechen unheimlich wird und wir lachen. Wir müssen nur mal ein paar Stunden aussteigen, auseinandergehen, sagen wir uns, er fährt nach Hause, zu seinen

Eltern, wo gerade Sonntag ist und die Mutter ihn zum Essen erwarten wird. Später telefonieren wir und sagen uns gegenseitig, das ist er, der Grat zum Wahnsinn. Wir zeigen uns Kinderfotos und erzählen uns Kindergeschichten. Was für goldige Kinder sehe ich auf seinem Foto, das ihn mit seiner Schwester in der Badewanne zeigt. Wie goldig sie lachen. Der Schalk in seinen Augen, den ich in seinem erwachsenden Blick oft erkenne, liebe. *Goldig*, ein Wort seiner Mutter.

Im Tagebuch unseres Vaters lesen wir von Begebenheiten, die wir als Säuglinge erfahren haben und doch nie wussten, bis zu seinem Tod, bis wir diese beiden Bücher aufschlagen und darin lesen: Noch im Jahr unserer Geburt wird für die brüllenden Säuglinge eine Pflegefamilie gefunden. Wir sind acht Monate alt. Biermann hat wohl bei der Vermittlung geholfen. Bei Ingeborg Frost und ihren drei fast erwachsenen Töchtern sollen wir mindestens bis zur Einschulung bleiben können. Dauerpflege. Tag und Nacht leben wir jetzt dort, Monat um Monat. Sie wohnt in der Chausseestraße auf derselben Etage wie Biermann und Eva-Maria, schon Kathi, die beste Freundin ihrer jüngsten Tochter, hatte sie nach dem frühen Tod ihrer Mutter längere Zeit bei sich aufgenommen. Jürgen und Anna sind erleichtert, endlich einen Ort für uns gefunden zu haben. Sie nehmen sich vor, uns im Wechsel einmal im Monat zu besuchen.

Die Frost-Töchter reißen sich darum, uns auf den Schoß und den Arm zu nehmen. Wir werden dort gefüttert und gebadet. Die Mädchen lieben es wohl, mit uns zu spielen. Es geht uns gut. Wir lernen dort laufen und die ersten Wörter sprechen: Frau Frost nennen wir Mutti. Eine andere kennen wir nicht.

Als wir im Tagebuch unseres Vaters lasen, hielten wir den Atem an. Warum hatte Anna uns nie von diesen frühen Monaten erzählt? Erst vom toten Vater erfahren wir von unserer Weggabe.

Stephan sah mich fragend an, er möchte wissen, ob ich mich getraut hätte, meine Mutter einmal darauf anzusprechen. Ich nickte. Wenige Monate nach dem Tod unseres Vaters und unserer Entdeckung der Vergangenheit habe ich meine Mutter im Montevideo am Viktoria-Luise-Platz getroffen. Ich wollte darüber nicht am Telefon von Berlin nach Schleswig-Holstein mit ihr sprechen. Als ich ihr von Angesicht zu Angesicht sagte, was ich nun wusste, brach sie in Tränen aus. Wir saßen am Tisch einander gegenüber, sie weinte und weinte, bis sie sich neben mich auf die Bank setzte und in den Arm nehmen ließ. *Aber warum*? Fragte ich, die ich nicht weinen konnte. Sie habe nicht gewusst, wohin mit uns. Sie habe wieder arbeiten müssen und wollen, und weder Inge noch unsere große Schwester oder unser Vater hätte uns versorgen können. *Warum*? Musste ich sie erneut fragen. Unter ihren Tränen hatte sie meine Frage nicht verstanden. Ich wusste längst, warum sie uns weggegeben hatte. Was ich nicht verstand, war, warum sie uns nach etwa einem halben Jahr dort wieder abholte und aus einer Familie riss, in der wir gern bis zur Einschulung und vielleicht darüber hinaus hätten bleiben können. Es ging uns ja gut dort. *Warum* hat sie uns dort weggeholt? Ich nahm die Papierserviette vom Tisch und hielt sie ihr entgegen, sie schnaubte sich die Nase. Ihre Augen sahen etwas, das ich nicht sehen konnte. Ja, es sei uns gut dort gegangen, wir seien sehr dick und rund geworden, hätten laufen gelernt und angefangen zu sprechen. Ihre Mimik imitierte unsere Pausbacken. Alle paar Wochen habe sie uns besucht, bis es ihr einen Stich versetzte. Denn wir hätten sie nicht mehr erkannt.

Wie eine Fremde hätten wir sie an- und durch sie hindurchgesehen. Auch wenn sie oft Tag und Nacht am Theater sein musste und ihre siebenjährige Tochter sich schon allein einen Wecker stellen und zur Schule gehen konnte, wollte sie uns wieder bei sich haben.

Die Fremde. Das Nichts. Meine Angst. Wir haben keine bildliche Erinnerung an diese Zeit in uns. Abrisse. Erst Jahrzehnte später werde ich Fotos erhalten. Simone, die jüngste der drei Schwestern, wird mich in der Öffentlichkeit erkennen und nach einer Lesung zu mir kommen.

Damals holte Anna sich die Zwillinge zurück in die kleine Wohnung nach Plänterwald. Es musste gehen. Also wurden Kinderfrauen gesucht und gefunden, Irmela, Regine, Sybille, und nicht zuletzt ihr junger Freund versorgte die Zwillinge im Wechsel mit den anderen, soweit es sein Studium zuließ.

Wenn Anna zu Proben und Vorstellungen im Theater war, wickelte und fütterte Jo uns, er brachte uns ins Bett und übergab uns den Kinderfrauen, fuhr mit uns für ein paar Wochen auf den Darß und nahm uns mit in seine Ladenwohnung am Zionskirchplatz. Als Anna und er sich voneinander entfernten und die Beschäftigung der Kinderfrauen für Tag und Nacht nicht ausreichte, kamen wir längere Zeit ins Kinderheim, eine Wochenkrippe in der Nähe des Potsdamer Hans-Otto-Theaters. Ich erinnere mich an die fahle Beleuchtung im Sputnik, den Doppelstockzug, in dem wir damals montagsfrüh bei Dunkelheit aus Berlin rausfuhren. Vom Bahnhof aus mussten wir eine Brücke zum Heim überqueren und hielten uns schreiend am Brückengeländer und an Laternenpfählen fest. Wir wollten nicht zurück ins Heim. Waren wir noch zwei oder schon drei Jahre alt? Wir beide haben bis heute deutliche Erinnerungen an das Brückengeländer, das Kinderheim. Ein freistehendes großes Haus aus dunklen Ziegelsteinen mit hohen Bäumen. Niemand durfte allein zur Schaukel. Ich sehe die gelblichen Plasteteller und die hellblauen Plastetassen. Kam man ins Haus, führte eine Treppe nach oben, und rechts der Treppe kam man über einen Gang und ein paar Treppenstufen hinunter in den Speisesaal. War der Speisesaal also im Souterrain? An unsere Gitterbetten im ersten Stock des Hauses erinnern wir uns. Und dass ein Junge, der manchmal noch ins Bett pinkelte, zur Strafe den ganzen Tag in seinem Gitterbett bleiben musste und dort weinte. Ich kann nicht groß gewesen sein, denn ich erinnere mich, wie ich zu seinem Bett ging und zwischen den Gitterstäben sein Gesicht sah. Ich streckte die Hand durch das Gitter, als mich die Erzieherin wegzog. Sie schimpfte. Niemand sollte zu dem Jungen. Er könne beißen, den Finger abbeißen. Wir sollten hinunter zum Essen, und er musste oben bleiben. An die Angst vor den Erzieherinnen erinnere ich mich. Wir mussten alle alles gleichzeitig machen. Wir mussten, auch wenn wir nicht mussten. Essen ohne Hunger. Aßen wir die übelriechenden Breie aus den Plastiknäpfen nicht auf, mussten wir die Hände auf den Tisch legen und wurden gehauen. Die Hand der anderen tut weh wie die eigene.

Anna drohte uns früher manchmal mit dem Satz *Meine Hand riecht nach Haue* oder *Es gibt gleich einen Po voll.* Wir kannten den Geruch von Haue, wir sahen ihn in ihrem Gesicht und ihrer Geste, wie sie den Arm hob. Ich erinnere mich nicht, dass sie uns mehr als drei, vier Male auf den Po gehauen hat, ins Gesicht nie. Öfter haute mich die große Schwester. Oft wusste ich nicht, wie mir geschah. Etwas an mir schien sie rasend zu ärgern. Vielleicht gehorchte ich ihr nicht, war ich trotz der sechs Jahre Altersunterschied unangemessen frech, verhielt mich falsch.

Den Kinderfrauen galt die Anweisung, besondere Rücksicht auf meine Zwillingsschwester zu nehmen, die durch den leichten Sauerstoffmangel bei der Geburt in ihrer motorischen Entwicklung während der ersten Jahre etwas verzögert war. Auch wenn es gewiss keine Absicht war, schien Annas Geburtsmythos mir Schuld zu geben, schließlich hatte ich mich vorbeigedrängelt. Urschuld. Wer weiß, wie Schuld, Scham und Verantwortung wachsen. Eine unserer damaligen Kinderfrauen erzählte mir Jahre später, wie unsere große Schwester die Einhaltung von Annas Anweisung überwachte, man müsse sich um die eine kümmern, die andere schaffe es schon allein. Die große Schwester kontrollierte. Sie musste Ordnung schaffen, von klein auf. Nach sechs Jahren zu zweit war statt eines Brüderchens ein schreiendes Pack in ihre Eintracht aus Mutter und Tochter geworfen worden. Wenn

Anna schon früh zu Theaterproben aufgebrochen, kein Jo vorhanden, die Kinderfrau aber noch nicht eingetroffen war, musste die große Schwester allein die brüllenden Zwillinge versorgen. Wickeln, ihnen die Flaschen in den Mund stopfen und sie zu Ordnung und Ruhe bringen. Wie oft kam die Schulanfängerin zu spät zum Unterricht, weil sie die Zwillinge nicht allein zu Hause lassen durfte.

An die Schaukel im Garten unseres Kinderheims erinnern wir uns. Unserer gemeinsamen Erinnerung nach war es meine Schwester, die sich neben der Schaukel einmal übergeben musste. War sie von der Schaukel gefallen, oder hatte sie meine Schaukel an den Kopf bekommen? Ich sah die Beule und spürte sie wie auch den Schmerz. Nicht an jedem Sonnabend konnte Anna uns vom Heim abholen. Als Schauspielerin musste sie beinahe jedes Wochenende am Theater sein – und so holte uns Irmela und manchmal Evi oder eine andere Freundin unserer Mutter ab, bei der wir dann übernachteten und von wo aus wir montags zurück ins Heim gebracht wurden.

Ist Stephan bei mir, lesen wir uns gegenseitig Spinoza und Hobbes vor. Wir kochen etwas und lassen eine Badewanne ein. Wir liegen im warmen Wasser, unsere Stirnen und Schläfen berühren sich, unsere Körper gleiten in der Wanne auf und ab, sein Lachen unter Wasser macht winzige Bläschen und erzeugt Kribbeln an meinen Beinen, sein Lachen kitzelt mich, unsere Hände schieben das Wasser, sein knochiger zarter Rücken an meiner Brust, meine weichen starken Arme um ihn. Wir baden uns ineinander. Das Geräusch seiner Seele in mir, meines in ihm. Wir waschen uns gegenseitig die Haare und Körper, wir haben Zeit, die Füße, die Achseln. Ich trinke das kalte Wasser aus dem Hahn, Stephan trinkt es aus meinem Mund. Meine langen Haare streicheln ihn von den Knien aufwärts, bis ich bei ihm liege. Sein Haar zwischen meinen Fingern, meine Hände an seinem Kopf. Steigen wir aus der Wanne, gibt es keine Zeit zum Abtrocknen.

DIE WILDNIS EINER HERKUNFT lässt sich nicht eindeutig beschreiben. Wenn ich unserer Mutter glaube, was nicht immer einfach ist, da sie zugleich in der Wirklichkeit und in Mythen lebt und oft nicht anders kann, als in ihren Erzählungen und Erinnerungen aufzuwachen, Gebärden, Atem und Ereignis erscheinen aus ihrem Mund gewaltig, archaisch, wahrhaftig, so wurden wir in einem Hotel in Rostock an der Ostsee gezeugt. Es hieß wohl *Zur Sonne*. Unser Vater hatte sie zuvor auf der Bühne entdeckt und für seinen neuen Film mit dem Titel *Am Tage der Hochzeit* in der Hauptrolle der Braut besetzt. Die Dreharbeiten an der Ostsee waren im Frühling. Im Archiv des Fernsehens der DDR finde ich als Erstausstrahlungstermin des Films den 9. Juli 1969. Zwischen Sommersonnenwende und diesem Tag könnten sich der Regisseur und seine Hauptdarstellerin wiedergesehen und uns gezeugt haben. Aus unerfindlichen Gründen war er fest von seiner Zeugungsunfähigkeit überzeugt, während sie sich schon lange vor ihrer beider ersten Begegnung ein Brüderchen für ihre einzige Tochter wünschte. Seit Jahren trug sie den Verlust ihres kleinen Bruders im Herzen und war wahnsinnig vom Schmerz. Nach der gescheiterten frühen Ehe mit dem Kindheits- und Jugendfreund ihres Bruders, und während der folgenden Jahre mit verschiedenen Liebhabern von einem Theaterengagement zum nächsten ziehend, Magdeburg, Schwerin, Berlin, wo sie erste Filmrollen annahm, war sie von Trauer und Sehnsucht nach einem Brudersohn erfüllt. Wie oft musste sie ihre sechsjährige Tochter nachmittags mit einem Abendbrot ganz allein in der Wohnung lassen, wenn sie Vorstellung hatte und erst spät in der Nacht nach Hause kam.

Wir wurden nicht der Bruder. Wir wurden Zwillinge. Unser Ei hatte sich geteilt. Dem trügerischen Anschein nach waren wir gleich. Unser Bewusstsein wuchs kollektiv mit der Austauschbarkeit, der Verwechselbarkeit und dem Wissen darum, dass es für Menschen wie uns kein selbstverständliches Alleinstellungsmerkmal gab. Es gibt keinerlei Selbstverständlichkeit eines Ichs in mir. So dauerte unsere Individuation vielleicht nicht länger als bei anderen Menschen, aber sie entstand anders, man könnte sagen behindert. Der Verdacht von außen lautete: zwei gleiche Mädchen. Da wir uns in den frühen Jahren nicht von außen sahen, wirkte die Reaktion anderer Menschen unheimlich. Ein Reflex unserer Umgebung war Staunen und die angestrengte Suche nach Unterschieden, klaren Merkmalen, die uns aufgrund ihrer Fülle an Zuschreibungen schrecklich und meist falsch erschien. Was und wie und wer man angeblich alles im Gegensatz zur anderen sein sollte. Ihre Lieblingsfarbe blau, meine rot, mal war ich die Robuste, sie die Weinerliche, ich die Weiche, sie die Sture, dann wieder sie die Ängstliche und ich die Freche. Angeblich. In unseren innigen Spielen gab es nie auch nur den geringsten Zweifel an unserer jeweiligen Eigenartigkeit, wir mochten unterschiedliche Musik, Menschen, Essen, wir träumten, dachten und empfanden unterschiedlich. In unseren Spielen waren wir Menschen und Tiere, wenn nicht beides zugleich, wir waren männlich und weiblich, wenn überhaupt in geschlechtlichen Rollen und nicht einfach diejenigen, die mit Bogen schossen, galoppierten und zugleich ritten, Feuer machten und durch die Flammen sprangen, tanzten, auf Bäume kletterten und Witze in einer aus Mimik, Gestik und Lauten bestehenden Code-Sprache machten, über die nur wir beide, sonst niemand lachen konnte. Wenn wir uns als Kleinkinder stritten und balgten, vertrugen wir uns in der nächsten Sekunde, als wäre nichts gewesen. Es gab keine anhaltende Enttäuschung, nicht Rache und Groll. Verzeihen und Vergessen fiel uns noch leicht. Wie oft erfanden wir gemeinsam Geschichten. Wie kraulten und streichelten uns gegenseitig. Nicht selten empfand ich die Nominierungen von außen der Lüge nah, waren wir doch wir und hatten keinerlei Zweifel über Ich und Du. Es gab keine festen elterlichen Bezugspersonen um uns, kein Triangel oder Quadrat. Die Welt, in die wir geworfen oder vielleicht: in die hinein wir verloren waren, empfing uns nicht mit einem Nest. Jede Individualität war von ihren ersten Anzeichen an mit erheblichen Widersprüchen und Zweifeln behaftet. Zu Anfang sprachen wir wohl in der Eineiigen eigenen Zwillingssprache miteinander, einer Sprache, die wir gemeinsam entwickelten und die niemand sonst verstand. Wenn ich heute an unsere Kindheit denke, so gab es darin keine unzweifelhafte Zentralperspektive, kein vereinzeltes Gedächtnis und Erinnern. Wir sprachen nicht in der ersten Person Singular, wir sprachen im Plural. Da es keine ständigen Eltern und sonstigen älteren kontinuierlichen Bezugspersonen gab, ist unser Bewusstsein und Gedächtnis zunächst gemeinsam gewachsen, im gemeinsamen Dasein, Schlafen und Erwachen. Hunger und Weinen. Daraus wuchs unsere Sprache, der kontinuierliche Abgleich einer gemeinsamen Geschichte, die doch immer zwei Wirklichkeiten enthielt, deren Wahrheit ständig unter uns ergründet, geschärft und verhandelt wurde. Unsere Stimmen gleichen einander so, dass Dritte und wir selbst sie nicht auseinanderhalten können. Wer uns unterscheiden konnte, hatte eine genaue Wahrnehmung, sah nicht nur den Körper, er sah etwas vom Wesen.

Wir kannten uns schon fast ein Jahr, ehe Stephan zum ersten Mal meine Zwillingsschwester treffen sollte. Er war neugierig. Er fürchtete sich auch etwas. Wie ähnlich wir uns seien. Nicht sehr, sagte ich ihm. Unsere Mutter wusste es nicht, säte Zweifel, behauptete zweieiig und zählte seit Jahren Unterschiede auf, als glaubte sie es selbst nicht ganz. Unsere erste Begegnung erleichterte Stephan. Er hatte keinen Zweifel, er würde mich blind und taub von ihr unterscheiden können. Alles, der Geruch, jede noch so winzige Geste, jeder Blick, die Art zu lachen und zu sprechen, ist anders. Ähnlich, aber kein Vergleich.

Erst zehn Jahre später werde ich eine Schweizerin kennenlernen, die als Laborantin für einen Zwillingsforscher arbeitet und mir anbietet, unsere Blutproben auf die DNA-Sequenzen zu untersuchen. Die Ergebnisse bezeugen zweifellos unsere Eineiigkeit. Und doch sind wir nicht einmal genetisch identisch.

In den ersten Jahren unserer Kindheit bin ich selten

mit meinem Namen oder als einzelnes Wesen angesprochen worden. Oft waren wir einfach die Zwillinge. Wir wurden von anderen ständig gefragt: Wer ist wer? Es war eine Frage nach dem Etikett, Namen hatte man uns gegeben. Aber auch die wurden schon im nächsten Augenblick verwechselt. Die unterschiedlichen Kleidungsstücke und Frisuren halfen wenig. Wisst ihr denn selbst, wer wer ist? Woher wollt ihr wissen, dass ihr nicht als Babys vertauscht worden seid? Alles ist denkbar. Und es wäre gleichgültig. Wir wissen immer, wer wir sind.

Auf den Berliner Straßen, einzeln unterwegs, wird jede alle paar Monate von Unbekannten freundlich gegrüßt, als kennte man sich. Eine wird für arrogant gehalten, da die andere den Unbekannten nicht erkennen und zurückgrüßen kann. Unser Gedächtnis ist ausgezeichnet, wir haben es von klein auf aneinander geschärft. Wie den Zwillingen in Agota Kristofs *Das große Heft*, das ich erst Mitte der neunziger Jahre las, ist uns nichts entgangen. Ereignis, Erfahrung, Erinnerung, jede Station unserer Nomadenkindheit wurde mehrfach gespiegelt, ergänzt und verglichen, konserviert. Darin entstand ein grundsätzliches Bewusstsein darüber, dass die Zentralperspektive eine schöne Erfindung, Behauptung, und keineswegs die alleinige Wahrheit ist. Alles, ausnahmslos alles, mussten und sollten wir zunächst teilen. Die Spiegelzellen wurden in einer Weise entwickelt, die manche Erinnerung allein per Definition darüber entscheiden lässt, ob meine Schwester diejenige war, die vom Radfahrer angefahren worden ist und ich daneben stand, oder umgekehrt. Ich spüre den Schmerz noch heute, ich weiß genau, welche Straße mit Kopfsteinpflaster es in Adlershof war, und dass der Mann auf dem Herrenrad aus östlicher Richtung gekommen war, das Licht zwischen Winter und Frühling – als er eine von uns beiden traf. Es war wohl meine Zwillingsschwester, die angefahren worden ist. Die Erinnerung existiert in mir multiperspektivisch, ich spüre den Schmerz, und ich sehe ein blutiges Knie, von dem meine Erinnerung nicht weiß, ob es ihres oder meins ist. Überall um uns her lauern Zuschreibung und Verwechslung. Ich und du, Schein und Sein, das sind die Themen, in die wir geboren wurden.

Oft hatte unsere Mutter uns von der Geburt erzählt. Es hatte keinen Ultraschall vorher gegeben. Als Anna im fünften oder sechsten Monat einmal den Verdacht äußerte, es seien zwei Kinder in ihrem Bauch, winkte der betreuende Arzt ab. Dafür sei ihr Bauch viel zu klein, seine Hände ertasteten nur ein Kind, und er hörte nur einen Herzton. Anna hatte nur einen Namen für einen Jungen und einen, falls es ein Mädchen würde. Als ich geboren und sofort von einer Kinderschwester zur Säuberung aus dem Raum getragen wurde, verschwand auch der Arzt in die Mittagspause. Mit Blick auf ihren Bauch sagte die Gebärende zur Schwester, da sei noch etwas, da sei noch ein Kind. Nein, wurde sie belehrt, das fühle sich immer so an, sie müsse etwas Geduld haben und auf die letzte Wehe warten, um die Nachgeburt rauszupressen, die Plazenta. Anna fühlte deutlich die feste Wölbung in ihrem jetzt weicheren Bauch, eine Wehe kam, die zu schwach war, nicht langte, und noch eine. Unter der Geburt. Plötzlich musste alles schnell gehen. Die Schwester hatte sich getäuscht, da war ja doch noch ein Kind im Leib der Gebärenden. Sie rannte hinter dem Arzt her, rief um Hilfe, Panik entstand. Das zweite Kind hatte die Nabelschnur fest um den Hals, als es auf die Welt kam, war es blaugrau. Offenbar war es durch die Nabelschnur und den an ihm vorbei ebenfalls hinausdrängenden Zwilling während seiner früheren Geburt aufgehalten, wenn nicht zurückgedrängt worden. Würde es allein atmen können? Auch das zweite Kind wurde schnell zur Versorgung rausgetragen. Hatte man es künstlich mit Sauerstoff versorgen müssen? Was dachte und empfand Anna, so dramatisch entbunden und plötzlich allein?

Medizinisch, so sagte unsere Mutter uns später oft, sei eigentlich meine Schwester die Erstgeborene, hätte es sein müssen. Das steht auch im Tagebuch unseres Vaters. Vermutlich war sie nach Einschätzung der Schwestern der reifere Säugling. Die starke Geburtsgeschwulst, die ich am Kopf hatte, war noch drei, vier Wochen später deutlich sichtbar, unser Vater bemerkt sie in seinem Tagebuch. Ob er sich vor dem Beulenkind ekelte? Vermutlich ein Kephalhämatom oder eine Wassereinlagerung, die durch ein Zwillingstransfusionssyndrom entstanden sein konnte, was damals noch unerforscht war, und unter dieser hektischen Geburt niemanden interessierte und vollkommen egal war. Wichtig war unser Überleben, der eine Zwilling rosig mit riesiger Geschwulst, der andere blau und weniger vital. Meine voreilige Geburt könnte man auch anders als den Mythos meiner Mutter oder den biblischen Jakob-Esau-Mythos erzählen: Dem in seiner Nabelschnur verwickelten, reiferen Zwilling, der zu ersticken und zu verkümmern drohte, war der jüngere Lotse. Der Jüngere hat zur Rettung beider den Geburtskanal geöffnet und geebnet.

Jede von uns wog nur knapp 2000 Gramm, wir kamen in getrennte Brutkästen auf die Frühchenstation hinter einer großen Glasscheibe, und es gab keinen Besuch. Ob wir in den ersten zehn Lebenstagen menschliche Stimmen hörten und welche Berührungen es gab, ob uns zum Wickeln oder Füttern jemand auf den Arm nahm, lediglich ein Sauger durch die jeweilige Öffnung in den Brutkasten gehalten wurde oder ob wir künstlich ernährt wurden. Anna durfte ihre Kinder auf der Station nicht besuchen, sie und auch der Vater konnten die Zwillinge nur nach vorheriger Anmeldung durch eine große Scheibe aus der Ferne in ihren Glasbetten liegen sehen. Vielleicht brannte auf so einer Frühchenstation damals immer dasselbe Licht, grelles Neonlicht, Tag und Nacht. Lichtstress, Geräuschlosigkeit, Isolation.

Nach zehn Tagen und drei Wochen werden die Zwillinge freigegeben. Im ersten Impfpass, der noch die Adresse von der Auguststraße in Berlin-Mitte trägt, obwohl die Wohnung wohl wegen eines Rohrbruchs unter Wasser stand, sehe ich den Vermerk der Bluttransfusion zwei Monate nach der Geburt. Meine Blutwerte waren schlecht, die Leber arbeitete nicht gut, so musste bei dem zu leichten kleinen Kind ein Liter Blut getauscht werden, die Hälfte des Körpergewichts. Wer weiß, welche Spuren die ersten Wochen in einem Menschen hinterlassen, welche Eichung der Beziehung von Körper und Seele in diesem Anfang liegt.

In unserem dritten Lebensjahr zog Anna mit uns in eine größere Wohnung im obersten Stock eines Altbaus am Adlergestell, in der die ältere Schwester endlich ihr eigenes Zimmer erhielt und ihre ersten Hausaufgaben in Ruhe machen konnte. Wir Zwillinge sollten in einen neuen Kindergarten und später in die Schule hinter dem Umspannwerk kommen. Unser Zwillingszimmer ging zum Adlergestell raus, unten das Rauschen des Verkehrsstroms, gegenüber die S-Bahn-Gleise und der Bahnhof, das anschwellende und abklingende Geräusch der Züge. Die Verkehrsader wie ein großer Fluss, der Wellen an die Ufer schlug, das Geräusch meines Flusses in der Kindheit. Unterwegssein. An der Decke unseres Zimmers beobachteten wir das Tanzen und Gleiten der sich bewegenden Lichter, das zyklisch auftauchende Geräusch der Züge ließ die Fensterscheiben leise klirren, in unseren Körpern spürten wir das Rollen der Räder, Tag und Nacht. Beruhigend. Manchmal wurden wir nachts wach, und die Wohnung war dunkel. Wer immer uns ins Bett gebracht hatte, war schon gegangen, Anna und die große Schwester nicht da. Unser Brüllen. Ich höre unser Brüllen, ich sehe das Gesicht meiner Zwillingsschwester, ihre Verzweiflung und Tränen und spüre sie in mir, Luft holen und brüllen. Niemand kommt. Mal stehen wir im Gitterbett, mal schlafen wir schon ohne Gitter in einem alten zweiteiligen Ehebett. Wir steigen heraus und suchen die Wohnung ab, das Bett unserer Mutter leer, im anderen Zimmer niemand, die Küche dunkel, der Flur still. Einmal brüllen wir laut und können nicht mehr warten. Nach einer Ewigkeit sind wir sicher, dass man uns vergessen hat. Wir wollen unsere Mutter suchen gehen, die irgendwie draußen in der Stadtnacht sein muss. Die Schlafanzüge sind kalt wie die Füße. Wir ziehen unsere braunen Anoraks mit den silbernen Druckknöpfen über die Schlafanzüge, an die Füße unsere Gummistiefel. Wir suchen aus der Bauklotzkiste zwei lange Latten, die wie Schwerter sind, damit können wir uns verteidigen. Wir verlassen die Wohnung und gehen runter auf das Adlergestell. Das orange Licht der Laternen. Kein Mensch weit und breit. Wir laufen über den großen Platz vor dem Haus Richtung Kreuzung und S-Bahnhof. Hinter uns die Stimmen von Männern. Kinder! Sie rufen uns und holen uns ein. Es sind uniformierte Polizisten. Sie haben ihr Revier im ersten Stock unseres Hauses. Wir sollen nachts nicht allein auf der Straße sein. Sie sind freundlich, lachen uns zu und nehmen uns bei der Hand. Wir können bei ihnen auf dem Revier auf unsere Mutter warten, sie können uns mit einem Dietrich auch die Wohnungstür aufmachen.

Erzähle ich Stephan aus meiner Kindheit, hört er zu, als erzählte ich wahre Märchen. Bis ich selbst lachen muss, lauscht er gebannt. Er findet es lustig, wie ich mir beim Erzählen über die Lippen lecke. Besonders, wenn ich länger nichts gesagt habe und er mich etwas fragt, schmiegen sich meine Lippen aneinander und fährt die Zunge über die Ober und Unterlippe, ehe ich anfange. Auch wenn wir uns küssen, ist wohl als Erstes meine Zunge zu sehen, die blitzschnell über die eigenen Lippen leckt. Er neckt mich und macht es mir nach. Fragt mich manchmal etwas, nur, um meine Zungenspitze zu sehen. Woher weißt du das alles noch so genau, möchte er wissen. Er hat keine Erinnerung, die weiter zurück als ins fünfte Lebensjahr reicht. Ich hätte einfach ein Elefantengedächtnis glaubt er, so schnell und lange, wie ich mir alles merke. Das stimmt nicht. Es liegt an unserem Zwillingssein, glaube ich. Wir sind uns gegenseitig unaufhörlich Gedächtnis gewesen, von einem Moment zum nächsten, zu zweit und in Gesellschaft dieser und jener anderen Personen, von diesem Ort zum anderen.

Manchmal, wenn es keinen Freund und kein Kindermädchen gab, bei dem unsere Mutter uns lassen konnte, nahm sie uns mit nach Potsdam ins Theater. Ich erinnere mich an die hohen dunklen Säle hinter der Bühne, an das feierliche Licht rund um die Spiegel, an den pudrigen Geruch der Schminke. Eine Frau drückte eine dicke weiße Paste in Annas Gesicht und malte ihr dunkelrote Lippen. Ein anderes Mal schlüpfte Anna in ein unheimliches Kostüm, sie erhielt eine Maske mit einer Schnauze und langen Schnurrbarthaaren. Anstelle ihrer Haare standen riesige Mauseohren von ihrem Kopf ab, und über ihrem Po war ein fester langer Schwanz angenäht. Auf der Bühne sahen wir sie nicht mehr, wir durften während der Vorstellung nicht im Publikum sitzen. Wir mussten hinten warten und schliefen oft in einer Ecke der Garderobe ein, wo man uns dicke Polster und Kissen auf den Boden gelegt hatte, ehe wir mitten in der Nacht geweckt wurden, um mit ihr zum Bahnhof zu laufen und auf einen Zug zu warten.

Wir kokeln, und als Feuermeisterin weiß ich, dass Feuer leicht auf die Umgebung springt, ich hole eine große Lage Zellstoffpapier aus dem Packen im Bad, und lege es auf das Holztischchen unter dem Fenster. Die gelb-rote Schachtel Streichhölzer in meinen Händen. Ein Streichholz anzünden, das kann ich schon. Das erste bricht beim Reiben ab, das zweite entzündet sich. Mein Zwilling hält tapfer das Zellstoffpapier unter meinem kleinen Scheiterhaufen aus Bauklötzen fest. Ich halte die Flamme gegen die Bauklötze. Schwarz biegt sich das Streichholz zwischen meinen Fingern. Das Feuer brennt schnell, nicht aber der Scheiterhaufen, der Zellstoff und der Tisch schlagen Flammen, die höher sind als wir selbst. Wir staunen, und erst Minuten später merke ich den Schmerz an meinem Daumen. Wir schreien, und Anna und Freunde stürzen ins Zimmer, reißen die Decke von unserem Bett und löschen. Sie stampfen mit den Füßen auf meiner Decke, bis auch sie nicht mehr qualmt.

Im Winter 1974 verbrachten wir mehrere Wochen mit Jo in Ahrenshoop. Anna musste wohl arbeiten und hatte Jo mit uns an die Ostsee geschickt. Ich erinnere mich, wie Jo eines Morgens in unser Zimmer kam und uns kitzelte. Er lachte, wir sollten uns anziehen, denn wir hätten Geburtstag. Wirklich? Jetzt wurden wir vier? Er hatte schon geheizt und Kaffee getrunken. Das Wasser im Tauchsieder summte, er goss uns Muckefuck auf. Auf dem Weg mit dem Schlitten vom Hohen Ufer hinunter zur Kaufhalle ins Dorf knirschten die Kufen unter uns im Sand, und Jo gestand, dass wir eigentlich schon gestern Geburtstag gehabt hätten. Aber das mache nichts, wir würden heute nachfeiern, und da es keinen Backofen im Blauen Haus gab, wollte er einen großen Schokoladenpudding für uns kochen, dafür musste eingekauft werden. Schokoladenpudding mochte ich nicht. Ich wollte ein Eis. Aber Eis gab es im Winter in der Kaufhalle nicht. Mit Schnee und Sirup könnte Jo mir Himbeereis machen und wenn es später schneien würde, könnten wir Schneetiere bauen. Das Radio war kaputt, Fernseher und Zeitung gab es nicht, kein Wetterbericht. Der für Februar ungewöhnlich milde Wind versprach keinen Schnee. Schlitten im Sandmatsch. Also bastelte Jo mit uns Kostüme aus Kartons, einer von uns war der Himmelsgott und der andere der Erdgott. Mit den Kartons spielten wir den Rest des Tages am Meer, das im Winter große Höhlen in die Steilküste spülte und nur wenig steinigen Strand zwischen den Buhnen ließ.

Selten, vielleicht nur einmal im Jahr, wurden wir am Adlergestell nachts vom Dröhnen wach. Das Haus bebte. Wir stiegen aus unserem Bett und liefen ans Fenster. Unten, auf dem dreispurigen Adlergestell, fuhren Panzer vorbei. Kein sonstiges Auto, kein Mensch weit und breit. Im fahlen orangen Licht der Straßenbeleuchtung fuhr dort eine nicht enden wollende Kolonne Panzer. Warum und wohin. Der Anblick der schweren Gefährte war gespenstisch. Menschenlos. Steckten da Soldaten, Panzerfahrer drin? Fing jetzt der Krieg an? Das Dröhnen der Panzer in unserem Körper. Ihre Schwere, unsere Leichtigkeit. Das Klirren der Fensterscheiben. Vielleicht war es die Nacht vom 30. April auf den 1. Mai, und es mussten die Panzer für die Paraden ins Stadtzentrum manövriert werden.

Jo kam und ging. Auch als Anna und Kai sich verliebten und Kai einmal ein riesiges Gebäude aus Streichhölzern baute, für das er um die hundert Schachteln Streichhölzer verwendete, da manche zu Flächen und Balken geklebt waren. Und das Bauwerk eines Abends bei Dunkelheit im Eckzimmer des Adlergestells angezündet wurde, denn sein Brand sollte als Zauber wirken und unser Fieber senken, und selbst nachdem Monate später Annas neue Liebe über Nacht in den Westen abgehauen war, tauchte Jo wieder auf, besuchte uns und holte uns Zwillinge für mehrtägige Ausflüge in die Nähe von Zittau oder nach Ahrenshoop ab. Wann erfuhr Jo wohl, dass Anna nach Kais Flucht 1974 ihren ersten Ausreiseantrag gestellt hatte? Wann wusste Ralf davon, hatte sie mit Inge darüber gesprochen? Wem vertraute Anna um diese Zeit? Vielleicht sprach sie mit anderen aus dem Freundeskreis, mit Evi und Bootsmann. Anna und einige der anderen wurden von der Staatssicherheit vorgeladen und befragt, ob sie etwas von Kais Fluchtplänen gewusst hätten. Neuerdings hatten wir ein Telefon. In der Leitung knackte es, sie machten laut Witze darüber, dass die Stasi wohl mithörte. Wussten sie etwas und wie offen konnte sich wer den anderen anvertrauen, ohne einander zu verraten. Jedem war klar, dass die Stasi in allen Freundeskreisen ihre Spitzel hatte. Vielleicht hatte man Anna das Telefon nur bewilligt, weil sie abgehört werden sollte. Ein Ausreiseantrag wirkte damals vergeblich. Eine Flucht mit Kindern zu gefährlich. Als Polly und etwas später Evi in den Westen flohen, ließen die jungen Mütter jeweils ihre noch sehr kleinen Söhne zurück, Polly bei ihrer Mutter und Evi bei ihrem Exmann. Sie konnten nicht wissen, ob sie ihre Söhne jemals wiedersehen würden. Wer floh, war Republiksfeind und durfte weder mit einem Besuchsvisum noch im Transit je wieder den Boden der DDR betreten. Ein Flüchtling wäre für immer ins Gefängnis gesperrt worden. Es sei denn, Honecker erließe eine Amnestie. Aber das war ein phantastischer Wunschtraum, ähnlich verrückt wie unser Traum, dass es eines Tages keine Mauer mehr gäbe, die Mauer einfach umfallen könnte. Der Kalte Krieg war an seinem Gefrierpunkt. Steffi und Martin verschwanden erst Anfang 1976. Bootsmann floh seiner Freundin Evi im Herbst 1977 hinterher. Anfang der siebziger Jahre hatte aus dem jungen Ost-Berliner Künstler-, Intellektuellen- und Studentenmilieu eine Fluchtbewegung eingesetzt. Sie wurden als Verräter bezeichnet, Verlorene. Wer abhaute, verriet nicht einfach den Staat und seine Ideologie, sondern er galt als Verräter des antikapitalistischen Klassenkampfes. Wer abhaute, konnte aber auch den Bleibenden und Freunden als Verräter erscheinen. Wolf Biermann sang den Verlorenen ein Lied hinterher. Er hatte gut singen. Aus seiner Warte. War er doch freiwillig in den Osten gekommen, durfte auch nach dem Mauerbau hin und wieder in den Westen reisen, während die *Verlorenen* keinerlei Privilegien genossen und den Westen, der ihr Synonym für Freiheit war, nach dem Mauerbau und vor ihrer Flucht nie betreten und in Wirklichkeit gesehen hatten.

Uns Kindern sagte Anna zur Sicherheit nichts von ihrem Ausreiseantrag. Wir Zwillinge waren erst vier, unsere große Schwester zehn Jahre alt. Die zuständigen

Staatsorgane luden Anna vor, prüften ihre Gesinnung, und wiesen sie zurück.

Ich erinnere mich an einen sonnigen Nachmittag in dieser Zeit, und wie wir zum ersten und letzten Mal Jürgen in seiner Neubauwohnung in Rummelsburg besuchten. Jürgen. Euer Vater. Schwarzmeerstraße. Eine Brille trug der Mann, und hatte dieses merkwürdig gefangene Lachen, bei dem das Einatmen zu hören war, nicht das Ausatmen. Er hatte graue Haare, schon als junger Mann. Ich bewunderte die unzähligen bunten Fische. Winzige rote und blaue, andere mit leuchtend hellen und schwarzen Streifen. Mehrere Aquarien in Etagen bedeckten die ganze Wand, vom Boden bis zur Decke, als sei er Fischhändler. Dabei war er Filmregisseur. Um uns eine Freude zu machen, hatte er uns etwas versteckt, das wir suchen sollten. Er lachte vor Vergnügen. Sofort entdeckte ich hinter einem Stuhlbein eine Glasschale voll roter Götterspeise. Ich war etwas enttäuscht, weil sie weder versteckt war, noch verlockend aussah und ich die glibberige Konsistenz schon bei Sülze schlimm fand. Ich erinnere mich, dass ich ihn nicht enttäuschen wollte und ein, zwei Löffel der Götterspeise probierte. Darin steckte an einem hölzernen Spieß befestigt ein oranger Papiertiger auf blauem Karton. Vielleicht war es der Ausschnitt einer Verpackung? Den Tiger fand ich wunderschön und wollte ihn mitnehmen, als wir gehen mussten.

Bald nach diesem Besuch erwähnte Anna, dass Jürgen in den Westen abgehauen sei. Den Namen Jürgen mochte ich nicht. In den folgenden zehn Jahren wurde sein Name nur selten erwähnt. Es gab keine Post oder Anrufe. Bis heute mag ich den Namen nicht. Vielleicht lag es an der Weise, wie Anna von Jürgen sprach. Sie sagte nie euer Vater, selbstverständlich sprach sie von keinem Papa. Sie sagte Jürgen. Der Klang ihrer Stimme, wenn sie den Namen sprach, in der das kindliche Ohr Ekel hörte, die seltsame Erinnerung an eine Begegnung mit den vielen Fischen in den Aquarien und mit Götterspeise und Tiger, ließ mir den Namen stets als eine einzige Schwierigkeit erscheinen.

Während unsere Mutter ihren Antrag erneuerte, wurden ihr Arbeiten als Postbotin und als Friedhofsgärtnerin zugewiesen. Manchmal begleiteten wir sie für ein, zwei Straßenzüge. Ich erinnere mich an die Briefbündel, sie waren mit einer Schnur überkreuz zusammengebunden und hatten eine Siegelplakette als Verschluss. Auch auf den Friedhof hat sie uns mitgenommen. Über Jahre, in denen ihr Geliebter im Westen längst eine andere Freundin und sie im Osten gute Freunde wie Ralf und neben Jo und Bootsmann andere Liebhaber hatte, wurde sie vom Ministerium für Innere Sicherheit und vom Ministerium für Staatssicherheit zu sogenannten Aussprachen vorgeladen und ihr Antrag als rechtswidrig zurückgewiesen. Bis sie 1977 eine Verlobung mit einem Mann im Westen vorgab. Zur Prüfung musste sie Dokumente vorlegen. Hintergrund war die zwischen beiden deutschen Staaten neue Vereinbarung zur *Familienzusammenführung*. Ein Fluchthelfer gab den Verlobten, er sollte uns in einem VW-Bus abholen, in dem Anna mit unserer Babyschwester und uns drei Größeren samt Rucksäcken Platz finden würde.

Ob sie in den Jahren des Wartens auf unsere Ausbürgerung wirklich ein offizielles Berufsverbot hatte, wie meine Großmutter es später im Gespräch mit einer gemeinsamen Freundin einmal nannte, lässt sich kaum klären. Ein alter Familienfreund meint, er könne sich das nicht vorstellen, *Berufsverbot*, das klinge wie ein Wort für Westohren. Allerdings hatte sie zunächst nur mit den wenigsten über den Ausreiseantrag gesprochen. Wer abhaute, war kein Held. Wie schon dem jungen Mädchen Anna, das in der Schule nicht gut war, wurde auch Ausreisewilligen mit Nachdruck eine Zusammenarbeit vorgeschlagen. Hat sie je zugestimmt, etwas unterschrieben, widerrufen? Eine unzuverlässigere Informantin konnte die Staatssicherheit der DDR nicht finden. Waren Wahrheit, Mythos, Lügen, Erinnerung und unwillkürliche Konstruktionen nicht alles dasselbe?

Was hatte es mit unserer Reise nach Prag auf sich, wo sie uns im Zug hatte sitzen lassen und im Bahnhof verschwand? Ein anderes Mal flog sie mit uns im Flugzeug nach Prag. Mein allererster und bis zum siebzehnten Lebensjahr einziger Flug. Die Wolken von oben. Wer konnte sich schon einen Flug leisten? Wer durfte fliegen? Nur Auserwählte. Über den Wolken fühlte ich mich mit fünf Jahren so: auserwählt. Niemand sonst durfte den Himmel von Nahem sehen. Im Himmel sein.

Ein Antrag nach dem anderen wurde abgelehnt, und sie stellte einen neuen. Im März 1978 wurde Anna plötzlich ein Bescheid zugestellt. Binnen zwei Wochen sollten wir die DDR verlassen. Doch Anna war hochschwanger, und der Geburtstermin stand unmittelbar bevor. Unmöglich konnte sie in diesen Tagen unsere Koffer packen. Zudem hätte sie das noch ungeborene Kind im Falle seiner Geburt in der DDR zurücklassen müssen, denn auf dem Antrag und der ihr erteilten Aufforderung zum Verlassen der Republik standen nur ihre drei älteren Töchter. Vermutlich hatte sie die Anträge über all die Jahre geheim gehalten, um uns vor Verlust und Hoffnung zu schützen. Sie musste ahnen, dass Nachbarn, Bekannte und Lehrer von der Stasi als Spitzel auf uns angesetzt waren. Wir waren Kinder, wir hätten es unserer besten Freundin sagen wollen, wir hätten vor Annas Freunden und in der Schule darüber gesprochen. Möglicherweise hätten wir den Entscheid behindert. Ich erinnere mich, dass sie sich mit ihrem großen Babybauch auf die untersten Stufen unseres Treppenhauses am Adlergestell setzte. Gerade erst hatte sie das Schreiben aus dem Briefkasten geholt und hielt es in der Hand. Ihre roten Augen glänzten, sie sagte aber, sie würde sich freuen. *Wir ziehen in den Westen*, das sagte sie uns. Wir konnten es nicht glauben. Niemand zog in den Westen. Wir kannten viele, die verschwunden und geflohen waren, aber niemanden, der in den Westen *gezogen* war. Ihr viertes Kind erwartete meine Mutter von einem langjährigen guten Freund, einem Maler, der ein halbes Jahr zuvor ebenfalls im Westen verschwunden war – und noch nicht ahnte, dass aus der Liebesnacht eine Schwangerschaft entstanden war.

Der Geburtstermin des Kindes war für April berechnet. Die Ausbürgerung sollte angenommen, der sofortigen Ausreiseaufforderung jedoch widersprochen und ein weiterer Antrag gestellt werden, der das soeben geborene Kind einschloss. Weit und breit war kein ähnlicher Fall bekannt, insofern konnte niemand wissen, ob dem erneuerten Antrag stattgegeben werden würde. Die kommenden Wochen und Monate lebten wir im Transit, Anspannung und Ungewissheit.

Während das Neugeborene gestillt werden musste, machten wir uns an das Packen von Kisten, Anna wollte so viel wie möglich mitnehmen. Sobald eine Ausreise bewilligt wurde, galt sie als Anordnung, und die Betroffenen mussten binnen vierzehn Tagen die Republik verlassen. Wer hatte schon Zeit und Lust, etwas aus dem Osten mit in den Westen zu nehmen? Anna wollte keine Tasse und kein Buch, keine Schallplatte und kein Kleidungsstück, weder ihre Glasbruchsteine aus Dobravoda noch ihre Donnerkeile von der Ostsee zurücklassen. Sie hing an jedem Ding. Es waren Möbel und etliche große Kisten aus hellem Holz. Die Kisten stapelten sich in diesen Sommermonaten bis unter die Decke. Sie bildeten ein Gebirge. Der Vater unserer älteren Schwester kam uns helfen, so oft er konnte. Ralf war Physiker und arbeitete im Forschungsinstitut an der Akademie der Wissenschaften. Anna und er kannten sich seit ihrer Kindheit, er war der beste Freund ihres toten Bruders gewesen. Sie hatten sehr jung geheiratet, ob aus Trauer oder Liebe, füreinander oder den Toten, kann ich nicht wissen. Anna hatte die Ehe nicht lange ausgehalten.

Jedes Buch musste mit Titel, Verfasser und Verlag auf Listen vermerkt werden, jede Vogelfeder und Glasperle, die Aquarellblöcke und das Buntpapier. *Der kleine Zwei-*

fuß musste mit, ebenso mein Lieblingsbuch von Elizabeth Shaw *Das Bärenhaus*. Wie gut, dass wir längst lesen konnten. Ich diktierte Ralf den Titel und die Namen von Verfasser und Verlag, er schrieb die Liste. Es handelte sich schließlich um Volksgut, Gegenstände aus VEB Volkseigenen Betrieben. Über Verbleib und Mitnahme entschied der Staat. Als Kind hörte ich den Begriff *Staat*, als sei *der Staat* der Name unseres größten Feindes. Der Staat sperrte uns ein, bevormundete und überwachte uns. Wir misstrauten dem Staat. Vielleicht verblasste die negative Konnotation dieses Wortes in mir erst im Westen, im Philosophieunterricht, vor dem Abitur. Wie Anwendung Sprache und Verstehen prägt. Den Listen nach wurde ausgewählt, aus welcher Kiste welche Gegenstände dableiben und welche ausgeführt werden dürften. Mein originales Zeugnisheft mit den Zeugnissen von der ersten bis zur dritten Klasse durfte ich nicht mitnehmen. Mir wurden einzelne Blätter mit Abschriften angefertigt, gestempelt und ausgehändigt. Die Babypuppe, die ich erst vor zwei Jahren zum Weihnachtsfest in der Familie meiner älteren Schwester bekommen hatte, als Helene noch lebte, liebte ich über alles. Sie musste mit. Ich hatte bei Oma Helene eigens Stricken gelernt, um ihr einen Schal zu stricken. Früher hatte sie im Lebensmittelgeschäft Butter und Käse abgewogen. In ihrer Küche, in der sie mit Adel wirtschaftete, gab es einen Tisch mit großen kreisförmigen Auslassungen, in denen Emailleschüsseln zum Abwaschen und für andere Hausarbeiten lagen. Auf ihrem Herd standen große dampfende weiße Emailletöpfe mit der Kochwäsche. Von Zeit zu Zeit musste sie mit einem großen Holzlöffel umgerührt werden. Das war eine zu gefährliche Arbeit, wir wurden nur manchmal hochgehoben, um in den Topf schauen zu dürfen. Sie hatte ein Waschbrett, auf dem sie ihre Wäsche schrubbte. Darin wurden auch die weißen Tücher gekocht, die wir nach dem Bügeln in unsere Stickrahmen pressten und mit Blümchen bestickten. Adel zeigte uns den Kreuzstich und wie man mit pastellblauem Faden eine schmale Borte häkeln konnte.

Anna sagte uns einmal, für jeden schweren Verlust in ihrem Leben habe sie ein Kind bekommen. Unsere große Schwester nach dem Tod ihres Bruders, unsere jüngere Schwester nach dem Tod von Helene, ihrer einstigen Schwiegermutter. Für welchen Verlust wir Zwillinge auf die Welt gekommen sein sollten, weiß ich nicht. Da gab es die Fehlgeburt zwei Jahre vor unserer Geburt. Sie wollte so gern einen kleinen Bruder für ihre erste Tochter. Hatte sie selbst nicht auch einst einen kleinen Bruder gehabt? Als sie uns von diesem Kind erzählte, waren wir begeistert. Die Vorstellung eines etwas älteren Bruders, der uns beschützt hätte, gefiel uns. Wir dachten uns Namen für ihn aus. Wer sein Vater gewesen wäre, wollten wir wissen. Sie sagte, den Mann kennten wir nicht. Sie hatte keinen Kontakt mehr zu ihm. Als kleine Kinder zweifelten wir an keiner Erzählung unserer Mutter, die Welt war voller Wunder, Widersprüche und Erfindungen. Es fiel uns nicht ein, dass wir vielleicht nicht entstanden und auf die Welt gekommen wären, wenn der kleine Bruder für unsere große Schwester lebend geboren worden wäre. In gewisser Hinsicht hatte sie mit diesem verlorenen Sohn ihren über alles geliebten Bruder ein zweites Mal verloren. Stattdessen kamen Mädchen und auch noch Zwillinge. Es muss grauenvoll gewesen sein.

Während wir im Sommer 1978 in unserem zwischen den Betten wachsenden Kistengebirge warteten, ob und wann der neue Antrag bewilligt würde, schrie das Baby an Annas Brust, schrie auch Anna uns an und saß immer länger auf ihrem Bett, um das Kind zu stillen, das in dem wachsenden Stress nicht mehr zur Ruhe kam. Wir hatten Zeit, uns zu verabschieden. Leicht war das nicht. Es war nicht klar, ob wir jemals unsere liebste Kinderfreundin Adrienne, Ralf, den Vater unserer älteren Schwester, unseren guten Freund Jo, all die Menschen, die unser Leben waren, wiedersehen würden, wenn wir mit Anna und den Kisten in den Westen gingen.

Um uns den Westen schmackhaft zu machen, erzählte uns Anna, wer ihrer Freunde inzwischen drüben war, die erste von allen war ihre viel jüngere Schwester Rosita gewesen, an die wir uns allerdings nicht mehr erinnern konnten, da sie schon um die Zeit unserer Geburt zusammen mit Uz geflohen war. Ilona, Carmen und Gavroche, vor allem aber Kai und Bootsmann, Evi, Martin und Steffi, Maku und Barbara mit Ferdinand waren Freunde drüben, an die auch wir Kinder uns noch gut erinnerten, weil sie erst in den letzten drei, vier Jahren geflohen waren. Dann sollte da noch Wolfgang sein, Ralf erzählte von ihm, während wir unser Geschirr in die Kisten packten. Wolfgang war sein engster Freund. Mit ihm hat Ralf in den sechziger Jahren an der Humboldt-Universität Physik studiert. Erzählt Ralf von ihm, verändert sich seine Stimme. Es habe weit und breit niemanden gegeben, der von Physik so viel verstand wie Wolfgang. Auch in der Generation über und unter ihnen nicht. Wurde eine theoretische Frage erörtert, war es Wolfgang, der Antworten fand, die in ihrer Klarheit und Schönheit die Professoren begeisterten. Es sprach sich herum. Ältere Wissenschaftler kamen mit ihren Forschungen und unlösbaren Fragen zu dem jungen, ungewöhnlichen Physiker. Wolfgangs Forschungsinteresse galt der extragalaktischen und terrestrischen Physik. Wolfgang, der vor seinem Diplom noch für ein Jahr nach Dresden zum Studium der Atomphysik geschickt wurde, hatte ein relativistisches Phänomen eines Planeten aufgedeckt. Doch als Ralf und das von allen bewunderte Genie ihre jeweilige Promotion vorstellten, wurde beiden deutlich gemacht, dass sie nun, da sie nicht in die Partei eintreten und auch bei der Stasi nicht mitmachen wollten, keine Zukunft in der DDR hätten. Wenigstens der sogenannten Gewerkschaft sollte Wolfgang beitreten. Man musste und wollte dieses Genie unbedingt für die großartige nationale Wissenschaft der DDR gewinnen – da schon seine Promotion weltweit beachtet wurde und man von diesem Genie schlicht alles erwarten durfte und musste. Für die nationale Wissenschaft wie für die internationale. Wolfgang blieb stur, er wollte sich in keinerlei staatliche Pflicht nehmen lassen. Daraufhin erhielt er die ehrenwerte Arbeit als Fensterputzer am Palast der Republik in Vollzeit. Das Genie der Wissenschaften seiner Generation putzte die kommenden

Jahre Fenster, bis ihm ein Fluchtweg zugespielt wurde und er auf diesem Fluchtweg geschnappt und erst für ein Jahr in Dunkelhaft in die Normannenstraße gebracht und anschließend in Bautzen mit Schwerverbrechern zusammengesperrt und gefoltert wurde. Auch Wolfgang, der nach Jahren des Fensterputzens und der Gefangenschaft vor nicht allzu langer Zeit von der Bundesrepublik freigekauft worden war, diesen alles überstrahlenden Herzensfreund unseres Ralf würden wir in West-Berlin treffen und kennenlernen können. Anna kannte ihn natürlich schon, von früher – aber wir Kinder konnten ihn noch nicht kennen. Ralfs Liebe zum Menschen, als er uns von Wolfgang erzählte, seine Wehmut, weil es ihm vielleicht nie wieder gelingen konnte, diesen Herzensfreund wiederzusehen, wie er auch uns ins Ungewisse verabschieden musste.

Drüben, da war jetzt seit einigen Monaten auch Nina, die uns Zwillinge *so zum Anbeißen süß, die Bärchen* fand, und die gerade in Westberlin ihre erste eigene Band gegründet hatte und als Sängerin bekannt werden sollte. Sie war im Zuge der Biermann-Ausbürgerung rausgeschickt worden. Es schien so, als hätte sich der halbe Freundeskreis unserer Mutter in den Westen aufgemacht. Für mich aber waren die Bleibenden, allen voran unsere liebste Zwillingsfreundin Adrienne und Ralf, diejenigen, bei denen ich sein wollte. Zuhause war noch nie einfach der Ort, an dem sich unsere Mutter befand. Zuhause war hier. Es waren jetzt diejenigen, die wir zurücklassen mussten, Zuhause war auch die Ostsee mit ihrem Horizont, das Heranrollen der Wellen. Zuhause war der hölzerne Geruch im Blauen Haus, der Geruch des Meeres und der Hagebutten, das Funkeln der Glühwürmchen in Sommernächten am Wegesrand. Wochenlang barfuß. Sand in den Haaren.

Der Westen sollte Freiheit sein. Ganz bald sollten wir im Westen zu Hause sein. Und im Lager. Von hier aus unvorstellbar. Was konnte uns Kindern Freiheit sein, wenn wir nicht entscheiden durften und uns gezwungen sahen, alles zu verlassen, was wir kannten und liebten? Das Kind will bleiben.

In diesem langen Sommer des Abschieds gab es Tage, an denen wir Zwillinge mit Adrienne in Kisten und Koffer kletterten und ausprobierten, worin wer von uns Platz finden könnte, zum Bleiben und Mitkommen. Ich dachte darüber nach, wo ich mich verstecken konnte, und ob ich fortan bei Ralf, dem Vater meiner älteren Schwester, leben könnte. Er musste mit mir ja nicht allein wohnen, da gab es noch Adel und eine andere Freundin, um die Ralf sich kümmerte. Ich war acht Jahre alt. Ralf erinnert sich, wie ich ihn eines Tages fragte, ob ich bei ihm bleiben dürfte. Wie verlegen ihn meine Frage machte, da er ahnte, dass sie ernst war. Ich habe zu ihm gesagt: Ich möchte gern hierbleiben. Vielleicht könnte ich bei dir wohnen? Es ging nicht.

Aufgewachsen zwischen Brutkasten, einigen Freunden, Pflegefamilie, Krippen, Wochenheim und wechselnden Kinderfrauen ohne die traditionelle Architektur einer Kernfamilie mit einem Vater und einer Mutter, sollten wir nach unserer Übersiedlung aus Ost-Berlin auf ungewisse Zeit im West-Berliner Notaufnahmelager Marienfelde leben. Der Ausreisebescheid kam, er enthielt die Auflage, binnen zwei Wochen und also vor dem Geburtstag der Republik am 7. Oktober das Land zu verlassen.

Systemische Institutionen, Alimentierung, Unterbringung. Die Verwahrung von Menschenleben. Aufbewahrung. Ein Lager ist Stillstand im Transit, statt Neuanfang Gefangenschaft, statt Freiheit Isolation, statt Geborgenheit Enge, statt Intimität und Alleinsein die ständige, unfreiwillige Gegenwart von Mutter und Schwestern in einem Raum, ihr Sprechen und Schweigen, ihr Schmatzen und Lachen, ihr Streiten und Keifen, ihr Ächzen und Seufzen und Stöhnen, ihr Nasepopeln und Husten, Räuspern und Furzen, das Knarren der Matratze über oder unter dir, das Knarren des Stuhls und der Tür, Tag und Nacht, immer.

Im fensterlosen Flur vor unseren geschlossenen Zimmertüren weint das Kind unserer Zimmernachbarn. Seine Eltern sperren es manchmal aus ihrem einzigen Zimmer aus, wenn sie mal zu zweit sein müssen, sprechen, streiten, zärtlich sein wollen. Ihr Kind kratzt für uns alle hörbar an ihrer Tür und weint. Mamutschka! Außer wenigen Worten verstehen wir ihre Sprache nicht. Unsere große Schwester versucht sich als Dolmetscherin. Sie kann etwas Russisch. Wir teilen uns die winzige Küche, das Klo und den Flur. Muss eine von uns aufs Klo, muss sie über das weinende Kind steigen. Wenn die Mitbewohner etwas kochen wollen, müssen sie unser eingeweichtes Geschirr aus dem Waschbecken der Küche nehmen. Anna und der Mann schenken sich manchmal Zigaretten. Wir wollen nicht, dass Anna raucht. Sie kann es nicht lassen. Achtsamkeit. Wer einmal lange im Lager war, brauchte ein Seminar zur Überwindung der Achtsamkeit, zur gezielten Abstumpfung, Versiegelung der Sinne. Durch die dünne Wand die Geräusche der kleineren Familie im Zimmer nebenan. Klatschen und Hämmern, ein Aufschrei und Stimmen, ob sie umräumen, sich streiten oder lieben, ungewiss. Wer darf als Nächstes aufs Klo, wer ist dran.

Wir werden krank. Erst der Reihe nach, dann gleichzeitig. Zur kleinen Schwester, wenige Monate alt, wird der Notarzt gerufen. Mehrmals. Eines Tages wird sie mit dem Krankenwagen abgeholt und in das nahe Krankenhaus gebracht. Unser Baby, das sterben könnte. Vielleicht muss es sterben.

Die Ungewissheit, ob und wann es uns an welchen anderen Ort verschlagen sollte, wann Freiheit und Zukunft beginnen können, stößt hier mit einer Gegenwart und dem Vermissen all derer zusammen, die uns lieb und teuer sind.

Zusammenpferchung. Ohne Rückzugsmöglichkeit und individuelle Intimität.

In mir gab es eine tiefe Sehnsucht nach Ruhe, vielleicht Geborgenheit. Als Stephan und ich uns ein Jahrzehnt später begegneten.

Auf ihn musste ich bezüglich unserer jeweiligen Lebenserfahrungen Lichtjahre älter und jünger gewirkt haben. Wie aus unterschiedlichen Zeiten trafen wir aufeinander. Meine Liebesabenteuer klangen für ihn aufregend und quälend. Uns beiden erschienen die Erwartungen und Vorstellungen des anderen neu. Ich erinnere mich an jene Monate nach unserer ersten Liebesnacht im Oktober 1989, in denen ich meine Unerreichbarkeit verliere und mich überraschend Hals über Kopf in ihn verliebe und nicht mehr vergessen kann, ihn zu lieben.

Es geschieht zwischen uns beiden. Vielleicht hört das nie auf. Nach dem Aufwachen flüstere ich ihm zu, dass er meine erste große Liebe ist. Er streicht mir die Haare aus der Stirn. Erste? Und muss lächeln. Für mich bist du bestimmt nicht die erste, du bist einfach die einzige. Und letzte. Angst vor Pathos kennen wir nicht, so wenig wie eine vor Fehlern. Wir sind in unserer Liebe aufgehoben, unserer Sprache. Wir warten auf nichts, nichts werden wir verpassen. Wie ich es von meinem Vater erzählt hatte, der sich zu allerletzt schämte, weil er sich dies und jenes nicht getraut hatte. Es gibt keine Zeit zu vergeuden. Das kann uns nicht passieren.

Mit meinem klapprigen grünen Derby wollen wir an die Ostsee fahren. Am Telefon hatte Inge mir gesagt, der Schlüssel liegt oben unter dem großen Stein. Neben der einfachen Holztür vom Blauen Haus. Aber sie möchte uns noch erklären, wie ich nach dem Winter den Ofen anheizen muss. Der Schornstein zieht nicht mehr gut, es wird stark qualmen. Damit wir keine Feuerwehr rufen müssen, sie lacht. Wir können ja gleich früh morgens, auf dem Weg nach Ahrenshoop bei ihr vorbeikommen.

Es wird dann doch später Vormittag, ehe ich den Derby durch ihre Einfahrt lenke und auf dem Hof abstelle. Für sie ist schon Mittagszeit, sie steht im Gartenatelier und schimpft mit einem Satz über den Porphyr, im nächsten guckt sie Stephan an, der fragt, was das für eine Musik sei, die da durch die offene Ateliertür zu hören ist. Es gefällt ihr, wenn jemand Musik liebt wie sie. Oben auf der Galerie ihres Ateliers steht das Kanapee für ihren Mittagsschlaf oder den des Modells, und daneben ein Plattenspieler. Caruso. Stephan nickt, den hat er schon mal gehört, bei seinen Großeltern vielleicht. Inge und Stephan wechseln wenige Worte über ihr Italien.

Ihr könnt schon mal den Fisch ausnehmen, der ist in der Speisekammer. Alles andere auch. Zum Fisch sollen wir Chicorée, Oliven und Kartoffeln im Ofen machen. Sie ist noch mit ihrem Stein beschäftigt.

Wir gehen die halbe Treppe aus dem Atelier hinauf in die Küche. Stephan tritt sich nach mir die Füße auf der Matte mit dem feuchten Lappen ab, der hier den weißen Staub von Gips und Sandstein aus dem Atelier auffängt. Die Tür zur Speisekammer kann man einfach aufdrücken, darin ist es eiskalt. Auf dem Boden stehen Körbe und Töpfe mit Gemüse und Obst, auf dem Fensterbrett im Glas ihr Kefirpilz, mit dem sie seit Jahrzehnten lebt. Stephan bietet an, die Kartoffeln zu schrubben. Du kannst den Fenchel viel feiner und schneller schneiden, behauptet er mit seinem Lächeln.

Ich nehme einen der Steinguttöpfe, setze mich auf die große Truhe, den Topf umgekehrt zwischen meinen Knien, und schärfe das Messer an seiner Unterseite. Das Geräusch lässt Stephan über die Schulter gucken. Was ich da mache. Das Messer schärfen. So? Er kommt zu mir und guckt zu. Das will er auch mal probieren. Er setzt sich neben mich, ich gebe ihm den Topf und ein anderes Messer, mit dem er üben kann. Es ist gar nicht leicht, den

Winkel zu halten und beim Aufsetzen keine Scharten in die Klinge zu schlagen. Das passiert, manchmal ist das Messer dann stumpfer als vorher. Man braucht Übung.

ZUM ERSTEN MAL seit geraumer Zeit und vielleicht zum letzten Mal überhaupt wurde ein Konzert von Prince in Berlin angekündigt. Selbst wenn man in der Waldbühne nur wenig von ihm sehen und hören würde, schenkte ich Stephan zu seinem zweiundzwanzigsten Geburtstag im April eine Karte. Es war nicht mehr lange hin.

Als ich in Gedanken an Stephan und unser Wochenende mit unserem schwierigen Gespräch und seiner Traurigkeit beim Abschied gestern Morgen an jenem 12. Mai auf meinem Rad von der Hauptstraße in Schöneberg aus in nordwestlicher Richtung, über die Vorberg, Fliederduft, Schwäbische, über die Barbarossastraße und Traunsteiner, die Kastanienblüten, auf die Martin-Luther-Straße fuhr, standen die Autos dort dicht im Stau. Ich fuhr am Dschingis Khan vorbei, dem Restaurant, in dem ich während der Abiturjahre angefangen hatte zu kellnern. Mindestens zwei Tage in der Woche arbeitete ich dort von sechzehn bis ein oder zwei Uhr nachts. Das Putzengehen hatte ich auf einmal in der Woche reduziert und angefangen, als *Freie* Zeitungsartikel zu schreiben. Ich wollte eines Tages nicht mehr nur putzen.

Es herrschten sommerliche Temperaturen, die Luft flimmerte über dem Asphalt. Der Stau auf der mehrspurigen Martin-Luther-Straße betrug bestimmt einen Kilometer. Mit dem Rad konnte ich schnell an den wartenden Autos und ihren laufenden Motoren vorbeifahren. Abgase. Ich hörte die Sirene eines Krankenwagens und spürte das Jagen meines Herzens. Ein Unfall. Ich dachte an Stephan, dass auch er auf dem Rad Richtung Café Hardenberg sein würde. Zeitgleiche. Wir fuhren aufeinander zu, noch lagen fünf Kilometer zwischen uns, vielleicht sechs. An der Kreuzung vor der Urania fuhr ich an den Unfall- und Rettungsfahrzeugen vorbei und nahm den Weg über den Tauentzien, Breitscheidtplatz, unter den Bahngleisen am Zoo auf die Hardenbergstraße. Es war fünf Minuten vor vier Uhr. Ich blieb mit meinem Rad vor dem Café stehen und schaute Richtung Ernst-Reuter-Platz, Richtung Westen, von dort musste Stephan an diesem Tag auf seinem Rad kommen. Mein Herz pochte in der Schläfe. Nachdem ich eine Zeit in seine Richtung gestarrt hatte, blickte ich zu den abgestellten Rädern vor dem Café. Sein neues Rad war nicht dabei. Ich musste drinnen nachsehen. Ich betrat das Café, vergewisserte mich, dass er an keinem der Tische saß, ging wieder hinaus, um auf der Straße zu warten. Ich machte mich auf die Suche nach einer Telefonzelle. Es war etwa zwanzig nach vier, als ich seine Eltern anrief. Das Perlen in ihrer Stimme, das ich aus Stephans Fröhlichkeit kannte, seine Mutter klang herzlich und gelassen wie stets: Ach, sagte sie, bestimmt verspätet er sich nur. Sie habe vor einer Woche zuletzt von ihm gehört. Er sei jetzt ja so beschäftigt, mit dem Einrichten seiner Wohnung. Sie freute sich. Julia, ein wirklich schönes Bett habt ihr für ihn ausgesucht. Jetzt fehlt ja nicht mehr viel. Ich wählte die Nummer von seinem Freund Thomas. Nein, er wisse nicht, wo Stephan sein könne, er habe seit einigen Tagen nicht mit ihm gesprochen. Zurück vor dem Hardenberg wartete ich. Mir war übel vom Warten. Der Mund trocken. Eine halbe Stunde, nicht wissen, wie warten, wo es doch kein Warten war, es fühlte sich nicht wie Warten an, und in Gedanken stellte ich mir vor, wie ich um seinen Hals fliegen würde, unsere Gesichter im Haar des anderen, am Hals des anderen, das Lachen, die Erleichterung, dann setzte ich einen Fuß vor den anderen, schob das Rad mit einer Hand in der Mitte des Lenkers und lief durch die Straßen, am Renaissance-Theater in die Knesebeckstraße, in die Goethestraße, zum Schillertheater und zurück über die Grolmanstraße zum Savignyplatz, die Angst bewegte mich, hier war sie, ich erkannte sie wieder. Ziellos durch die Straßen wandern. Warten, ohne zu wissen, worauf. Es war vielleicht halb sechs, als ich an der Telefonzelle in der Krumme Straße Ecke Kantstraße vorbeikam. Beide Zellen waren besetzt, ich stellte mein Rad ab. Mein Herz klopfte. Die Hände kalt. Kaum öffnete sich die Tür der Zelle, kam einer raus, schlüpfte ich rein. Ich nahm den Hörer von der Gabel, schob die beiden Groschen in den Apparat und wählte erneut die Nummer seiner Eltern, die ich auswendig kannte. Sie wohnten gar nicht weit entfernt, am Lietzensee. Ich musste den Hörer sehr fest in meiner Hand halten, ans Ohr pressen, damit ich nicht zitterte. Sein Vater meldete sich mit dem schönen Familiennamen. Eine Silbe. Die ungewöhnlich tiefe Stimme, die mich an die seines Sohnes erinnerte. Hier ist Julia, sagte ich zu seiner Silbe. Ich hätte nicht gewusst, was ich fragen wollte, und er unterbrach mich, schon während ich meinen Namen sagte. Julia, Stephan ist tot. Die Polizei war gerade bei uns. Er hatte einen Unfall mit einem Lkw, er war auf dem Fahrrad. Er ist tot. Während ich hörte, was er sagte, stürzte außerhalb der Telefonzelle alles Licht vom Himmel zur Erde. Es war still. Der Lärm der verkehrsreichen Kantstraße außerhalb der Telefonzelle war in diesem Augenblick verstummt. Sein Vater konnte nicht weiter sprechen, und ich konnte nichts sagen. Wir legten auf.

Noch heute erinnere ich mich an die Telefonzelle, an seine Stimme, seine Worte und meine Wahrnehmung. Was ich sah, hörte, spürte. An die scheinbare Zentrifuge des Lichts. Nicht nur das Licht nahm ich in diesem Moment anders wahr. Teilchenverschränkung. Die Zeit stand still. Sie verjüngte sich, sie war zum Augenblick geronnen. Darin existiert kein Zufall. Schon in den Stunden des Wartens hatte ich gewusst, was sein Vater mir mitteilen würde. Ich kann nicht sagen, warum ich es wusste und seit wann. Ob ich es wusste, seit wir an jenem Nachmittag etwa zur selben Zeit auf dem Rad, jeder aus seiner Wohnung kommend, einander entgegenfuhren und ich, noch Kilometer entfernt, jenen Stau auf der Martin-Luther-Straße vor mir sah, während er, wohl zeitgleich, auf dem Radweg des an dieser Stelle abschüssigen mehrspurigen Spandauer Damms Geschwindigkeit aufnahm und mit dem Strom des Berufsverkehrs stadteinwärts in meine Richtung raste. Er habe bestimmt vierzig Stundenkilometer gehabt, schätzte ein Zeuge im Protokoll, ein Taxifahrer, der sich unmittelbar gewundert habe, warum der Radfahrer so schnell fahre. Erst im letzten Augenblick musste Stephan den abbiegenden Lastzug vor sich gesehen haben, auf den er zuflog, musste versucht haben, auszuweichen, und konnte den Zusammenstoß nicht mehr vermeiden. Der Fahrer des Lastzugs hatte den Radfahrer im toten Winkel nicht sehen können. Die kleine Ampel der geradeaus fahrenden Radfahrer war rot, damit die ebenfalls aus westlicher Fahrtrichtung kommenden Rechtsabbieger bei grün auf den Autobahnzubringer einschwenken konnten. Der Fahrer des Lastzugs musste etwas gehört haben, denn er kam zum Stehen. Vielleicht hatte ein anderes Auto laut gehupt. Zwei weitere junge Männer waren Zeugen. Stephan lag jetzt mit dem Becken eingeklemmt unter den Zwillingsrädern des Anhängers. Schon die ersten Räder des Lastzugs hatten ihn beim Zusammenstoß erfasst, sein seitlich wegrutschendes Rad mit ihm unter sich gezogen. Der Lastzugfahrer sei aus dem Fahrerhäuschen ausgestiegen, habe den Radfahrer unter dem Zwillingsreifen gesehen und ist wieder in die Fahrkabine gestiegen, um den Lastzug einige Zentimeter rückwärts zu fahren. Damit die großen Doppelräder seines mehrtonnigen Anhängers nicht mehr auf dem Menschen standen. Der Taxifahrer habe versucht, Erste Hilfe zu leisten. Der Radfahrer habe noch gelebt, zumindest sei sein Puls rasend schnell gewesen. Die Rettungskräfte waren binnen acht Minuten vor Ort, der Unfall hatte sich schräg gegenüber vom Krankenhaus Westend ereignet.

Der Unfallakte zufolge, die ich später lesen durfte, zogen die Räder des Lkws ihn mitsamt seinem Rad unter sich. Erst fuhr der Lkw über ihn, dann der Anhänger. Er hatte keine Chance. Sein Hinterkopf war zertrümmert, sein Brustkorb eingedrückt. Ob und wie der Fahrer und die Zeugen mit den Bildern des Unfalls und dem Ereignis weiterleben konnten und mussten, ich weiß es nicht. Oft fragte ich mich das. Vor meinem inneren Auge fand der Unfall ungezählte Male statt. Ich befinde mich auf Stephans Mountainbike und genieße die zunehmende Geschwindigkeit, plötzlich entdecke ich den Lastwagen vor mir, ich versuche zu bremsen, auszuweichen. Ich befinde mich in der Fahrerkabine des Lastzugs, hoch oben, mit Blick über die Spandauer Brücke und den schmalen Autobahnzubringer, muss erst etwas nach links ausscheren, um den Lastzug passgenau rechts auf den Zubringer zu manövrieren, ich höre einen Aufprall, das Knirschen. Als flöge ich mit ihm, sah ich Stephan auf seinem Rad. Trug er ein rotes T-Shirt an dem Tag? Seinen Gesichtsausdruck, das blanke Entsetzen. Über den Schultern der Rucksack, in dem sich kaum etwas befunden hatte.

Es hatte keine Bremsspuren gegeben, vielleicht hatten die Bremsen an seinem nagelneuen Heavy Tool Mountainbike versagt, die er noch am Morgen umgetauscht hatte, damit sie zu ihm passten, dem Linkshänder. Oder er drückte die Bremsgriffe nicht, wich nur im Affekt des letzten Augenblicks aus.

Warum die verzögerte Reaktion? Hatte er etwas genommen, was seine Wahrnehmung frakturierte? Eine Obduktion wurde nicht durchgeführt, es gab keinen Anlass und seitens der Polizei keinerlei Verdacht. Keine Untersuchung hätte am Unfall und seinem Tod etwas geändert.

Wochen später las ich mein Tagebuch der Monate zuvor und glaubte, darin verschiedene Hinweise zu erkennen, auch Träume, die seinen Tod angekündigt haben konnten. Ich erinnerte mich an die Albträume, die ich schon in der Kindheit im sommerlich heiteren Ahrenshoop hatte. Wie ich dort einmal träumte, dass ich über große Wundlöcher in der Bauchdecke das hohle Innere meines Körpers sehen musste. Ein anderer Ahrenshooper Albtraum war es, in dem man mich verfolgte, umringte und umbrachte: Man hielt mich fest und zog meine Schultern so tief nach hinten, bis mir das Rückgrat brach. Der Schmerz des brechenden Rückgrats, ich kenne ihn. Nie konnte ich schreien, wenn ich verfolgt wurde. Bei geöffnetem Mund versagten mir die Stimmbänder. Schreien wollen und nicht können. Ohnmacht. Als ich mit Stephan zusammen in Ahrenshoop war, gab es eine weitere Serie kurzer Albträume, und in einem von ihnen wurde Stephan getötet. Er wurde erschossen. Fremdeinwirkung. In mir nur Schmerz. Trauer. Noch im Schlaf fing ich an zu weinen. Im Erwachen spürte ich seinen Körper an meinem.

Ich kannte den Schmerz, den sein Tod in mir auslösen würde, ehe er starb. Fremdeinwirkung. Schon als er sich im Vorjahr auf einer Reise mit seinen Freunden nach Ligurien nicht sofort nach der Ankunft dort meldete, hatte ich Angst, sie könnten auf dem Weg einen Autounfall gehabt haben.

Nur mein Denken vollzog magische Bezüge. Da war kein Zeichen eines Gottes. Und doch, das Ewige offenbart sich. Im Wechsel von Tag und Nacht, im Trauern und Lieben liegt das Unendliche. Auch das, was über den einen Körper, den Verbund eines Organismus, die Lebenszeit hinausgeht.

Als ich zwei Tage später gemeinsam mit Stephans Schwester in der Pathologie des Westends war und uns gestattet wurde, den aufgebahrten Toten ein letztes Mal zu sehen, senkte ich meine Augen. Ich wusste, dass er tot war. Ich ahnte, wie er aussah. Und ich wusste, dass er nicht mehr zurückblicken konnte.

Wir können nicht wählen, woran wir uns erinnern und was wir vergessen. Die Gnade des Vergessens erscheint mir, je älter ich werde, umso geheimnisvoller und göttlich. Das Warten, die Zweifel, die Nachricht. Im Nichts. Vergessen als Tugend.

Süßer ist nur das Glück der Begegnung. Kein Lebender und insbesondere kein Liebender kann sich vor dem Verlust, dem Schmerz bewahren.

Vom Tag seines Todes an war ich mit unserer Liebe und unseren Erinnerungen allein. Mein Leben schien mir im Widerspruch zu seinem Tod zu stehen, über Wochen und Monate empfand ich meinen Körper als Last. Meine Liebe für niemanden. Atmen, Aufwachen, Schlafen, Wassertrinken, die Treppe hinunter, die Straße entlang, einen Fuß vor den anderen setzen, Gehen, Essen, Sein. Der Berliner Wasserhahn, aus dem kühles sauberes Trinkwasser kommt. Meine Zwillingsschwester sagte mir am dritten Tag nach Stephans Tod am Telefon, sie schaffe es nicht, mit zwei Menschen zu trauern. Ihr Freund hatte seinen liebsten Freund verloren, ihre Zwillingsschwester ihren Freund und Liebsten. Was zuvor ein Gleichgewicht zu haben schien, war ihr im Dreieck unerträglich. Sie habe das Gefühl, sie müsse sich entscheiden, weil sie einfach nicht mit uns beiden zugleich sein könne. Auch wenn es ihr leidtue, aber sie rufe an, um mir zu sagen, dass sie sich für ihren Freund entschieden habe. Ich könne also in der kommenden Zeit nicht bei ihnen auf dem Sofa schlafen und sie auch nicht bei mir.

Es gab eine Nacht bei seinen Eltern, die ich neben seiner Schwester verbrachte. Wir schliefen beide nicht, jede weinte, spürte die gewisse Nähe und Fremdheit der anderen, weinte für sich, einsam. Traf ich Freundinnen, entstand Verlegenheit. Niemand kannte den Tod und wusste etwas zu sagen. Ein Freund von Stephan und auch eine Freundin von mir übernachteten in den ersten Wochen manchmal bei mir. Die kürzlich verwitwete Mutter einer Freundin nahm mich in den Arm, ließ mich zwei, drei Nächte in ihrer Wohnung verbringen. In jenen Wochen hatte ich meine Zahnbürste, mein Tagebuch, eine Bürste, Notizbuch, Portemonnaie und Schlüssel in einer Umhängetasche bei mir. Durch die Straßen wandern bei Tag, Akazien, Goltz, Winterfeldt, zum Lietzensee, zum Friedhof zwischen Gleisen und Autobahn, zu einem kurzen Treffen mit einer Freundin, einem Freund, und zurück. Sengende Hitze. Klebriger Asphalt. Die Lindenblüte begann. Ich lebte mit der Umhängetasche, aus ihr heraus.

Meine Wohnung, die hohen Wände, unser Bett ohne ihn, sein Geruch an dem Unterhemd, das er bei mir gelassen hatte. Wandern am Abend, in der späten Dämmerung, bei Nacht und Dunkelheit, mein Weg auf dem Rad und in der U-Bahn, die Stadt, der Volkspark und selbst die Begegnungen mit seinen Freunden machten seine Abwesenheit immer lauter. Die Stadt leerte sich, die Welt, ich. Es gibt keine Gewöhnung an den Tod.

Überraschend rief eines Tages meine Großmutter an. Meine Mutter wollte mich besuchen. Ich war nicht da. Monate hatte ich sie nicht gesehen und nicht einmal am Telefon gesprochen. Was suchte sie plötzlich hier, an mir? Der Körper als Flanke, wenn Ich und Körper auseinanderfallen.

Ihren Besuch konnte ich mir nicht vorstellen, nicht in meiner Wohnung, nicht in dem trapezförmigen Zimmer. Ihren Blick auf unsere Matratze, unseren Tisch, unseren Raum ertrug ich in der Vorstellung schon nicht. Ihre bekannte Trauer und ihr Verlust galten ihrem verlorenen Bruder. Stephan hatte sie nicht gekannt. Sie sei eh in Berlin, wolle Inge und Jo besuchen. Wir verabredeten uns auf dem Mariannenplatz in Kreuzberg. Ihre im letzten Jahr wieder bis auf die Haut rasierten Haare waren etwas gewachsen. Sie streckte ihre Arme nach mir aus, in ihren Augen standen Tränen. Da ich inzwischen wenige Zentimeter größer war als sie, umschlang sie meine Hüfte und rieb ihren gesenkten Kopf an meinem Hals. Sie war barfuß, die Sandalen trug sie in der Hand.

Seit Stephans Todestag war eine Jahrhunderthitze angebrochen, der heißeste Mai seit Wetteraufzeichnungen. Wir setzten uns auf eine Bank an der Ecke Waldemar und Adalbert. Mein Körper war da, ich selbst kaum. Sie drehte sich eine Zigarette und rauchte. Sie war eigens gekommen, vielleicht schuldete ich ihr etwas. Wenn nicht Dank, so zumindest Offenheit. Ich erzählte ihr von dem

Tag, als er mich anrief und wir uns verabredeten. Wie ich wartete und von seinem Vater erfuhr, dass er tot war. Ich weinte. Ihr Einsatz war gekommen. Ihre tiefe Märchenstimme. Alle Seelen seien miteinander verbunden und sie habe geträumt, ja, sie wisse genau, welche lichtfarbenen Ornamente die Verknüpfung der Seelen zeige. Neben der Bank flatterten Spatzen im Sand, Staubbaden, es konnte nicht warm genug sein. Anna schilderte ihren Traum ausführlich, er war ihr Erleuchtung und Trost. Da sie sprach, musste ich nicht mehr reden, ich hörte ihr zu und erkannte ihre Welt, ihre Empfindung. Anna wollte pendeln und Karten legen. Mir wenigstens einen ihrer zahllosen Talismane zustecken, den sie eigens für mich mitgebracht hatte. Den könne ich ihm auch mit in den Sarg legen, wenn ich wolle. Ich schüttelte den Kopf. Sie kramte in ihrer geräumigen Tasche auf der Suche nach dem Talisman, fand die Blättchen, eine zweite Packung Tabak, ach, hier sind die Streichhölzer, Mensch, die habe ich vorhin so gesucht, bin ich vertüdelt, lacht über sich, einen der Teebeutel, die sie auf Reisen immer dabei hatte, weil sie im Mitropa, wie sie den Essenswagen im Zug noch immer nannte, einfach um heißes Wasser bat, das ihr ja niemand verweigern könne, die Thermosflasche. Sie findet einen Stängel Rosmarin und riecht daran, dass ich den Geruch in ihrer Nase höre, sie möchte, dass ich auch rieche. Schnipsgummis, wie sie die gewöhnlichen schmalen Gummibänder nennt, ein Papierhandtuch, das sie vermutlich aus dem Zug mitgenommen hatte, bis sie den Talisman findet und ihn zwischen beiden Händen reibt, als werde er so mit ihrem Aberglauben aufgeladen und zum Leben erweckt.

So stark ich ihr Verlangen bemerkte, mir endlich und in der finstersten Stunde, in der sie fühlen und empfinden möchte, ihre Aufwartung zu machen, mir ganz nah zu sein, förmlich eins zu werden, ihr Schmerz an meinem Schmerz, so unmittelbar erzeugte ihre Zauberwelt in mir Leere. Da saß nur mein Körper, ich war kaum noch darin. Sie wollte so gern für mich hexen und wahrsagen, so gern an mir ein Schicksal beschwören, ihren eigenen Schmerz in mir fühlen. Etwas widerte mich an.

Schon wenn meine Mutter Stephans Namen aussprach, dazu ihre funkelnden, fühlerhaften Augen, war ich auf der Hut. Fremde. Ich war ihr längst entwachsen, entkommen, hoffte ich. Sie hatte Stephan ja nur einmal kurz gesehen, sie kannte ihn nicht. Von ihrem Bruder sprach sie, und darin waren wir vertraut. Vielleicht empfand ich meinen Nutzen als Kind für sie am ehesten darin: Gefäß ihrer Trauer und ihres Schmerzes zu sein.

Am Nachmittag wollte sie zu einem Seminar. Seit ihrer Ankunft im Westen besuchte sie Seminare in allen Bundesländern zu unterschiedlichsten Themen. Die meisten der Seminare wären für eine Sozialhilfeempfängerin eher unerschwinglich gewesen, doch ihre Mutter im Osten Berlins arbeitete mit ihren siebenundsiebzig Jahren noch unerschütterlich am Stein. Trotz Wende und obwohl der Staat, dem sie das Denkmal für die Rosenstraße einst vorgeschlagen und dem sie den Entwurf und die Jahre dauernde Ausführung verkauft hatte, seit mindestens zwei Jahren nicht mehr existierte, es vollkommen unklar war, wer das Denkmal eines Tages aufstellen und ihre Tausenden Stunden mit Holzhammer und Meißel bezahlen würde, hämmerte sie tagein, tagaus am harten Porphyr. Sie unterstützte ihre in den Westen geflohenen Töchter, wo sie konnte. Im Zweifel verkaufte sie ein Bild ihres Großvaters, um den Töchtern Seminare und sich selbst die Steine und ihre Arbeit zu finanzieren. Jedes Seminar klang nach Bildung. An jenem Nachmittag nahm Anna mich mit zu einer buddhistischen Meditation von Ole Nydahl. Während der langen Meditation empfand ich Ruhe und Wohlsein. Zwar verstand ich nichts, aber das schien unwichtig. Allein die Gesellschaft und Atmosphäre der Suchenden und Umherirrenden im Anschluss an diese Meditation machte mich nervös. Ich wollte gehen. Weitergehen. Sie konnte ja bleiben.

Im alten Postfuhramt in der Berliner Oranienburger Straße, das von der Galerie C/O eine Zeitlang für Ausstellungen genutzt wurde, entdeckte ich 2009 die persönlichen Fotografien von Annie Leibovitz. Es war eine ungewöhnliche Werkschau, ohne grelle Scheinwerfer und Katalog. In einem etwas abgelegenen Raum hatte sie die schwarz-weißen Papierabzüge mit Klammern an zierlichen Drahtschnüren vor der Wand befestigt. Die Fotografien zeigten ihre Familie und Freunde in intimer Situation. Weder waren es sexualisierte Inszenierungen noch voyeuristische Aufnahmen. Die Fotografin war Teil der Intimität, die ihre Bilder sichtbar machten. Da war der alltägliche Moment, Susan im Bad mit ihren Narben, neben der dokumentarischen Reihe, Annie Leibovitz' Mutter und Schwestern am Morgen der Beerdigung ihres Vaters. Es gab für diese Fotografien keinen Rahmen, kein Schutzglas, keine Farbe. Die Bilder stehen im Gegensatz zu allem, was man sonst von großen Fotografen kennt. Kein Star, keine Pose, kein gesetztes Licht. Sie entsprechen in gewisser Hinsicht bestimmten Fotos aus dem *Atlas* von Gerhard Richter, manchen Skizzen und Aquarellen von Auguste Rodin. Diese Fotografien sind Werk, Skizze und Notiz zugleich. Sie enthalten das Private und die Beziehung zum Gegenüber oder zum Ort und Gegenstand, die im Betrachten und Erforschen des anderen liegen, nicht in dessen Darstellung oder gar Inszenierung. Ihre privaten Fotografien erzählen, ohne es zu wollen. Da liegt ihr toter Vater auf dem Bett, neben ihm seine Frau, in deren Armen er gestorben ist. Beide im Auge der Tochter. Da liegen die Leibovitz-Schwestern links und rechts neben der Mutter, die Köpfe an der mütterlichen Schulter. Es sind Bilder, sie zeigen nüchtern die Trauer und die Liebe der Hinterbliebenen. Es sind stille Bilder.

Sprachlosigkeit. Wann immer ich aus dem Haus ging, trug ich jetzt meine Umhängetasche, in der ich neben anderen Utensilien ein Hemd von ihm und mein Tagebuch mit Füller bei mir hatte. Da war nichts zu denken und zu schreiben. Die Stille des Alleinseins in den Wochen nach Stephans Tod wurde manchmal durch einen Anruf und ein Treffen mit einem Freund, einer Freundin unterbrochen. Niemand wagte es, von sich aus die Sprache auf das mir Allgegenwärtige zu bringen. Nur wenn ich seine Schwester traf, war es anders. Der Schmerz junger Erinnerungen. Das Nichts. Kein Kommen, kein Gehen. Das Leben ist vorbei.

Was bleibt, sind die jeweils äußerst eigenen Erinnerungen. Nur die wenigsten können wir untereinander teilen, möchten wir teilen. Die meisten Äußerungen klängen wie Verrat, wo der Vertraute nicht mehr bei uns ist, der geliebte Sohn, Bruder, Freund. Alleinbleiben in der Erinnerung. Niemand kann in der Erinnerung allein weiterleben.

Die jungen Paare um mich her gingen tanzen und studieren, reisten und gingen fremd, um bald zusammenzuziehen, Kinder zu bekommen und zu heiraten. Eine studierte, ein anderer beendete seine Ausbildung. Der eine begann im größeren Stil zu dealen und kam ins Gefängnis, der andere schwor allen Drogen ab. Meine Trauer erschien mir zunehmend als Makel. Inge schlug mit aller Kraft auf ihren überlebenshohen roten Vulkanstein, Rochlitzer Porphyr. Die USA rüsteten sich zum Wahlkampf, nach drei Perioden mit Präsidenten der Republikaner wollten sie ihre Demokratie aufwecken. Kasachstan, die Republik Moldau, Slowenien, Kroatien, Kirgisistan, Aserbaidschan, Usbekistan, Georgien, Armenien, ein östlicher Staat nach dem anderen wurde in jenen Wochen von der UNO als Mitgliedsland aufgenommen. Der Eiserne Vorhang war gefallen, noch ragten seine rostigen Überbleibsel ins Firmament und bestimmten neben Baugruben und hohen Kränen die Silhouette des Berliner Horizonts. Die Sonne brannte vom Himmel. Stephan war tot.

Die ersten Artikel für den *Tagesspiegel* hatten mehr Zeit gekostet als Geld gebracht. Mit Stephans Tod erschienen mir all diese vermeintlichen Wichtigkeiten von gestern belanglos. Was galt schon ein Jurastudium, was eine freie Mitarbeit oder ein Volontariat bei einer Zeitung, das mir der damalige Chef vom Dienst nahelegen wollte, während er mich zum Abschied auf den Mund küsste. Es ekelte mich. Eine fremde Welt. Eine hohle. Nichts von alldem bedeutete mir mehr etwas. Auch wenn einige in der Gruppe über Jahre darauf hofften, endlich einmal zu weinen, das Alte und sich selbst in der Psychoanalyse zu erkennen, hatte meine Trauer in der Gruppe keinen Platz. Meine Trauer war jung, ich konnte mich ihrer nicht kathartisch entledigen. Jemand meinte, ich sollte mich bloß nicht schuldig fühlen an seinem Tod. Musste ich wütend sein, dass Stephan gestorben war? Auf das Kissen boxen? Ich schaffte es nicht. Jeder erinnerte sich der eigenen Verluste. Niemand hatte Stephan und unsere Liebe gekannt. Die Analytikerin bot mir Einzelstunden an. Doch keine Analyse und kein Sprechen konnte mich vor der Wahrheit des Verlusts bewahren. Stunden der Analytikerin gegenübersitzen, den Teppich betrachten, auf einem Futon liegen und an die Decke schauen, die Augen schließen, in ihre Augen sehen und nichts sagen können. Da es einfach nichts zu sagen gibt.

Stephan wollte Schriftsteller werden. Wir schrieben beide. Ich hatte mit einem Roman begonnen, dessen Held ein Leben ausschließlich in seinen Büchern lebte – ihm war nie etwas anderes widerfahren, er hatte sein Leben lang nur gelesen und lebte die Erfahrung seiner Lektüren.

Nach seinem Tod kopierte Stephans Schwester mir den Anfang seines Romans. Kein Vermächtnis. Es waren erste Seiten, ein Anfang. Wie sollte es weitergehen? Die unzähligen leeren Seiten in seinem Buch. Wir waren am Anfang, beide. Wir waren im Aufbruch.

Sie plant ihr Leben wie ein Architekt. Schrieb Stephan damals staunend über mich an einen gemeinsamen Freund, der auf Weltreise war. Er schrieb auch, dass ich sehr schwierig sei und dass er mich liebe. Von seinen eigenen Schwierigkeiten hatte er in diesen ersten Zeilen noch nicht angefangen. Vielleicht wäre der Brief an den Freund in der Ferne nie zum Ort allumfassenden Vertrauens geworden. Bestimmte Dinge lassen sich schriftlich nicht offenbaren. Andere nur schriftlich. Er hatte diesen Brief vor zwei Wochen begonnen, er lag auf seinem Schreibtisch, als ich drei Tage nach seinem Tod mit seiner Schwester und einem Freund in den äußersten Westen der Stadt fuhr, mit meinem Schlüssel, den Stephan mir anvertraut hatte, den ich noch vor der Wohnungstür seiner Schwester gab, damit sie öffnen und ich ihr den Schlüssel überlassen konnte. Hier sein Bett, seine Musik, sein Geruch. Mit der Einrichtung der Wohnung hatte Stephan nur angefangen. Erst vor wenigen Wochen hatte ich ihm, der noch immer keinen Führerschein hatte, in meinem klapprigen grünen VW Derby seine High Fidelity Musikanlage in die Wohnung gefahren. Es fehlten noch Kleinigkeiten. Der Freund wusste, dass sich unter Stephans neuem Bett, in dem wir noch am Wochenende beide gelegen und gesprochen und uns geliebt hatten, mit Tesafilm festgeklebt der Schlüssel zu seinem Keller befinden musste. Ich setzte mich an Stephans Schreibtisch und ließ seine Schwester und den Freund allein in den Keller gehen. Es erschien mir nicht angemessen, mich dort an die Hebung verborgener Dinge und Geheimnisse zu machen. Auf diesem Stuhl mochte er gesessen und mich angerufen haben, der Blick ging auf die ruhige, mit Bäumen bepflanzte Wohnstraße, von hier aus war er am Dienstagnachmittag aufgebrochen. Wir waren nicht verheiratet. Mir gehörte nichts. Sein Tagebuch hätte ich lesen wollen. Ich hatte kein Anrecht auf seine Dinge.

Unter den etwa zweitausend unbeschriebenen Postkarten aus aller Welt, die mein Vater einst wie ein Verrückter gesammelt hatte und die er uns Zwillingen bei seinem Tod hinterließ, befand sich die Abbildung einer indischen Miniatur vom Ende des 18. Jahrhunderts. *Der Morgen nach der Liebesnacht*. Berlin, Staatliche Museen. Sie war noch in der DDR gedruckt, VEB E. A. Seemann, Buch- und Kunstverlag, Leipzig. Vielleicht hatte sein Freund Hubert, den er seit seiner Flucht fürchtete, nie wiedersehen zu können, und den wir Zwillinge nie kennenlernen sollten, da er kurz nach unserem Vater ebenfalls jung und noch vor dem Mauerfall starb, ihm diese Karte und andere in den Westen geschickt. Woher diese Karte in den Besitz meines Vaters gelangte, weiß ich nicht. Für mich wies diese Karte, obgleich ich sie schon in dem Jahr geerbt hatte, ehe ich Stephan kennenlernte, eine klare Referenz zu jenem indischen Bild auf, das Stephan von seinen Großeltern geschenkt bekommen hatte. Auch in seiner ersten eigenen Wohnung sollte es über dem Bett hängen. Es war bei uns, als wir uns hier das letzte Mal in den Armen lagen.

Obwohl die Miniatur der Postkarte meines Vaters in einem anderen Stil gemalt war, Kleidung und Bildaufbau die Mogulzeit verrät, sie eindeutig nicht aus hinduistischer Bildwelt kam, und selbst die Farben sich nur entfernt ähnelten, sah ich eine Verbindung der Bilder, der Liebenden. Der Morgen nach der Liebesnacht, die liegende Schöne, der neben ihr unter freiem Himmel auf dem Liebeslager sitzende Mann, in anmutiger Geste spannt er den Pfeil am Bogen und zielt. Womöglich zielt er in die Luft, zum Sonnenaufgang, womöglich auf den bunten Vogel, der ein zierlicher Hahn mit erhobenem Kopfe sein könnte. Während ich im Laufe meines Lebens die meisten Postkarten aus der Sammlung meines Vaters an Freunde und Bekannte verschickt habe, halte ich diese in Ehren.

Wochen nach seinem Tod gab seine Schwester mir Fotos, die Stephan einst von mir gemacht hatte, auf denen ich nackt war. Er hatte sie mit anderen Bildern und Dingen in einem verschließbaren Köfferchen aufbewahrt. Wir erzählten einander viel. Und wussten beide, dass es nicht alles war. In seinem Tagebuch konnte alles stehen und nichts. Stephans Eltern, seine Schwester und ich hatten jeder eine unterschiedliche Haltung zu seinem Tagebuch. Was hätte Stephan gewollt? Jemand brachte die Idee auf, es ihm in den Sarg zu legen, ein anderer wollte, dass es verbrannt wird. Martialisch erschienen mir diese Möglichkeiten, damals.

Es verlangte Demut in die Verhältnisse, als seine Familie bei der Entscheidung blieb, das Tagebuch vorerst und wahrscheinlich für immer unter Verschluss zu lassen. Ungelesen.

Sein Tagebuch, so vermute ich heute, wäre im Augenblick meiner Lektüre wider Willen zum Verrat geronnen. Von Ereignissen und menschlichen Konstellationen. Seines Denkens und Empfindens. In unsere Tagebücher schrieben wir, was kein anderer lesen sollte. In meinem stehen die größten Belanglosigkeiten, Tageslaunen, neben den geheimsten Zweifeln. Darüber hinaus fehlen wichtigste Empfindungen, Erfahrungen und Erkenntnisse, die zu selbstverständlich sind, um aufgeschrieben zu werden. Auch aus seinem Tagebuch hätte ich nicht erfahren, warum er mich am 12. Mai treffen wollte. Es dauerte lange, bis ich die Entscheidung seiner Familie angenommen hatte.

Unsere Mutter hatte uns Zwillingen im Lager zu Weihnachten 1978 je ein glänzendes Heft mit leeren Seiten geschenkt, meiner Schwester das blaue, weil blau ihre Farbe sein sollte, orange mir, obwohl rot meine Farbe sein sollte. Orange gefiel mir gar nicht, aber ich nahm hin, dass es kein Rot gegeben hatte. Um der Schenkenden eine Freude zu machen, tat ich so, als gefalle mir das Orange. Ich lächelte. Der folierte Glanz des Einbands und das kleine Klarsichtfenster, durch das man meinen Namen lesen konnte, gefielen mir. Anna sagte uns, dass wir damit ein Tagebuch beginnen könnten. Wir könnten es auch zum Malen nehmen, wenn wir das lieber wollten. Und sie erzählte uns, was ein Tagebuch ist. Aufschreiben, was man erlebt hat, das kam mir komisch vor. Wir waren erst acht Jahre alt, wir hatten zwei Jahre zuvor schreiben gelernt. Der erste Weihnachtstag war aufregend. Wider Erwarten hatten wir auf Antrag zum ersten Mal ein Besuchsvisum erhalten und wollten Inge und Ralf und unsere Freunde in Ost-Berlin besuchen. Nur fand Anna das Visum morgens nicht mehr, wir suchten es von früh bis spät, jeden Zentimeter unseres kleinen Zimmers vom Boden bis zu den oberen Etagenbetten erforschten wir, vergeblich. Es blieb verschwunden. Das Aufschreiben unserer eintönigen Tage dagegen, im Lager interniert, in der Schule wie alle Lagerkinder gehänselt, das blanke Wiederholen dessen, was wir ohnehin tagein, tagaus erlebten, sahen und dachten, erschien mir unsinnig. Schon nach den ersten Einträgen, die von Isolation und Chaos, Erschöpfung und Verzweiflung künden, bricht das Tagebuch ab. Einige Zeit später nutze ich das einstige Tagebuch für meinen ersten Romananfang und begann erst zwei Jahre später in Schleswig-Holstein wieder mit einem Tagebuch.

Das Schreiben hatte im Lager angefangen.

IN DER ZEIT NACH Stephans Tod konnte ich weder studieren noch essen und schlafen. Ich weinte. Hin und wieder traf ich eine Freundin, einen Freund, Stephans Familie, die Psychoanalytikerin, es gab keinen Trost. Ich war mir selbst eine Last. Mein Körper beantwortete die Trauer mit erhöhter Temperatur, zwischen sieben- und achtunddreißig Grad über Monate, über ein Jahr blutete ich nicht mehr, mein Körper versagte sich dem Leben.

Meine innere Zeit stand still, Menschen bewegten sich, Vögel, die Erde drehte sich – nur in mir war etwas still. Sprache schien ihrer Bedeutung entleert. Alles zuvor Wichtige erschien mir im Vexierbild leer und sinnlos, ich schämte mich für mein Leben. Ich horchte auf eine Resonanz in der Welt.

Über Monate war ich sicher, dass ich in meinem ganzen Leben nie mehr etwas zu verlieren und nichts mehr zu hoffen hätte. Ich war alles los, nur meinen Körper, den Schmerz und die Trauer noch nicht. Ohne Auslöser kam eine Panikattacke, als ich in die U-Bahn stieg, ein anderes Mal, als ich erschöpft nachts im Bett lag und einschlafen wollte. Von einem Tag auf den anderen gab ich mein Jurastudium auf und arbeitete über den Sommer im Martin-Luther-Krankenhaus im Schichtdienst als Pflegehilfe auf der Inneren. Sich nützlich machen.

Bei Kranken Puls und Fieber messen, ihre borkigen

Zungen mit einem Schaber reinigen, ihre Körper waschen und Windeln wechseln, die Rücken der Liegenden mit Franzbranntwein einreiben, das alles half mir. Ich lächelte, brachte ihnen Essen, Medikamente. Auf Wunsch der freundlichen Dame im Einzelzimmer öffnete ich ihren Schrank und gab ihr das Buch ans Bett. *Adieu, Jean Claude*, so hieß es. Alle paar Tage drückte mir die Privatpatientin Münzen oder einen kleinen Schein in die Hand. Es gab den Ehrencodex, dass alle Pflegekräfte Trinkgeld in die gemeinsame Kaffeekasse steckten. Sie mochte mich und schätzte, dass ich lächelte und eine Minute für ein Gespräch Zeit hatte, wenn ich ihr Zimmer betrat. Ich würde einmal eine hervorragende Krankenschwester, prophezeite sie mir. Sie bedauerte, dass es im Krankenhaus keine Vorleser gab. Als sie das erste Mal meinen Namen erfragte, sagte sie: Was für ein schöner Name. Julia und Romeo, das ist eines der schönsten Theaterstücke eines großen englischen Schriftstellers, er heißt Shakespeare. Ich lächelte und nickte. Ich erzählte kein Wort von mir, weder von Stephans Tod, noch von meiner Trauer oder davon, dass meine Mutter seinerzeit für die Rolle der Julia besetzt war und sie für ihr Leben gern spielen wollte. Deshalb verriet sie niemandem, dass sie schwanger war. Eines Tages bei der Probe bekam der Regisseur einen Wutanfall, denn er erkannte plötzlich, in welchen Umständen sich seine Hauptdarstellerin befand. Eine schwangere Julia konnte niemand gebrauchen. Anna wurde von der Bühne gejagt und hatte im Zuge ihrer Sehnsucht und Kränkung einen Namen für das Kind.

Bei ihrer Entlassung überreichte mir die Patientin

zum Dank meiner Fürsorge feierlich ihr sorgsam in eine Schutzhülle geschlagenes Exemplar *Adieu, Jean Claude*.

Ich wusste, dass ich ein Buch mit diesem Titel nicht würde lesen können, noch nie hatte ich Liebesromane gelesen. Aber die Liebenswürdigkeit der Dame wollte ich nicht enttäuschen. Ich lächelte und dankte ihr.

Wenn jemand im Krankenhaus starb, machte ich mit Hilfe eines erfahrenen Pflegers die Leiche zurecht. Wie genau man die Kinnlade hochbinden und wann man die Nägel des Toten schneiden musste, ob und wie man die Hände falten sollte, darüber hatte ich mir zuvor keine Gedanken gemacht. Ich fragte mich, ob ich Medizin studieren sollte. Etwas wollen, irgendetwas, schien mir nicht möglich. Es fiel mir schwer, all die Orte, Menschen und das Alltägliche in dem Berlin zu ertragen, das bis vor kurzem unser gewesen war. Die gemeinsamen Schulfreunde trafen sich in Cafés, gingen tanzen und rauschten durch ihre Nächte. Vor Sonnenaufgang war ich wach und fuhr auf dem Rad durch die Dämmerung des Volksparks Schöneberg zum Krankenhaus. Ich war allein. Nüchtern. In Askese. Gehörte nicht mehr ganz dorthin, wo wir einst waren, es uns einmal gab. Zu mir finden musste ich nicht, nur mein Dasein ertragen, das unerbittliche Aufwachen, wenn ich spät nachts in den Schlaf gefunden hatte, Stephan im Traum bei mir gewesen war. Mein leichtes Liebeslachen im Schlaf, von dem ich einst neben ihm aufwachte, seine Gedanken in meinem Kopf, unser Blick zueinander, sein Arm, der meinen berührte.

Seine Mutter gab mir den Ring, den die Polizei ihr von ihrem toten Sohn nebst Rucksack, Portemonnaie, Schlüssel und Uhr gebracht hatte. Ich nahm ihn und zog den Ring vom Finger, den er mir gut zwei Jahre zuvor gegeben hatte, den Ehering seiner Großmutter. Seine Mutter wusste, dass wir beide Ringe getauscht hatten. Sie wollte ihn nicht zurücknehmen, ich mochte ihn behalten. Mit den beiden Ringen ging ich zu einem Juwelier und bat ihn darum, die Ringe aneinander zu schmieden und einen Saphir einzufügen, der beide Ringe verband. Das Datum ließ ich eingravieren, 12. Mai 1992. Seither trage ich ihn.

Um mir nicht das Leben zu nehmen, stieg ich im Oktober in ein Flugzeug nach San Francisco.

Ich wollte verschwinden. Jacks schmales Holzhaus stand auf einem Hügel namens Bernal Heights im Süden des Mission, es war hellblau, weiß und rosa gestrichen. Seine Adresse hatte ich von Rosita. Aufgrund seiner Krankheit konnte er schon länger nicht mehr Vollzeit arbeiten. Das Basement war lange zuvor einmal als Garage gebaut worden, es hatte ein sehr schmales Fenster unter der niedrigen Decke, das man nicht öffnen konnte, durch das aber auch niemand von der Straße hereinsehen konnte. Entsprechend dunkel war es hier unten im Haus, aber es gab ein schmales Bett und einen alten Gasherd sowie einen kleinen Kühlschrank. Auf einer zusammengeklappten Massageliege hinter dem Regal sammelte sich Staub. Als Physiotherapeut hatte sich Jack zuletzt auf Chiropraktik spezialisiert. Jetzt vermietete er mir das Basement. Im Haus roch es nach morschem Holz, etwas faulig. Das Haus verfalle, sagte Jack und lächelte entschuldigend. Mit seinem Schnauzbart erinnerte er mich entfernt an Tom Selleck. Jack wirkte sanft, er hatte braune Augen und war ausgezehrt, besonders in seinem Gesicht waren die Spuren der Krankheit erkennbar. Vermutlich werde man das Haus abreißen, wenn er nicht mehr lebe. Jack liebte bunte Pflanzen und Vögel, in seinem kleinen Garten zog er Engelstrompeten und Hibiskus in Sträuchern, unterschiedliche Ingwer und Papageienblumen. Der felsige Boden und das feuchtwarme Klima der Bay Area gefiel den Pflanzen unterschiedlichster Klimazonen. In seinem Garten erinnerte sich Jack an Nepal. Dort war er im Peace Corps gewesen. Manchmal erzählte er davon. Dem Frangipani war es im Kübel eng geworden. Er stand in Jacks Schlafzimmer vor der riesigen Glaswand mit Blick auf den Garten. Jack schaffte es nicht mehr, den fast zehn Fuß hohen Baum hinaus ins Freiland zu bringen. Mit der Krankheit war die Muskulatur seiner Arme und Beine schwach geworden. Als ich in sein Haus kam, verlor der Frangipani die letzten Blüten und Blätter.

Zum ersten Mal in meinem Leben sah ich hier einen Flaschenputzerbaum mit seinem zarten roten Gefieder. Nicht nur in Jacks Garten wuchs einer, auch draußen auf der Manchester Street standen vereinzelt welche, in den Nachbarstraßen gab es Spaliere dieser Bäume. Unter seinem Dach hatte Jack unterschiedlichste rote und gelbe Trinkgefäße angebracht, so dass er vom Bett aus die Kolibris beobachten konnte, die in Scharen in seinen Garten kamen und dort in der Luft standen und den Nektar tranken. Jacks engster Vogelfreund aber war ein großer und schon recht alter Hellroter Ara, dessen Gefährte erst wenige Monate zuvor gestorben war. Einsamkeit könne bei Aras tödlich sein, wusste Jack. Polly wurde mit Sonnenblumenkernen, Paranüssen und Früchten gefüttert. Zwei Jahre zuvor hatte Jack seinen langjährigen Lebensgefährten verloren – und so hatten wir in unserer stillen Trauer etwas gemein, wir mochten uns und ließen uns in Frieden. Jack gehörte damals zu den ungewöhnlich lange Infizierten, bei denen die Krankheit noch nicht ausgebrochen war. Er nahm mich mit zu seinen Freunden in die Nachbarschaft der Mission Street, nach Berkeley und Marin County. Der Fremden öffnete er die Augen dafür, wie HIV die Stadt verändert hatte, im Guten. Die Stadt zeichnete sich damals durch ihre ungewöhnliche Toleranz aus. So war sie nicht nur für alle Hautfarben und Kulturen, auch für Obdachlose, Hippies und alle anderen, die nicht *straight* waren, ein angenehmer Ort zum Leben. An einem lauen Abend ging Jack mit mir ins Castro, wo die Männer in schwarzen Muscleshirts und glänzenden kurzen Lederhosen, andere in Matrosenuniform vor den Kneipen standen und rauchten. Jack lächelte, früher habe er gern Whiskey getrunken und geraucht. Hätte er den Entzug nicht eines Tages auf einem spartanischen Segelschiff gewagt, wäre er längst tot. Noch gab es nicht das große Geld durch das nahe Silicon Valley, es war die Sekunde vor der Entstehung des World Wide Web. Die Einwohner der Bay Area warteten auf *The Big Bang*. Sie dachten an ein Erdbeben, das uns alle unter sich begräbt. Durch Jack wurde ich auf verschiedene Aidshilfeprojekte aufmerksam und begann bald als Volunteer bei *Open*

Hand und *Shanti* zu arbeiten. An den freien Tagen fuhr ich mit dem Mountainbike, das mir ein Bekannter von Jack geliehen hatte, über die Hügel der Stadt, erkundete Twin Peaks und SoMa. Auf dem Rad überquerte ich im Januar die Golden Gate Bridge und fuhr nach Marin County, um von den Klippen aus nahe dem Lighthouse Bonita unter mir das Tummeln der Seerobben auf den flachen Felsklippen und eine Herde Grauwale bei ihrer Wanderung zu beobachten. Ihre Fenster und Vorgärten schmückten diese Amerikaner mit Flaggen ihrer Nation und Parteien, da hingen Patchwork-Fahnen mit Sonnen, Regenbögen und Bob Marleys Konterfei. Es war Wahlkampf. Zurück bei uns im Mission hörte ich auf der Straße und in den Geschäften mehr Spanisch als Englisch. Morgens und abends hörte ich Radio, wenn ich im Bett Kaffee trank. Ein gewisser Clinton sollte die Wahl gewinnen. Da in der umgezimmerten dunklen Garage kein Tisch Platz hatte, schrieb, las und aß ich auf dem Bett. Ich hatte mir Lévi-Strauss' *Traurige Tropen* mitgebracht und wollte anschließend nur noch Englisch lesen, auf *Play it as it lays* von Joan Didion folgte *Beloved* von Toni Morrison. In Updikes neuesten *Rabbit*-Roman kam ich nicht hinein, vielleicht, weil ich schon den ersten nicht gelesen hatte. Die amerikanische Mittelschicht und deren traditionelle Mann-Frau-Verhältnisse interessierten mich nur wenig. Im Bann und ganz unter dem Einfluss von Lévi-Strauss' *Traurige Tropen* entdeckte ich im Buchladen an der Mission Street ein Buch namens *Popol Vuh*. Es überraschte mich, wie sehr es in manchen Ereignissen und Handlungen den Geschichten der Bibel ähnelte. Die Frage, ob sich Geschichten universell erzählen und getrennt durch Kontinente, Zeit und Sprachen eine bestimmte Welterfahrung den Menschen auf ähnliche Schöpfungsgeschichten kommen lässt, beschäftigte mich. Gefüge. Das Universelle unserer Erzählungen von Ursprung und Wirklichkeit. Mit den spanischen Kolonialisten war die Bibel nach Mittelamerika gelangt. Wer immer das Popol Vuh als Erster in der heute überlieferten Form aufschrieb, musste zumindest schon mal die lateinische Schrift von den Kolonialisten gelernt haben. Die Maya-Schrift, in der es wohl frühere Aufzeichnungen und Fassungen gegeben hat, war zur Kolonialzeit verboten. Während der Kolonialzeit musste es zu einem Transfer der Geschichten gekommen sein, so vermutet man mindestens den Ursprung der Erzählungen einer Auferstehung und einer Jungfrauengeburt in der Bibel. Was aber hatte es mit den Zwillingen Hunahpú und Ixbalanqué auf sich, Zwillinge, wie es sie in fast allen Mythologien gab? Castor und Polydeukes, Jakob und Esau, Remus und Romulus, Yami und Yama, die Ashvins, Dasra und Nasatya. Kündeten nicht auch die Erzählungen von Abel und Kain wie Lea und Rahel in gewisser Weise vom Zwillingsthema des Dualismus, der ersehnten, manchmal tödlichen Unterscheidbarkeit, Alleinstellung, von Eifersucht und Neid? Wie sahen wohl die Malereien in den Maya-Tempeln im tiefen Regenwald aus, wie ihre Häuser, Städte, Nachfahren? Wie sprachen diese Menschen? Während ich Englisch las und lernte, besorgte ich mir ein Englisch-Spanisch-Wörterbuch. Sobald ich mir einen neuen Film für die Kamera leisten konnte, ging ich mit meiner *FM II* den Hügel hinunter, lief stundenlang, beobachtete die Menschen auf der Straße und fotografierte.

Zu *Open Hand* nahm ich keinen Fotoapparat mit. Meine Aufgaben waren es, in der Küche zu helfen und mit einer anderen Ehrenamtlichen gemeinsam in deren Auto die frisch gekochten Mahlzeiten und Tüten voller Lebensmittel auszuliefern. Manche lebten in kleinen Häuschen und wollten nicht einmal die Tür öffnen. Dann stand auf unserem Lieferschein ein bestimmtes Zeichen, das uns sagte, wir sollten die Tüte einfach vor der Haustür abstellen. Anderen brachte ich das noch warme Essen in der Aluschale hinauf in den vierten oder fünften Stock des Residentials, in dem sie ein kleines Zimmer ohne Küche mit Klo auf dem Gang hatten. Die Residentials waren Unterkünfte für Arme und Menschen, die als Obdachlose von der Straße geholt worden waren. Nicht alle Obdachlosen wollen in einem Haus, in einem Zimmer, in einem Bett schlafen. Die Gebäude waren laut und überfüllt. Häufig teilten sich Menschen ein Zimmer. Da die Zimmer aber nur Platz für Bett und Fernseher hatten, standen Stühle auf den langen Fluren. Auf den Fluren wurde geraucht, getrunken, gegessen, geschwatzt. Ich fragte mich unter den Leuten durch, bis ich den Empfänger meiner Essenslieferung finden und ihm sein tägliches Essen geben konnte.

Aus dem deutschen Gesundheitssystem kommend, erstaunte mich der Einblick in die sozialen Risse der amerikanischen Gesellschaft. Ebenso wunderte ich mich über die zivile Verantwortung, humanitäre Hilfe, das soziale Engagement, das so viele Einzelne zeigten. Die Ehrenamtlichen, mit denen ich in der Küche stand und meine mehrstündigen Touren machte, waren Studenten, Ärzte, Ingenieure, Handwerker, Büroangestellte. Wo Krankenversicherung, Pflegeversicherung und in vielen Fällen auch fürsorgliche, unerschrockene Verwandte fehlten, entfaltete sich in San Francisco Ende der achtziger und in den frühen neunziger Jahren aus Toleranz und Mitgefühl eine ungeheure Vitalität und Kreativität. Die Entwicklung des Silicon Valley könnte in diesen Impulsen liegen. Das Miteinander und Füreinander über biologische Verwandtschaften und physische geographische Bedingungen hinaus. Aus der Initiative Einzelner wurden allein mit Spendenmitteln und ehrenamtlichen Mitarbeitern Hilfsorganisationen gegründet, die über Jahre die Versorgung und Pflege der HIV-Positiven und Aidskranken in ihrem häuslichen Umfeld ermöglichte. Ein Anruf bei *Open Hand* genügte, und ein Infizierter bekam noch am selben Tag sein erstes Essen. Ganz gleich, welcher sozialen Schicht er angehörte, ob er reich oder arm war, allein oder mit jemandem zusammenlebte, ob er Versicherungen oder keine hatte. Für eine in Zukunft regelmäßige Lieferung von Nahrungsmitteln und warmen Mahlzeiten musste der Betreffende lediglich binnen vierundzwanzig Stunden ein Attest zeigen, aus dem hervorging, dass er HIV-positiv war. 1992 wurden bei *Open Hand* jeden Tag fünf bis sechs unterschiedliche Gerichte zubereitet. Die Empfänger durften zwischen American, Asian, Hispanic, Vegetarian und, meiner Erinnerung nach, auch zwischen koscher und halal wählen. Im *Shanti Project* half ich einem jungen Mann namens Stuart im Büro. Er koordinierte die Anfragen der Menschen, die einen Arzt oder Therapeuten benötigten oder einfach nur einen ganz gewöhnlichen Besucher gleich welchen Geschlechts wünschten, mit den jeweiligen Freiwilligen und Ehrenamtlichen. Dass es jenseits von käuflichem Sex oder religiöser Einbindung in bestimmten Lebenssituationen eine Wohltat sein kann, wenn ein Mensch, der infiziert, krank, in Sorge und aus welchen Gründen auch immer mutterseelenallein ist, Besuch bekommt, zu Besuch kommen darf, begriff ich erst hier.

Als Jack ins Krankenhaus musste und die Lungenentzündung den Ausbruch seiner Krankheit anzeigte, besuchte ich ihn alle paar Tage und brachte ihm Dinge, die er aus seinem Haus brauchte. Sein nepalesisches Kissen, sein Telefonbuch, getrocknete Algen, eine Tinktur aus Pilzen, die neben seinem Bett stand. Seine Freunde aus der Bay Area kamen ihn besuchen. Einer war mit den Finanzen beauftragt, eine andere mit seiner medizinischen Betreuung. Mich bat er, zu Hause in der Manchester Street Eimer und Töpfe aufzustellen, wenn es während der Regenfälle wieder in sein Schlafzimmer regnen sollte. Als er nach einigen Wochen noch magerer und schwächer entlassen wurde, musste er auch zu Hause im Bett liegen. Es war ihm unangenehm, er fragte mich, ob ich manchmal bei ihm saubermachen könnte. Er bezahlte mich, darauf bestand er. Selbst wenn ich ihm nach wie vor die Miete für sein Basement zahlte. An manchen Tagen kochte ich für ihn oder rührte den Brei an, den er zusätzlich essen musste. Er erzählte jetzt seltener von Nepal. Er habe eine Tochter in New York, die er über zehn Jahre nicht mehr gesehen habe. Seine Exfrau, ihre Mutter, habe seit seinem Coming-out den Kontakt abgebrochen. Vielleicht, er zögerte, habe es eher am Whiskey gelegen.

Alle paar Tage schrieb ich Briefe und erhielt von meiner Zwillingsschwester, drei Freundinnen und meinem treuen Freund Olaf Post. Vier besonders wichtige Briefe schrieb ich in dieser Zeit aus Kalifornien nach Europa, auf deren Antwort ich vergeblich wartete. An Stephans Schwester, an einen Freund, an Fehn und an eine Freundin. Ob sie jemals angekommen waren. Ich traute mich nie danach zu fragen. Ich wollte niemanden in seinem Schweigen stören. Vielleicht waren sie verlegen. Am dreiundzwanzigsten Geburtstag war ich wie schon an Heiligabend und Silvester allein. Keiner hier wusste, dass ich Geburtstag hatte.

Für Ende Februar hatte ich spontan einen Flug nach Mexico City gebucht. Ich wollte Monte Albán bei Oaxaca und Chichén Itzá sehen, Palenque und Bonampak. Mehrere Tage würde ich durch den Regenwald wandern, dort inmitten der Nachtgeräusche von Tieren und Blättern schlafen und aufwachen, fern jeder Straße und Zivilisation. Meine Zwillingsschwester schrieb aus dem fernen Europa sorgenvolle Briefe. Sie wollte mich abhalten. Ich reiste allein. Vor dem Alleinsein hatte ich keine Angst. Eine Panikattacke brauchte keinen Auslöser. Noch ahnte ich nicht, dass ich in den kommenden Jahren Schweißausbrüche und Herzrasen bekommen würde, sobald der mir nächste Mensch auch nur wenige Minuten zu spät zur Verabredung kommen sollte. Es gab keinen nächsten Menschen mehr. Eine Malaria-Prophylaxe hatte ich nicht, keine besonderen Impfungen, vor meinem Tod hatte ich keine Angst. Nur in seltenen Augenblicken Angst vor Angst. Zwar hörte man von Überfällen in Mexiko, Raub und Vergewaltigung. Auch Touristen, wenn sie in den gewöhnlichen kleinen Überlandbussen reisten und auf abgelegenen Fincas im Regenwald von Chiapas übernachteten, waren betroffen. Doch mir konnte nichts passieren. In der Tiefe des Waldes, zwei Tageswanderungen von der letzten Finca entfernt, würde ich mich in meiner Hängematte noch bei Dunkelheit von einem Schnaufen und Rascheln wecken lassen, einem leisen Schmatzen. Im Zwielicht werde ich den Ameisenbär erkennen, der mit seiner weichen langen Nase den Waldboden absucht und sein Frühstück aufleckt. Ich hatte Stephan verloren. Mehr hatte ich nicht zu verlieren.

Der Flug von San Francisco ging abends, und das Flugzeug geriet in ein heftiges Gewitter mit Blitzen, Windstößen und Luftlöchern. Das Flugzeug musste mehrere Runden drehen, ehe es in dem Kessel zweitausend Meter über dem Meeresspiegel landen konnte. Nach Mitternacht passierte ich den Zoll am Flughafen von D. F. und suchte mir den Weg mit der Metro und zu Fuß zum Busbahnhof, wo ich um zwei Uhr nachts meinen Rucksack abstellte und bis zum Fünfuhrbus versuchte, trotz des orangen Laternenlichts zu schlafen. Die Luftverschmutzung und die Höhe machten mir das Atmen schwer. Als Erstes wollte ich nach Oaxaca. Der Bus fuhr durch Nacht und Dunkel, Siedlungen, eine schier unendliche Vielzahl von Hütten, die meisten behelfsmäßig, Dächer aus Plastik, Wellblech, Planen statt Türen, die Augen mussten sich weiten, um im Zwielicht etwas erkennen zu können, selten Laternen, einige Hängematten, Hühner, Gasflaschen, Gefäße, Körbe, Eimer, Zisternen und andere Tonnen, die Wasser auffangen mochten, dürre Hunde, ein abgemagertes Tier, dessen Milchleiste mit den langgezogenen Zitzen fast am Boden schleifte, etwas an diesem Chaos war mir vertraut, durch das Klappfenster des Busses wehte der Geruch von Holzfeuer und geröstetem Mais, neben mir eine Frau mit Hühnerkäfig auf dem Schoß, ihre dichten schwarzen Haare, ihr Geruch, ich musste an Anna denken, noch immer hatte ich Borges' *Aleph* nicht gelesen, aber ich näherte mich, mit meinen dreiundzwanzig Jahren, bald sollte es so weit sein. Ebenes Land, in der Morgendämmerung sah ich in weiter Ferne etwas Helles am Himmel, unbewegt, wie ein Himmelszeichen, trapezförmig, den Popocatépetl, das steppige Land links und rechts der Straße war immer spärlicher bebaut, keine Landwirtschaft, kein Hof, keine Hütte mehr, Weite, und bald sah man nur noch den überall umherfliegenden Müll. Plastiktüten, Kanister, zerbeulte Coladosen. Die Vermüllung des Paradieses, dachte ich. Was aus den Estados Unidos so exportiert und nicht entsorgt wurde. Ich war hundemüde, schlafen konnte ich nicht. Die Fremde lag hinter mir. Unterwegs, allein, fand ich mich angekommen. Das Huhn im Käfig neben mir flatterte. Meine Augen tränten. Der Berg. War das Schnee oder Asche um die Spitze des Vulkans? Das weiße Trapez glühte rosa im Sonnenaufgang. Schnee. Asche.